THOMAS HARRIS

L'écrivain américain Thomas Harris est né en 1940 à Jackson dans le Tennessee. Il étudie à l'université de Baylor, à Waco, Texas, tout en travaillant comme reporter pour le *News Tribune*. Dans les années soixante, Thomas Harris envoie ses premiers textes à des magazines, des nouvelles macabres qui se distinguent par un sens aigu du détail. Après l'obtention de son diplôme, en 1964, il devient reporter pour l'*Associated Press* à New York. Jusqu'en 1974, il couvre les affaires criminelles aux États-Unis et au Mexique, lesquelles seront la matière première de ses romans. Après le succès de *Black Sunday*, son premier roman publié en 1975, Thomas Harris se consacre entièrement à l'écriture. Il met six ans à écrire son deuxième roman, *Dragon rouge*, publié en 1981, qui introduit le serial killer le plus populaire de la littérature : Hannibal Lecter, dit « Le Cannibale ». La suite de ce livre, *Le Silence des agneaux*, est un immense succès, et son adaptation cinématographique entre dans la légende hollywoodienne avec cinq oscars. *Hannibal*, le troisième volet de la série, a été adapté au cinéma par Ridley Scott. *Hannibal Lecter : les origines du mal*, adapté au cinéma avec Gaspard Ulliel dans le rôle titre en 2007, revient sur l'enfance du célèbre serial killer. Enfin, la série américaine *Hannibal* est diffusée sur Canal + Séries depuis septembre 2013, avec Mads Mikkelsen dans le rôle principal.

DRAGON ROUGE

DU MÊME AUTEUR
CHEZ POCKET

HANNIBAL LECTER, LES ORIGINES DU MAL
DRAGON ROUGE
LE SILENCE DES AGNEAUX
HANNIBAL

BLACK SUNDAY

THOMAS HARRIS

DRAGON ROUGE

MAZARINE

Titre original :

RED DRAGON

L'édition originale de cet ouvrage est parue chez Putnam.
Traduit de l'américain par JACQUES GUIOD

Cet ouvrage est paru précédemment dans la collection Terreur, dirigée par Patrice Duvic.

Pocket, une marque d'Univers Poche, est un éditeur qui s'engage pour la préservation de son environnement et qui utilise du papier fabriqué à partir de bois provenant de forêts gérées de manière responsable.

Le Code de la propriété intellectuelle n'autorisant, aux termes de l'article L. 122-5 (2° et 3° a), d'une part, que les « copies ou reproductions strictement réservées à l'usage privé du copiste et non destinées à une utilisation collective » et, d'autre part, que les analyses et les courtes citations dans un but d'exemple et d'illustration, « toute représentation ou reproduction intégrale ou partielle faite sans le consentement de l'auteur ou de ses ayants droit ou ayants cause est illicite » (art. L. 122-4).
Cette représentation ou reproduction, par quelque procédé que ce soit, constituerait donc une contrefaçon sanctionnée par les articles L. 335-2 et suivants du Code de la propriété intellectuelle.

© 1981, Thomas Harris.
© 1982, Éditions Mazarine pour la traduction française.

ISBN : 978-2-266-20891-8

> *On ne peut voir que ce que l'on observe, et l'on n'observe que ce qui se trouve déjà dans notre esprit.*
>
> Alphonse BERTILLON

... Car la Miséricorde possède un cœur humain,
La Pitié, un visage humain,
Et l'Amour, la forme humaine du divin,
Et la Paix, le vêtement humain.

William BLAKE, *Chants d'Innocence*
(L'Image Divine)

La Cruauté possède un Cœur Humain,
Et la Jalousie, un Visage Humain,
La Terreur, la Forme Humaine du Divin,
Et le Secret, le Vêtement Humain.

Le Vêtement Humain est un Métal forgé,
La Forme Humaine, une Forge embrasée,
Le Visage Humain, une Fournaise scellée,
Le Cœur Humain, sa Gorge affamée.

William BLAKE, *Chants d'Expérience*
(Une Image Divine[1])

---

1. Ce poème fut retrouvé après la mort de Blake aux côtés des gravures tirées des *Chants d'Expérience*. Il n'apparaît donc que dans les éditions posthumes.

1

WILL GRAHAM installa Crawford à une table de pique-nique entre la maison et l'océan, puis lui servit un verre de thé glacé.

Jack Crawford contempla la vieille demeure si agréable, dont les bardages en bois recouverts de sel resplendissaient dans la lumière. « J'aurais dû te contacter à Marathon après le travail, dit-il. Tu ne voudras jamais en discuter ici.

— Je ne veux en discuter nulle part, Jack, mais si tu tiens absolument à en parler, alors, allons-y. Une seule chose : ne me montre pas de photos. Si tu en as apporté, laisse-les dans ta mallette. Molly et Willy ne vont pas tarder à revenir.

— Qu'est-ce que tu sais au juste ?

— Ce qu'il y avait dans le *Miami Herald* et dans le *Times*, dit Graham. Deux famille massacrées à leur domicile à un mois d'intervalle. A Birmingham et à Atlanta, les circonstances étaient analogues.

— Pas analogues. C'était les mêmes.

— Combien d'aveux spontanés pour l'instant ?

— On en était à quatre-vingt-six cet après-midi, dit Crawford. Rien que des cinglés. Aucun n'était au courant des détails. Il brise les miroirs et se sert des éclats. Aucun ne le savait.

— A part ça, qu'est-ce que tu n'as pas dit aux journaux ?

— Il est blond, droitier, très costaud et il chausse du 43. Il sait faire les nœuds marins. Les empreintes ont toutes été faites par des gants en caoutchouc.

— Ça, tu l'as annoncé à la presse.

— Ce n'est pas un spécialiste des serrures, dit Crawford. La dernière fois, il s'est servi d'un diamant et d'une ventouse pour pénétrer dans la maison. Ah, j'oubliais, il est du groupe AB+.

— Il a été blessé ?

— Pas à ma connaissance. On l'a identifié d'après le sperme et la salive. Il sécrète beaucoup. » Crawford promena son regard sur la mer d'huile. « Will, il faut que je sache quelque chose. Tu as lu des articles dans les journaux et la télé a parlé du second crime. Est-ce que tu as pensé un instant à me donner un coup de fil ?

— Non.

— Pourquoi ?

— Il n'y avait pas beaucoup de détails sur l'affaire de Birmingham. Ç'aurait pu être n'importe quoi, une vengeance, un proche.

— Mais après le second crime, tu as su qui c'était.

— Oui, un psychopathe. Je ne t'ai pas appelé parce que je n'en avais pas envie. Je sais qui tu as déjà mis sur le coup. Tu as les meilleurs spécialistes de laboratoire. Sans compter Heimlich à Harvard, Bloom à l'université de Chicago...

— Et toi qui préfères bricoler tes foutus bateaux.

— Je ne crois pas que je te serais très utile, Jack. Je ne m'occupe plus du tout de cela.

— Ah oui ? Les deux derniers qu'on a attrapés, c'est bien toi qui as mis la main dessus, non ?

— J'ai fait exactement comme toi ou les autres.

— Ce n'est pas tout à fait exact, Will. Il y a ta manière de penser.

— Je crois qu'elle est plutôt vaseuse, ma manière de penser.

— Tu as fait certaines déductions qui sont restées inexpliquées.

— Les preuves étaient là, dit Graham.

— Oui, bien sûr, il y en avait tant qu'on en voulait... après coup. Mais avant, on n'en savait même pas assez pour signifier une inculpation.

— Tu as une bonne équipe, Jack, je ne te servirais pas à grand-chose. Et puis, je suis venu ici pour oublier tout ça.

— Je sais. Tu as été blessé la dernière fois ; mais maintenant, tu as l'air en forme.

— Je vais bien, mais je n'ai pas déserté. J'ai décidé d'arrêter, c'est tout. Je ne peux pas te donner d'explications.

— Je comprendrais fort bien que tu ne puisses plus regarder...

— Non, ce n'est pas ça. C'est moche, bien sûr, mais on peut toujours continuer à fonctionner quand ils sont déjà morts. L'hôpital, les interrogatoires, c'est pire. Il faut oublier ce qu'on voit et continuer de penser. Je ne m'en crois pas capable actuellement. Je pourrais m'obliger à regarder mais il ne serait pas question de réfléchir.

— Ils sont tous morts, Will », dit Crawford le plus doucement possible.

Jack Crawford retrouvait son propre rythme, sa propre syntaxe dans la façon de parler de Graham. Il avait déjà entendu Graham réagir comme cela avec d'autres personnes. Il arrivait souvent dans une conversation importante que Graham prenne les tics de langage de son interlocuteur. Crawford avait d'abord cru qu'il le faisait exprès, que c'était un truc à lui pour garder le rythme.

Mais il avait compris par la suite que c'était tout à fait involontaire de la part de Graham et qu'il essayait parfois, vainement, de s'en empêcher.

Crawford plongea deux doigts dans la poche de sa veste et jeta deux photographies sur la table.

« Ils sont tous morts », répéta-t-il.

Graham le regarda droit dans les yeux avant de ramasser les photos.

C'était des instantanés : près d'un étang, une femme suivie de trois enfants et d'un canard portait les provisions d'un pique-nique ; une famille posait derrière un gâteau.

Il reposa les photographies au bout d'une trentaine de secondes, puis les remit l'une sur l'autre avant de se tourner vers la plage où un enfant, accroupi, examinait quelque chose dans le sable. Une femme le regardait, mains sur les hanches, les pieds dans l'écume. Elle se pencha pour rejeter les cheveux qui lui collaient aux épaules.

Sans s'occuper de son invité, Graham observa Molly et son fils aussi longuement qu'il avait étudié les photographies.

Crawford était satisfait mais il prenait bien soin de ne pas le montrer, de même qu'il avait soigneusement choisi le lieu de cette conversation. Il croyait tenir Graham. Il suffisait de le laisser mijoter.

Trois chiens d'une laideur remarquable vinrent s'affaler près de la table.

« Bon sang, fit Crawford.

— Ça ressemble à des chiens, expliqua Graham. Les gens viennent tout le temps abandonner des petits. J'arrive à placer les plus beaux. Quant aux autres, ils restent là et ils grandissent.

— Ils sont plutôt obèses, non ?

— Molly joue les sœurs de charité.

— Tu as la belle vie ici, Will, avec Molly et le garçon. Quel âge a-t-il maintenant ?

— Onze ans.

— Eh bien, ça promet. Il va te dépasser. »

Graham hocha la tête. « Son père me dépassait déjà. Oui, je suis bien, ici.

— J'aurais bien aimé que Phyllis vienne avec moi. La Floride... Je vais me trouver un endroit peinard pour mes vieux jours et arrêter de vivre comme un cloporte. Elle dit que tous ses amis sont à Arlington.

— Je voulais la remercier pour les livres qu'elle m'a apportés à l'hôpital mais je n'en ai jamais trouvé le temps. Tu le feras pour moi.

— C'est d'accord. »

Deux petits oiseaux bariolés se posèrent sur la table dans l'espoir d'y trouver de la confiture. Crawford les regarda sautiller avant de s'envoler.

« Will, ce dingue a l'air d'être en phase avec la lune. Quand il a tué la famille Jacobi à Birmingham, c'était le samedi 28 juin, le jour de la pleine lune. Il a tué les Leeds à Atlanta il y a deux jours, le 26 juillet. Un jour avant la fin du mois lunaire. Ce qui veut dire qu'avec un peu de chance, on a pour un peu plus de trois semaines avant qu'il ne remette ça.

« Cela m'étonnerait que tu aies envie d'attendre tranquillement dans les Keys de lire le récit du prochain crime dans ton *Miami Herald*. Ecoute, je ne suis pas le pape, je ne suis pas là pour te dire ce que tu devrais faire, mais je veux savoir une chose, Will : est-ce que tu respectes mon jugement ?

— Oui.

— Je crois que nous aurons plus de chance de lui mettre rapidement la main dessus si tu travailles avec nous. Allez, Will, secoue-toi, viens nous aider. Tu vas à Birmingham et à Atlanta, tu observes, et ensuite tu te rends à Washington. Essaye, c'est tout ce que je te demande. »

Graham ne répondit pas.

Crawford attendit que cinq vagues viennent mourir sur la plage, puis il se leva et jeta sa veste sur son épaule. « On en reparlera après dîner.

— Reste avec nous. »

Crawford secoua la tête. « Je reviendrai tout à l'heure. Je dois avoir des messages au Holiday Inn, il va falloir que je donne quelques coups de fil. Remercie quand même Molly de ma part. »

La voiture de location de Crawford souleva une fine couche de poussière qui retomba sur les arbustes bordant la route côtière.

Graham s'en revint auprès de la table. Il craignait que ce ne fût cela, son dernier souvenir de Sugarloaf Key : des glaçons fondant dans deux verres de thé, des serviettes en papier qui s'envolent de la table en séquoia et là-bas, sur la plage, Molly et Willy.

Coucher de soleil sur Sugarloaf. Hérons immobiles et boule de feu du soleil.
Will Graham et Molly Foster Graham étaient assis sur un tronc d'arbre échoué, le visage ambré dans le couchant, le dos dans l'ombre violette. Elle lui prit la main.

« Crawford est passé me voir à la boutique avant de venir ici, dit-elle. Il m'a demandé le chemin. J'ai essayé de t'appeler. Tu devrais répondre au téléphone de temps en temps. On a vu la voiture en arrivant à la maison et on a fait le tour par la plage.
— A part ça, qu'est-ce qu'il t'a demandé ?
— Comment tu allais.
— Et tu lui as répondu ?
— Que tu étais en pleine forme et qu'il devait te foutre la paix. Qu'es-ce qu'il te veut encore ?
— Que je trouve des indices. Je suis expert-légiste, c'est marqué sur mon diplôme.
— Ton diplôme ? Tu t'en es servi pour boucher une fissure au plafond. » Elle se mit à califourchon sur le tronc d'arbre. « Tu parlerais de ton ancienne vie et de ton boulot si tu les regrettais, mais tu ne le fais jamais. Tu es ouvert, détendu... J'aime cela.
— On se donne du bon temps, non ? »
Au coup d'œil nerveux qu'elle lui adressa, il comprit qu'il aurait pu trouver quelque chose de mieux. Mais elle poursuivit sans lui laisser le temps de se rattraper.

« Ça ne t'a pas réussi de travailler avec Crawford. On croirait qu'il n'a pas le choix. Il peut réquisitionner le gouvernement tout entier s'il le désire. Il ne peut donc pas nous oublier un peu ?
— Crawford ne t'a pas dit qu'il a été mon supérieur les deux fois où j'ai quitté l'Académie du F.B.I. pour retourner sur le terrain ? Ces deux affaires sont les seules du genre qu'il ait jamais connues, et cela fait déjà pas mal d'années qu'il est dans le coup. Il y en a

maintenant une troisième qui se présente. Ce type de psychopathe est très rare. Il sait que j'ai de l'expérience.

— Je ne te le fais pas dire », répliqua Molly. Sa chemise était déboutonnée et elle pouvait voir la cicatrice qui lui barrait l'abdomen. Gonflée, large comme un doigt, elle ne bronzait jamais au soleil. Elle partait de la hanche gauche et remontait vers le haut du côté droit de la cage thoracique.

Le Dr Lecter lui avait fait cela avec un couteau à linoléum. C'était arrivé un an avant sa rencontre avec Molly, et il avait bien failli y rester. Surnommé par les gazettes « Hannibal le Cannibal », le Dr Lecter était le deuxième psychopathe que Graham avait réussi à faire arrêter.

Quand il sortit finalement de l'hôpital, Graham quitta Washington et le Federal Bureau of Investigation pour s'engager comme mécanicien diesel chez le shipchandler de Marathon, sur les îlots de Floride. C'était un boulot qu'il connaissait bien. Il dormit dans une caravane sur le chantier jusqu'à ce que Molly vienne s'installer dans une maison délabrée de Sugerloaf Key.

A son tour, il s'assit à califourchon sur le tronc d'arbre et lui prit les deux mains. Elle glissa les pieds sous ceux de Graham.

« Ecoute, Molly, Crawford croit que je suis doué pour les monstres. Ça prend chez lui des allures de superstition.

— Et toi, tu le crois ? »

Graham regarda trois pélicans voler en ligne au-dessus des bas-fonds. « Molly, un psychopathe intelligent — et plus particulièrement un sadique — est difficile à attraper pour diverses raisons. D'abord, il n'y a pas de mobile suivi, c'est donc une piste à abandonner. Et la plupart du temps, on ne tire rien des informateurs. Tu sais, la majorité des arrestations est plus due aux bavardages qu'au véritable travail de l'enquêteur. Dans une affaire de ce genre, il ne peut pas y avoir d'informateurs. Le tueur ne sait peut-être même pas lui-même ce qu'il fait. On ne peut donc qu'extrapoler à partir des indices, s'efforcer de reconstituer sa démarche et d'y trouver des lignes directrices.

— Avant de le filer et de le retrouver, dit Molly. J'ai peur que si tu te lances sur la trace de ce maniaque, appelle-le comme tu voudras, j'ai peur qu'il ne te fasse comme la dernière fois.

— Mais non, Molly, il ne me verra jamais, il ne saura même pas mon nom. C'est à la police de lui mettre la main dessus, pas à moi. Crawford veut simplement mon point de vue. »

Elle regarda le soleil rouge s'étendre sur la mer. Des cirrus flottaient haut dans le ciel.

Graham aimait sa façon de tourner la tête et de lui offrir tout simplement son profil le moins parfait. Il pouvait voir sa gorge se soulever, et il se rappela soudain, totalement, le goût du sel sur sa peau. Il avala sa salive et dit : « Qu'est-ce que je peux faire ?

— Ce que tu as déjà décidé. Si tu restes ici et que les meurtres continuent, tu ne pourras plus jamais aimer cet endroit. Tu repenseras toujours à ces histoires de pleine lune. Si ça doit se passer comme ça, tu n'as pas besoin de mon avis.

— Et si je te le demandais *vraiment*, qu'est-ce que tu me répondrais ?

— De rester ici avec moi. Avec moi, tu comprends ? Avec moi. Et avec Willy. Je le traînerais ici si ça pouvait y faire quelque chose. Je suis censée sécher mes larmes et agiter mon mouchoir. Si les choses tournent mal, j'aurai au moins la satisfaction de savoir que tu as fait ce qui convenait. Après, il ne me restera plus qu'à rentrer à la maison et à brancher un seul côté de la couverture chauffante.

— Je garderai mes distances.

— Tu sais bien que non. Tu me trouves égoïste, hein ?

— Ça ne me gêne pas.

— Moi non plus. Ici, c'est le plaisir et la douceur. C'est grâce à tout ce qui t'est arrivé avant que tu en prends conscience, que tu l'apprécies. »

Il hocha la tête.

« Et tout ça, je ne veux pas le perdre, de quelque manière que ce soit, dit-elle.

— Non, nous ne le perdrons pas. »

La nuit tomba rapidement et Jupiter apparut à l'horizon du sud-ouest.

Ils s'en retournèrent vers la maison près de laquelle se levait une lune bossue. Là-bas, au large, des poissons se débattaient pour échapper à la mort.

Crawford revint après dîner. Il avait tombé la veste et la cravate, et roulé les manches pour mieux faire son effet. Molly trouvait ses avant-bras gras et blanchâtres assez répugnants. Il lui faisait l'effet d'un singe diablement rusé. Elle servit le café sous le ventilateur de la véranda et demeura avec lui quand Graham et Willy sortirent donner à manger aux chiens. Elle ne dit rien. Des papillons de nuit venaient heurter les stores.

« Il a l'air en forme, Molly, dit Crawford. Tous les deux, d'ailleurs ; bronzés et tout.

— Je peux dire n'importe quoi, vous l'emmènerez quand même avec vous, n'est-ce pas ?

— Oui. Il le faut, je vous l'assure. Mais je peux vous jurer une chose, Molly, je ferai tout pour lui faciliter la tâche. Il a changé. C'est bien que vous vous soyez mariés.

— Il va de mieux en mieux. Il ne rêve plus autant qu'avant. A un moment, les chiens l'obsédaient vraiment. Maintenant, il s'en occupe, c'est tout, il n'en parle plus tout le temps. Jack, vous êtes son ami. Pourquoi ne le laissez-vous pas tranquille ?

— Parce qu'il est le meilleur, tout simplement. Parce qu'il ne pense pas comme tout le monde et qu'il n'a pas l'esprit routinier.

— Il croit que vous avez besoin de lui pour trouver des indices.

— C'est vrai. Personne ne le surpasse en ce domaine. Mais il y a aussi l'autre aspect du boulot, celui qu'il n'aime pas : le travail d'imagination, d'extrapolation.

— Vous non plus, ça ne vous plairait pas de le faire. Jack, promettez-moi une chose. Promettez-moi de l'empêcher de se mêler de trop près à cette histoire. Je crois qu'il en mourra s'il a à se battre.

— Il n'aura pas à se battre, je vous le promets. »

Quand Graham en eut fini avec les chiens, Molly l'aida à faire ses bagages.

2

WILL GRAHAM passa lentement devant la maison où la famille de Charles Jacobi avait vécu et péri. Les fenêtres étaient sombres. Une lampe de jardin était restée allumée. Il se gara deux pâtés de maisons plus loin et revint à pied dans la nuit tiède ; il tenait sous le bras un dossier contenant le rapport des inspecteurs de la police d'Atlanta.

Graham avait insisté pour venir seul. La présence d'un tiers l'aurait empêché de se concentrer — c'était la raison qu'il avait donnée à Crawford. Mais il y en avait une autre, plus personnelle celle-là : il ne savait pas très bien comment il allait s'y prendre et ne voulait pas que quelqu'un l'épie en permanence.

Il avait tenu le coup à la morgue.

La maison en briques à deux étages était un peu en retrait de la rue, sur un terrain boisé. Graham attendit longtemps sous les arbres pour mieux l'observer. Il voulait recouvrer son calme intérieur. Dans sa tête, un pendule d'argent se balançait dans la nuit. Il attendit que le pendule se fût arrêté.

Quelques voisins passèrent en voiture et jetèrent un coup d'œil furtif à la maison avant de détourner le regard. La maison du crime est toujours insupportable aux voisins, un peu comme le visage de quelqu'un qui les aurait trahis. Il n'y a que les enfants et les étrangers pour la regarder bien en face.

Les stores étaient relevés. Tant mieux. Cela voulait dire qu'il n'était venu personne de la famille. Les parents baissent toujours les stores.

Il fit lentement le tour de la maison, sans même allumer sa lampe électrique. Il s'arrêta à deux reprises pour tendre l'oreille. La police d'Atlanta était au courant de sa visite mais il n'en était pas de même pour les voisins. Ils pouvaient réagir violemment, lui tirer dessus.

Par une fenêtre de derrière, il put voir les meubles se découper en ombres chinoises à l'intérieur de la maison. L'air était chargé d'odeurs de jasmin. Une véranda en treillis occupait presque tout l'arrière du pavillon. Les scellés avaient été apposés sur la porte de la véranda par la police d'Atlanta. Graham les fit sauter et entra.

La porte donnant sur la cuisine avait été bouchée avec du contre-plaqué après que la police avait ôté le carreau. Il braqua la lampe-torche et ouvrit la porte avec la clef que lui avaient confiée les policiers. Il avait envie d'allumer l'électricité, de porter son insigne, de faire des bruits officiels pour justifier sa présence dans cette maison silencieuse où cinq personnes étaient mortes. Mais il n'en fit rien. Il se rendit dans la cuisine plongée dans l'obscurité et s'installa à la table du petit déjeuner.

Sur la cuisinière, deux veilleuses jetaient des reflets bleutés. Cela sentait les pommes et le bois verni.

Le thermostat émit un déclic et l'air conditionné se mit en marche. Graham sursauta, en proie à une peur passagère. La peur était une sensation qu'il connaissait bien. Il saurait s'en accommoder et continuer.

Il voyait et entendait mieux quand il avait peur, mais il ne parlait plus avec la même concision et se montrait parfois grossier. Mais, ici, il n'y avait plus personne à qui parler, plus personne à insulter.

La folie était entrée dans cette maison, par cette porte de cuisine, avec des chaussures de pointure 43. Assis dans le noir, Graham flairait la folie comme un chien policier flaire une chemise.

Il avait passé pratiquement toute la journée et le début de la soirée à étudier les rapports des inspecteurs. Il se souvint que la lumière de la hotte d'aération était allumée lors de l'arrivée de la police. Il appuya sur le bouton.

Deux maximes avaient été encadrées de part et d'autre de la cuisinière. L'une d'elles disait : « Les baisers sont éphémères mais les bons petits plats sont éternels. » Et l'autre : « C'est toujours à la cuisine que nos amis se retrouvent car ils y entendent battre le cœur de la maison. »

Graham consulta sa montre. Onze heures et demie. Selon le médecin légiste, la mort était survenue entre onze heures du soir et une heure du matin.

L'arrivée, tout d'abord. C'était le premier point à examiner...

Le dément a commencé par crocheter la porte de la véranda. Dans l'obscurité, il a sorti quelque chose de sa poche. Une ventouse, peut-être la base d'un taille-crayon de bureau adhésif.

Collé contre la partie inférieure boisée de la porte de cuisine, le dément a levé la tête pour regarder par la vitre. Il a tiré la langue et léché la ventouse avant de l'apposer contre le carreau et d'actionner le levier pour la faire adhérer. Un petit diamant était attaché au bout d'une ficelle pour lui permettre de découper un cercle.

Grincement infime du diamant, puis un coup ferme pour briser le verre. Une main pour taper et l'autre pour retenir la ventouse. Le morceau de verre ne doit pas tomber. Il a une forme légèrement ovale parce que la ficelle s'est enroulée autour du sommet de la ventouse. Un petit crissement quand il retire le verre. Il se moque bien de laisser sur la vitre de la salive du groupe AB+.

La main gantée s'introduit par le trou et trouve la serrure. La porte s'ouvre sans bruit. Il est dans la maison. La lumière de la hotte d'aération lui permet de se voir dans cette cuisine inconnue. Il y fait agréablement frais.

Will Graham avala deux pastilles digestives. Le bruit du papier cellophane lui déplut. Il traversa la salle de séjour en tenant la lampe électrique loin de lui, par habitude. Il avait étudié le plan des lieux mais il se trompa tout de même avant d'atteindre les marches de l'escalier. Elles ne craquèrent pas sous son poids.

Il se trouvait à présent à l'entrée de la chambre principale. Il arrivait à voir sans lampe. Sur une table de nuit, une pendulette digitale projetait l'heure au plafond et la veilleuse orange d'un interrupteur brûlait près de la salle de bains. L'odeur cuivrée du sang était encore forte.

Des yeux habitués au noir pouvaient voir assez bien. Le dément pouvait distinguer M. Leeds et sa femme. Il y voyait assez clair pour traverser la pièce, saisir Leeds par les cheveux et lui trancher la gorge. Mais ensuite ? Retour à l'interrupteur, puis petit salut à Mme Leeds avant le coup de feu qui devait la mutiler ?

Graham alluma la lumière et les taches de sang lui sautèrent aux yeux, sur les murs, le matelas, le plancher. L'air était empli de hurlements. Il défaillit devant le bruit de cette pièce silencieuse souillée de taches sombres.

Graham s'assit par terre pour tenter de se calmer.

Le nombre et la diversité des taches de sang avaient posé une énigme aux inspecteurs d'Atlanta. Les victimes avaient toutes été retrouvées dans leur lit. Et cela ne concordait pas avec l'emplacement des taches.

Ils avaient tout d'abord pensé que Charles Leeds avait été agressé dans la chambre de sa fille, puis traîné dans sa propre chambre. Un examen plus attentif les avait obligés à revoir leur position.

On n'avait pu encore déterminer avec précision les mouvements du tueur dans les chambres.

Mais ce soir, fort du rapport du labo et de l'autopsie, Will Graham commençait à y voir clair.

L'assassin avait tranché la gorge de Charles Leeds qui dormait à côté de sa femme, puis il était revenu près du mur pour allumer — des cheveux de M. Leeds et de la brillantine avaient été déposés sur l'interrupteur par un gant en caoutchouc. Il a tiré sur Mme Leeds quand elle s'est levée, puis il s'est dirigé vers la chambre des enfants.

Leeds s'est relevé malgré sa blessure et a tenté de protéger ses enfants, il a saigné abondamment — traces évidentes d'hémorragie artérielle — en essayant de faire front. Il a été repoussé et est tombé à terre pour mourir auprès de sa fille.

L'un des deux garçons fut abattu dans son lit. L'autre fut retrouvé couché mais il avait de la poussière dans les cheveux. Les policiers pensaient qu'il avait été tiré de dessous le lit pour être tué.

Quand ils furent tous morts, à l'exception, peut-être, de Mme Leeds, ce fut le bris des miroirs, le choix des éclats, l'attention plus grande portée à Mme Leeds.

Graham possédait des doubles de tous les rapports d'autopsie. Celui de Mme Leeds précisait que la balle était entrée à droite du nombril pour se loger dans la colonne vertébrale à la hauteur des vertèbres lombaires, mais qu'elle était morte par strangulation.

L'augmentation du taux de sérotonine et d'histamine au niveau de la blessure par balle indiquait qu'elle avait survécu au moins cinq minutes au coup de feu. Le taux d'histamine était bien plus élevé que celui de sérotonine, ce qui signifiait qu'elle n'avait pas vécu plus de quinze minutes. La plupart des autres blessures avaient probablement, mais ce n'était pas certain, été faites après qu'elle fut morte.

Si les autres blessures étaient postérieures à la mort, qu'avait donc pu faire le tueur pendant que Mme Leeds agonisait ? Voilà ce que se demandait Graham. Il s'était battu avec M. Leeds et avait tué les autres membres de la famille, d'accord, mais cela n'avait même pas pris une minute. Il avait brisé les miroirs. Et puis après ?

Les inspecteurs d'Atlanta étaient très minutieux. Ils avaient systématiquement tout mesuré et photographié, passé l'aspirateur, fouillé le moindre recoin et étudié les siphons de la salle de bains.

Les photographies de la police et les tracés des corps sur les lits montraient à Graham l'endroit où les cadavres avaient été retrouvés. Plusieurs indices — les traces de nitrate sur les draps dans le cas de blessure par arme à feu, par exemple — indiquaient qu'ils se trouvaient approximativement dans la même position qu'au moment du décès.

Mais la profusion de taches de sang et de marques sur le tapis du palier demeurait toutefois inexpliquée. Un inspecteur avait émis l'hypothèse selon laquelle certaines victimes auraient rampé à terre pour échapper au tueur. Graham n'y croyait pas... Visiblement, le tueur les avait déplacées après leur mort pour les remettre ensuite à l'endroit où elles avaient succombé.

Ce qu'il avait fait de Mme Leeds était assez évident. Mais les autres ? Il ne leur avait pas fait subir les mêmes mutilations qu'à Mme Leeds. Les enfants n'avaient reçu qu'une balle dans la tête. Charles était mort d'hémorragie et de succion. La seule marque supplémentaire retrouvée sur lui provenait d'une ligature superficielle au niveau de la poitrine, très certainement postérieure à la mort. Qu'avait donc pu faire d'eux le tueur après qu'ils furent morts ?

Graham tira du dossier les photographies de la police, les rapports du labo concernant les taches de sang et les traces organiques individuelles découvertes dans la pièce, et des tableaux officiels permettant d'évaluer les projections de sang.

Il étudia attentivement les chambres en s'efforçant de faire correspondre les blessures aux taches et de travailler à rebours. Il nota chaque éclaboussure sur un plan à l'échelle de la chambre en se servant des tableaux pour estimer la direction et la vitesse des projections. Il espérait ainsi connaître les positions des corps aux différents moments du drame.

Ici, une rangée de trois taches en oblique, juste au coin du mur de la chambre. Dessous, sur le tapis, trois taches de plus petite taille. Au-dessus du chevet du lit, du côté où couchait Charles Leeds, le mur était taché et il y avait des traînées sur les montants. Le plan de Graham commençait à ressembler à l'un de ces dessins où il faut relier des points numérotés pour former une image. Il le regarda attentivement, étudia la chambre, se consacra à nouveau au plan jusqu'à ce que la migraine s'emparât de lui.

Il se rendit dans la salle de bains et prit ses deux derniers comprimés de Bufférine, puis il fit couler de l'eau dans sa main. Il s'aspergea le visage et s'essuya avec le pan de sa chemise. De l'eau tomba à terre. Il avait oublié que le siphon avait été ôté pour examen. En dehors de ce détail, la salle de bains était en ordre, à l'exception du miroir brisé et des traces de cette poudre à empreintes rouge nommée Sang de Dragon. Les brosses à dents, la crème faciale, le rasoir, tout était à sa place.

On aurait dit que la famille continuait d'utiliser la salle de bains. Un collant pendait au porte-serviettes, là où Mme Leeds l'avait mis à sécher. Il constata qu'elle coupait la jambe d'une paire quand elle avait un accroc ; ainsi, elle pouvait porter en même temps deux paires unijambistes et faire des économies. L'attitude parcimonieuse de Mme Leeds le touchait profondément ; Molly n'agissait pas autrement.

Graham passa par une fenêtre pour s'installer sur les bardeaux du toit de la véranda. Les genoux serrés, la chemise humide plaquée contre le dos, il tenta de se débarrasser de l'odeur du crime en inspirant profondément.

Les lumières d'Atlanta blanchissaient le ciel nocturne et empêchaient de voir les étoiles. La nuit devait être belle dans les Keys. Il pourrait être en train d'observer les étoiles filantes en compagnie de Willy et de Molly, et de guetter le sifflement qu'une étoile — ils étaient tous d'accord sur ce point — se doit de produire en tombant. La pluie de météores de Delta du Verseau était à son maximum et Willy ne voulait pas manquer ça.

A nouveau, il frissonna et renifla. Ce n'était pas le moment de penser à Molly. Cela ne pouvait que le distraire. Et puis, ce n'était pas de très bon goût.

C'était bien là le problème de Graham : ses pensées

n'étaient pas toujours de très bon goût. Il n'existait pas de cloisonnement réel dans son esprit. Ce qu'il voyait, ce qu'il apprenait, contaminait tout ce qu'il savait d'autre. Ces mélanges étaient parfois difficiles à supporter mais il ne pouvait rien faire pour les éviter. Toutes ses valeurs acquises de décence et de convenance regimbaient devant ses associations d'idées ou s'épouvantaient de ses rêves ; et dans le champ clos de son crâne, il n'y avait pas de refuge pour ce qu'il aimait. Les associations se faisaient à la vitesse de la lumière, alors que les jugements de valeur préféraient le pas plus mesuré de la litanie. Jamais ils ne pourraient s'imposer et orienter sa réflexion.

Sa propre mentalité lui apparaissait à la fois grotesque et utile, comme une chaise faite d'andouillers, mais il n'y pouvait absolument rien.

Graham éteignit la lumière et traversa la cuisine. Sa lampe de poche découvrit une bicyclette et un panier à chien en osier tout au bout de la véranda. Il y avait une niche dans la cour, une écuelle près des marches.

Tout prouvait que les Leeds avaient été surpris dans leur sommeil.

Il coinça la lampe sous son menton et rédigea une note : *Jack, où se trouvait le chien ?*

Graham regagna son hôtel. A quatre heures et demie du matin, la circulation était clairsemée mais il lui fallut se concentrer sur ce qu'il faisait. Il souffrait toujours de migraine et il chercha une pharmacie ouverte toute la nuit.

Il en trouva une à Peachtree. Un vigile d'allure peu soignée somnolait près de la porte. Un pharmacien dont la veste défraîchie était couverte de pellicules vendit de la Bufférine à Graham. L'éclairage de l'officine faisait mal aux yeux. Graham détestait les jeunes pharmaciens. Il leur trouvait souvent un air satisfait et les soupçonnait d'être désagréables dans leur foyer.

« C'est tout ? » dit le pharmacien, prêt à frapper les touches de la caisse enregistreuse. « C'est tout ? »

Le F.B.I. d'Atlanta l'avait logé dans un hôtel absurde

proche du nouveau centre commercial de Peachtree. Il y avait des ascenseurs en verre en forme de gousse d'ail pour lui faire comprendre qu'il était bien en ville.

Graham monta en même temps que deux congressistes bardés de badges. Cramponnés à la barre d'appui, ils observaient le hall de l'hôtel.

« Regarde là-bas, à côté de la réception. Voilà Wilma et les autres qui arrivent dit le plus gros. Bon Dieu, je lui ferais bien sa fête à celle-là.

— Je la pinerais à mort », fit l'autre.

La peur, la violence, la colère.

« Tiens, à propos, tu sais pourquoi une femme a des jambes ?

— Je ne sais pas, dis toujours.

— C'est pour pas laisser des traces comme les escargots. »

Les portes de l'ascenseur s'ouvrirent.

« C'est là ? Ouais, c'est là », dit le plus gros. Il se cogna contre la paroi en sortant.

« Eh bien, tu n'es pas mieux que moi », fit l'autre.

Graham posa le dossier sur la commode de la chambre. Puis il le rangea dans un tiroir pour ne plus le voir. Il en avait assez de ces morts aux yeux grands ouverts. Il eut envie d'appeler Molly mais il était encore trop tôt.

Une réunion était prévue à huit heures au quartier général de la police d'Atlanta. Il n'aurait pas grand-chose à leur révéler.

Il devrait essayer de dormir. Son esprit était semblable à une maison où tout le monde se disputait et où l'on se battait même dans le hall d'entrée. Vidé, engourdi, il but deux doigts de whisky dans le verre à dents avant de s'allonger. L'obscurité avait quelque chose d'oppressant. Il alluma dans la salle de bains et se recoucha. Il imagina que Molly était en train de se brosser les cheveux.

Des passages du rapport d'autopsie résonnaient dans sa tête, et c'était sa propre voix qu'il entendait, même s'il ne les avait jamais lus tout haut. « ... les selles étaient déjà formées... une trace de talc sur la jambe droite... fracture de la paroi orbitaire médiane due à l'introduction d'un éclat de miroir... »

Graham voulut penser à la plage de Sugarloaf Key et entendre le bruit des vagues. Il imagina son atelier et pensa à l'écoulement de la clepsydre qu'il construisait avec Willy. Il fredonna *Whiskey River* à voix basse, puis tenta de chanter tous les couplets de *Wild Mountain Rag*. La musique de Molly... Il n'avait pas de problèmes avec la partie de guitare de Doc Watson mais se perdait toujours dans le solo de violon. Molly avait essayé de lui apprendre à faire des claquettes dans la cour de la maison, elle se moquait de lui... et il finit par s'endormir.

Il s'éveilla moins d'une heure plus tard, couvert de sueur : l'autre oreiller se découpait sur la lumière de la salle de bains, et c'était Mme Leeds qui gisait à côté de lui, mordue, déchirée, les yeux vitreux, les tempes et les oreilles barrées de traînées de sang dessinant des branches de lunettes. Il ne pouvait se résoudre à la regarder en face. Un hurlement de sirène dans la tête, il tendit la main et ne rencontra que l'étoffe des draps.

Il éprouva alors un soulagement immédiat. Il se leva, le cœur battant, et passa un tee-shirt propre avant de jeter dans la baignoire celui qu'il portait. Il était incapable de se coucher du côté sec du lit. Il préféra étaler une serviette sur les draps trempés de sueur et s'y recoucher, le dos coincé contre le chevet, un verre d'alcool à la main. Il en avala près d'un tiers.

Il chercha une chose, n'importe quoi, à laquelle penser. La pharmacie où il avait acheté de la Bufférine. Cela irait. Peut-être parce que c'était son seul geste de la journée qui ne fût pas lié à la mort.

Il se rappela les vieux drugstores et leurs fontaines à soda. Quand il était gosse, il trouvait toujours un air un peu louche aux vieux drugstores. En y entrant, on pense toujours à acheter des capotes, même si l'on n'en a pas besoin. Il y avait sur les étagères des articles qu'on ne devait pas regarder trop longtemps.

Dans la pharmacie où il avait acheté la Bufférine, les contraceptifs et leur emballage illustré trônaient sur un présentoir, juste derrière la caisse enregistreuse.

Il préférait le drugstore un peu fouillis de son enfance. Graham approchait de la quarantaine et commençait seulement à évoquer avec un pincement au cœur le monde qu'il avait connu ; c'était comme l'ancre d'un bateau qu'il aurait traînée derrière lui, dans la tempête.

Il pensa à Smoot. A l'époque où Graham était enfant, le vieux Smoot travaillait comme gérant pour le pharmacien qui possédait le drugstore du quartier. Smoot, qui buvait pendant les heures de travail, oubliait de descendre le store et faisait passer la couleur des espadrilles dans la vitrine. Smoot qui oubliait de débrancher la cafetière, et c'étaient les pompiers qu'on appelait au secours. Smoot qui faisait crédit aux enfants qui lui achetaient des cornets de glace.

Son plus grand crime avait été de commander cinquante poupées fétiches à un représentant pendant que le propriétaire était en congé. A son retour, il avait mis à pied Smoot pendant une semaine. Puis ils avaient ouvert un rayon de poupées. Une cinquantaine de poupées avait donc été disposée en demi-cercle dans la vitrine, comme si elles regardaient tous les passants.

Elles avaient des yeux immenses d'un bleu centaurée. Leur présentation était assez frappante et Graham s'y était longuement attardé. Il savait que ce n'était que des poupées mais pouvait malgré tout sentir leurs regards posés sur lui. Tant de poupées semblables. Bon nombre de gens s'arrêtaient pour les regarder. Rien d'autre que des poupées de plâtre avec une coiffure bouclée un peu ridicule — mais ces dizaines d'yeux fixés sur lui lui donnaient la chair de poule.

Graham commençait seulement à se détendre. Des poupées fétiches qui vous regardent. Il voulut boire un peu, s'étrangla et renversa le verre sur sa poitrine. Il chercha à tâtons la lampe de chevet et tira le dossier du tiroir de la commode. Il en sortit les rapports d'autopsie concernant les enfants Leeds ainsi que le plan annoté de la chambre principale avant d'étaler le tout sur le lit.

Là, ce sont les traces de sang sur le mur. Et là, sur le tapis, les taches correspondantes. Et voici les mensurations des trois enfants. Tout concorde. Tout. Dans les trois cas.

Ils avaient été installés l'un à côté de l'autre, assis contre le mur, juste en face du lit. Un public. Un public de morts. Et Leeds. Attaché par la poitrine au chevet, comme s'il était assis dans son lit. D'où la marque laissée par la ligature, les taches au-dessus du chevet.

Que regardaient-ils ? Rien, ils étaient tous morts. Mais leurs yeux étaient ouverts. Ils assistaient au spectacle que donnaient le dément et le corps de Mme Leeds, sur le lit, tout à côté de M. Leeds. Un public. Ce dingue pouvait voir leurs visages tout autour de lui.

Graham se demanda s'il avait allumé une bougie. La flamme vacillante aurait donné un semblant de vie à leurs visages. Mais on n'avait pas retrouvé de bougie. Peut-être en utiliserait-il une la prochaine fois...

Cet infime premier lien avec le tueur le dévorait comme une sangsue. Fébrile, Graham mordit le drap.

Pourquoi les as-tu déplacés ? Tu ne pouvais donc pas les laisser comme ça ! Il y a quelque chose que tu as fait que tu veux me cacher. Quelque chose dont tu as honte. A moins que tu ne puisses te permettre de me le laisser savoir.

Est-ce que tu leur as ouvert les yeux ?

Mme Leeds était jolie, n'est-ce pas ? Tu as allumé après avoir tranché la gorge de M. Leeds pour qu'elle le voie saigner, hein ? C'était insupportable de devoir porter des gants quand tu l'as touchée, c'est ça, hein ?

Elle avait du talc sur la jambe.

Il n'y avait pas de talc dans la salle de bains.

On eût dit que quelqu'un d'autre lui énonçait à voix basse ces deux éléments.

Tu as enlevé tes gants, hein ? Le talc est tombé d'un

gant de caoutchouc que tu as ôté pour la toucher, C'EST ÇA, ESPECE D'ORDURE ? Tu l'as touchée avec tes mains nues avant de remettre tes gants et de l'essuyer. Mais pendant que tu avais les mains nues, EST-CE QUE TU EN AS PROFITE POUR LEUR OUVRIR LES YEUX ?

Jack Crawford répondit au téléphone après la cinquième sonnerie. Il avait décroché à plusieurs reprises au cours de la nuit et ce nouvel appel ne le troubla pas.

« Jack, c'est Will.

— Je t'écoute.

— Est-ce que Price s'occupe toujours des empreintes cachées ?

— Oui, il ne fait pratiquement plus que ça. Il travaille au sommier des empreintes uniques.

— Je crois qu'il devrait venir à Atlanta.

— Pourquoi ? Tu as dit toi-même qu'ils avaient un bon spécialiste.

— Oui, *il est bon*, mais pas autant que Price.

— Qu'est-ce que tu attends de lui ? Où doit-il chercher ?

— Sur les ongles de main et de pied de Mme Leeds. Ils sont vernis, c'est une couche très fine. Ainsi que sur leurs cornées. Jack, je crois qu'il a ôté ses gants.

— Bon Dieu, Price va devoir se grouiller, dit Crawford. L'enterrement est prévu pour cet après-midi. »

3

« JE crois qu'il a eu besoin de la toucher », dit Graham en guise de préambule.

Crawford lui tendit un Coca provenant du distributeur du quartier général de la police d'Atlanta. Il était huit heures moins dix.

« C'est sûr, il l'a déplacée, dit Crawford. Elle avait des marques aux poignets et derrière les genoux. Mais toutes les empreintes ont été produites par des gants non poreux. Ne t'en fais pas, Price est arrivé — il a l'air plutôt grognon. Il est déjà en route pour les pompes funèbres. La morgue a permis la sortie des corps la nuit dernière mais les pompes funèbres n'ont encore rien fait. Ça n'a pas l'air d'aller. Tu n'as pas dormi ?

— Une heure, peut-être. Je crois qu'il a eu besoin de la toucher de ses mains nues.

— J'espère que tu as raison, mais le labo d'Atlanta jure qu'il a porté tout le temps des gants de chirurgien, dit Crawford. Les éclats de verre avaient des empreintes lisses. Un index sur le derrière du morceau enfoncé dans les petites lèvres, un pouce écrasé par-devant.

— Il l'a frotté après l'avoir enfoncé, certainement pour se voir dedans, dit Graham.

— Celui qu'elle avait dans la bouche était couvert de sang. Pareil pour l'éclat retrouvé dans les yeux. Il n'a jamais enlevé ses gants.

— Mme Leeds n'était pas mal du tout, dit Graham. Tu

as vu comme moi les photos de famille. J'aurais bien aimé lui toucher la peau dans l'intimité, pas toi ?

— *Dans l'intimité ?* » Crawford ne put s'empêcher de montrer le dégoût que cette réflexion suscitait en lui. Il s'empressa de fouiller dans ses poches pour se donner une contenance.

« Oui, dans l'intimité. Ils étaient seuls. Tous les autres étaient morts. Il pouvait leur ouvrir ou leur fermer les yeux à sa guise.

— Oui, il pouvait faire ce qu'il voulait, dit Crawford. Ils ont cherché des empreintes sur la peau, mais ça n'a rien donné. Il y a la marque d'une main sur le cou, c'est tout.

— On ne dit pas dans le rapport s'ils ont curé les ongles.

— Je pense que les ongles étaient souillés quand ils ont fait des prélèvements, juste à l'endroit où elle s'est enfoncé les ongles dans les paumes. Mais elle ne l'a pas griffé.

— Elle avait de jolis pieds, dit Graham.

— Hum... Bon, si on montait ? fit Crawford. C'est l'heure de passer les troupes en revue. »

L'équipement de Jimmy Price était assez volumineux : deux grosses valises plus un sac de photographe et un trépied. Il fit une entrée fracassante au salon funéraire Lombard, à Atlanta. C'était un vieillard assez frêle, dont l'interminable trajet en taxi depuis l'aéroport n'avait rien fait pour améliorer le caractère.

Un jeune homme empressé aux cheveux soignés le conduisit dans une pièce crème et abricot. Le bureau était nu, à l'exception d'une sculpture intitulée *La Prière*.

Price examinait les mains jointes quand M. Lombard arriva en personne. Lombard vérifia très soigneusement les pièces justificatives de Price.

« Votre bureau d'Atlanta ou votre agence m'a bien entendu prévenu, monsieur Price. Mais nous avons dû appeler la police la nuit dernière pour expulser un détestable individu qui tentait de prendre des photos pour le compte du *National Tattler*. Je me dois donc d'être très prudent et je suis certain que vous me comprendrez, monsieur Price. Les corps ne nous ont été confiés qu'à une heure du matin et les funérailles sont prévues pour cet après-midi à cinq heures. Il est impossible de les repousser.

— Cela ne sera pas très long, dit Price. J'ai besoin d'un assistant assez intelligent, si vous avez cela chez vous. Monsieur Lombard, vous avez touché les corps ?

— Non.

— Essayez de savoir qui les a touchés. Il faudra que je prenne leurs empreintes. »

Ce matin-là, on parla surtout de dents à la réunion des inspecteurs chargés de l'affaire Leeds.

L'inspecteur chef d'Atlanta, R. J. Springfield, dit « Buddy », un gros gaillard en manches de chemise, se tenait près de la porte aux côtés du Dr Dominic Princi quand les vingt-trois inspecteurs pénétrèrent dans la pièce.

« Allez, les gars, faites-nous un beau sourire en passant, dit Springfield. Montrez vos dents au Dr Princi. C'est ça, montrez-les bien. Bon Dieu, Sparks, qu'est-ce que c'est que ça ? Vous avez avalé une serpillière ou quoi ? Allez, avancez. »

L'agrandissement du cliché frontal d'une série de dents supérieures et inférieures avait été punaisé au panneau de service. Cela rappelait à Graham les dents imprimées sur une bande de celluloïd dans une boutique de son enfance. Crawford et lui avaient pris place au fond de la pièce pendant que les inspecteurs s'installaient à leur pupitre.

Le responsable de la sécurité publique d'Atlanta, Gilbert Lewis, et l'officier chargé des relations publiques étaient un peu à l'écart, sur des chaises pliantes. Lewis devait tenir une conférence de presse dans une heure.

L'inspecteur en chef Springfield ouvrit le feu.

« Bon, assez rigolé, les gars. Si vous avez jeté un coup d'œil au rapport de ce matin, vous savez qu'on n'a pas avancé d'un poil.

« Les interrogatoires systématiques vont se poursuivre dans un rayon supplémentaire de quatre pâtés de maisons. Les R.G. nous ont envoyé deux hommes à eux pour faire des recoupements dans les réservations de billets d'avion et les locations de voiture à Birmingham et à Atlanta.

« Les inspecteurs chargés des hôtels et de l'aéroport vont repartir en tournée aujourd'hui. J'ai bien dit aujourd'hui. Interrogez les bonnes, les garçons, les employés de la réception. Il a bien été obligé de se laver quelque part et il a dû laisser des traces. Si vous trouvez quelqu'un qui a fait du nettoyage, éjectez les occupants de la chambre, mettez-y les scellés et foncez à la blanchisserie en quatrième vitesse. Enfin, j'ai tout de même quelque chose à vous montrer. Docteur Princi ? »

Premier expert médical du comté de Fuldon, le Dr Dominic Princi alla prendre place sous l'agrandissement des dents. Il tenait à la main un moulage dentaire.

« Messieurs, voilà à quoi ressemblent les dents de notre individu. Le Smithsonian de Washington les a reconstituées d'après les empreintes des morsures retrouvées sur le corps de Mme Leeds et sur un morceau de fromage rangé dans le frigidaire des Leeds.

« Comme vous pouvez le constater, ses incisives latérales sont resserrées — là et là. » Princi indiqua l'emplacement sur le moulage, puis sur l'agrandissement. « L'alignement est imparfait et il manque un coin d'une incisive centrale. L'autre incisive est entaillée, ici. Cela ressemble à un " cran de tailleur ", c'est ce qu'ont les gens qui coupent du fil avec leurs dents.

— Des vraies dents de fils de pute, grommela quelqu'un.

— Dites, Toubib, comment pouvez-vous être sûr que c'est bien l'agresseur qui a mordu dans le fromage ? » demanda un grand type au premier rang.

Princi avait horreur d'être appelé « Toubib » mais il

passa outre. « Les traînées de salive trouvées sur le fromage et sur les blessures correspondent au même groupe sanguin. Le groupe et les dents des victimes sont différents.

— Beau travail, Docteur, dit Springfield. Nous allons vous distribuer des photos des dents.

— Si on les communiquait aux journaux? dit Simpkins, l'officier chargé des relations publiques. Avec un texte dans le genre : " Avez-vous déjà vu ces dents quelque part ? "

— Je n'y vois aucune objection, dit Springfield. Commissaire ? »

Lewis hocha la tête.

Simpkins n'avait pas fini. « Docteur Princi, la presse va nous demander pourquoi il a fallu quatre jours pour fabriquer cette reproduction. Elle voudra aussi savoir pourquoi il a fallu faire appel à Washington. »

L'agent spécial Crawford se concentrait sur la pointe de son stylo-bille.

Princi rougit mais sa voix ne le trahit pas. « Les marques de dents faites sur la chair sont déformées quand le corps est transporté, monsieur Simpson...

— Simpkins.

— O.K., Simpkins. Nous n'aurions pu parvenir à ce résultat avec les seules morsures, et c'est là que le fromage entre en jeu. Le fromage est relativement solide mais assez délicat à mouler. Il faut commencer par l'enduire d'huile pour que la moisissure n'adhère pas. Le Smithsonian l'a déjà fait pour le labo du F.B.I. Ils sont mieux équipés pour effectuer une étude faciale et ils possèdent un articulateur anatomique. Ils ont également un odontologue légiste conseil. Pas nous. Une autre question ?

— Est-ce qu'il serait honnête de dire que le retard est imputable au labo du F.B.I. au lieu de nous tenir pour responsables ? »

Princi se tourna vers lui.

« Ce qui serait honnête, monsieur Simpkins, c'est de dire que c'est un enquêteur fédéral, l'agent spécial

Crawford, qui a découvert le fromage dans le frigidaire il y a deux jours — bien après que vos types eurent fouillé toute la maison. C'est sur ma demande qu'il a fait activer le labo. En tout cas, je suis soulagé de savoir que ce n'est pas l'un de vous qui a mordu dans le fromage. »

Le commissaire Lewis l'interrompit d'une voix de basse qui résonna dans toute la pièce. « Personne ne met en cause votre jugement, docteur Princi. Simpkins, on a vraiment autre chose à faire qu'à chercher des crosses au F.B.I. Alors, laissez tomber.

— Nous sommes tous dans le même bain, dit Springfield. Jack, est-ce que vos hommes ont quelque chose à ajouter ? »

Crawford prit la parole. Les visages tournés vers lui n'étaient pas tous empreints de sympathie. Il allait devoir régler cette question.

« Ecoutez, Chef, je voudrais seulement mettre les choses au point. Dans le temps, il y avait pas mal de rivalité entre nous. Que ce soient les fédéraux ou la police locale, tout le monde tirait la couverture à soi. Et les criminels en profitaient pour filer. Le bureau ne pense plus comme ça maintenant, et moi non plus. Je me moque bien de savoir qui aura les honneurs. L'enquêteur Graham est du même avis que moi. C'est celui qui est assis au fond, pour ceux qui ne le connaîtraient pas. Si le type qui a fait cela se fait renverser par une benne à ordures, ça ne sera pas plus mal. Tout ce que je demande, c'est qu'il soit mis hors d'état de nuire. Je suis sûr que vous pensez comme moi. »

Crawford observa les inspecteurs. Il espérait qu'ils se radouciraient et ne chercheraient pas à jouer les vedettes. Le commissaire Lewis s'adressa à lui.

« L'enquêteur Graham a déjà travaillé sur des affaires semblables ?

— Oui.

— Monsieur Graham, vous avez peut-être quelque chose à ajouter, une suggestion ? »

Crawford interrogea Graham du regard.

« Voudriez-vous venir devant ? » dit Springfield.

Graham aurait aimé avoir la possibilité de parler en privé avec Springfield. Faire un exposé devant tout le monde ne l'emballait pas. Pourtant, il s'exécuta.

Echevelé et bronzé, Graham ne ressemblait pas du tout à un enquêteur fédéral. Springfield lui trouvait l'air d'un peintre en bâtiment qui se serait endimanché pour venir témoigner à l'audience.

Les inspecteurs se trémoussèrent sur leur siège.

Mais quand Graham se tourna pour faire face à l'assistance, ses yeux d'un bleu délavé, tranchant sur son visage bronzé, les figèrent sur leur siège.

« Je ne vous dirai que quelques mots. Nous ne pouvons pas supposer qu'il s'agisse d'un ancien malade mental ou de quelqu'un qui aurait déjà été condamné pour attentat à la pudeur. Il y a de fortes chances pour qu'il n'ait pas de casier judiciaire. Et s'il en a un, ce serait plutôt pour vol avec effraction.

« Il a peut-être manifesté son goût pour les morsures dans des affaires mineures, des querelles de bar ou de mauvais traitements infligés à des enfants. Justement, les gens sur qui nous devons compter le plus sont les internes des urgences et le personnel de l'assistance publique.

« Il faudra vérifier tous les cas de morsure graves dont ils pourront se souvenir, sans tenir compte de la personnalité de la victime ou de sa façon de rapporter les événements. Voilà, c'est tout. »

Le grand inspecteur du premier rang leva la main et parla en même temps.

« Pour l'instant, il n'a mordu que des femmes, n'est-ce pas ?

— D'après ce que nous savons, oui. Mais il mord beaucoup. Six morsures graves sur Mme Leeds, huit sur Mme Jacobi. C'est bien au-dessus de la moyenne.

— Quelle moyenne ?

— Celle des crimes sexuels, qui est de trois. Non, il aime vraiment mordre.

— Les femmes.

— Dans la plupart des agressions sexuelles, la morsure se caractérise par une tache blanchâtre en son centre, à l'endroit de la succion. Cela n'apparaît pas ici. Le docteur Princi en a fait état dans son rapport d'autopsie et je l'ai moi-même constaté à la morgue. Il n'y a pas de traces de succion. Peut-être mord-il plutôt par goût du combat que par perversion sexuelle.

— C'est plutôt mince, dit l'inspecteur.

— Cela vaut le coup de vérifier, dit Graham. Toutes les morsures doivent être vérifiées. Les gens mentent sur la façon dont cela s'est passé. Les parents d'un enfant mordu mettent en cause un animal et le font vacciner contre la rage pour éviter le scandale dans la famille — vous avez tous déjà vu cela. Il vaut mieux s'informer auprès des hôpitaux et savoir qui a été vacciné contre la rage.

« Voilà, c'est vraiment tout. » Les muscles des cuisses de Graham se crispèrent sous l'effet de la fatigue quand il se rassit.

« Cela vaut le coup de demander et nous le ferons, dit l'inspecteur chef Springfield. Bon. Les îlotiers, vous vous occuperez du quartier avec les hommes des vols à la tire. Pensez au chien. Vous trouverez les renseignements et la photo dans le dossier. Essayez de savoir si le chien a été aperçu en compagnie d'un étranger. Les Mœurs et les Narcotiques, vous ferez les boîtes de maso après le travail de routine. Marcus et Whitman, vous vous rendrez à l'enterrement. Vous aurez des parents, des amis de la famille, qui défileront devant vous. Bon. Le photographe ? D'accord. Vous transmettrez le registre des signatures aux R.G. Ils ont déjà celui de Birmingham. Les autres ordres de mission sont indiqués sur la feuille. On peut y aller.

— Encore une chose », dit le commissaire Lewis. Les inspecteurs retombèrent sur leur chaise. « J'ai entendu des officiers de ce secteur surnommer l'assassin " La Mâchoire ". Dites ce que vous voulez entre vous, je sais bien qu'il faut l'appeler d'une manière ou d'une autre, mais je ne veux pas entendre un officier de police parler de " La Mâchoire " en public. Ça ne fait pas très sérieux. Je ne veux pas non plus que cette expression apparaisse dans les rapports à usage interne.

« C'est tout. »

Crawford et Graham accompagnèrent Springfield dans son bureau. L'inspecteur chef leur servit du café pendant que Crawford appela le standard pour prendre les messages qui lui étaient destinés.

« Je n'ai pas pu vous parler seul à seul hier, dit Springfield à Graham. C'est devenu une vraie maison de dingues ici. Votre nom, c'est bien Will, hein ? Les gars vous ont transmis tout ce que vous vouliez ?

— Oui, ils ont été parfaits.

— Nous pataugeons complètement, dit Springfield. Ah si, nous avons développé une photo des empreintes relevées dans le parterre de fleurs. Il a foulé les buissons et le gazon, et l'on ne connaît pratiquement que sa pointure, et peut-être aussi sa taille. L'empreinte du pied gauche est un peu plus profonde, peut-être parce qu'il portait quelque chose. C'est un boulot délicat, mais il y a quelques années, nous avons arrêté un cambrioleur à partir d'une photo comme celle-ci. Elle a révélé une maladie de Parkinson. Princi a pu l'identifier. On n'a pas autant de chance cette fois-ci.

— Vous avez une bonne équipe, dit Graham.

— C'est vrai, mais on n'est pas habitué à ce genre d'affaire, Dieu merci. Répondez-moi franchement, est-ce que vous travaillez toujours ensemble — vous, Jack, le docteur Bloom — ou est-ce que vous ne vous retrouvez que pour des cas précis ?

— Uniquement pour des cas précis, dit Graham.

— Ça fait un beau trio. Le commissaire a dit que vous êtes l'homme qui a pincé Lecter il y a trois ans.

— Nous étions là tous les trois avec la police du Maryland, dit Graham. C'est elle qui l'a arrêté. »

Springfield était bourru mais pas idiot. Visiblement, Graham n'était pas à l'aise. Il fit pivoter sa chaise et ramassa quelques feuilles.

« Vous avez voulu savoir ce qu'il en était du chien.

Voilà sa fiche. La nuit dernière, un véto a appelé le frère de Leeds. Le chien était chez lui. Leeds et son fils aîné l'avaient conduit chez le véto l'après-midi précédant le meurtre. Il avait un abcès à l'abdomen. Le véto l'a opéré et tout s'est très bien passé. Il a tout d'abord cru qu'il s'agissait d'une blessure par balle mais il n'a rien retrouvé. Selon lui, le chien a été frappé avec un pic à glace ou un poinçon. Nous avons demandé aux voisins s'ils avaient vu quelqu'un jouer avec le chien et, aujourd'hui, nous appelons tous les vétos des environs pour savoir si on leur a signalé d'autres mutilations.

— Est-ce que le chien portait un collier marqué Leeds ?

— Non.

— Et à Birmingham, les Jacobi avaient un chien ? demanda Graham.

— C'est ce que nous sommes censés découvrir, dit Springfield. Attendez un instant. » Il composa un numéro intérieur. « Le lieutenant Flatt effectue la liaison avec Birmingham... — Oui, Flatt. Que sait-on du chien des Jacobi ? Oui, oui... hun hun... Une minute, s'il vous plaît. » Il posa la main sur le combiné. « Il n'y a pas de chien. Ils ont trouvé un plat à chat souillé dans la salle de bains du rez-de-chaussée, mais il n'y a pas de nouvelles du chat. Les voisins essayent de le retrouver.

— Demandez à Birmingham de vérifier dans la cour et dans les bâtiments adjacents, dit Graham. Si le chat était blessé, les enfants ne l'ont peut-être pas trouvé à temps et il leur a fallu l'enterrer. Vous connaissez les chats. Ils se cachent pour mourir. Les chiens reviennent auprès de leurs maîtres. Pouvez-vous aussi leur demander s'il portait un collier ?

— Dites-leur que nous leur enverrons une sonde à méthane s'ils en ont besoin, dit Crawford. Ça évite de creuser. »

Springfield transmit les questions. Le téléphone sonna dès qu'il eut raccroché. L'appel était pour Jack Crawford et émanait de Jimmy Price qui se trouvait au

Lombard Funeral Home. Crawford décrocha l'autre appareil.

« Jack, j'ai un fragment, c'est probablement un pouce et un morceau de paume.

— Jimmy, tu es la lumière de mes jours.

— Je sais. Le fragment est teinté mais il est souillé. Je verrai ce que je peux faire à mon retour. Il provient de l'œil gauche du fils aîné. C'est la première fois que je fais ça. J'aurais pu passer à côté mais il ressortait sur l'hémorragie provoquée par la blessure par balle.

— Tu crois pouvoir l'identifier ?

— Ça risque d'être très long, Jack. Si je le retrouve au sommier des empreintes uniques, peut-être, mais autant chercher une aiguille dans une meule de foin. Le fragment de paume provient du gros orteil gauche de Mme Leeds. Il ne pourra nous servir qu'à comparer. Nous aurons vraiment de la chance si ça nous fait avancer. L'adjoint responsable des affaires sociales était présent, de même que Lombard. Il est huissier. J'ai pris des photos des lieux. Ça suffira comme ça ?

— Tu as pensé à relever les empreintes des employés du salon funéraire ?

— Je les ai demandées à Lombard et à tous ses croque-morts, même à ceux qui m'ont dit ne pas y avoir touché. Ils sont tous en train de se nettoyer les doigts et de pester contre moi. Je voudrais rentrer, Jack. Je travaillerai mieux dans ma propre chambre noire. Qui sait ce que nous pouvons trouver ? Je peux attraper un vol pour Washington dans une heure et te faire rapporter les photos des empreintes en début d'après-midi. »

Crawford réfléchit un instant. « D'accord, Jimmy, mais fais vite. Et envoie des exemplaires au F.B.I. et à la police de Birmingham et d'Atlanta.

— C'est comme si c'était fait.

— Mon vieux Jimmy, je ne pourrai plus jamais rien te refuser. »

Graham regarda par la fenêtre pendant que Crawford les mettait au courant pour les empreintes.

« C'est vraiment remarquable », se contenta de dire Springfield.

Le visage de Graham était livide — fermé comme celui d'un condamné, se dit Springfield.

Il observa Graham jusqu'à ce qu'il fût sorti de la pièce.

La conférence de presse du commissaire prenait fin dans le foyer quand Graham et Crawford quittèrent le bureau de Springfield. Les journalistes de la presse écrite se ruèrent vers les téléphones. Ceux de la télévision tournaient des plans de coupe, debout devant la caméra pour poser les meilleures questions entendues pendant la conférence ; puis, ils tendaient leur micro vers le vide afin d'obtenir une réponse qu'on insérerait plus tard à partir de la séquence du commissaire.

Crawford et Graham descendaient les marches quand un petit homme les dépassa avant de faire volte-face et de les prendre en photo. Son visage apparut derrière l'appareil-photo.

« Will Graham ! s'écria-t-il. Vous vous souvenez de moi ? Freddy Lounds ! J'ai couvert l'affaire Lecter pour le *Tattler* et c'est moi qui ai écrit le bouquin.

— Je m'en souviens très bien », dit Graham. Crawford et lui descendirent les dernières marches, avec Lounds qui marchait de profil devant eux.

« Will, quand vous ont-ils appelé ? Qu'est-ce que vous savez ?

— Je n'ai rien à vous dire, Lounds.

— Qu'est-ce qui différencie ce type de Lecter ? Est-ce qu'il les...

— Lounds. » Graham avait presque crié, et Crawford s'interposa entre les deux hommes. « Lounds, vos articles sont de la merde et le *National Tattler* n'est qu'un torche-cul. Alors, barrez-vous ! »

Crawford prit Graham par le bras. « Allez, Lounds,

tirez-vous. *Tout de suite.* Will, on va prendre un bon petit déjeuner. Viens. »

Ils tournèrent au coin de la rue.

« Je suis désolé, Jack, mais je ne peux pas voir ce type. Il a profité de ce que j'étais à l'hôpital pour...

— Je sais, dit Crawford, je l'ai foutu à la porte, ça ne lui a pas fait de mal. » Crawford se souvint de la photographie parue dans le *National Tattler* lors de la conclusion de l'affaire Lecter. Lounds s'était introduit dans la chambre d'hôpital pendant que Graham dormait. Il avait rejeté les draps et pris en photo l'anus artificiel temporaire de Graham. Le journal s'était contenté de cacher son bas-ventre sous un carré noir et de mettre en sous-titre : « Un flic éventré ».

Le restaurant était tranquille et agréable. Les mains tremblantes, Graham renversa du café dans la soucoupe.

Il vit que la fumée de la cigarette de Crawford dérangeait un couple installé à la table voisine. Le couple mangeait avec lenteur, dans un silence chargé de rancune.

Deux femmes — la mère et la fille, apparemment — discutaient près de la porte. Elles parlaient à voix basse mais leur visage était déformé par la colère. Une colère que Graham pouvait sentir sur son propre visage, sa propre nuque.

La perspective de devoir témoigner dans un procès à Washington, le matin même, énervait Crawford. Il craignait d'être retenu plusieurs jours. Tout en allumant une autre cigarette, il observa les mains de Graham et leur couleur.

« Atlanta et Birmingham vont comparer l'empreinte du pouce avec celles des maniaques sexuels qu'ils ont déjà fichées, dit Crawford. Nous pouvons en faire autant. Et Price a déjà sorti des dossiers une empreinte unique. Il va la soumettre au Finder. Nous avons déjà fait pas mal de boulot, tu sais. »

Finder était le surnom d'une machine du F.B.I. permettant de lire et de traiter les empreintes ; elle serait capable d'identifier l'empreinte du pouce sur une fiche relative à une affaire n'ayant aucun rapport avec celle-ci.

« Quand nous l'aurons, l'empreinte et les dents constitueront des preuves accablantes, dit Crawford. Pour l'instant, nous devons imaginer à quoi il *pourrait* ressembler. Cela va faire du monde. Mais supposons que nous ayons arrêté un suspect convenable. Tu arrives et tu le vois. Qu'est-ce qu'il y a en lui qui ne te surprend pas ?

— Je n'en sais rien, Jack. Tu comprends, pour moi il n'a pas de visage. Nous pourrions passer des années à rechercher les gens que nous avons inventés. Tu as parlé à Bloom ?

— Je l'ai eu cette nuit au téléphone. Bloom doute qu'il s'agisse d'un suicidaire et Heimlich est de son avis. Bloom n'est resté que quelques heures le premier jour mais Heimlich et lui ont tout le dossier. Il doit faire passer des examens cette semaine. Il m'a dit de te dire bonjour. Tu as son numéro à Chicago ?

— Oui, je l'ai. »

Graham aimait bien le Dr Alan Bloom : ce petit homme rondouillard aux yeux tristes était un psychiatre légiste de tout premier plan. Graham appréciait surtout le fait que Bloom n'ait jamais cherché à voir en lui un sujet d'étude. On ne pouvait pas en dire autant de tous les psychiatres.

« Bloom m'a dit qu'il ne serait pas très surpris si nous recevions des nouvelles de La Mâchoire. Il se pourrait qu'il nous laisse un message, dit Crawford.

— Sur le mur d'une chambre.

— Selon Bloom, il pourrait être défiguré, ou croire qu'il l'est, mais il vaut mieux ne pas accorder trop d'importance à ce détail. " Je ne veux pas vous faire lâcher la proie pour l'ombre ", voilà ce qu'il m'a dit. " Cela ne pourrait que vous distraire et ruiner vos efforts. " Il paraît qu'on lui a appris à parler comme ça à l'université.

— Il a raison, dit Graham.

— Tu dois savoir quelque chose, sans ça tu n'aurais pas trouvé l'empreinte, dit Crawford.

— Ecoute, Jack, il y avait suffisamment d'indices sur le mur. Je n'y suis pour rien. Et puis, j'aimerais que tu n'en attendes pas trop de moi. D'accord ?

— Oh, on l'aura, tu es bien d'accord là-dessus.

— Oui, on l'aura. D'une manière ou d'une autre.

— Comment, par exemple ?

— On trouvera des indices qui nous ont échappé.

— Et l'autre manière, c'est quoi ?

— Il recommencera sans arrêt, jusqu'au jour où il fera trop de bruit en pénétrant dans la maison et que le mari aura le temps de décrocher son fusil.

— Il n'y a pas d'autres solutions ?

— Tu crois que je vais le chercher dans une foule ? C'est bon pour Ezio Pinza. La Mâchoire continuera tant que nous n'aurons pas suffisamment de chance ou d'indices. Mais il ne s'arrêtera pas.

— Pourquoi donc ?

— Parce qu'il y prend vraiment plaisir.

— Dis donc, tu le connais mieux que tu ne le prétends », dit Crawford.

Graham ne lui répondit qu'une fois sorti du restaurant. « Attends la prochaine pleine lune, dit Graham. Ensuite, tu pourras me dire ce que je sais de lui. »

Graham regagna son hôtel et dormit deux heures et demie. Il se réveilla à midi, prit une douche et commanda un sandwich et du café. Il était temps d'étudier attentivement le dossier Jacobi. Il nettoya ses lunettes avec le savon de l'hôtel, puis s'installa près de la fenêtre avec le dossier. Les premières minutes, il leva la tête à chaque bruit, pas dans le hall ou claquement lointain de la porte de l'ascenseur. Puis plus rien n'exista que le dossier.

Le serveur frappa à plusieurs reprises à la porte. Quand il en eut assez d'attendre, il déposa le plateau devant la porte et signa lui-même la note.

4

Hoyt LEWIS, préposé aux compteurs de la Georgia Power Company, gara sa camionnette sous un gros arbre de l'allée et se cala sur le siège pour manger son casse-croûte. Ce n'était pas très agréable de devoir déballer son déjeuner maintenant qu'il était seul à l'empaqueter. Fini, les mots doux et les petits paniers.

Il en était à la moitié de son sandwich quand une grosse voix le fit sursauter.

« Si je comprends bien, j'en ai pour mille dollars d'électricité rien que pour le mois dernier. »

Lewis tourna la tête et vit le visage rougeaud de H. G. Parsons à la vitre de sa camionnette. Parsons portait un bermuda et tenait un balai à la main.

« Comment ?

— Vous allez me dire que j'en ai pour mille dollars d'électricité. C'est clair, cette fois-ci ?

— Monsieur Parsons, je ne peux pas vous fixer le montant de la facture parce que je n'ai pas encore relevé votre compteur. Quand je l'aurai fait, je l'inscrirai sur mon carnet. »

Parsons s'inquiétait du montant de sa facture, et il s'en était déjà plaint auprès des services compétents.

« Je sais très bien ce que j'utilise, dit Parsons, et je le dirai à la Commission des litiges.

— Vous voulez relever le compteur avec moi ? Dans ce cas, allons-y tout de suite et...

— Je sais parfaitement lire un compteur. Vous aussi, vous pourriez y arriver si ce n'était pas aussi fatigant.

— Ecoutez-moi, Parsons, dit Lewis en descendant de la camionnette. L'année dernière, vous avez placé un aimant sur votre compteur. Votre femme m'a dit que vous étiez à l'hôpital. J'en ai profité pour le retirer et j'ai passé l'éponge. Mais j'ai bien été obligé de le signaler quand vous avez déversé de la mélasse sur le compteur, l'hiver dernier. Je constate que vous avez payé quand on vous a envoyé la facture.

« Votre note a augmenté après que vous avez amélioré vous-même votre installation électrique. Il me semble que je vous ai assez répété qu'il y avait quelque chose dans la maison qui pompait le courant. Vous avez fait venir un électricien pour voir d'où ça venait ? Non, vous avez préféré appeler la compagnie et me casser du sucre sur le dos ! » Lewis était blanc de colère.

« Je vais être franc avec vous, dit Parsons en se dirigeant vers la cour de sa maison. On vous surveille, *monsieur* Lewis. J'ai vu quelqu'un passer avant vous, lui lança-t-il par-dessus la haie. Et je sens que vous allez bientôt devoir vous chercher du boulot. »

Lewis démarra et s'engagea dans l'allée. Il allait devoir se trouver un autre endroit pour terminer son repas. C'était vraiment dommage. Cela faisait des années qu'il déjeunait à l'ombre de ce gros arbre.

Un arbre planté juste derrière la maison de Charles Leeds.

A cinq heures et demie, Hoyt Lewis se rendit dans sa voiture personnelle au bar du Cloud Nine et but plusieurs verres pour se remettre.

Quand il appela son ex-femme, il ne réussit à lui dire que ces seuls mots : « J'aimerais tant que tu continues à me préparer mon déjeuner.

— Tu aurais pu y penser plus tôt, gros malin », dit-elle, et elle raccrocha.

Sans conviction, il fit une partie de galets avec plusieurs employés de la Georgia Power. Il semblait chercher quelqu'un dans la foule. Des membres de la compagnie aérienne commençaient à envahir le Cloud Nine. Ils avaient tous la même petite moustache, la même bague fantaisie. D'ici à ce qu'ils mettent un jeu de fléchettes au Cloud Nine et le transforment en pub anglais... On n'est même plus chez soi !

« Salut, Hoyt. On joue une canette de bière ? » C'était Billy Meeks, son chef de service.

« Billy, il faut que je te parle.

— Qu'est-ce qui se passe ?

— Tu connais ce vieil emmerdeur de Parsons, celui qui téléphone tout le temps ?

— Il m'a appelé la semaine dernière, dit Meeks. Qu'est-ce qu'il a fait ?

— Il m'a dit que quelqu'un avait effectué ma tournée avant moi, comme pour vérifier mon boulot. Dis, tu ne penses pas que je relève les compteurs dans mon lit ?

— Non.

— Tu ne le crois pas, hein ? Je veux dire... si je suis sur la liste noire de quelqu'un, je veux qu'il vienne me le dire en face.

— Si tu étais sur ma liste noire, tu crois que j'aurais peur de te le dire franchement ?

— Non.

— J'aime mieux ça. Ecoute, si quelqu'un passait derrière toi, je le saurais. Les cadres sont toujours au courant de ce genre de situation. Personne ne te surveille, Hoyt. Ne t'occupe pas de Parsons, c'est un vieux grincheux. La semaine dernière, il m'a appelé pour me dire : " Je vous félicite de vous occuper enfin de ce Lewis. " Mais je n'en ai pas tenu compte.

— J'aimerais bien qu'il ait un procès pour cette histoire de compteur, dit Lewis. J'étais bien tranquille en train de manger mon sandwich à l'ombre d'un gros arbre quand il m'a sauté dessus. Ce qu'il lui faudrait, c'est un bon coup de pied au cul.

— Moi aussi, je m'installais là, quand je faisais ton secteur, dit Meeks. Bon sang, je t'ai déjà dit que j'avais vu Mme Leeds ? Ce n'est peut-être pas très bien d'en parler comme ça maintenant qu'elle est morte... Une ou deux fois je l'ai vue en maillot de bain en train de se faire bronzer. Ouah, ce qu'elle était bien roulée ! C'est moche, ce qui leur est arrivé. Elle était plutôt sympa.

— On a déjà arrêté quelqu'un ?

— Non.

— Au lieu d'aller chez les Leeds, il aurait mieux fait de se payer Parsons, fit remarquer Lewis.

— Tu peux me croire, il n'est pas question que je laisse ma bourgeoise se balader dans la cour en maillot de bain. " Bill chéri, personne ne peut me voir ", qu'elle m'a dit. Et je lui ai répondu, on ne sait jamais, il y a des dingues qui peuvent sauter la haie avec le truc à la main. Au fait, les flics t'ont convoqué ? Ils t'ont demandé si tu avais vu quelqu'un ?

— Oui, mais je crois qu'ils ont interrogé tous ceux qui circulent dans le coin pour leur boulot, les facteurs, tout le monde. Remarque, j'ai passé la semaine dans le coin de Laurelwood, de l'autre côté de l'avenue Betty Jane, dit Lewis en regardant l'étiquette de la bouteille de bière. Tu m'as bien dit que Parsons t'avait appelé la semaine dernière ?

— Ouais.

— Il a peut-être vu quelqu'un en train de relever son compteur. Il ne t'aurait pas téléphoné s'il avait seulement voulu me causer des ennuis aujourd'hui. Tu dis que tu n'as envoyé personne et il est certain que ce n'est pas moi qu'il a vu ?

— Peut-être qu'un gars de la Southeastern Bell vérifiait quelque chose.

— Peut-être.

— Bien que cela m'étonnerait. Nous n'avons pas les mêmes lignes.

— Tu crois que je devrais appeler les flics ?

— Ça ne peut pas faire de mal, dit Meeks.

— Ça pourrait même faire du bien à Parsons de se trouver en face d'un uniforme. Cela va lui foutre une drôle de pétoche quand il va les voir débarquer. »

5

GRAHAM revint en fin d'après-midi dans la maison des Leeds. Il entra par la porte de devant et s'efforça de ne pas voir la désolation que l'assassin avait laissée derrière lui. Il connaissait déjà les dossiers, le lieu du crime, les cadavres. Il savait pas mal de choses sur leur mort. Ce qui lui importait aujourd'hui, c'était la façon dont ils avaient vécu.

Un tour d'horizon. Le garage abritait un canot à moteur en excellent état et une caravane. Il y avait aussi des clubs de golf et une bicyclette. L'outillage électrique n'avait pratiquement pas servi. Des jouets pour adultes.

Graham saisit un coin qui dépassait du sac de golf et caressa le long manche de bois. Une odeur de cuir se dégagea du sac quand il le replaça contre le mur. Les affaires de Charles Leeds.

Graham suivit Charles Leeds dans toute la maison. Ses gravures de chasse étaient accrochées dans le bureau. Les volumes de l'encyclopédie étaient parfaitement rangés. Les « livres de l'année » du club de football de Sewanee. Des ouvrages de H. Allen Smith, de Perelman et de Max Shulman sur les étagères. Vonnegut et Evelyn Waugh. Un livre de C. S. Forrester était resté ouvert sur la table.

Dans le placard du bureau, un fusil de bonne qualité, un Nikon, une caméra et un projecteur super-huit Bolex.

Graham, qui ne possédait pratiquement rien à l'exception d'un matériel de pêche rudimentaire, d'une Volkswagen d'occasion et de deux caisses de Montrachet, ressentit une certaine animosité devant tous ces jouets pour adultes et se demanda pourquoi.

Qui était donc Leeds ? Un conseiller fiscal aisé, un membre du club de football de Sewanee, un homme qui aimait s'amuser, un homme qui s'était levé et s'était battu, la gorge tranchée.

Graham le suivit dans toute la maison, poussé par un étrange sens du devoir. Commencer par le connaître, c'était une manière de lui demander la permission de s'intéresser à sa femme.

Graham avait le sentiment que c'était elle qui avait attiré le monstre, aussi sûrement que le chant d'un criquet attire les mouches tueuses...

C'était maintenant le tour de Mme Leeds.

Elle avait un petit cabinet de toilette au premier étage. Graham réussit à l'atteindre sans regarder dans la chambre. La pièce peinte en jaune était parfaitement rangée, à l'exception du miroir brisé au-dessus de la coiffeuse. Une paire de mocassins était posée devant le placard, comme si Mme Leeds venait tout juste de les quitter. Son peignoir semblait avoir été jeté négligemment sur la patère et le placard témoignait du léger désordre d'une femme qui possède bien d'autres armoires de rangement.

Le journal intime de Mme Leeds se trouvait dans un coffret de velours prune. La clef avait été fixée sur le couvercle à l'aide de ruban adhésif, de même que l'étiquette de contrôle de la police.

Graham s'assit sur une chaise blanche et ouvrit le journal au hasard.

Mardi 23 décembre. Chez Maman. Les enfants dorment toujours. Quand Maman a fait mettre des vitres à la véranda, cela ne m'a pas plu parce que cela changeait l'aspect de la maison. En fait, c'est très agréable, et je peux rester bien au chaud à contempler la neige. Combien de

Noël encore verra-t-elle sa maison pleine de petits enfants ? Beaucoup, je l'espère.

Le voyage a été difficile pour venir d'Atlanta, il s'est mis à neiger après Raleigh. Il a fallu rouler au pas. J'étais déjà fatiguée d'avoir eu à préparer tout le monde. A la sortie de Chapel Hill, Charlie est descendu de voiture. Il a cassé des glaçons qui pendaient à une branche pour me faire un Martini. Ensuite, il est revenu vers la voiture, il marchait à grandes enjambées dans la neige, il y avait de la neige dans ses cheveux et sur ses sourcils, et je me suis souvenu que je l'aimais. C'était agréable et un peu douloureux à la fois.

J'espère que le parka lui va bien. S'il m'a acheté cette bague minable, je ne sais pas ce que je ferai. Je devrais balancer à Madelyn un bon coup de pied dans ses grosses fesses pleines de cellulite pour avoir exhibé la sienne. Quatre diamants d'une grosseur ridicule, couleur glace pilée. Les vrais glaçons sont si clairs. Le soleil est entré par la vitre de la voiture ; dans le verre, le glaçon a fait comme un prisme à l'endroit où il s'est cassé. Et quand je tenais le verre, j'avais une tache rouge et verte sur la main, je pouvais presque sentir les couleurs.

Il m'a demandé ce que je désirais pour Noël, j'ai mis mes mains autour de ma bouche et je lui ai murmuré à l'oreille : ta grosse bite, et que tu me l'enfonces au maximum.

La tache chauve sur sa nuque est devenue cramoisie. Il a toujours peur que les enfants ne nous entendent. Les hommes ne croient pas aux murmures.

La page était constellée de cendres de cigare.

Malgré la lumière qui diminuait, Graham poursuivit sa lecture, passant de l'opération des amygdales de la fille à la cicatrice de juin quand Mme Leeds s'était trouvée une boule au sein. « *Mon Dieu, les enfants sont si petits !* »

Trois pages plus loin, la boule se révélait être un petit kyste tout à fait bénin qui lui fut ôté sans la moindre difficulté.

Le Dr Janovich m'a laissée partir cet après-midi. Nous sommes allés en voiture jusqu'à l'étang. C'était la première fois depuis bien longtemps. On n'arrive jamais à faire tout ce qu'on veut. Charlie avait mis au frais deux bouteilles de champagne, nous les avons bues, puis nous avons donné à manger aux canards pendant que le soleil se couchait. Il est resté un moment debout au bord de l'eau, en me tournant le dos, et je crois bien qu'il a pleuré.

Susan a dit qu'elle avait peur de me voir sortir de l'hôpital avec un autre petit frère.

Graham entendit le téléphone sonner dans la chambre. Il y eut un déclic, puis le ronronnement d'un répondeur. « Bonjour, ici Valérie Leeds. Je suis actuellement absente mais si vous voulez bien me laisser votre nom ainsi que votre numéro, je vous rappellerai dès mon retour. Merci. »

Graham s'attendait un peu à entendre la voix de Crawford après le top sonore mais il n'y eut que la tonalité. On avait raccroché.

Il avait entendu sa voix. Maintenant, il désirait la voir. Il redescendit dans le bureau.

Il avait dans sa poche une bobine de film super-huit appartenant à Charles Leeds. Trois semaines avant de mourir, Leeds avait confié le film à un photographe qui l'avait envoyé au laboratoire de développement. Il n'était pas allé le rechercher. La police avait trouvé le reçu dans le portefeuille de Leeds et avait récupéré le film. Les inspecteurs regardèrent le film ainsi que les photos de famille développées en même temps et n'y trouvèrent rien d'intéressant.

Graham voulait voir les Leeds vivants. Au poste de police, les inspecteurs avaient proposé de lui prêter leur projecteur. Mais il voulait voir le film dans la maison. A contrecœur, ils lui permirent de le sortir de l'inventaire.

Graham trouva l'écran et le projecteur dans le placard du bureau, puis les installa avant de prendre place dans le grand fauteuil de cuir de Charles Leeds. Il sentit quelque chose de collant sur le bras du fauteuil : les empreintes poisseuses d'un enfant recouvertes de charpie. La main de Graham sentait le sucre d'orge.

C'était un petit film muet assez bien fait ; meilleur, en tout cas, que la plupart des films d'amateur. Cela commençait par un chien, un scottish terrier qui dormait sur le tapis du bureau. Le chien fut momentanément dérangé par le tournage du film et leva la tête vers la caméra. Puis il se rendormit. Autre plan du chien toujours couché. Puis les oreilles du scottish se dressèrent. Il se leva et aboya, la caméra le suivit vers la cuisine et il attendit devant la porte tout en remuant frénétiquement sa queue trapue.

Graham se mordit la lèvre inférieure. Lui aussi attendait. Sur l'écran, la porte s'ouvrit et Mme Leeds entra avec un sac plein de provisions. Elle cligna des yeux et se mit à rire de surprise, puis toucha ses cheveux en désordre de sa main libre. Elle remua les lèvres puis sortit de l'image. Les enfants entrèrent alors avec des sacs plus petits. La fille avait six ans, les garçons huit et dix ans.

Le fils cadet — déjà un vétéran du cinéma d'amateur — agita ses oreilles. La position de la caméra était assez élevée. Leeds mesurait un mètre quatre-vingt-dix d'après le rapport du coroner.

Graham pensait que cette partie du film avait été tournée au début du printemps. Les enfants portaient des anoraks et Mme Leeds semblait assez pâle. A la morgue, elle était bronzée et avait des marques de maillot de bain.

Il y eut ensuite des séquences plus brèves avec les garçons en train de jouer au ping-pong au sous-sol, puis la fille, Susan, occupée à faire un paquet-cadeau dans sa chambre, la langue relevée sur la lèvre supérieure en signe de concentration et une mèche de cheveux sur le front. Elle rejeta ses cheveux en arrière de sa main potelée, ainsi que sa mère l'avait fait dans la cuisine.

Une autre séquence montrait Susan dans un bain de mousse, accroupie comme une petite grenouille. Elle portait un bonnet de douche trop large pour elle. L'objectif était placé plus bas et la mise au point incertaine, un des deux frères servait d'opérateur. La scène s'acheva par un cri silencieux devant la caméra, puis elle cacha sa poitrine de six ans avant que le bonnet de bain lui tombe devant les yeux.

A son tour, Leeds avait surpris Mme Leeds sous la douche. Le rideau de la salle de bains bougeait comme le rideau rouge avant une représentation théâtrale de lycée. Le bras de Mme Leeds apparut alors. Elle tenait une grosse éponge de toilette. La scène s'interrompit lorsque l'objectif se couvrit de bulles de savon.

Le film s'acheva sur un plan de Norman Vincent Peale parlant à la télévision, suivi d'un panoramique sur Charles Leeds qui ronflait dans le fauteuil qu'occupait à présent Graham.

Graham regarda fixement le carré de lumière sur l'écran. Il aimait bien les Leeds. Il regrettait de s'être rendu à la morgue. Il se dit que le dément qui leur avait rendu visite aurait pu les aimer, lui aussi. Mais il les préférait certainement dans l'état où ils se trouvaient à présent.

Graham se sentait la tête prête à exploser. Il nagea dans la piscine de l'hôtel jusqu'à ce qu'il eût les jambes molles, puis il sortit de l'eau en pensant simultanément à deux choses : un Martini Tanqueray et le goût de la bouche de Molly.

Il se prépara le Martini-gin dans un verre en plastique et téléphona à Molly.

« Salut, minette.
— Hé, où es-tu ?
— Dans cet hôtel pourri d'Atlanta.
— Tu avances ?
— Pas vraiment. Je me sens seul.
— Moi aussi.
— J'ai envie d'être avec toi.
— Moi aussi.
— Parle-moi de toi.
— Eh bien, je me suis accrochée avec Mme Holper aujourd'hui. Elle voulait échanger une robe qui avait une énorme tache de whisky. Ce que je veux dire,

c'est qu'il était clair qu'elle l'avait portée pour une party.

— Et toi, qu'est-ce que tu lui as dit ?

— Je lui ai dit que je ne la lui avais pas vendue dans cet état.

— Et elle, qu'est-ce qu'elle a dit ?

— Elle m'a dit qu'on avait toujours accepté de lui changer ses robes et que c'était une des raisons pour lesquelles elle venait chez moi plutôt que dans d'autres boutiques.

— Et alors, qu'est-ce que tu lui as dit ?

— Eh bien, j'ai conclu en disant que toute cette histoire m'embêtait parce que Will me poserait tout un tas de questions idiotes au téléphone.

— Je vois.

— Willy va bien. Il est en train de recouvrir des œufs de tortue que les chiens ont déterrés. Et toi, qu'est-ce que tu fais ?

— Je lis des rapports, je bouffe des sandwiches.

— Tu cogites pas mal ?

— Oui.

— Je peux t'aider ?

— Je n'ai encore rien de précis, Molly. Il n'y a pas assez d'informations. Ou plutôt, si, il y en a beaucoup, mais je n'en ai encore rien tiré.

— Tu vas rester longtemps à Atlanta ? Ce n'est pas pour t'obliger à revenir, je te demande, tout simplement.

— Je n'en sais rien. Encore au moins quelques jours. Tu me manques.

— Tu veux qu'on parle de cul ?

— Je ne crois pas que je le supporterais. Il vaudrait mieux éviter.

— Quoi ?

— De parler de cul.

— D'accord. Mais ça ne te gêne pas si j'y pense ?

— Pas le moins du monde.

— A propos, nous avons un nouveau chien.

— Il ne manquait plus que ça !
— C'est une sorte de bâtard de basset artésien et de pékinois.
— Charmant.
— Il a des couilles énormes.
— Ne t'occupe pas de ses couilles.
— Elles traînent par terre. Il doit les rétracter pour courir.
— Ce n'est pas possible.
— Si, c'est possible. Tu n'y connais rien.
— Oh, si, je m'y connais.
— Pourquoi, tu peux rétracter les tiennes ?
— Je savais bien qu'on en arriverait là.
— Alors ?
— Puisque tu tiens à le savoir, ça m'est arrivé une fois.
— En quelle occasion ?
— Quand j'étais jeune. Il fallait que je saute par-dessus une clôture en fil de fer barbelé.
— Pourquoi ?
— Disons que je transportais une pastèque que je n'avais pas fait pousser.
— Tu te sauvais ? Devant qui ?
— Un bouseux de ma connaissance. Il a été alerté par ses chiens et il a bondi hors de chez lui avec un flingue à la main. Heureusement, il s'est pris les pieds dans un plant de haricots.
— Il t'a tiré dessus ?
— C'est ce que j'ai pensé sur le coup mais je crois que c'est plutôt moi qui pétaradais. L'histoire n'est pas très précise sur ce point.
— Et tu as ouvert la clôture ?
— Sans problèmes.
— Déjà à cet âge-là, tu avais une mentalité de criminel.
— Je n'ai pas une mentalité de criminel.
— Je le sais bien. Je pensais repeindre la cuisine. Quelle couleur aimerais-tu ? Will ? Quelle couleur aimerais-tu ? Tu es là ?

— Oui, euh, en jaune. Il n'y a qu'à la peindre en jaune.

— Le jaune ne me va pas au teint, j'aurais l'air livide au petit déjeuner.

— Eh bien, en bleu.

— C'est trop froid.

— Je m'en fous, après tout, tu n'as qu'à la peindre couleur caca d'oie... Non, attends, je serai bientôt de retour et nous irons chez le marchand de couleurs pour choisir la peinture ensemble. On pourra peut-être en profiter pour changer les poignées de porte.

— C'est ça, changeons les poignées de porte. Je ne sais pas pourquoi je t'ai parlé de tout ça. Je t'aime, tu me manques, mais tu fais ton boulot, même si ça te coûte à toi aussi. Je ne bouge pas d'ici, je serai là quand tu reviendras, mais je peux aussi te retrouver n'importe où, quand tu voudras. Voilà.

— Molly, ma chérie... va te coucher à présent.

— D'accord.

— Bonne nuit. »

Graham s'allongea, les mains derrière la nuque, et évoqua les dîners qu'il partageait avec Molly. Des crabes et du Sancerre, le parfum de la brise salée qui se mêlait à celui du vin.

Mais il ne pouvait s'empêcher de prendre la mouche pendant une conversation, et c'était exactement ce qu'il venait de faire avec Molly. Il l'avait rabrouée après une remarque insignifiante sur sa « mentalité de criminel ». C'était ridicule.

Graham ne parvenait pas à comprendre l'intérêt que Molly pouvait lui porter.

Il appela le quartier général de la police et laissa un message pour Springfield où il disait qu'il se mettrait au travail dès le lendemain matin. Il n'y avait rien d'autre à faire.

Le gin l'aida à s'endormir.

6

LES doubles des messages téléphoniques relatifs à l'affaire Leeds avaient été placés sur le bureau de Buddy Springfield. Il y en avait soixante-trois quand Springfield arriva à son bureau le mardi à sept heures du matin. Une des notes était marquée de rouge.

Elle disait que la police de Birmingham avait trouvé un chat enterré dans une boîte à chaussures derrière le garage de la famille Jacobi. Le chat avait une fleur entre les pattes et était enveloppé dans un torchon. Le nom du chat avait été inscrit sur le couvercle par une main d'enfant. Il n'avait pas de collier. La boîte était fermée avec une ficelle.

Le médecin légiste de Birmingham précisait que le chat avait été étranglé. Il l'avait rasé et n'avait pas trouvé de traces d'aiguille.

Springfield fit cliqueter les branches de ses lunettes contre ses dents.

Ils avaient trouvé de la terre meuble et creusé à la bêche. Pas besoin de sonde à méthane. Graham ne s'était pas trompé. Les chats se cachent pour mourir. Les chiens reviennent chez eux.

L'inspecteur chef humecta son pouce et feuilleta la pile de messages. La plupart concernaient des véhicules signalés dans les environs la semaine précédente : les descriptions étaient assez vagues et ne donnaient que le type ou la couleur des véhicules. Quatre correspondants anonymes avaient appelé des habitants d'Atlanta pour leur dire : « Je vous ferai la même chose qu'aux Leeds. »

Le rapport de Hoyt Lewis se trouvait au milieu de la pile.

Springfield appela le responsable de nuit.

« Vous avez du nouveau sur le rapport du préposé aux compteurs ? C'est le numéro 48.

— Nous avons essayé de joindre les services publics pour savoir s'ils ont envoyé quelqu'un dans le quartier, Patron, dit le responsable. Ils doivent nous rappeler dans la matinée.

— Débrouillez-vous pour les contacter tout de suite, dit Springfield. Appelez les services sanitaires, l'ingénieur chargé de l'urbanisme, vérifiez les permis de construire et appelez-moi dans la voiture. »

Il composa le numéro de Will Graham. « Will ? Je vous prends dans dix minutes devant votre hôtel, on va faire un petit tour ensemble. »

A huit heures moins le quart, Springfield se gara vers le bout de l'allée. Graham et lui marchèrent côte à côte dans les traces de pneus imprimées dans le gravier. Le soleil était déjà très chaud.

« Il vous faudrait un chapeau », dit Springfield. Son propre chapeau de paille lui tombait élégamment devant les yeux.

A l'arrière de la propriété des Leeds, le portail était recouvert de vigne vierge. Ils s'arrêtèrent près du compteur électrique.

« S'il est venu par ici, il a pu voir tout l'arrière de la maison », dit Springfield.

En moins de cinq jours, la propriété avait commencé à prendre un air négligé. La pelouse était trop haute et du chiendent poussait çà et là. Des brindilles étaient tombées dans la cour. Graham eut envie de les ramasser. La maison paraissait endormie et les ombres des arbres s'étendaient sur la véranda. Debout dans l'allée aux côtés de Springfield, Graham pouvait se voir en train de regarder par la fenêtre, d'ouvrir la porte de la véranda. Curieusement, sa reconstitution des gestes de l'assassin lui échappait quelque peu maintenant qu'il faisait grand jour. Il vit une balançoire d'enfant s'agiter doucement dans le vent.

« On dirait Parsons », dit Springfield.

H. G. Parsons était occupé à défricher un carré de fleurs, à deux maisons de là. Springfield et Graham se dirigèrent vers le portail arrière pour s'arrêter près des boîtes à ordures. Les couvercles étaient attachés à la clôture.

Springfield mesura la hauteur du compteur à l'aide d'un mètre à ruban.

Il détenait des notes sur tous les voisins des Leeds. On y disait que Parsons avait pris sa retraite anticipée à la poste sur demande de son chef de service. Le chef avait signalé « les pertes de mémoire de plus en plus fréquentes » de Parsons.

Il y avait également des ragots dans les notes concernant Parsons. Les voisins prétendaient que la femme de Parsons demeurait le plus souvent possible chez sa sœur, à Macon, et que son fils ne l'appelait plus jamais.

« Monsieur Parsons, monsieur Parsons », appela Springfield.

Parsons posa la binette contre le mur de la maison et s'approcha de la clôture. Il portait des sandales et des chaussettes blanches. La terre et l'herbe avaient sali le bout de ses chaussettes. Son visage était rosâtre.

De l'artériosclérose, se dit Graham. Il vient de prendre ses médicaments.

« Oui ?

— Monsieur Parsons, nous pourrions vous voir une minute ? J'ai pensé que vous pourriez nous aider, dit Springfield.

— Vous travaillez pour la compagnie d'électricité ?

— Non, je suis Buddy Springfield, de la police.

— C'est pour le meurtre, alors. Ma femme et moi, nous étions à Macon, comme je l'ai déjà dit au commissaire...

— Je sais, monsieur Parsons. Nous voulions vous parler de votre compteur. Est-ce que...

— Si ce... préposé a dit quelque chose d'injurieux, il va...

— Ce n'est pas cela, monsieur Parsons. Est-ce que vous avez vu un étranger relever votre compteur la semaine dernière ?

— Non.

— Vous en êtes sûr ? Il me semble que vous avez dit à Hoyt Lewis que quelqu'un avait effectué les relevés avant lui.

— Oui. D'ailleurs, je vais bientôt adresser un témoignage complet à la Commission des litiges.

— Vous avez raison, je suis certain qu'ils en tiendront compte. Qui avez-vous vu en train de relever votre compteur ?

— Ce n'était pas un étranger, c'était un employé de la Georgia Power.

— Comment le savez-vous ?

— Il ressemblait à un préposé, c'est tout.

— Comment était-il habillé ?

— Comme tous les autres, je suppose. Un uniforme marron et une casquette.

— Vous avez vu son visage ?

— Je ne m'en souviens pas. Je regardais par la fenêtre de la cuisine quand je l'ai vu. J'ai voulu lui parler mais il fallait que j'enfile mon peignoir de bain et, quand je suis sorti, il avait déjà disparu.

— Il avait une camionnette ?

— Je ne me souviens pas d'en avoir vu une. Qu'est-ce qui se passe ? Pourquoi vous me demandez tout ça ?

— Nous vérifions l'identité de tous les gens qui se trouvaient dans les parages la semaine dernière. C'est vraiment très important, monsieur Parsons. Essayez de vous souvenir.

— C'est à cause du meurtre, hein ? Vous n'avez encore arrêté personne ?

— Non.

— J'ai observé la rue cette nuit et, pendant *quinze minutes,* il n'est passé aucune voiture de patrouille. C'est horrible ce qui est arrivé aux Leeds. Ma femme en est encore toute retournée. Je me demande qui va bien pouvoir acheter leur maison. Il y a des nègres qui la regardaient, l'autre jour. Vous savez, j'ai dû parler deux ou trois fois à Leeds à cause de ses enfants, mais c'était des gens très bien. Même s'il ne suivait pas mes conseils pour sa pelouse. Le ministère de l'Agriculture a édité d'*excellentes* brochures sur le traitement des mauvaises herbes. J'ai dû les lui mettre dans sa boîte aux lettres. Honnêtement, ce chiendent, c'était répugnant quand il tondait sa pelouse.

— Monsieur Parsons, quand exactement avez-vous vu cet homme dans l'allée ? demanda Springfield.

— Je ne sais plus très bien, il faut que je réfléchisse.

— Vous vous rappelez le moment de la journée ? C'était le matin ? A midi ? L'après-midi ?

— Hé, je connais les moments de la journée, vous n'avez pas besoin de me les dire. L'après-midi, peut-être. Je ne sais plus très bien. »

Springfield se frotta la nuque. « Excusez-moi d'insister, monsieur Parsons, mais il faut que je tire cela au clair. Pouvons-nous entrer dans votre cuisine ? J'aimerais voir d'où vous l'avez aperçu.

— Vous allez d'abord me montrer vos papiers officiels. Tous les deux. »

Dans la maison, rien que le silence, le vernis des meubles et une odeur de confiné. Impeccable. L'ordre parfait d'un couple vieillissant qui voit son existence s'évanouir.

Graham regrettait d'être entré. Il était certain que les tiroirs abritaient des couverts en argent avec des manches imitant des bois de cerf.

Qu'est-ce qu'on attend pour faire cracher ce vieux con ?

La fenêtre placée au-dessus de l'évier offrait une vue assez complète sur la cour.

« Voilà. Vous êtes satisfait ? demanda Parsons. On voit *très bien* d'ici. Je ne lui ai pas parlé, je ne sais même pas à quoi il ressemblait. Si vous avez fini, j'ai pas mal de choses à faire. »

Graham parla pour la première fois. « Vous avez dit que vous étiez allé chercher votre peignoir et qu'il avait disparu à votre retour. Vous n'étiez pas habillé ?

— Non.

— En plein après-midi ? Vous étiez souffrant, monsieur Parsons ?

— Ce que je fais dans ma maison ne regarde que moi. Si j'ai envie de me déguiser en kangourou, personne ne peut m'en empêcher. Vous ne croyez pas que vous feriez mieux de rechercher l'assassin ?

— Je crois savoir que vous êtes à la retraite, monsieur Parsons, vous pouvez donc vous habiller ou non, selon votre goût. Je me trompe en disant que cela arrive souvent que vous ne vous habilliez pas du tout ? »

Les veines des tempes de Parsons étaient prêtes à éclater. « Ce n'est pas parce que je suis retraité que je ne dois pas m'habiller et m'occuper tous les jours. J'avais trop chaud et je suis rentré prendre une douche. J'étais en train de pailler et j'avais déjà abattu une journée de travail au milieu de l'après-midi. C'est bien plus que vous ne pourriez en faire.

— Vous faisiez quoi ?

— Je paillais.

— Et ça se passait quel jour, ce paillage ?

— Jeudi. Oui, jeudi dernier. Ils ont livré la paille le matin même et j'avais tout étalé en fin d'après-midi. Vous pouvez vous renseigner auprès du Garden Center.

— Donc, vous aviez trop chaud et vous êtes rentré prendre une douche. Qu'est-ce que vous faisiez dans la cuisine ?

— Je me préparais du thé glacé.

— Vous avez pris des glaçons ? Mais, dites-moi, le réfrigérateur n'est pas du tout à côté de la fenêtre. »

Parsons regarda alternativement la fenêtre et le réfrigérateur. Il était complètement perdu. Ses yeux ressemblaient à ceux d'un poisson oublié à la fin du marché. Soudain, ils s'éclairèrent. Parsons s'approcha du placard de l'évier.

« C'est là que j'étais quand je l'ai vu. J'étais en train de chercher un médicament. Bon, eh bien, si vous n'avez plus...

— A mon avis, il a vu Hoyt Lewis, dit Graham.

— C'est ce que je pense aussi, dit Springfield.

— Ce n'était pas Hoyt Lewis, *vous comprenez ?* Ce n'était pas lui, s'écria Parsons, au bord des larmes.

— Comment pouvez-vous le savoir ? dit Springfield. C'était peut-être Hoyt Lewis et vous vous êtes dit...

— Lewis est bronzé, il a des cheveux gras et des favoris. » Parsons avait élevé la voix et parlait si rapidement qu'il était difficile de le comprendre. « C'est comme ça que j'ai su que ce n'était pas lui. L'autre était plus pâle et il avait des cheveux blonds. Il s'est retourné pour écrire quelque chose dans son carnet et j'ai vu sa nuque. Des cheveux blonds, je vous dis, coupés au carré sur la nuque. »

Springfield était absolument impassible et sa voix témoignait toujours d'un certain scepticisme. « Et son visage ?

— Je ne sais pas. Peut-être qu'il avait une moustache.

— Comme Lewis ?

— Lewis n'a pas de moustache.

— Oh, dit Springfield, au fait, est-ce qu'il était à la hauteur du compteur ou a-t-il fallu qu'il lève les yeux ?

— Non, il devait être à la même hauteur.

— Vous pourriez le reconnaître si vous le revoyiez ?

— Non.

— Quel âge avait-il ?

— Je ne sais pas, il n'était pas très vieux.

— Est-ce que vous avez vu le chien des Leeds tourner autour de lui ?

— Non.

— Ecoutez, monsieur Parsons, dit Springfield, je

reconnais que je me suis trompé. Vous pouvez nous être d'une aide précieuse. Si vous n'y voyez pas d'inconvénients, je vais vous envoyer notre dessinateur et si vous voulez bien le laisser prendre place à la table de cuisine, vous arriverez peut-être à lui faire une description précise de notre homme. Mais il est certain qu'il ne s'agissait pas de Lewis.

— Je ne veux pas que mon nom apparaisse dans les journaux.

— Vous n'avez rien à craindre. »

Parsons les accompagna dans la cour.

« Vous êtes un jardinier de tout premier plan, monsieur Parsons, dit Springfield. On devrait vous récompenser. »

Parsons ne répondit pas. Il avait le visage congestionné, les yeux larmoyants. Il demeura immobile, en bermuda et en sandales, puis lorsqu'ils furent partis il se mit à ratisser le sol énergiquement et à étaler la paille entre les pieds de fleurs.

Springfield alluma la radio de sa voiture. Aucun service municipal ne pouvait expliquer la présence de l'homme aperçu dans l'allée, la veille de la tuerie. Springfield transmit la description faite par Parsons et laissa des instructions au dessinateur. « Qu'il commence par l'extérieur de la maison et le compteur. Il faut qu'il mette le témoin à l'aise. »

L'inspecteur chef s'adressa alors à Graham : « Notre dessinateur n'aime pas beaucoup travailler sur le terrain. Il aime que les secrétaires le voient à l'œuvre, assis devant un témoin qui danse d'un pied sur l'autre tout en surveillant la progression de son travail. Un poste de police n'est vraiment pas indiqué quand on veut interroger quelqu'un sans l'intimider. Dès que nous aurons le portrait-robot, nous ferons du porte-à-porte dans tout le voisinage.

« Will, j'ai l'impression que nous venons de marquer un point. Un tout petit point, peut-être, mais tout de même. Vous n'êtes pas de mon avis ? On a balancé le grand jeu à ce pauvre type et il a tout lâché. Il faut en tirer profit à présent.

— Si l'homme qu'il a vu dans l'allée est bien celui que nous recherchons, c'est vraiment l'élément le plus intéressant que nous possédions », dit Graham. Il se dégoûtait lui-même.

« Oui. Cela signifie qu'il ne descend pas d'un bus pour aller du côté où pointe Popaul. Il a un plan. Il a passé la nuit en ville. Il sait où il ira le lendemain ou deux jours plus tard. Pour lui, c'est très clair : repérer les lieux, tuer l'animal, puis la famille. Qu'est-ce que c'est que ce comportement ? » Springfield s'arrêta un instant. « C'est votre domaine, ça, non ?

— Oui, je peux dire que c'est mon domaine.

— Je sais que vous avez déjà vu ce genre de choses. Ça ne vous a pas beaucoup plu l'autre jour quand j'ai parlé de Lecter, mais j'aimerais savoir certaines choses.

— Allez-y.

— En tout cas, il a bien tué neuf personnes ?

— C'est cela, mais il y en a deux autres qui ne sont pas mortes.

— Qu'est-ce qu'elles sont devenues ?

— Il y en a une sous respirateur artificiel à l'hôpital de Baltimore. L'autre se trouve dans un asile psychiatrique privé de Denver.

— Pourquoi a-t-il fait cela ? C'était quoi, sa folie ? »

Graham regarda par la vitre de la voiture les gens qui marchaient sur le trottoir. D'une voix détachée, comme s'il dictait une lettre, il dit :

« Il l'a fait parce que ça lui plaisait, et ça lui plaît toujours. Le Dr Lecter n'est pas fou, au sens où nous comprenons la folie. Il a commis des actes horribles parce que ça lui plaisait. Mais il peut fonctionner parfaitement bien quand il en a envie.

— Qu'en disent les psychologues ? Quelle est sa maladie, selon eux ?

— Ils l'ont qualifié de sociopathe parce qu'ils ne savent pas quel autre nom lui donner. Il possède un certain nombre de caractéristiques de ce qu'il est convenu d'appeler un « sociopathe ». Il n'éprouve ni remords ni sentiment de culpabilité. Il présentait surtout le premier et le pire de tous les symptômes : le sadisme infantile envers les animaux. »

Springfield émit une sorte de grognement.

« Mais il n'avait pas les autres signes distinctifs, dit Graham. Ce n'était pas un déviant et il n'avait jamais eu maille à partir avec la loi. Il n'avait pas l'esprit superficiel et ne manifestait pas ce besoin de dominer les autres dans les rapports quotidiens qui caractérise les sociopathes. Il ne manquait pas de sensibilité. On ne sait pas comment le qualifier. Son électroencéphalogramme présentait des tracés assez étranges, mais on n'a pas vraiment réussi à les interpréter.

— Et vous, lui demanda Springfield, comment le qualifiez-vous ? »

Graham hésita avant de répondre.

« Dans votre tête, quel nom lui donnez-vous ?

— C'est un monstre. Il est pour moi comme l'un de ces être pitoyables qui naissent parfois dans les hôpitaux. On les nourrit, on les tient bien au chaud, mais si l'on ne s'en occupe pas, ils meurent. Lecter fonctionne comme ça dans sa tête, mais il est physiquement tout à fait normal et personne ne pourrait s'en douter, à le regarder.

— J'ai des amis au club de la police, ils sont originaires de Baltimore. Je leur ai demandé comment vous aviez mis la main sur Lecter et ils n'ont pas pu me répondre. Comment avez-vous fait ? Quelle est la première chose qui vous a mis sur la voie ?

— Une coïncidence, dit Graham. La sixième victime a été tuée dans son atelier. Son attirail de chasse était rangé avec ses outils de menuisier. Le malheureux a été ligoté à un râtelier à outils et littéralement dépecé avant d'être criblé de flèches. Ses blessures m'ont rappelé quelque chose mais je ne savais pas quoi.

— Vous avez dû attendre qu'il y ait de nouvelles victimes.

— Oui. Lecter était très excité, il a tué les trois autres

personnes en neuf jours. Mais pour revenir à la sixième victime, elle avait d'anciennes cicatrices sur la cuisse. Le pathologiste s'est renseigné à l'hôpital et a découvert qu'il était tombé d'un arbre cinq ans plus tôt ; il y était grimpé pour tirer à l'arc lors d'une partie de chasse, et il s'était planté une flèche dans la jambe.

« Le docteur qui l'avait suivi était un interne mais Lecter l'avait vu en premier — il était alors de service aux urgences. Son nom était inscrit sur la feuille de présence. Il s'était passé pas mal de temps depuis l'accident, mais je pensais que Lecter pourrait avoir noté un détail particulier à propos de cette blessure par flèche. Je me suis donc rendu dans son cabinet.

« A l'époque, il pratiquait la psychiatrie. Son bureau était bien meublé, avec des pièces anciennes. Il m'a dit qu'il ne se souvenait pas vraiment de cette blessure par flèche. Un des compagnons de chasse de la victime l'avait transportée, c'était tout.

« Il y avait quelque chose qui me chiffonnait. Une phrase que Lecter avait prononcée, un détail de son bureau. Crawford et moi avons tout épluché mais Lecter n'avait pas le moindre casier judiciaire. J'aurais aimé passer un instant seul dans son cabinet, mais nous n'avons pas réussi à obtenir un mandat. Nous n'avons rien trouvé qui pût justifier une perquisition. Je suis donc retourné le voir tout seul.

« C'était un dimanche — il recevait des patients le dimanche. La maison était vide, à l'exception de deux personnes assises dans la salle d'attente. Il m'a fait entrer tout de suite. Nous avons bavardé, il faisait des efforts polis pour m'aider et, moi, j'en profitais pour regarder de vieux livres de médecine rangés dans la bibliothèque, juste derrière lui. C'est alors que j'ai su que c'était lui.

« Quand je l'ai regardé à nouveau, mon visage avait peut-être changé, je n'en sais rien. Je savais la vérité, et *lui savait* que je la savais. Mais pourquoi, c'était toujours un mystère, et je me devais de l'éclaircir. J'ai murmuré une vague excuse et je suis sorti dans le hall de l'immeuble. Il y avait un téléphone à pièces. Je ne voulais pas l'affoler avant d'avoir du renfort. J'étais en train de parler au standardiste de la police quand il est arrivé par une porte de service. Il avait ôté ses chaussures, je n'ai rien entendu. J'ai senti son souffle et puis... vous savez ce qui s'est passé.

— Comment avez-vous compris que c'était lui ?

— J'ai trouvé la solution une semaine plus tard, à l'hôpital, avec le *Grand Blessé,* une illustration reproduite dans les vieux livres de médecine, comme ceux que Lecter avait dans sa bibliothèque. Les différentes sortes de blessures de guerre sont représentées sur un seul individu. On m'avait montré cette illustration dans un cours de pathologie que j'avais suivi à l'université. La position et les blessures de sa sixième victime étaient très proches de celles du *Grand Blessé.*

— A part cette illustration, vous n'aviez rien d'autre ?

— Eh bien, non. C'est une coïncidence si je l'ai vue, un coup de chance.

— Un drôle de coup de chance, oui.

— Ecoutez, si vous ne me croyez pas, ce n'est pas la peine de me poser toutes ces questions à la con.

— Je préfère ne pas avoir entendu.

— Et moi, je ne pensais pas ce que je viens de dire. Mais ça s'est passé comme ça, je n'y peux rien.

— D'accord, dit Springfield, d'accord. Merci de m'avoir raconté tout cela. J'ai besoin de savoir ce genre de choses. »

La description que Parsons avait faite de l'homme dans l'allée et les informations relatives au chien et au chat pouvaient donner une première idée des méthodes du tueur : il semblait probable qu'il avait repéré les lieux, déguisé en préposé aux compteurs, et qu'il avait éprouvé le besoin de tuer les animaux des victimes avant de massacrer la famille.

Le problème immédiat qui se posait à la police était de savoir s'il fallait ou non divulguer cette hypothèse.

Avec une population informée des signes avant-coureurs du danger, la police pourrait prévenir le prochain forfait de l'assassin. Mais il y avait de grandes chances pour qu'il lise aussi les journaux, et cela pourrait l'inciter à modifier ses méthodes.

La police pensait que ces minces indices devaient être tenus secrets, mais qu'une circulaire pourrait être adressée aux vétérinaires et aux refuges pour animaux du sud-est du pays, auxquels on demanderait de signaler immédiatement toute mutilation effectuée sur des animaux domestiques.

On consulta le Dr Alan Bloom de Chicago. Le Dr Bloom dit que l'assassin changerait probablement sa façon de repérer les lieux s'il lisait quoi que ce soit dans les journaux. Le Dr Bloom doutait qu'il fût capable de cesser de s'attaquer aux animaux, quels que fussent les risques encourus. Le psychiatre conseilla à la police de ne jamais déclarer qu'elle avait vingt-cinq jours devant elle — la prochaine pleine lune devant tomber le 25 août.

Le 31 juillet au matin, trois heures après que Parsons eut fait sa déposition, une décision fut prise à l'issue d'une longue conversation au téléphone entre la police de Birmingham, celle d'Atlanta et Graham, qui se trouvait à Washington : ils adresseraient une circulaire aux vétérinaires, quadrilleraient le secteur pendant trois jours avec les portraits-robots établis par le dessinateur, puis divulgueraient leurs informations à la presse.

Pendant ces trois jours, Graham et les inspecteurs d'Atlanta présentèrent les dessins à tous les voisins des Leeds. Le visage était grossièrement ébauché, mais ils espéraient tomber sur quelqu'un qui pût l'améliorer.

L'exemplaire de Graham commençait à se ramollir sous l'effet de la transpiration de ses mains. Il était parfois difficile de persuader les gens d'ouvrir leur porte. La nuit, allongé dans sa chambre après s'être talqué les pieds, il s'efforçait de faire le tour du problème comme on tourne autour d'un hologramme.

Il recherchait l'impression annonciatrice d'une idée, mais rien ne venait.

Pendant ce temps, à Atlanta, il y eut quatre blessés et un mort par accident ; des habitants avaient tiré sur un membre de leur famille rentré à la maison en pleine nuit. Les appels pour signaler des rôdeurs se multipliaient et les fiches dépourvues de tout intérêt s'entassaient dans les corbeilles à papier des postes de police. L'accablement se répandait à la vitesse d'une grippe espagnole.

Crawford revint de Washington à la fin du troisième jour et rendit visite à Graham qui était occupé à retirer ses chaussettes humides de transpiration.

« C'est dur ?

— Balade-toi toute la journée avec un dessin et tu verras, dit Graham.

— Pas la peine, ça passera dès ce soir aux informations. Tu as vraiment marché toute la journée ?

— Je n'allais pas traverser les pelouses en voiture, non ?

— Je n'espérais pas grand-chose de ce genre de démarche, dit Crawford.

— Et de moi, qu'est-ce que tu attends ?

— Le maximum, bien entendu. » Crawford se leva pour partir. « Le boulot, c'est une vraie drogue pour moi — surtout depuis que j'ai arrêté de boire de la bière. Pour toi aussi, certainement. »

Graham était furieux, mais Crawford avait tout à fait raison. Graham avait une tendance naturelle à remettre les choses à plus tard. Il s'était toujours comporté de la sorte à l'école. Mais l'école était loin...

Il y avait bel et bien une autre solution, et cela, il le savait depuis plusieurs jours déjà. Il pouvait attendre d'y être acculé, en désespoir de cause, quelques jours avant la prochaine pleine lune. Il pouvait aussi passer à l'action tout de suite, quand cela pouvait être de quelque utilité.

Il souhaitait avoir l'opinion de quelqu'un, il voulait partager un point de vue tout à fait extraordinaire et recouvrer un état d'esprit qu'il avait perdu au cours de cette année passée en Floride.

Les raisons de passer à l'action claquaient en lui comme les rouages d'un wagonnet de montagnes russes qui se hisse au sommet d'une crête avant la première grande descente ; puis, quand il se trouva au sommet, les mains inconsciemment crispées sur le ventre, il dit tout haut : « Je vais rendre visite à Lecter. »

7

LE Dr Frederick Chilton, directeur de l'Hôpital psychiatrique Chesapeake pour Criminels irresponsables, fit le tour de son bureau pour serrer la main de Will Graham.

« Le Dr Bloom m'a appelé hier, monsieur Graham ; mais peut-être devrais-je vous appeler docteur Graham ?

— Je ne suis pas docteur.

— J'ai été très heureux d'avoir des nouvelles du docteur Bloom, nous nous connaissons *depuis des années*. Prenez cette chaise.

— Nous apprécions beaucoup votre concours, docteur Chilton.

— Franchement, j'ai parfois plus l'impression d'être le secrétaire de Lecter que son geôlier, dit Chilton. Le courrier qu'il reçoit est impressionnant. Je crois que cela fait très chic pour certains chercheurs de correspondre avec lui. J'ai déjà vu de ses lettres encadrées dans des services de psychologie. Pendant un temps, on aurait dit que tous les étudiants inscrits dans cette spécialité voulaient avoir un entretien avec lui. Quoi qu'il en soit, je suis heureux de coopérer avec *vous*, et avec le docteur Bloom.

— Je désirerais voir le docteur Lecter dans la plus grande intimité, dit Graham. Et il faudra peut-être que je revienne ou que je l'appelle au téléphone. »

Chilton hocha la tête. « Tout d'abord, le docteur Lecter ne devra pas quitter sa chambre. C'est le seul endroit où il ne subit aucune contrainte. Un des murs de sa chambre est constitué d'une double barrière qui donne sur le couloir. Je vous ferai apporter une chaise si vous le désirez.

« Je dois vous demander de ne lui faire passer aucun objet, à l'exception de feuilles de papier libres de toute agrafe ou trombone. Ni classeurs, ni stylos, ni crayons. Il a ses propre crayons spéciaux.

— Il faudra peut-être que je lui montre des documents susceptibles de le stimuler, dit Graham.

— Montrez-lui tout ce que vous voulez du moment que c'est sur papier. Vous lui ferez parvenir les documents par le passe-plat. Ne lui tendez rien au travers des barreaux et n'acceptez rien de lui. Il vous renverra les papiers sur le plateau-repas. J'insiste absolument sur ce point. Le docteur Bloom et monsieur Crawford m'ont assuré que vous suivriez fidèlement la procédure.

— Ne vous en faites pas, dit Graham en se levant.

— Je sais que vous avez hâte de le voir, monsieur Graham, mais je veux tout d'abord vous raconter quelque chose qui vous intéressera certainement.

« Il peut sembler incongru de vous mettre en garde, *vous,* contre Lecter, mais ses réactions sont absolument imprévisibles. Il s'est parfaitement comporté pendant sa première année d'internement et a paru vouloir coopérer avec les médecins. En conséquence — cela se passait sous la précédente administration — il y a eu un certain assouplissement dans les mesures de sécurité à son égard.

« Le 8 juillet 1976, dans l'après-midi, il s'est plaint de vives douleurs dans la poitrine. Sa camisole lui a été ôtée dans la salle d'examen pour qu'il subisse un électrocardiogramme. Un de ses infirmiers a quitté la pièce pour fumer une cigarette et l'autre s'est retourné une seconde. L'infirmière était très vive, elle a réussi à sauver l'un de ses yeux.

« Vous allez trouver cela étrange. » Chilton sortit

d'un tiroir une bande de papier qu'il déroula sur le bureau. Du doigt, il suivit la ligne brisée de l'électrocardiogramme. « Ici, il est allongé sur la table d'examen. Son pouls bat à 72. Là, il saisit l'infirmière par la tête et la tire vers lui. Là, il est neutralisé par l'infirmier. Il n'a pas offert la moindre résistance, bien que l'infirmier lui ait démis l'épaule. Vous comprenez, à présent ? Son pouls n'a jamais dépassé 85. Même lorsqu'il a arraché la langue de l'infirmière. »

Chilton observait Graham, mais le visage de celui-ci était impénétrable. Il s'appuya contre le dossier de la chaise et croisa les doigts sous son menton. Ses mains étaient sèches et luisantes.

« Vous savez, quand Lecter a été arrêté, nous pensions tous qu'il nous donnerait l'occasion unique d'étudier de près un pur sociopathe, dit Chilton. Il est rare d'en avoir un vivant. Lecter est extraordinairement lucide et perceptif, et il connaît fort bien la psychiatrie, mais c'est un redoutable criminel. Il nous a paru vouloir coopérer et nous avons cru avoir enfin une ouverture sur ce type de déviance. Un peu comme Beaumont lorsqu'il étudiait la digestion sur l'estomac de saint Martin.

« En fin de compte, nous n'avons pas progressé d'un pouce depuis le jour de son admission. Vous avez déjà bavardé longuement avec Lecter ?

— Non, je ne l'ai vu que le jour où... Je l'ai surtout vu au tribunal. Le docteur Bloom m'a montré les articles qu'il a fait paraître dans les journaux, dit Graham.

— Il vous est très attaché, il pense très souvent à vous.

— Vous avez eu plusieurs séances avec lui ?

— Oui. douze. Il est impénétrable. Il traite de trop haut les tests pour qu'ils indiquent quoi que ce soit. Edwards, Fabre, même le docteur Bloom en personne, ils sont tous venus bavarder avec lui. Je possède leurs notes. Pour eux aussi, il a été une énigme. Bien entendu, il est impossible de deviner ce qu'il cache ou de savoir s'il n'en comprend pas plus qu'il ne veut bien le dire. Oh, depuis son admission, il a bien rédigé quelques articles très brillants pour le *Bulletin américain de Psychiatrie* et pour les *Archives générales*, mais il traite toujours de problèmes qui ne sont pas les siens. A mon avis, il a peur que, si nous le " solutionnons ", plus personne ne s'intéresse à lui et qu'on ne le jette aux oubliettes jusqu'à la fin de ses jours. »

Chilton s'arrêta. Il s'était servi de sa vision périphérique pour observer son sujet pendant les entretiens. Et il croyait pouvoir en faire de même avec Graham.

« Ici, tout le monde pense que la seule personne ayant fait preuve d'une certaine compréhension du docteur Hannibal Lecter, c'est vous, monsieur Graham. Voudriez-vous me dire quelque chose à son sujet ?

— Non.

— Une partie du personnel s'est demandé la chose suivante : quand vous avez vu les victimes du docteur Lecter, le " style " des meurtres, pour ainsi dire, avez-vous réussi à reconstituer ses fantasmes ? Et est-ce que cela vous a aidé à l'identifier ? »

Graham ne répondit pas.

« Nous disposons de très peu de renseignements à ce propos. Il y a un article dans le *Bulletin de Psychologie pathologique*, c'est tout. Est-ce que vous pourriez en discuter avec le personnel ? Pas cette fois-ci, bien sûr, le docteur Alan Bloom me l'a formellement interdit. Nous devons vous laissez seul. Mais une autre fois, peut-être. »

Le Dr Chilton savait bien ce qu'était l'hostilité, et il en avait un exemple devant lui.

Graham se leva. « Merci, docteur. Je voudrais voir Lecter. Tout de suite. »

La porte d'acier du quartier de haute sécurité se referma derrière Graham. Il entendit le bruit des verrous qu'on tirait.

Graham savait que Lecter passait la majeure partie de la matinée à dormir. Il jeta un coup d'œil dans le couloir. Il ne pouvait pas voir la cellule de Lecter d'où il était placé, seulement se rendre compte que la lumière avait été baissée.

Graham voulait voir dormir le Dr Lecter. Il lui fallait le temps de raidir sa volonté. S'il sentait la folie de Lecter dans sa tête, il devrait la contenir très rapidement, comme lorsqu'il y a une fuite.

Pour couvrir le bruit de ses pas, il suivit un garçon de salle qui poussait un chariot plein de linge sale. Il était très difficile de prendre le Dr Lecter par surprise.

Graham s'arrêta au milieu du couloir. Des barreaux d'acier occupaient tout le devant de la cellule. Derrière, hors de portée de la main, un filet de nylon assez rigide avait été tendu du sol au plafond et d'un mur à l'autre. Graham put apercevoir une table et une chaise fixées au sol. La table était encombrée de livres et de courrier. Il s'approcha des barreaux, y porta la main, puis la retira.

Le Dr Hannibal Lecter reposait sur sa couche, la tête appuyée sur un oreiller placé contre le mur. Le *Grand Dictionnaire de Cuisine* d'Alexandre Dumas était ouvert sur sa poitrine.

Graham n'avait pas regardé plus de cinq secondes au travers des barreaux quand Lecter ouvrit les yeux et dit : « Toujours ce même horrible after-shave que vous aviez au tribunal.

— On m'en offre tous les ans, à Noël. »

Les yeux du Dr Lecter étaient marron et la lumière y dessinait de minuscules points rouges. Graham sentit le duvet de sa nuque se hérisser.

« A Noël, oui, dit Lecter. Vous avez bien reçu ma carte ?

— Oui, je vous en remercie. »

La carte de vœux du Dr Lecter avait été transmise à Graham par le laboratoire central du F.B.I., à Washington. Il l'avait brûlée dans son jardin et s'était lavé les mains avant de toucher Molly.

Lecter se leva, puis se dirigea vers la table. C'était un petit homme très mince. Très propre. « Asseyez-vous donc, Will. Il doit y avoir des chaises pliantes dans un placard, par là. Du moins, c'est ce que je crois.

— Le garçon de salle est justement en train de m'en apporter une. »

Lecter resta debout tant que Graham ne fut pas assis. « A propos, comment va l'officier Stewart ? demanda-t-il.

— Il va bien. » L'officier de police Stewart avait démissionné après avoir vu la cave du docteur Lecter. Il dirigeait un motel, à présent, mais Graham n'en fit pas mention. Stewart n'apprécierait certainement pas de recevoir une lettre de Lecter.

« Quel dommage que ses problèmes affectifs le tracassent à ce point. Il aurait pu aller très loin. Vous avez un problème, Will ?

— Non.

— Bien entendu. »

Graham sentait que Lecter cherchait à deviner ses pensées les plus intimes et il avait un peu l'impression d'être une mouche prise au piège.

« Je suis content que vous soyez venu. Cela fait combien de temps ? Trois ans ? Mes visiteurs sont tous de *petits* psychiatres ou des *docteurs* en psychologie qui professent dans des universités de province. Des gratte-papiers qui rédigent article sur article pour préserver leur réputation.

— Le docteur Bloom m'a montré votre texte sur l'accoutumance chirurgicale, celui qui est paru dans le *Bulletin de Psychiatrie clinique*.

— Et alors ?

— Je l'ai trouvé très intéressant, même pour un profane.

— Un profane... un profane... Voilà une expression des plus intéressantes, dit Lecter. Tous ces grands professeurs, tous ces *experts* appointés par le gouvernement... et vous dites que vous êtes profane. C'est pourtant vous qui m'avez arrêté, n'est-ce pas, Will ? Savez-vous comment vous avez fait ?

— Je suis certain que vous avez lu le compte rendu. Tout y est.

— Non, ça n'y est pas. Will, vous savez comment

vous avez fait ?
— C'est dans le compte rendu. Et puis, quelle importance ?
— Pour moi, aucune, *Will*.
— Docteur Lecter, j'aimerais que vous m'aidiez.
— C'est bien ce que je pensais.
— C'est à propos de Birmingham et d'Atlanta.
— Oui.
— Vous êtes au courant, j'en suis sûr.
— J'ai lu les journaux. Je ne peux pas les découper, on ne me permet pas d'avoir des ciseaux. Ils me menacent parfois de me prendre mes livres, vous savez. Je ne voudrais pas qu'ils croient que je m'intéresse à une affaire aussi morbide. » Il se mit à rire. Le Dr Lecter avait de petites dents blanches. « Vous voulez savoir comment il effectue son choix, c'est cela ?
— Je pensais que vous pourriez avoir une idée sur la question et que vous m'en feriez part.
— Pourquoi le ferais-je ? »
Graham avait prévu la question. Aucune raison de mettre fin à une série de meurtres ne viendrait à l'esprit de Lecter — dans l'immédiat.
« Il y a certaines choses dont vous êtes démuni, dit Graham. Du matériel de recherche, des films. Je pourrais en parler au responsable.
— Chilton ? Vous avez dû le rencontrer avant de venir ici. Il est plutôt macabre, non, avec sa façon de vous triturer les méninges comme un lycéen qui essaie de dégrafer son premier soutien-gorge ? Je parie qu'il vous a fait le coup de la vision périphérique. Et je parie aussi que vous l'avez remarqué. Vous ne me croirez peut-être pas, mais il a essayé de *me* soumettre au test d'aperception thématique. Il se tenait devant moi, le rictus aux lèvres, et il attendait que je tire la carte Mf 13. Ah, pardonnez-moi, j'oublie toujours que vous ne faites pas partie des élus. C'est une carte représentant une femme couchée et un homme debout au premier plan. J'étais censé éviter toute interprétation sexuelle. J'ai éclaté de rire. Bouffi d'orgueil, il a raconté à qui voulait

l'entendre que j'échappais à la prison grâce à mon syndrome de Ganser. Mais je vous ennuie avec toutes mes histoires.

— Vous pourriez avoir accès aux documents filmés de l'A.A.M.

— Je ne crois pas que vous obtiendriez ce qui m'intéresse.

— Mettez-moi à l'épreuve.

— Et puis, d'ailleurs, j'ai suffisamment à lire pour l'instant.

— Vous pourriez avoir accès au dossier de cette affaire. Ça ne vous dirait rien ?

— Pardon ?

— Je pensais que vous aimeriez peut-être savoir si vous êtes plus malin que celui que je recherche.

— J'en déduis que vous vous croyez plus malin que moi puisque vous m'avez arrêté.

— Non, je sais que je ne suis pas plus malin que vous.

— Dans ce cas, Will, comment avez-vous fait pour m'attraper ?

— Vous étiez désavantagé.

— Comment cela ?

— Vous étiez sous l'empire de la passion. Et puis, vous êtes fou.

— Et vous, vous êtes très bronzé, Will. »

Graham ne lui répondit pas.

« Vos mains sont abîmées, elles ne ressemblent plus à des mains de flic. Votre lotion après-rasage — c'est le genre de choses qu'un enfant choisirait. C'est bien celle dont l'étiquette représente un bateau, n'est-ce pas ? » Le Dr Lecter redressait rarement la tête. Il la penchait de côté quand il posait une question, comme s'il voulait faire partager sa propre curiosité. Il y eut un nouvel instant de silence, puis Lecter dit : « Ne croyez pas que vous m'aurez en faisant appel à ma vanité intellectuelle.

— Je ne cherche pas à vous avoir. Vous acceptez ou vous refusez, c'est tout. Et puis, le docteur Bloom travaille déjà sur l'affaire, et comme c'est le meilleur...

— Vous avez le dossier sur vous ?

— Oui.
— Avec des photos ?
— Oui.
— Confiez-les-moi, je pourrai y réfléchir.
— Non.
— Will, vous rêvez beaucoup ?
— Au revoir, docteur Lecter.
— Vous ne m'avez pas menacé de m'enlever mes livres. »

Graham s'éloigna.

« Donnez-moi le dossier, je vous dirai ce que j'en pense. »

Graham introduisit la version abrégée du dossier dans le passe-plat. Lecter le tira à lui.

« Cela commence par un résumé. Vous pouvez le lire tout de suite, dit Graham.

— J'aimerais le lire seul, si cela ne vous dérange pas. Donnez-moi une heure. »

Graham attendit sur la banquette de plastique d'une pièce triste. Des infirmiers lui apportèrent du café. Il ne leur adressa pas la parole. Il fixait de petits objets disposés dans la pièce, heureux de ne pas les voir danser sous ses yeux. Par deux fois, il dut se rendre aux toilettes. Il se sentait l'esprit embrumé.

Le guichetier le conduisit à nouveau au quartier de haute sécurité.

Lecter était assis à table, le regard perdu dans le lointain. Graham savait qu'il avait passé pratiquement toute l'heure à regarder les photographies.

« C'est un garçon très timide, Will. J'aimerais le rencontrer... Avez-vous envisagé la possibilité qu'il soit défiguré, ou qu'il croie l'être ?

— Les miroirs.

— Oui. Vous remarquez qu'il brise tous les miroirs de la maison et que ce n'est pas uniquement pour récupérer des morceaux. Quand il enfonce les éclats de verre, ce ne sont pas les dommages qu'ils provoquent qui l'intéressent. Ils sont placés de telle sorte qu'il peut se voir dedans. Il peut se voir dans les yeux de Mme Jacobi et de... quel est l'autre nom ?

— Mme Leeds.

— Oui.

— C'est intéressant, dit Graham.

— Non, ce n'est pas " intéressant ". Vous y aviez pensé avant moi.

— J'avais envisagé cette possibilité.

— Vous êtes venu ici rien que pour me voir, pour retrouver l'odeur familière, c'est cela, hein ? Vous devriez vous sentir vous-même.

— Je veux votre opinion.

— Je n'en ai pas encore.

— Quand vous en aurez une, je serai heureux de la connaître.

— Je peux conserver le dossier ?

— Je n'ai pas encore pris de décision à ce sujet, dit Graham.

— Pourquoi n'y a-t-il aucune description du jardin ? Il y a bien une vue de la maison, le plan des pièces où les crimes ont été perpétrés, mais pratiquement rien sur le jardin. A quoi ressemble la cour, dans les deux cas ?

— Ce sont de grandes cours avec des clôtures et quelques buissons. Pourquoi ?

— Eh bien, mon cher Will, si ce pèlerin entretient des rapports très spéciaux avec la lune, il se pourrait bien qu'il aime sortir dans la cour pour la contempler. Avant de faire un brin de toilette, vous comprenez ? Vous avez déjà vu du sang au clair de lune, Will ? Il prend une teinte presque noire. Bien sûr, il conserve son brillant. Quand on est nu, il vaut mieux être assez tranquille pour faire ce genre de choses en plein air. Disons qu'il convient de faire preuve de considération pour les voisins.

— Vous pensez donc que le jardin pourrait être un critère de choix lorsqu'il recherche ses victimes ?

— Oh, oui. Et la liste n'est pas close. Laissez-moi le dossier, Will. Je vais l'étudier. Et quand vous aurez d'autres renseignements, j'aimerais que vous me les confiiez. Vous pouvez m'appeler. Parfois, quand mon avocat m'appelle, on m'apporte un téléphone. Avant, ils passaient la communication sur un haut-parleur. Tout le monde pouvait entendre ce que nous disions. Voudriez-vous me donner votre numéro personnel ?

— Non.

— Will, savez-vous pourquoi vous avez réussi à m'arrêter ?

— Au revoir, docteur Lecter. Vous pouvez me laisser un message au numéro indiqué sur le dossier. » Graham s'éloigna.

« Savez-vous pourquoi vous m'avez attrapé ? »

Graham était sorti du champ de vision de Lecter et se dirigeait à grands pas vers la porte d'acier.

« Vous m'avez attrapé parce que nous sommes *pareils*, vous et moi. »

Ce furent les dernières paroles qu'entendit Graham quand la porte se referma derrière lui.

Il se sentait engourdi tout en redoutant de quitter cet état d'engourdissement. Il marchait tête baissée et ne parlait à personne. Le sang bourdonnait à ses tempes avec un bruit de battement d'ailes. La distance qui le séparait de la rue lui parut très courte. Il n'y avait qu'un bâtiment ; il n'y avait que cinq portes entre Lecter et le monde extérieur. Il éprouvait l'impression absurde que Lecter était sorti avec lui. Il s'arrêta devant la porte de l'hôpital et regarda tout autour de lui pour s'assurer qu'il était bien seul.

Installé dans une voiture garée de l'autre côté de la rue, le téléobjectif appuyé sur le rebord de la vitre, Freddy Lounds prit un superbe cliché représentant Graham de profil dans l'encadrement de la porte, avec, au-dessus de lui, gravés dans la pierre, les mots : « Hôpital psychiatrique Chesapeake pour Criminels irresponsables. »

Puis le *National Tattler* réduisit le cadrage de la photo pour ne plus avoir que le visage de Graham et les deux derniers mots : criminels irresponsables.

8

APRES le départ de Graham, le Dr Hannibal Lecter resta allongé sur sa couche pendant plusieurs heures, dans la pénombre.

Il s'intéressa un instant aux tissus : la trame de la taie d'oreiller contre ses mains qu'il tenait croisées derrière la nuque, l'étoffe plus fine tout près de sa joue.

Puis il y eut des odeurs, et il se laissa aller à la rêverie. Certaines étaient réelles, d'autres pas. Ils avaient mis du chlore dans les toilettes; du sperme. Ils servaient du *chili* à la cantine ; des uniformes raidis par la sueur. Graham n'avait pas voulu lui donner son numéro de téléphone personnel; le parfum un peu vert du thé fraîchement cueilli.

Lecter s'assit sur le lit. Tout de même, il aurait pu se montrer aimable. Ses pensées avaient l'odeur chaude et cuivrée d'un réveil électrique.

Lecter cligna plusieurs fois des yeux puis leva les paupières. Il ralluma et rédigea un mot pour Chilton, où il lui demandait l'autorisation d'appeler son avocat au téléphone.

La loi donnait à Lecter le droit de parler seul à seul avec son avocat, et il n'en avait pas abusé. Chilton ne l'autoriserait jamais à se rendre au téléphone; ce fut donc le téléphone qui vint à lui.

Deux gardiens apportèrent le combiné et déroulèrent un long cordon raccordé à la prise de leur bureau. L'un des gardiens portait les clefs. L'autre tenait une bombe aérosol de gaz paralysant.

« Regagnez le fond de votre cellule, docteur Lecter. Face au mur. Si vous vous retournez ou si vous approchez des barreaux avant d'avoir entendu le verrou, je vous envoie un coup de bombe en pleine figure. Compris ?

— Parfaitement, dit Lecter. Merci de m'avoir apporté le téléphone. »

Il dut passer la main au travers du filet de nylon pour composer le numéro. Les renseignements de Chicago lui donnèrent les coordonnées du département de Psychiatrie, à l'université de Chicago, et celles du cabinet du Dr Alan Bloom. Il appela le standard du département de Psychiatrie.

« J'essaye de joindre le docteur Alan Bloom.

— Je ne crois pas qu'il vienne aujourd'hui, mais je vais vous passer son service.

— Attendez. Je suis censé connaître le nom de sa secrétaire, mais je dois avouer que je ne parviens pas à m'en souvenir.

— Linda King. Un instant, s'il vous plaît.

— Merci. »

Il y eut huit sonneries avant que quelqu'un ne décroche.

« Bureau de Linda King.

— Bonjour, Linda.

— Linda ne travaille pas le samedi. »

Le Dr Lecter avait espéré qu'il en serait ainsi. « Vous allez peut-être pouvoir me renseigner. Je suis Bob Greer, des éditions Blaine & Edwards. Le docteur Bloom m'a demandé d'adresser à Will Graham un exemplaire du livre d'Overholser, *Le Psychiatre face à la loi*. Linda devait me communiquer son adresse et son numéro de téléphone, mais j'attends toujours.

— Ecoutez, je fais des remplacements, Linda sera là lun...

— Il faut que je prenne le Federal Express dans cinq minutes. Je ne voudrais pas avoir à appeler le docteur

87

Bloom parce que c'est lui qui a dit à Linda de l'envoyer, et je n'ai pas envie qu'elle ait des histoires pour si peu de chose. Elle a dû les noter dans son annuaire. Je vous enverrai des fleurs si vous me les communiquez.

— Elle n'a pas d'annuaire.
— Eh bien, ce doit être dans un fichier.
— Oui.
— Soyez gentille, donnez-moi ses coordonnées et je ne vous ferai plus perdre votre temps.
— Quel nom, vous dites?
— Graham. Will Graham.
— J'y suis. Son numéro personnel est le 305 JL 5 7002.
— Je dois lui envoyer le bouquin à domicile.
— Il n'y a pas son adresse personnelle.
— Laquelle avez-vous, alors?
— Federal Bureau of Investigation, 10e Rue et Pennsylvania Avenue, Washington, D.C. Attendez, j'ai aussi Boîte Postale 3680, Marathon, Floride.
— Vous êtes un ange. Merci.
— Je vous en prie. »

Lecter se sentait mieux. Il pourrait peut-être donner un petit coup de fil à Graham ou bien, s'il ne se montrait pas aimable avec lui, lui faire envoyer par un magasin de fournitures médicales une poche pour colostomie, en souvenir du bon vieux temps.

9

A plus de onze cents kilomètres de là, au sud-ouest, dans la cafétéria du laboratoire de traitement de films Gateway, à Saint Louis, Francis Dolarhyde attendait son hamburger. Les entrées disposées sur le tapis roulant étaient recouvertes de sauce figée. Il se tenait près de la caisse enregistreuse et buvait du café dans un gobelet en carton.

Une jeune femme rousse portant une blouse de laboratoire entra dans la cafétéria et s'approcha du distributeur de friandises. A plusieurs reprises, elle regarda le dos de Francis Dolarhyde et fit la moue. Finalement, elle se dirigea vers lui et dit : « Monsieur Dolarhyde ? »

Dolarhyde se retourna. Même en dehors de la chambre noire, il gardait ses lunettes protectrices rouges. Elle s'efforça de ne pas quitter des yeux la monture des lunettes.

« Est-ce que nous pourrions nous asseoir un instant ? Je voudrais vous dire quelque chose.

— Qu'avez-vous donc à me dire, Eileen ?

— Que je suis vraiment désolée. Bob était un peu éméché, il faisait le pitre. Il ne pensait pas à mal. Asseyons-nous, je vous en prie. Un instant seulement. Vous ne voulez pas ?

— Mmm hmm. » Dolarhyde ne disait jamais « si », il avait pas mal de problèmes avec les consonnes sifflantes.

Ils s'assirent. Elle tordait nerveusement une serviette en papier.

« Tout le monde s'amusait bien à cette soirée et nous étions contents de vous voir, dit-elle. Un peu surpris, mais vraiment contents. Vous savez comment est Bob, il n'arrête pas de faire des imitations — il devrait travailler à la radio. Il a imité deux ou trois accents, il a raconté des histoires — il peut même parler comme un Noir, vous savez. Quand il a pris cette autre voix, ce n'était pas pour vous mettre en boîte. Il était trop saoul pour savoir qui était là.

— Ils ont tous bien ri et puis ils... ils n'ont plus ri. » Dolarhyde s'était repris pour ne pas dire « ils se sont arrêtés », à cause des deux « s » successifs.

« C'est alors que Bob a compris ce qu'il était en train de faire.

— Il a quand même continué.

— Oui, je sais. » Elle réussit à lever les yeux de la serviette vers les lunettes sans se laisser distraire. « J'ai eu une discussion avec lui à ce sujet. Il ne voulait pas vous froisser. Il essayait de faire rire les gens, c'est tout. Vous avez remarqué comme il s'est mis à rougir.

— Il m'a invité à... à faire un duo avec lui.

— Il vous a pris par les épaules, il voulait vous voir rire, vous aussi. Croyez-moi, monsieur Dolarhyde.

— Cela m'a beaucoup amusé, Eileen.

— Bob est terriblement gêné à présent.

— Ecoutez, je ne veux pas qu'il s'en fasse pour si peu. Cela n'en vaut pas la peine. Dites-le-lui de ma part. Nous n'en reparlerons plus au boulot. Bon sang, si j'avais autant de talent que Bob, je ferai aus... je ferais également des imitations. Nous allons bientôt nous revoir, il faut qu'il comprenne que je ne lui en veux pas.

— Tant mieux. Vous savez, il aime blaguer, mais c'est un garçon très sensible.

— Je n'en doute pas. Tendre, également. »

La voix de Dolarhyde était étouffée par sa main. Quand il était assis, il appuyait toujours la jointure de son index contre sa lèvre supérieure.

« Pardon ?

— Je crois que vous avez une bonne influence sur lui, Eileen.

— Je le crois aussi, sincèrement. Il ne boit jamais, sauf le week-end. Il se détend un peu, et puis sa femme appelle à la maison. Il fait des grimaces pendant que je lui parle, mais je sais qu'il est bouleversé après coup. Une femme sent ce genre de choses. » Elle posa rapidement les doigts sur le poignet de Dolarhyde ; malgré les lunettes, elle vit son regard changer. « Ne vous en faites pas, monsieur Dolarhyde. Je suis heureuse que nous ayons eu cette conversation.

— Moi aussi, Eileen. »

Dolarhyde la regarda s'éloigner. Elle avait un suçon derrière le genou. Il se dit alors qu'Eileen ne l'aimait pas. Il ne se trompait pas, d'ailleurs. Personne ne l'aimait.

La grande chambre noire était fraîche et sentait le produit chimique. Francis Dolarhyde travaillait à la lumière rouge et vérifiait le révélateur dans la cuve. Des centaines de mètres de films d'amateur venus de tout le pays passaient toutes les heures dans cette cuve.

La température et la fraîcheur des produits chimiques avaient une importance capitale.

Il en était responsable, de cela et de toutes les autres opérations avant que les films ne passent au séchoir. Plusieurs fois dans la journée, il tirait des films de la cuve et les vérifiait image par image. Il n'y avait pas de bruit dans la chambre noire. Dolarhyde décourageait tout bavardage chez ses assistants et communiquait avec eux surtout par gestes.

Quand l'équipe avait achevé son travail, il restait seul dans la chambre noire pour développer, faire sécher et monter ses propres films.

Dolarhyde revenait chez lui vers dix heures du soir. Il vivait seul dans une grande maison que ses grands-parents lui avaient laissée. Elle se dressait tout au bout d'une allée de gravier qui traversait un grand verger au nord de Saint Charles, sur l'autre rive du Missouri, juste en face de Saint Louis. Le propriétaire du verger n'était pas sur place pour en prendre soin. Des arbres morts, rabougris, se mêlaient aux arbres encore verts. Juillet touchait à sa fin, et l'odeur des pommes pourrissantes flottait au-dessus du verger. Dans la journée, les abeilles y pullulaient. Le voisin le plus proche habitait à près d'un kilomètre.

Dolarhyde inspectait toujours la maison dès qu'il rentrait ; quelques années plus tôt, on avait tenté de le cambrioler. Il alluma la lumière dans chaque pièce et regarda partout. Un visiteur n'aurait pu croire qu'il vivait seul. Les vêtements de ses grands-parents étaient toujours pendus dans les armoires, les brosses de sa grand-mère disposées sur la coiffeuse ; quelques cheveux y étaient restés accrochés. Son dentier se trouvait dans un verre, sur la table de nuit. L'eau était évaporée depuis bien longtemps. Sa grand-mère était morte dix ans auparavant.

L'entrepreneur des pompes funèbres lui avait demandé : « Monsieur Dolarhyde, vous ne voulez pas me rapporter le dentier de votre grand-mère ? » Et il lui avait répondu : « Vous pouvez refermer le couvercle. »

S'étant assuré qu'il était seul dans la maison, Dolarhyde monta au premier étage, se doucha longuement et se lava les cheveux.

Il passa un kimono taillé dans un tissu synthétique imitant la soie, puis s'allongea sur le lit étroit de la chambre qu'il occupait depuis l'enfance. Le séchoir à cheveux de sa grand-mère avait un tuyau et un bonnet de plastique. Il le mit sur sa tête et passa le temps en feuilletant un magazine de mode. La dureté et la brutalité de certaines photographies avaient quelque chose de remarquable.

Il commençait à être excité. Il fit pivoter la lampe de lecture pour éclairer une gravure épinglée au mur, au pied du lit. C'était une reproduction d'une aquarelle de

William Blake, *Le Grand Dragon Rouge et la Femme vêtue de soleil*.

Cette peinture l'avait bouleversé dès qu'il l'avait vue. Avant cela, il n'avait jamais rien vu qui fût aussi proche de sa pensée graphique. Il avait la sensation que Blake avait regardé par le trou de son oreille et vu le Dragon Rouge. Pendant des semaines, Dolarhyde avait craint que ses pensées ne sortent de ses oreilles pour se matérialiser dans la chambre noire et rendre flous les films. Il avait mis des tampons de coton dans ses oreilles. Puis, craignant que le coton ne fût inflammable, il avait essayé la laine d'acier. Et il s'était fait saigner les oreilles. En fin de compte, il avait découpé de petits morceaux de toile d'amiante dans un revêtement de table à repasser et en avait fait de petites boules qui obstruaient parfaitement ses conduits auditifs.

Pendant longtemps, il n'avait rien eu d'autre que le Dragon Rouge. Il avait autre chose, à présent. Il sentit le début d'une érection.

Il aurait aimé aller très lentement, mais, maintenant, il ne pouvait plus attendre.

Dolarhyde tira les lourds rideaux devant les fenêtres du salon, au rez-de-chaussée. Il installa l'écran et le projecteur. Son grand-père n'avait pas tenu compte des objections de sa grand-mère et avait placé un fauteuil inclinable dans le salon. (Elle avait posé un napperon sur l'appui-tête.) Dolarhyde se sentait bien. Il drapa une serviette sur le bras du fauteuil.

Il éteignit la lampe. Allongé dans cette pièce obscure, il aurait pu se trouver n'importe où. Il avait installé au plafond un petit appareil rotatif qui projetait des taches multicolores sur les murs, sur le sol, sur sa propre peau. Il aurait pu se croire sur la couchette d'un vaisseau spatial, bulle de verre flottant parmi les étoiles. Quand il fermait les yeux, il croyait sentir les taches lumineuses courir sur son corps et, quand il les rouvrait, ce pouvait être les lumières d'une ville qui brillaient au-dessus de lui, sous lui. Il n'y avait plus ni haut ni bas. En chauffant, l'appareil prenait de la vitesse et les points lumineux s'abattaient sur lui, déversaient leurs flots angulaires sur le mobilier, ruisselaient sur les murs en pluie de météores. Il aurait pu être une comète fonçant vers la nébuleuse du Crabe.

Un seul endroit était à l'abri de la lumière. Il avait placé devant l'appareil un morceau de carton qui projetait une ombre sur l'écran de cinéma.

Un jour, il commencerait par fumer de l'herbe pour augmenter les effets ; mais il n'en avait pas besoin aujourd'hui.

Il appuya sur l'interrupteur pour mettre en route le projecteur. Un rectangle blanc jaillit sur l'écran, ce sont ensuite des traînées grisâtres, des striures quand la bande-amorce défile devant la lentille, puis le scottish dresse les oreilles et s'élance vers la porte de cuisine en remuant frénétiquement la queue. Une coupure, puis à nouveau le scottish en train de courir tout en essayant de se mordre le flanc.

A présent, Mme Leeds entre dans la cuisine, elle porte des provisions. Elle se met à rire et porte la main à ses cheveux. Les enfants entrent à leur tour.

Nouvelle coupure, suivie d'un plan assez mal éclairé. C'est la propre chambre de Dolarhyde, au premier étage. Il se tient nu devant *Le Grand Dragon Rouge et la Femme vêtue de soleil*. Il porte des « lunettes de combat » enveloppantes, semblables à celles qu'affectionnent les joueurs de hockey sur glace. Il a une érection qu'il entretient de la main.

L'image devient floue quand il s'approche de la caméra avec des mouvements stylisés, la main tendue pour faire le point. Son visage occupe tout l'écran. L'image tremble pour se stabiliser subitement sur un gros plan de la bouche : la lèvre supérieure, difforme, est retroussée, la langue pointe entre les dents. Dans le haut de l'image, on voit encore un œil exorbité. La bouche emplit l'écran, les lèvres s'écartent sur les dents, puis c'est le noir quand la bouche se referme sur l'objectif.

La difficulté de la séquence suivante est évidente.

Une image floue, violemment éclairée, se transforme en un lit : Charles Leeds se débat, Mme Leeds se redresse, se protège les yeux de la main, elle se tourne vers Leeds, pose les mains sur lui, roule vers le bord du lit et se prend les jambes dans les couvertures, elle essaye de se lever. La caméra bascule vers le plafond, les moulures balayent l'écran, puis l'image devient fixe : Mme Leeds est à nouveau allongée sur le matelas, une tache sombre s'étale sur sa chemise de nuit, Leeds se tient le cou, les yeux fous. Pendant quelques secondes, c'est le noir, puis une collure qui fait sauter l'image.

La caméra est immobile, posée sur un trépied. Ils sont tous morts à présent. Soigneusement mis en place. Deux enfants assis contre le mur, devant le lit, le troisième en face de la caméra. M. et Mme Leeds sont couchés, les couvertures tirées. M. Leeds s'appuie au chevet, la tête légèrement penchée. Le drap dissimule la corde qui lui enserre la poitrine.

Dolarhyde apparaît sur la gauche de l'image en exécutant des mouvements stylisés de danseur balinais. Couvert de sang, nu à l'exception de ses lunettes, il parade et fait des entrechats parmi les morts. Il s'approche du lit, du côté de Mme Leeds, saisit les couvertures et les arrache d'un geste ample avant de prendre une pose avantageuse, comme s'il venait de réussir une véronique.

Assis dans le salon de la maison de ses grands-parents, Dolarhyde était couvert de sueur. Sa langue épaisse sortait constamment, la cicatrice de sa lèvre supérieure était luisante de salive et il gémissait en s'activant.

Même au summum du plaisir, il était triste de constater qu'il perdait toute élégance et toute grâce dans les séquences suivantes, où il rampait comme un cochon, les fesses tournées vers la caméra. Il n'était plus question de poses plastiques, de sens du rythme, de montée dramatique ; il n'y avait plus qu'une frénésie bestiale.

Malgré tout, c'était absolument fantastique. Voir ce

film était fantastique. Pas autant, toutefois, que les crimes.

Dolarhyde se rendit compte que ce film avait un grave défaut : il ne montrait pas vraiment la mort des Leeds, et la fin de son numéro laissait à désirer. C'était comme s'il jetait ses propres critères par-dessus les moulins. Le Dragon Rouge ne se comporterait pas de la sorte.

Qu'importe. Il pouvait encore tourner de nombreux films et, l'expérience venant, il espérait pouvoir conserver une certaine maîtrise esthétique, même dans les instants les plus intimes.

Il devait se surpasser. C'était l'œuvre de sa vie, une œuvre magnifique. Elle demeurerait à tout jamais.

Il lui fallait donc se mettre à la tâche, choisir ses prochains partenaires. Il avait déjà exécuté des copies de plusieurs films tournés le 4 juillet, jour de la fête nationale. La fin de l'été apportait toujours un surcroît de travail quand les films de vacances arrivaient au laboratoire, les congés de Noël constituant traditionnellement l'autre période de pointe de l'année.

Chaque jour, des familles lui adressaient leur candidature.

10

L'AVION de Washington à Birmingham était à moitié vide. Graham s'installa près d'un hublot. A côté de lui, le siège était inoccupé.

Il refusa le maigre sandwich que lui proposa l'hôtesse et déposa le dossier Jacobi sur la tablette. Il avait noté en première page les points communs entre les Jacobi et les Leeds.

Les deux couples approchaient de la quarantaine et avaient des enfants — deux garçons et une fille. Edward Jacobi avait eu d'un précédent mariage un autre fils qui se trouvait à l'université le jour où la famille fut massacrée.

Dans chaque cas, les deux parents avaient des diplômes universitaires, et les familles habitaient une maison à étage dans une banlieue agréable. Mme Jacobi et Mme Leeds étaient des femmes très attirantes. Les familles détenaient les mêmes cartes de crédit et étaient abonnées à un certain nombre de magazines populaires.

C'était tout pour les ressemblances. Charles Leeds était conseiller fiscal. Edward Jacobi ingénieur en métallurgie. La famille d'Atlanta était presbytérienne ; les Jacobi étaient catholiques. Les Leeds avaient toujours résidé à Atlanta ; les Jacobi avaient quitté Detroit trois mois plus tôt pour venir vivre à Birmingham.

Le mot « hasard » faisait dans la tête de Graham un bruit de robinet qui goutte. « Des victimes choisies au hasard », « sans mobile apparent » — voilà les expressions qu'employaient les journaux et que les inspecteurs lançaient à la volée pour tenter de dissimuler leur colère et leur frustration.

« Hasard » n'était pas le terme qui convenait. Graham savait que les auteurs d'assassinats collectifs ne choisissent pas leurs victimes au hasard.

L'homme qui avait tué les Leeds et les Jacobi avait trouvé en eux quelque chose qui l'avait attiré et poussé à agir de la sorte. Peut-être les connaissait-il très bien — c'est ce qu'espérait Graham — mais peut-être ne les connaissait-il pas du tout. Quoi qu'il en soit, Graham était certain qu'il les avait vus au moins une fois avant de les tuer. Il les avait choisi parce qu'il y avait *quelque chose* qui lui avait parlé, et les femmes étaient au cœur de l'énigme.

Les crimes présentaient toutefois certaines différences.

Edward Jacobi avait été abattu alors qu'il descendait l'escalier, une lampe-torche à la main — probablement réveillé par un bruit suspect.

Mme Jacobi et ses enfants avaient été tués d'une balle en pleine tête, Mme Leeds avait reçu une balle dans l'abdomen. Dans l'un et l'autre cas, l'arme était un pistolet automatique 9 mm. Des traces de laine d'acier provenant d'un silencieux de fabrication artisanale avaient été retrouvées dans les blessures. Les douilles ne portaient pas d'empreintes.

Le couteau n'avait servi que pour Charles Leeds. Le Dr Princi pensait qu'il s'agissait d'une lame très fine et très pointue — un couteau à fileter, probablement.

La façon de s'introduire dans la maison était également différente : la porte du patio avait été forcée chez les Jacobi, un diamant avait été utilisé chez les Leeds.

Les photographies des crimes de Birmingham ne montraient pas la quantité de sang retrouvée chez les Leeds, mais les murs de la chambre étaient tachés entre quarante et soixante centimètres au-dessus du sol. Là aussi, l'assassin avait eu un public. La police de Birmingham avait cherché des empreintes sur les cadavres, y compris sur les ongles, et n'avait rien trouvé. Un enterrement ou un mois d'été à Birmingham, cela suffisait pour détruire une empreinte comme celle qu'on avait retrouvée sur le fils Leeds.

Et dans les deux cas, c'étaient les mêmes cheveux blonds, la même salive, le même sperme.

Graham disposa les photos de famille contre le dossier du siège devant lui et les observa longuement dans le silence pesant de l'avion.

Qu'est-ce qui avait bien pu, chez eux, attirer plus particulièrement le meurtier ? Graham faisait tout pour se persuader qu'il existait un point commun et qu'il ne tarderait pas à le découvrir.

Sinon, il lui faudrait visiter d'autres maisons et voir ce que La Mâchoire y aurait laissé à son intention.

Graham avait reçu des instructions du bureau de Birmingham et il appela la police depuis l'aéroport pour confirmer son arrivée. L'air conditionné de sa voiture de location projetait des goutelettes d'eau sur ses bras et ses mains.

Il s'arrêta tout d'abord à l'agence immobilière Geehan, dans Dennison Avenue.

Geehan, grand et chauve, foula la moquette turquoise pour venir saluer Graham. Son sourire se ternit lorsque Graham lui présenta sa plaque d'identité et lui demanda la clef de la maison des Jacobi.

« Est-ce qu'il y aura des flics en uniforme aujourd'hui ? demanda-t-il, la main posée sur le sommet du crâne.

— Je n'en sais rien.

— J'espère bien que non, j'ai la possibilité de la faire visiter deux fois cet après-midi. C'est une belle maison. Les gens qui la voient en tombent tout de suite amoureux. Jeudi dernier, j'avais un couple de Duluth, des retraités sans problèmes. On en était déjà à parler d'hypothèques quand ils sont arrivés dans leur voiture de patrouille. Le couple leur a posé des questions et pour ce qui est d'avoir des réponses, ils en ont eu jusque-là ! Ces braves policiers leur ont fait faire la visite complète, en leur expliquant qui avait été tué à quel endroit. Après ça, au revoir, Geehan, et désolés de vous avoir dérangé. J'ai voulu leur dire qu'il n'y avait plus de problèmes, mais ils ne m'ont pas écouté. Et ils sont repartis bien gentiment dans leur Cadillac Sedan De Ville.

— Il y a des hommes seuls qui ont demandé à la visiter ?

— Pas à moi, en tout cas. Nous sommes plusieurs sur l'affaire. Mais je ne pense pas. La police n'a pas voulu nous laisser donner un coup de peinture plus tôt. Nous avons fini l'intérieur mardi dernier. Il a fallu deux couches, trois par endroits. Nous sommes toujours sur l'extérieur. Ça sera un vrai bijou.

— Comment pouvez-vous la vendre avant l'homologation de la succession ?

— On ne peut pas signer, mais ça ne m'empêche pas de tout préparer. Les gens pourraient emménager après avoir signé un protocole d'accord. Je ne peux pas me permettre de rester les bras croisés. C'est un de mes collègues qui détient les papiers et les intérêts continuent de travailler, eux.

— Qui est l'exécuteur testamentaire de monsieur Jacobi ?

— Byron Metcalf, du cabinet Metcalf et Barnes. Combien de temps pensez-vous rester ?

— Je ne sais pas. Tant que je n'aurai pas fini.

— Vous pouvez laisser la clef dans la boîte à lettres. Ce n'est pas la peine de repasser ici. »

En se rendant à la maison des Jacobi, Graham eut la désagréable impression de suivre une piste déjà froide. La maison se dressait à la limite de la ville, dans un quartier nouvellement rattaché. Il lui fallut s'arrêter au bord de la nationale pour consulter la carte avant de s'engager sur une route secondaire bitumée.

Plus d'un mois s'était écoulé depuis la tuerie. Et lui,

que faisait-il à ce moment-là ? Il montait une paire de diesels sur la coque d'un Rybovich de dix-neuf mètres cinquante, il faisait signe à Ariaga de descendre d'un centimètre supplémentaire avec sa grue. Molly les avait rejoints en fin d'après-midi, et ils s'étaient installés tous les trois sous une bâche, dans la cabine du bateau en construction, pour déguster les grosses praires apportées par Molly et boire de la Dos Equis bien fraîche. Ariaga leur avait expliqué comment nettoyer convenablement les homards en dessinant la queue dans la sciure qui se trouvait sur le sol. Les rayons du soleil se reflétaient sur les eaux pour jouer sur le ventre des mouettes.

L'air conditionné cracha un peu d'eau sur la chemise de Graham, et il se retrouva à Birmingham. Il n'y avait plus ni praires ni mouettes, rien que la route avec, sur la droite, des bosquets et des prés, des chèvres et des chevaux, et sur la gauche, Stonebridge, quartier résidentiel de vieille date qui abritait quelques maisons élégantes et un certain nombre de demeures vraiment cossues.

Il vit le panneau de l'agence à une centaine de mètres de distance. La maison des Jacobi était la seule du côté droit de la route. La sève des pacaniers qui bordaient la route rendait poisseux le gravier qui crépitait à l'intérieur des pare-chocs. Juché sur une échelle, un menuisier réparait une fenêtre. Il adressa un signe de la main à Graham quand il fit le tour de la maison.

Un patio dallé était ombragé par un chêne imposant. La nuit, l'arbre devait arrêter la lumière du projecteur placé dans la cour. C'était par là que La Mâchoire était entré, par ces portes de verre coulissantes. Les portes avaient été remplacées, les cadres d'aluminium brillaient et portaient encore l'étiquette du fabricant. Devant les portes coulissantes, on avait installé un portail de sécurité en fer forgé. La porte de la cave était neuve, elle aussi — tout en acier et bardée de verrous de sûreté. Les pièces détachées d'une chaudière jonchaient le dallage.

Graham entra. Un sol nu, une odeur de renfermé. Ses pas résonnèrent dans la maison vide.

Les nouveaux miroirs de la salle de bains n'avaient jamais reflété le visage des Jacobi, pas plus que celui de l'assassin. Sur chaque miroir, une petite tache blanche indiquait l'emplacement où le prix avait été collé. Une toile pliée avait été posée dans un coin de la chambre des parents. Graham s'assit et demeura longuement dans cette position, à regarder le soleil entrer par les fenêtres.

Il n'y avait rien ici. Plus rien.

S'il était venu immédiatement après l'assassinat des Jacobi, les Leeds seraient-ils toujours en vie ? se demanda-t-il. Il voulait connaître le poids d'un tel fardeau.

Et le poids était toujours sur ses épaules quand il sortit de la maison pour retrouver le ciel.

Dos voûté et mains dans les poches, Graham se mit à l'ombre d'un pacanier pour observer la route qui passait devant la maison des Jacobi.

Comment le meurtrier était-il arrivé à la maison des Jacobi ? En voiture. Où s'était-il garé ? La chaussée de graviers était trop bruyante pour une visite nocturne, mais la police de Birmingham n'était pas d'accord avec Graham sur ce point.

Il parcourut l'allée jusqu'à la route. Des fossés étaient creusés de part et d'autre du bitume. Avec un terrain bien sec, il devait être possible de franchir le fossé et de dissimuler un véhicule dans les buissons du côté de la route où vivaient les Jacobi.

En face de la maison, c'était la route unique menant à Stonebridge. Un panneau indiquait que Stonebridge disposait de sa propre équipe de gardiennage. Un véhicule étranger aurait été repéré. De même qu'un homme arrivant à pied en pleine nuit. Donc, pas question de se garer à Stonebridge.

Graham revint dans la maison et eut la surprise de constater que le téléphone n'était pas coupé. Il appela la météo locale et apprit qu'il était tombé près de huit centimètres de pluie le jour précédant la mort des Jacobi. Les fossés étaient pleins, par conséquent, et l'assassin n'avait pu se garer sur le bord de la route bitumée.

Dans le pré adjacent à la cour, un cheval accompagna Graham le long de la clôture passée à la chaux qui menait vers l'arrière de la propriété. Il donna un morceau de sucre au cheval, puis le quitta quand la clôture fit un angle droit pour longer les dépendances.

Il s'arrêta quand il vit le trou creusé dans la terre, à l'endroit où les enfants Jacobi avaient enterré leur chat. Au poste de police d'Atlanta, avec Springfield, il s'était mis dans l'idée que les dépendances étaient blanches. En fait, elles étaient peintes en vert foncé.

Les enfants avaient enveloppé le chat dans une serviette et l'avaient couché dans une boîte à chaussures, une fleur entre les pattes.

Graham s'accouda à la clôture.

L'enterrement d'un aminal, un rite solennel de l'enfance. Les parents qui rentrent dans la maison pour ne pas avoir à prier. Les enfants qui se regardent et découvrent en eux un courage insoupçonné. La fillette penche la tête, les autres l'imitent — la bêche est plus grande qu'eux. Après avoir discuté brièvement pour savoir si le chat est au ciel avec Dieu et Jésus, les enfants s'arrêtent un instant de pleurer.

Debout, la nuque au soleil, Graham a au moins une certitude : aussi sûrement que La Mâchoire avait tué le chat, il avait regardé les enfants l'enterrer. C'était un spectacle qu'il ne pouvait se permettre de manquer.

Et puis, il n'avait pas fait deux voyages, un pour tuer le chat et l'autre pour massacrer les Jacobi. Il était venu, avait tué le chat et attendu que les enfants le découvrent.

Il était impossible de savoir exactement où les enfants avaient retrouvé leur chat. Les policiers n'avaient pu mettre la main sur personne qui eût parlé aux Jacobi après midi, soit dix heures avant l'instant de leur mort.

Comment le meurtrier était-il venu et où s'était-il caché pour attendre ?

Entre la clôture et les premiers arbres, se dressaient sur une trentaine de mètres des buissons ayant la hauteur d'un homme. Graham tira de la poche de son pantalon une vieille carte qu'il déplia sur la haie. Elle indiquait un bosquet qui s'étendait sur près de quatre cents mètres derrière la maison des Jacobi. Derrière les arbres, à la lisière sud, une route secondaire se dessinait parallèlement à celle qui passait devant la maison.

Graham prit la voiture pour revenir sur la nationale et nota la distance inscrite au compteur. Puis il suivit la nationale vers le sud avant de tourner sur la route secondaire indiquée sur la carte. Il roula au pas jusqu'à ce que le compteur lui eût indiqué qu'il se trouvait derrière la maison des Jacobi, de l'autre côté du petit bois.

Le revêtement de la route s'interrompait brusquement à l'entrée d'un ensemble d'habitations à loyer modéré si récent qu'il n'était pas marqué sur la carte. Il pénétra dans le parking. La plupart des voitures étaient plutôt vieilles et affaissées sur des suspensions fatiguées. Deux véhicules étaient montés sur cales.

Des enfants noirs jouaient au basket sur la terre battue, autour d'un unique panier privé de filet. Graham s'assit sur le pare-chocs pour les observer un instant.

Il aurait voulu tomber la veste, mais il savait que le .44 Special et le petit appareil-photo accrochés à sa ceinture attireraient l'attention. Il éprouvait toujours une certaine gêne lorsque les gens regardaient son pistolet.

Il y avait huit joueurs dans l'équipe portant des maillots. Au nombre de onze, les joueurs de l'autre équipe étaient torse nu. L'arbitrage se faisait par acclamation.

Un des joueurs sans maillot s'était fait bousculer ; il quitta un instant le match, puis revint après avoir mangé un biscuit et se jeta à nouveau dans la mêlée.

Les cris et les bruits sourds de la balle mirent Graham de bonne humeur.

Un panier, un ballon de basket. A nouveau, il fut frappé par le nombre d'objets que possédaient les Leeds. Les Jacobi aussi, d'après le rapport de la police de Birmingham. Canots et équipements de sport, matériel de camping, appareils photo, fusils de chasse, cannes à pêche. Cette abondance était un autre point commun aux deux familles.

Ayant imaginé les Leeds et les Jacobi du temps de leur vivant, il pensa automatiquement à ce qu'ils étaient devenus aujourd'hui, et Graham n'eut plus la force de regarder le match de basket. Il prit une profonde inspiration et se dirigea vers la lisière sombre des bois, de l'autre côté de la route.

Assez épaisses à la lisière, les broussailles s'éclaircissaient au fur et à mesure que Graham avançait à l'intérieur du bois de pins et il n'éprouva pas de difficultés à marcher sur le tapis d'aiguilles. Il n'y avait pas le moindre soupçon de brise. L'air était tiède et, dans les arbres, les geais annonçaient sa venue.

Le terrain descendait en pente douce vers le lit d'un ruisseau asséché, près duquel poussaient quelques cyprès. Des empreintes de ratons laveurs et de musaraignes étaient imprimées dans l'argile rougeâtre. Il y avait également un certain nombre d'empreintes de pieds humains, dont quelques-unes avaient été laissées par des enfants. Les contours étaient émoussés par les pluies successives.

Le terrain s'élevait à nouveau de l'autre côté du ruisseau tari ; c'était à présent une sorte de terreau sablonneux où poussaient des fougères. Graham poursuivit son ascension jusqu'à ce que la lumière jaillisse entre les arbres de la lisière.

Entre les troncs, il pouvait apercevoir l'étage supérieur de la maison des Jacobi.

Des broussailles, à nouveau, presque aussi hautes que lui, entre les bois et la clôture de la propriété Jacobi. Graham s'y fraya un chemin et s'arrêta près de la clôture pour regarder la cour.

La Mâchoire avait pu se garer sur le parking de l'ensemble immobilier et traverser les bois pour gagner les broussailles qui poussaient derrière la maison; attirer le chat et l'étrangler, avant de ramper vers la clôture, le petit corps inanimé à la main. Graham imagina la scène : le chat lancé en l'air, qui retombe lourdement dans la cour au lieu de se tordre et d'atterrir sur ses pattes.

La Mâchoire avait fait cela en plein jour — les enfants n'auraient pu trouver ou ensevelir le chat de nuit.

Et il avait attendu pour les observer.

Avait-il vraiment passé toute la journée dans la touffeur des broussailles ? Près de la clôture, on aurait facilement pu le repérer. Et pour voir la cour des broussailles, il lui aurait fallu se tenir debout, en plein soleil, face aux fenêtres de la maison. Il n'avait donc pu que regagner le bosquet. Graham fit de même.

Les policiers de Birmingham étaient loin d'être stupides. Ils avaient écarté les broussailles et soigneusement fouillé chaque buisson, mais c'était avant que le chat ne fût trouvé. Ils recherchaient des indices, des traces, des objets abandonnés — tout sauf un poste d'observation.

Will pénétra de quelques mètres dans la forêt et arpenta le terrain. Il commença par monter sur la hauteur d'où l'on avait une vue partielle de la cour, puis il suivit la ligne des arbres.

Il cherchait depuis plus d'une heure quand un point lumineux au niveau du sol attira son attention. Il le perdit, puis le retrouva. Il s'agissait de l'anneau métallique d'une boîte de jus de fruits à moitié enfoui sous les feuilles, au pied d'un des rares ormes poussant parmi les pins.

Il s'en trouvait à près de trois mètres quand il l'aperçut, mais il ne s'en approcha pas tout de suite et préféra scruter le terrain pendant plusieurs minutes. Il s'accroupit et écarta les feuilles devant lui, marchant lentement en canard pour ne pas détruire les indices éventuels. Sans se hâter, il débarrassa la base du tronc des feuilles qui s'y amoncelaient. Aucune empreinte n'était visible sous la couche de feuilles de l'automne dernier.

Il découvrit près de l'anneau métallique un trognon de pomme rongé par les fourmis. Des oiseaux avaient mangé les pépins. Il étudia le terrain pendant dix nouvelles minutes. En fin de compte, il s'assit par terre, allongea les jambes et s'adossa à l'arbre.

Une nuée de moucherons se déplaçait dans une colonne de lumière. Une chenille rampait à la surface inférieure d'une feuille.

Au-dessus de lui, sur une grosse branche, il y avait des traces de boue rougeâtre laissées par une chaussure.

Graham pendit sa veste à un rameau et entreprit d'escalader l'autre côté du tronc, jetant parfois des coups d'œil aux grosses branches surplombant les traînées de boue. Quand il fut à une dizaine de mètres du sol, il se pencha de côté et aperçut la maison des Jacobi à quelque cent soixante-dix mètres de là. Vue sous cet angle, elle paraissait légèrement différente et la couleur du toit était prédominante. Il pouvait voir la cour ainsi que le terrain situé de l'autre côté des dépendances. Avec une bonne paire de jumelles, on aurait pu distinguer chaque détail sur les visages des occupants de la maison.

Des voitures passèrent dans le lointain. Un chien aboya. Une cigale se mit à chanter et couvrit bientôt tous les autres bruits.

Au-dessus de lui, une branche trapue formait un angle droit avec la maison des Jacobi. Il se hissa le long du tronc puis se pencha pour mieux observer la branche.

Tout près de son visage, une boîte de jus de fruits en métal était coincée entre la branche et l'écorce.

« Formidable, dit-il à voix basse, ne bouge surtout pas d'ici... »

Un enfant aurait pu placer la boîte à cet endroit.

Il poursuivit son ascension bien que les branches fussent de plus en plus fines et observa la grosse branche, maintenant située en contrebas.

Un fragment d'écorce avait été arraché ; la chair de l'arbre, plus verte, était apparente sur une surface grande comme une carte à jouer. Le rectangle vert était gravé jusqu'au bois blanc. Graham y découvrit le dessin suivant :

中

Il avait été soigneusement exécuté à l'aide d'un couteau très pointu. Rien à voir avec l'œuvre d'un enfant.

Graham photographia la marque après avoir pris garde de bien régler l'exposition.

On avait depuis la grosse branche une vue excellente, encore meilleure du fait qu'un petit rameau pendant de la branche supérieure avait été coupé pour ménager une ouverture. Les fibres étaient écrasées et l'extrémité légèrement aplatie.

Graham chercha le rameau. Il l'aurait trouvé s'il était tombé à terre. Non, il était là, avec ses feuilles jaunissantes, coincé dans le feuillage plus vert de la branche inférieure.

Le laboratoire aurait besoin des deux côtés de l'incision pour mesurer l'inclinaison des bords tranchants. Cela signifiait qu'il lui faudrait revenir avec une scie. Il prit plusieurs clichés du chicot sans cesser de marmonner.

Je crois que tu es monté ici et que tu as attendu après avoir tué le chat et l'avoir balancé dans la cour. Je crois que tu as surveillé les enfants et que tu as passé ton temps à tailladder une branche et à rêvasser. Quand la nuit est tombée, tu les as vus passer devant les fenêtres éclairées, tu as vu les stores se baisser puis les lumières s'éteindre, l'une après l'autre. Et puis tu es redescendu et tu es allé les trouver. Ce n'est pas ça ? Ça ne doit pas être très dur de descendre de cette grosse branche quand on a une lampe de poche et que c'est la pleine lune.

Pour Graham, ce ne fut pas aussi facile que cela.

Il enfonça une brindille dans l'ouverture de la boîte de jus de fruits et la souleva doucement pour la dégager avant de descendre lentement le long du tronc, la brindille coincée entre les dents quand il avait besoin de ses deux mains.

Il revint sur le parking et s'aperçut que quelqu'un avait écrit « Levon est une andouille » dans la poussière de sa voiture. La hauteur de l'inscription montrait que les plus jeunes résidents de l'ensemble étaient déjà des as de l'alphabétisation.

Il se demanda s'ils avaient écrit sur la voiture de La Mâchoire. Graham passa quelques minutes à observer les fenêtres des immeubles. Il devait y en avoir une bonne centaine. Quelqu'un avait peut-être remarqué un Blanc attardé sur le parking en pleine nuit. Cela valait le coup d'essayer, même si plus d'un mois s'était écoulé. Pour interroger chaque résident sans perdre trop de temps, il lui faudrait demander de l'aide auprès de la police de Birmingham.

Il résista à la tentation d'expédier directement la boîte à Jimmy Price. Il avait besoin des policiers de Birmingham, il valait donc mieux leur confier sa découverte. Nettoyer la boîte ne serait pas très compliqué, mais il en irait tout autrement quand il s'agirait de retrouver des empreintes causées par une sueur acide. Price pourrait peut-être s'en occuper après que la police de Birmingham aurait nettoyé la boîte ; le principal était de ne pas la toucher les mains nues. Oui, il valait mieux la confier à la police. Il savait que le F.B.I. s'attaquerait frénétiquement à la branche gravée et que tout le monde en aurait une photographie.

Il appela la criminelle de Birmingham de chez les Jacobi. Les inspecteurs arrivèrent à l'instant précis où Geehan, l'agent immobilier, faisait entrer d'éventuels acheteurs.

11

EILEEN était occupée à lire un article du *National Tattler* intitulé « Le pain empoisonné ! » quand Dolarhyde pénétra dans la cafétéria. Elle n'avait mangé que la garniture de son sandwich à la salade de thon.

Derrière les lunettes rouges, les yeux de Dolarhyde parcoururent rapidement la première page du *Tattler*. Parmi les grands titres, on trouvait, en plus du « Pain empoisonné ! », « Elvis dans son nid d'amour : clichés exclusifs ! », « Remède miracle pour les victimes du cancer » et surtout, barrant toute la page, « Hannibal le Cannibale appelé à la rescousse : le monstre collabore avec la police dans l'affaire des meurtres de La Mâchoire ».

Debout près de la fenêtre, il tourna négligemment son café et attendit qu'Eileen se lève. Elle posa son plateau dans le chariot et se préparait à jeter le *Tattler* quand Dolarhyde lui toucha l'épaule.

« Eileen, je peux avoir le journal ?

— Bien sûr. Je ne l'ai acheté que pour l'horoscope. »

Dolarhyde le lut dans son bureau après s'être enfermé à clef.

Freddy Lounds avait publié deux articles en double page centrale. L'article principal était une reconstitution impitoyable du massacre des familles Leeds et Jacobi. La police n'avait pas divulgué les détails des affaires et Lounds avait fait largement appel à son imagination pour parsemer son récit de notes macabres.

Dolarhyde les trouva plutôt banales. L'encadré était plus intéressant.

UN FOU CRIMINEL CONSULTÉ PAR LE POLICIER QU'IL A TENTÉ D'ASSASSINER
par Freddy Lounds

Chesapeake, Maryland — Les fins limiers fédéraux piétinent dans l'affaire de « La Mâchoire » — le tueur psychopathe qui a massacré des familles entières à Birmingham et à Atlanta — et sont allés demander de l'aide à l'assassin le plus bestial qui soit actuellement en captivité.

Le Dr Hannibal Lecter, dont les pratiques innommables vous ont été rapportées dans ces mêmes colonnes il y a trois ans, a été consulté cette semaine dans sa cellule de haute sécurité par l'enquêteur vedette William Graham.

Graham avait failli périr sous les coups de Lecter lorsqu'il avait réussi à démasquer celui-ci, auteur de toute une série de meurtres épouvantables.

Il a été tiré de sa retraite anticipée pour relancer la chasse à « La Mâchoire ».

Que s'est-il passé au cours de cette étonnante rencontre entre deux ennemis mortels ? Que cherchait donc Graham ?

« Qui se ressemble s'assemble », nous a confié un personnage important de l'administration fédérale. Il faisait allusion à Lecter, plus connu sous le nom d' « Hannibal le Cannibale », qui était à la fois psychiatre et responsable de meurtres collectifs.

Et s'il faisait référence à Graham ???

Le *Tattler* a appris que Graham, ancien professeur de médecine légale à l'Académie du F.B.I., à Quantico (Virginie), fut jadis interné quatre semaines dans une institution pour malades mentaux...

Les officiels ont refusé de dire pourquoi ils ont placé en première ligne d'une chasse à l'homme aussi capitale un individu souffrant d'instabilité mentale.

La nature exacte du problème psychologique de Graham ne nous a pas été révélée, mais un ancien infirmier en psychiatrie l'a qualifiée de « profonde dépression ».

Garmon Evans, ancien auxiliaire de l'Hôpital naval de Bethesda, nous a expliqué que Graham avait été admis dans la section psychiatrique peu après qu'il eut tué Garrett

Jacob Hobbs, « le Monstre du Minnesota ». Graham avait abattu Hobbs en 1975, mettant ainsi un terme au règne de celui qui avait plongé huit mois durant Minneapolis dans la terreur.

Toujours selon Evans, Graham était resté prostré et avait refusé toute nourriture pendant sa première semaine d'internement.

Graham n'a jamais été agent du F.B.I. Les observateurs les plus attentifs expliquent cette particularité par le fait que le Bureau impose des critères d'admission très stricts pour déceler toute forme d'instabilité psychique.

Les sources fédérales indiquent seulement que Graham commença par travailler au laboratoire central et qu'on lui confia un poste d'enseignant à l'Académie du F.B.I. après qu'il eut fait preuve de capacités exceptionnelles, aussi bien au laboratoire que sur le terrain, où il avait servi en tant qu' « enquêteur spécial ».

Le *Tattler* a également appris qu'avant de s'engager dans l'administration fédérale, Graham avait travaillé dans la criminelle à New Orleans, poste qu'il ne quitta que pour suivre les cours spéciaux de médecine légale de l'université George Washington.

Un des officiers de police de New Orleans qui avait travaillé avec Graham nous a fait le commentaire suivant : « On peut dire qu'il est à la retraite, mais les Feds savent où le trouver. Un peu comme si vous aviez une mangouste à la cave. On ne la voit pratiquement pas mais on sait qu'elle est là pour attraper les serpents. »

Le Dr Lecter est interné pour le restant de ses jours. Si jamais on le reconnaît sain d'esprit, il sera jugé pour avoir commis neuf assassinats avec préméditation.

L'avocat de Lecter précise que son client passe son temps à rédiger des articles fort intéressants pour les journaux scientifiques et qu'il entretient un « dialogue permanent » par écrit avec quelques-uns des plus grands spécialistes de la psychiatrie.

Dolarhyde s'arrêta de lire pour regarder les photos. Il y en avait deux au-dessus de l'encadré. La première montrait Lecter plaqué contre une voiture de police ; la seconde était celle que Freddy Lounds avait prise de Will Graham devant le Chesapeake State Hospital.

Chaque article de Lounds était illustré d'un petit portrait du journaliste.

Dolarhyde regarda longuement les photographies. Il les caressa longuement du bout de son index et prit plaisir à ce contact un peu rugueux. L'encre laissa une traînée sur son doigt. Il l'humecta de la langue et s'essuya à un Kleenex. Puis il découpa l'encadré et le rangea dans sa poche.

Sur le chemin du retour, Dolarhyde acheta du papier-toilette délitescent, semblable à celui qu'on utilise en camping et sur les bateaux, ainsi qu'un inhalateur.

Il se sentait en forme malgré son rhume des foins. Comme la plupart des gens ayant subi une rhinoplastie extensive, Dolarhyde n'avait plus de poils dans les narines et le rhume des foins le guettait à tout moment. Il en allait de même pour les infections des voies respiratoires supérieures.

Quand un camion en panne bloqua dix minutes la circulation sur le pont traversant le Missouri en direction de Saint Charles, il attendit patiemment. Son van noir dont l'intérieur était tapissé de moquette constituait un endroit agréable. La stéréo diffusait la *Water Music* de Haendel.

Ses doigts pianotaient sur le volant au rythme de la musique et, parfois, il tapotait son nez.

Dans une décapotable immobilisée sur la file voisine, deux femmes portaient des shorts et des chemisiers noués à la taille. Dolarhyde avait une vue plongeante sur la décapotable. Elles paraissaient lasses de devoir cligner des yeux à cause du soleil couchant. La passagère avait la tête renversée en arrière et les pieds posés sur le tableau de bord.

Cette position lui faisait deux barres en travers de l'estomac. Dolarhyde remarqua un suçon à l'intérieur de sa cuisse. Elle le surprit en train de la regarder et s'assit normalement avant de croiser les jambes. Son visage reflétait un certain dégoût.

Elle dit quelque chose à la conductrice, puis toutes

deux regardèrent droit devant elles. Il savait qu'elles parlaient de lui, mais il était si heureux qu'il ne s'en formalisa pas. D'ailleurs, il se mettait de plus en plus rarement en colère. Il savait qu'il se forgeait une dignité de bon aloi.

La musique était des plus agréables.

Les voitures qui le précédaient purent repartir. La file voisine était toujours paralysée. Il ne pensait qu'à rentrer chez lui. Il tapota le volant en rythme et baissa la vitre de l'autre main.

Il se racla la gorge et lança un crachat verdâtre vers la passagère de la décapotable, qu'il atteignit juste à côté du nombril. Il redémarra, et les imprécations de la femme furent rapidement couvertes par Haendel.

Le gros registre de Dolarhyde avait au moins un siècle. Relié en cuir noir avec coins de cuivre, il était si lourd qu'une table de dactylo devait le soutenir dans le placard fermé à clef, tout en haut de l'escalier. Dolarhyde avait su qu'il lui appartiendrait dès l'instant où il l'avait vu dans une vente aux enchères organisée après la faillite d'une vieille imprimerie de Saint Louis.

Il avait pris un bain et revêtu son kimono ; il pouvait à présent ouvrir la porte du placard et faire sortir la table sur ses roulettes. Lorsque le livre fut bien en place sous la reproduction du *Grand Dragon rouge,* il s'installa dans un fauteuil et l'ouvrit. L'odeur du papier piqué lui monta aux narines.

Sur la première page s'étalaient en grosses lettres enluminées par ses soins les paroles de l'Apocalypse : « Puis un autre prodige apparut dans le ciel : c'était un grand dragon rouge... »

La première pièce de ce dossier était également la seule qui ne fût pas impeccablement présentée. Entre les pages se trouvait une photographie jaunie représentant un petit enfant aux côtés de sa grand-mère, sur les marches de la grande demeure. Il s'accrochait à la jupe de sa grand-mère. Celle-ci se tenait raide, les bras croisés.

Dolarhyde s'empressa de tourner la page, comme si la photo avait été oubliée par erreur à cet endroit.

Il y avait de nombreuses coupures de presse ; les plus anciennes concernaient la disparition de femmes d'âge mûr à Saint Louis et à Toledo. Les pages étaient couvertes de l'écriture de Dolarhyde — moulée, à l'encre noire, elle n'était pas très différente de la propre écriture de William Blake.

Collés dans la marge, des fragments de cuir chevelu ressemblaient à des comètes rangées dans le carnet de notes du Créateur.

Il y avait les coupures de presse concernant les Jacobi ainsi que les cartouches de film et les diapositives, dans de petites pochettes fixées aux pages.

Les articles traitant de la famille Leeds étaient également accompagnés du film.

L'expression « La Mâchoire » n'était apparue dans les journaux qu'après Atlanta. Ce nom avait été rayé dans tous les commentaires faits sur les Leeds.

Et, à présent, Dolarhyde agissait de même avec la coupure provenant du *Tattler,* biffant chaque « La Mâchoire » à grands coups rageurs de marqueur rouge.

La page suivante était vierge et il découpa soigneusement l'article du *Tattler* pour le mettre en place. Devait-il conserver la photo de Graham ? Les mots « Criminels irresponsables » gravés dans la pierre au-dessus de Graham froissaient Dolarhyde. Il avait horreur de tout ce qui symbolisait un enfermement quelconque. Le visage de Graham était fermé, indéchiffrable. Il le mit de côté pour plus tard.

Mais Lecter... Lecter. La photographie du docteur n'était pas très bonne. Dolarhyde en possédait une meilleure, qu'il tira d'une boîte rangée dans le placard. Elle avait été publiée à l'époque de l'arrestation de Lecter et on y voyait très bien ses yeux étranges. Malgré tout, elle ne le satisfaisait pas vraiment. Dans l'esprit de Dolarhyde, Lecter ne pouvait ressembler qu'à l'un de ces inquiétants portraits de princes de la Renaissance. Car Lecter était peut-être le seul homme au monde à posséder la sensibilité et l'expérience susceptibles de lui permettre de comprendre pleinement la gloire et la majesté du destin de Dolarhyde.

Dolarhyde sentait que Lecter connaissait l'irréalité de ceux qui meurent pour vous aider à accomplir ces choses, compte tenu du fait que ce ne sont pas des êtres de chair mais d'air et de lumière, de couleurs et de sons très brefs, qui s'évanouissent à l'instant même de leur transmutation. Comme des ballons de couleur qui éclatent. Que le changement leur confère une importance que n'ont pas les vies misérables auxquelles ils s'accrochent.

Dolarhyde portait leurs cris comme un sculpteur porte la poussière qui s'envole de la pierre travaillée.

Lecter était capable de comprendre que le sang et le souffle n'étaient que des éléments dont la transformation était nécessaire à son Eclat. De même que la combustion est la source de la lumière.

Il aimerait rencontrer Lecter, discuter et échanger des idées, se réjouir avec lui de leur vision commune, être reconnu de lui au sens où Jean, dit le Baptiste, reconnut Celui qui viendrait après lui, prendre appui sur lui comme le Dragon sur 666 dans les aquarelles consacrées par Blake au livre de l'Apocalypse, filmer sa mort, enfin, quand, à l'instant du trépas, il fusionnerait avec la force du Dragon.

Dolarhyde enfila une paire de gants en caoutchouc neufs et se rendit à son bureau. Il déroula et déchira l'enveloppe extérieure du papier-toilette qu'il avait acheté, puis il détacha une bande de sept feuilles.

De la main gauche, avec application, il écrivit une lettre à Lecter.

La parole ne renseigne jamais vraiment sur les capacités d'écriture d'un individu ; celle de Dolarhyde était hachée, ponctuée de difficultés tant réelles qu'imaginaires, et le contraste avec son écriture était impressionnant. Malgré tout, il se rendit compte qu'il ne pouvait dire ce qui lui tenait vraiment à cœur.

Il voulait recevoir des nouvelles de Lecter. Il lui fallait

une réponse personnelle avant de pouvoir dire à Lecter ce qui était réellement important.

Comment pourrait-il s'y prendre ? Il chercha dans la boîte les coupures de presse concernant Lecter et les relut toutes.

Il découvrit alors une méthode très simple et se remit au travail.

Sa lettre lui parut toutefois trop hésitante, trop timide à la relecture. Il avait signé : « Un fervent admirateur ».

Il s'attarda longuement sur la signature.

« Un fervent ». Tu parles. Il releva la tête d'un geste impérieux.

Il introduisit le pouce dans sa bouche, ôta son dentier et le plaça sur le buvard.

La partie supérieure était assez inhabituelle. Les dents étaient normales, blanches et bien plantées, mais la partie en acrylique rose avait une forme tortueuse qui lui permettait de s'adapter aux renflements et aux déformations de ses gencives. Elle comportait de plus une prothèse en plastique tendre, pourvue d'un obturateur ayant pour but de fermer son palais mou lorsqu'il parlait.

Il tira du bureau une petite boîte renfermant une autre dentition. La partie supérieure était identique, à l'exception de la prothèse qui était manquante ; entre les dents irrégulières, il y avait des taches sombres et l'ensemble dégageait une odeur quelque peu désagréable.

Ce dentier était identique à celui de sa grand-mère, dans le verre posé sur la table de nuit.

Dolarhyde huma l'odeur puis ouvrit la bouche, mit le dentier en place et l'humecta du bout de la langue.

Il plia la lettre à l'endroit de la signature et mordit de toutes ses forces dans le papier. Quand il redéplia la lettre, la signature apparut dans une marque ovale. C'était sa marque, son cachet, un sceau constellé de sang séché.

12

MAITRE Byron Metcalf ôta sa cravate à cinq heures, se versa un verre et posa les pieds sur le bureau.

« Vous êtes sûr que vous n'en voulez pas ?
— Une autre fois. » Graham défit les poignets de sa chemise. L'air conditionné n'était pas de trop.

« Je ne connaissais pas très bien les Jacobi, dit Metcalf. Ils n'étaient dans cette ville que depuis trois mois. Je suis allé une fois ou deux prendre un verre chez eux, avec ma femme. Ed Jacobi m'avait contacté pour faire établir un nouveau testament — c'est comme ça que je les ai connus.

— Et vous êtes son exécuteur testamentaire ?

— Oui. Sa femme était désignée en premier ; il m'avait ensuite choisi, au cas où elle serait décédée ou infirme. Il a bien un frère à Philadelphie, mais je ne crois pas qu'ils s'entendaient très bien.

— Vous avez été procureur-adjoint à la cour du district.

— Oui, de 68 à 72. J'ai voulu me faire élire procureur en 72 mais ça n'a pas marché (1). Je n'y pense plus, aujourd'hui.

— Selon vous, monsieur Metcalf, que s'est-il passé au

---

(1) Aux Etats-Unis, la magistrature et le barreau sont des filières qui se croisent souvent, notamment grâce à l'électivité de certains magistrats. (N.d.T.)

juste ?

— J'ai d'abord pensé à Joseph Yablonski. Vous savez, le leader syndicaliste. »

Graham hocha la tête.

« Un assassinat avec un mobile — le pouvoir, en l'occurrence — et l'on déguise le tout en crime de sadique. Nous avons passé au peigne fin les papiers d'Ed Jacobi. Quand je dis nous, c'est Jerry Estridge, du bureau du Procureur, et moi-même.

« Rien. La mort d'Ed Jacobi n'aurait profité à personne. Bien sûr, il gagnait bien sa vie et il avait déposé des licences qui lui rapportaient, mais tout ce qui rentrait dans la maison ressortait aussitôt. Tout devait aller à sa femme, à l'exception d'une propriété en Californie qui devait revenir aux enfants et à leurs descendants. Il y a une petite somme de côté à l'intention de l'autre fils. Cela devrait lui payer trois années d'études à l'université — trois années passées à redoubler, certainement.

— Niles Jacobi.

— Oui. Ce garçon causait des soucis à Ed Jacobi. Il vivait avec sa mère, en Californie. On l'a envoyé à Chino pour vol. Je crois que sa mère n'est bonne à rien. Ed est allé voir le gosse l'année dernière. Il l'a ramené à Birmingham et l'a fait inscrire au Bardwell Community College. Il a essayé de le garder chez lui mais il a mené la vie dure à tous les autres membres de la famille. Mme Jacobi l'a supporté quelque temps, puis ils l'ont mis dans une maison d'étudiants.

— Où se trouvait-il ?

— Le soir du 28 ? » Metcalf avait les paupières mi-closes pour regarder Graham. « La police s'est posé la question, et j'ai fait de même. Il est allé au cinéma et puis il est revenu à l'école. Ça a été confirmé. De plus, il est du groupe O. Monsieur Graham, il faut que je prenne ma femme dans une demi-heure. Nous pourrons nous revoir demain si vous le désirez. Dites-moi ce que je peux faire pour vous.

— J'aimerais voir les effets personnels des Jacobi. Journaux intimes, photos, etc.

— Il n'y a plus grand-chose. Ils ont pratiquement tout perdu dans l'incendie de leur maison de Detroit. Il n'y a rien de suspect là-dessous, Ed faisait de la soudure au sous-sol, des étincelles sont tombées dans de la peinture, et toute la maison a flambé.

« Il y a quelques lettres personnelles. Elles sont au coffre avec les valeurs. Je ne me souviens pas d'avoir vu un journal intime. Tout le reste est au garde-meuble. Niles possède peut-être quelques photographies, bien que cela m'étonnerait. Ecoutez, je dois être au tribunal à neuf heures et demie, mais je pourrais vous retrouver un peu plus tard pour vous montrer le coffre.

— Parfait, dit Graham. Oh, autre chose : j'aimerais avoir des copies de tout ce qui concerne la succession, correspondance, contestations, etc.

— Le bureau du juge d'Atlanta m'en a déjà demandé, ils font des comparaisons avec la succession des Leeds, dit Metcalf.

— Peut-être, mais j'en voudrais aussi pour moi.

— Bon, vous en aurez. Vous ne croyez tout de même pas que c'est une histoire de fric ?

— Non. Mais j'ai toujours l'espoir de voir un nom revenir dans les deux affaires.

— Vous n'êtes pas le seul. »

Les étudiants du Bardwell Community College étaient logés dans quatre petits dortoirs disposés autour d'un rectangle de terre battue. Une guerre des haut-parleurs faisait rage quand Graham arriva sur les lieux.

Les baffles disposés sur les balcons de style motel s'affrontaient à grands coups de Kiss d'un côté et d'Ouverture 1812 de l'autre. Une bombe à eau dessina une courbe dans le ciel avant de s'écraser à trois mètres de Graham.

Il écarta du linge qui séchait et enjamba une bicyclette pour pénétrer dans le salon de l'appartement que Niles Jacobi partageait avec d'autres étudiants. La porte de la chambre de Niles était entrouverte et laissait échapper des flots de musique. Graham frappa à la porte.

Pas de réponse.

Il l'ouvrit toute grande. Assis sur l'un des lits jumeaux, un type boutonneux tirait sur une gigantesque pipe à opium. Une fille en salopette était couchée sur l'autre lit.

Le garçon tourna la tête pour mieux voir Graham. Il avait visiblement du mal à réfléchir.

« Je cherche Niles Jacobi.

L'autre parut surpris. Graham coupa la musique.

« Je cherche Niles Jacobi.

— C'est un médicament pour l'asthme, rien de plus. Vous ne frappez jamais à la porte ?

— Où se trouve Niles Jacobi ?

— Qu'est-ce que j'en sais, moi ? Et puis, qu'est-ce que vous lui voulez ? »

Graham sortit sa plaque. « Allez, fais un effort.

— Oh, merde, dit la fille.

— Les stups, c'est pas vrai... Ecoutez, ce n'est pas ce que vous croyez, je vais vous expliquer.

— Dites-moi où se trouve Niles Jacobi.

— Je crois que je vais pouvoir vous le trouver », dit la fille.

Graham attendit qu'elle se renseigne dans les autres pièces. Un concert de chasses d'eau se déclencha sur son passage.

Il y avait peu de traces de Niles Jacobi dans la chambre : une photographie de la famille Jacobi sur une coiffeuse, c'est tout. Graham souleva un verre plein de glace en train de fondre et essuya de la manche le rond d'humidité.

La fille revint. « Essayez le Hateful Snake », dit-elle.

Le bar du Hateful Snake était installé dans un entrepôt aux fenêtres peintes en vert foncé. Les véhicules garés devant étaient des plus hétéroclites : cabines de camions sans leur remorque, voitures classiques, une décapotable lilas, une Chevrolet et une Dodge dont les carrosseries étaient juchées sur des pneus arrière surdimensionnés pour ressembler à des dragsters, quatre Harley-Davidson en tenue d'apparat.

L'air conditionné installé au-dessus de la porte suintait sur le trottoir.

Graham évita la fuite et entra dans le bar.

L'endroit était bondé et puait le désinfectant et le parfum bon marché. La serveuse, sorte de matrone en bleu de travail, tendit son Coca à Graham au-dessus des têtes des consommateurs. Elle était la seule femme de l'établissement.

Très brun et très mince, Niles Jacobi se tenait près du juke-box. Il mit une pièce dans l'appareil mais laissa à son voisin le soin d'appuyer sur les touches.

Jacobi ressemblait à un écolier débauché, ce qui n'était pas le cas de celui qui avait choisi les disques.

Le compagnon de Jacobi avait un visage de gosse sur un corps musculeux. Il portait un tee-shirt et un jean râpé jusqu'à la trame sur les bosses de ses poches. Ses bras étaient noueux et il avait de grosses mains assez laides. Son avant-bras gauche portait un tatouage visiblement exécuté par un professionnel : « Roi de la trique. » Sur l'autre bras, le tatouage, certainement fait en prison, était plus grossier : « Randy ».

Les cheveux rasés avaient repoussé tant bien que mal. Au moment où il appuya sur une des touches du juke-box, Graham entrevit une petit rectangle rasé sur son avant-bras.

Graham sentit son estomac se contracter.

Il suivit Niles Jacobi et Randy qui se frayaient un chemin parmi les consommateurs. Puis ils s'installèrent dans une alcôve.

Graham se planta à moins d'un mètre de la table.

« Niles, je m'appelle Will Graham. Je voudrais vous parler quelques instants. »

Randy lui adressa un sourire de commande. Une de ses dents de devant était dévitalisée. « On se connaît ?

— Non. Niles, il faut que je vous parle. »

Niles leva les sourcils d'un air interrogateur. Graham se demanda ce qui avait bien pu lui arriver au pénitencier de Chino.

« J'aimerais causer en privé. Casse-toi », dit Randy.

Graham regarda les bras musclés, le morceau de sparadrap au creux du coude, le rectangle lisse où Randy avait essayé le tranchant de la lame de son couteau. Toute la panoplie du surineur.

Randy me fait peur. Rentre-lui dedans ou tire-toi bien gentiment.

« T'es sourd ou quoi ? dit Randy. Casse-toi, je te dis ! »

Graham déboutonna son veston et posa sa plaque d'identité sur la table.

« Pas un geste, Randy. Si tu essayes de te lever, tu vas te retrouver avec un deuxième nombril.

— Excusez-moi, monsieur. » L'obséquiosité immédiate de l'ancien taulard.

« Randy, tu vas me faire plaisir. Tu vas glisser deux doigts dans ta poche arrière gauche. Tu y trouveras un cran d'arrêt qui doit bien faire une douzaine de centimètres. Pose-le sur la table... Là, comme ça. »

Graham mit le couteau dans sa poche. Le manche était gras.

« Bien. Ton portefeuille, à présent. Donne-le-moi. Tu as vendu ton sang aujourd'hui, n'est-ce pas ?

— Oui, et alors ?

— Tu vas me montrer le reçu qu'ils t'ont donné, celui que tu devras leur présenter la prochaine fois. Pose-le là. »

Randy était du groupe O. Encore une piste à écarter.

« Cela fait combien de temps que tu es sorti de prison ?

— Trois semaines.

— Quel est le nom de l'officier de police qui s'occupe de toi ?

— Je ne suis pas en conditionnelle.

— Tu ne veux pas que je te croie, tout de même ! » Graham avait envie de bousculer un peu Randy. Il aurait pu l'arrêter pour port d'arme prohibée. Et fréquenter un bar constituait une violation des conditions de mise en liberté sur parole. Graham savait qu'il en voulait à Randy parce qu'il avait eu peur de lui.

« Randy.
— Ouais ?
— Fous le camp. »

« Je ne vois pas ce que je pourrais vous raconter. Je ne connaissais pas très bien mon père, dit Niles Jacobi quand Graham le raccompagna à l'école. Il a quitté ma mère quand j'avais trois ans et je ne l'ai pas revu après — ma mère s'y opposait.
— Il est venu te voir au printemps dernier.
— Oui.
— A Chino.
— Vous êtes bien renseigné.
— Je veux que les choses soient claires, c'est tout. Comment cela s'est-il passé ?
— Eh bien, il était au parloir, il se tenait raide, comme s'il ne voulait pas voir autour de lui — vous savez, il y a tellement de gens qui ont l'impression de venir au zoo. Ma mère m'avait beaucoup parlé de lui, mais il n'avait pas l'air si terrible que ça. Avec sa veste de sport, ç'aurait pu être n'importe qui.
— Qu'est-ce qu'il a dit ?
— Je *m'attendais* à ce qu'il m'enfonce dans mon caca ou qu'il m'accuse de tous les maux de la terre, c'est comme ça que ça se passe normalement au parloir. Mais il m'a seulement demandé si je pensais retourner à l'école. Il a dit qu'on me confierait à lui si j'allais à l'école et qu'il fallait que je fasse un effort. " Il faut que tu te prennes un peu en main, tu comprends ? Fais un effort et je pourrai t'envoyer à l'école. " Ce genre de truc, quoi.
— C'était combien de temps avant ta sortie ?
— Deux semaines.
— Niles, est-ce que tu as parlé de ta famille à quelqu'un quand tu étais à Chino ? A des copains de cellule, par exemple. »

Niles Jacobi leva brièvement les yeux vers Graham. « Oh, je vois. Non, je n'ai pas parlé de *mon père,* si c'est ce que vous voulez dire. Cela faisait des années que je ne pensais pas à lui, je ne vois pas pourquoi j'en aurais parlé.

— Et ici ? Tu as déjà emmené des copains chez tes parents ?

— Ce ne sont pas *mes* parents. Ce n'est pas ma mère.

— Tu as déjà emmené quelqu'un chez eux ? Des copains d'école, par exemple, ou bien encore...

— Des individus pas fréquentables, c'est cela, monsieur l'officier de police Graham ?

— Exact.

— Non.

— Jamais ?

— Si je vous le dis.

— Est-ce qu'il a fait état d'une menace quelconque ? Il avait des problèmes particuliers un ou deux mois avant que cela ne se produise ?

— Il semblait préoccupé la dernière fois que je l'ai vu, mais c'était à cause de mes études. Je séchais pas mal. Il m'a même acheté deux réveille-matin. A part ça, je ne suis au courant de rien.

— Tu as des objets qui lui ont appartenu ? Des lettres, des photos, par exemple ?

— Non.

— Tu as une photo de toute la famille, elle est sur la coiffeuse de ta chambre. A côté de la pipe à opium.

— Ce n'est pas ma pipe. Je ne voudrais pas d'une saloperie pareille.

— J'ai besoin de cette photo. Je vais la faire reproduire et je te la renverrai. Tu n'as rien d'autre ? »

Jacobi sortit un paquet de cigarettes et palpa ses poches pour y trouver des allumettes. « C'est tout ce que j'ai. D'ailleurs, je me demande bien pourquoi ils me l'ont donnée. Mon père en train de sourire à madame Jacobi et à leurs têtards... Vous pouvez la garder. Il ne m'a jamais regardé comme ça, moi. »

Graham avait besoin de connaître les Jacobi. Et leurs récentes relations de Birmingham ne pouvaient pas grand-chose pour lui.

Byron Metcalf lui donna accès au coffre. Il parcourut les quelques lettres qui s'y trouvaient — de la correspondance professionnelle, pour la plupart — et jeta un coup d'œil aux bijoux.

Il passa trois jours complets dans le hangar où les meubles des Jacobi étaient entreposés. Metcalf venait l'aider la nuit. Les caisses empilées sur les palettes furent toutes ouvertes, leur contenu examiné. Les photos de police permirent à Graham de repérer l'emplacement des objets dans la maison.

La plupart des meubles étaient neufs, ils avaient été achetés avec l'indemnité versée par l'assurance après l'incendie de Detroit. Les Jacobi n'avaient même pas eu le temps d'y laisser leurs marques personnelles.

Un meuble attira plus particulièrement l'attention de Graham : il s'agissait d'une table de nuit sur laquelle on voyait encore un peu de poudre à empreintes. Un peu de cire verte était restée collée au beau milieu de la tablette.

Pour la seconde fois, Graham se demanda si le meurtrier avait allumé une bougie.

L'équipe scientifique de la police de Birmingham avait bien fait son travail.

L'empreinte écrasée de l'extrémité d'un nez était tout ce que Birmingham et Jimmy Price à Washington avaient pu tirer de la boîte de jus de fruits retrouvée dans l'arbre.

La section « Outillage et Armes à feu » du labo central du F.B.I. avait étudié la branche coupée. Les lames qui avaient tranché le bois épaisses et peu inclinées : il s'agissait certainement d'un coupe-boulons.

La section « Documents » avait transmis le dessin gravé dans l'écorce au département d'Etudes asiatiques de Langley.

Graham s'assit sur une caisse d'emballage et lut soigneusement le rapport. Les Etudes asiatiques pensaient que ce dessin était un caractère chinois signifiant « vous avez frappé » ou encore « vous avez frappé sur la tête » — c'est une expression qu'on emploie parfois dans les jeux d'argent. Ce signe passait pour « positif ou bénéfique ». Les spécialistes de la section précisaient que ce caractère apparaissait également sur l'une des pièces du jeu de mah-jong. C'était la marque du Dragon Rouge.

13

WASHINGTON, quartier général du F.B.I. Crawford discutait avec Graham, qui se trouvait à l'aéroport de Birmingham, quand sa secrétaire entra dans le bureau et attira son attention.

« Le docteur Chilton, du Chesapeake Hospital, sur la 2706. Il dit que c'est très urgent. »

Crawford hocha la trête. « Will, ne quittez pas. » Il appuya sur les touches du clavier. « Crawford.

— Frederick Chilton, monsieur Crawford, je suis au...

— Allez-y, docteur.

— J'ai ici un message, ou plutôt deux parties d'un message, qui semble émaner de l'homme qui a tué les deux familles, à Atlanta et...

— Où l'avez-vous trouvé ?

— Dans la cellule d'Hannibal Lecter. Il est rédigé sur du papier-toilette et il y a des marques de dents.

— Pouvez-vous me le lire sans le manipuler ? »

Chilton fit un effort pour se calmer et commença de lire :

« Cher docteur Lecter,
« Je voulais vous dire à quel point je suis heureux de voir que vous vous intéressez à moi. Et lorsque j'ai appris l'existence de vos nombreux correspondants, je me suis dit : *Oserai-je ?* Eh bien, oui, j'ai osé. Je ne pense pas que vous

leur diriez qui je suis, même si vous le saviez. De plus, le corps que j'occupe à présent n'a aucune importance.

« Ce qui est important, c'est mon *Devenir*. Je sais que vous seul pourrez me comprendre. Je détiens un certain nombre de choses que j'aimerais vous montrer. Un jour, peut-être, si les circonstances le permettent. J'espère que nous pourrons correspondre... »

« Monsieur Crawford, il y a un trou où le papier a été découpé à cet endroit. Je continue. »

« Je vous admire *depuis des années* et je possède la collection complète des articles que vous a consacrés la presse. Je pense pour ma part qu'ils sont assez injustes. Aussi injustes que ceux qu'ils ont écrits sur moi. Ils aiment bien donner des surnoms humiliants. « La Mâchoire ». Pourrait-on trouver expression moins appropriée ? J'aurais honte que vous lisiez une chose pareille si je ne savais pas que vous aviez subi les mêmes outrages de la presse.

« L'enquêteur Graham m'intéresse beaucoup. Il a une drôle d'allure pour un poulet, vous ne trouvez pas ? Pas très beau, mais l'air décidé.

« Vous auriez dû lui apprendre à se mêler de ses affaires.

« Pardonnez-moi pour le papier. Je l'ai choisi parce qu'il se dissout très rapidement, au cas où vous auriez à l'avaler. »

« Monsieur Crawford, il manque tout un passage. Je vous lis la fin. »

« Si je reçois de vos nouvelles, je vous adresserai peut-être quelque chose d'humide, la prochaine fois. En attendant, je demeure votre

« Fervent Admirateur »

Un long silence suivit la lecture de Chilton. « Vous êtes toujours là ?

— Oui. Lecter sait que vous détenez ce message ?

— Pas encore. Nous l'avons transféré dans un cachot pour effectuer le nettoyage de sa cellule. Au lieu de prendre un chiffon propre, le préposé a tiré des morceaux de papier hygiénique du distributeur pour nettoyer l'évier. Le message était dissimulé entre les feuilles, il me l'a tout de suite apporté. Ils m'apportent toujours tout ce qu'ils trouvent.

— Où se trouve Lecter en ce moment ?

— Il est toujours au cachot.

— Est-ce qu'il peut voir sa cellule d'où il est ?

— Laissez-moi réfléchir... Non, c'est impossible.

— Bon. Ne quittez pas, docteur. » Crawford mit Chilton en attente. Pendant plusieurs secondes, il regarda fixement les petits cadrans lumineux du combiné. Pêcheur d'hommes, Crawford voyait son bouchon remonter le courant. Il reprit le contact avec Graham.

« Will, il y a un message, probablement de La Mâchoire, caché dans la cellule de Lecter, à Chesapeake. On dirait une lettre de fan. Il veut l'approbation de Lecter et il s'intéresse à toi. Il pose des questions.

— Comment Lecter est-il censé lui répondre ?

— On ne sait pas encore. Une partie du texte est arrachée, une autre raturée. On aura peut-être la chance de voir une correspondance s'instaurer si Lecter n'apprend pas que nous sommes au courant. Je veux envoyer le message au labo, je veux aussi fouiller de fond en comble sa cellule, mais je crois que c'est un peu risqué. Si Lecter soupçonne quelque chose, il trouvera bien un moyen de prévenir ce salaud. Il faut qu'ils correspondent, mais nous avons tout autant besoin de ce message. »

Crawford expliqua à Graham où Lecter se trouvait pour l'heure et comment le message avait été découvert. « Il y a 200 kilomètres jusqu'à Chesapeake et je ne peux pas t'attendre. Qu'est-ce que tu en dis ?

— Dix victimes en un mois... On n'a pas les moyens de jouer le long terme. Non, je dis qu'il faut foncer.

— Tout à fait d'accord, dit Crawford.

— On se retrouve dans deux heures. »

Crawford appela sa secrétaire. « Sarah, trouvez-moi un hélicoptère. Adressez-vous à la police municipale ou aux Marines, je m'en fous, mais faites vite. Je serai sur le toit dans cinq minutes. Appelez les " Documents ", dites-leur de faire préparer une mallette. Demandez à Herbert de rassembler une équipe spécialisée en perquisition. Sur le toit, dans cinq minutes ! »

Il rétablit la communication avec Chilton.

« Docteur Chilton, nous allons devoir fouiller la cellule de Lecter sans qu'il le sache. Nous avons besoin de votre concours. Vous en avez déjà parlé à quelqu'un ?

— Non.

— Où se trouve le préposé qui a découvert le message ?

— Il est là, dans mon bureau.

— Gardez-le auprès de vous et dites-lui de la boucler. Il y a longtemps que Lecter a quitté sa cellule ?

— A peu près une demi-heure.

— C'est plus qu'à l'ordinaire ?

— Non, ça va encore. Mais comme il ne faut qu'une demi-heure pour nettoyer sa cellule, il va bientôt se demander ce qui se passe.

— Bon, voilà ce que vous allez faire : appelez le surveillant, l'ingénieur, enfin celui qui est responsable du bâtiment. Qu'il coupe l'eau et qu'il ferme les disjoncteurs dans le couloir de Lecter. Faites-le déambuler devant le cachot avec des outils. Il doit être très pressé et si préoccupé qu'il ne peut répondre à la moindre question. Compris ? S'il veut des explications, je lui en donnerai personnellement. Annulez l'enlèvement des ordures pour aujourd'hui si les éboueurs ne sont pas encore passés. Et surtout, ne touchez pas au message. Nous arrivons. »

Crawford joignit ensuite le responsable de la section « Analyse Scientifiques » : « Brian, j'ai un message, il y a de grandes chances qu'il vienne de La Mâchoire. C'est une priorité absolue. Il faut qu'il reprenne sa place dans l'heure à venir sans porter la moindre marque. Il passera par les " Cheveux et Fibres ", les " Empreintes " et les " Documents " avant d'arriver chez vous. Vous établirez une coordination avec ces

131

différents services. D'accord ? Oui, je le porterai moi-même d'une section à l'autre. »

Il faisait assez chaud dans l'ascenseur — les vingt-six degrés imposés par l'administration fédérale — quand Crawford redescendit du toit avec le message, les cheveux ébouriffés par le vent de l'hélicoptère. Le visage couvert de sueur, il déboucha dans la section « Cheveux et Fibres ».

C'est un service qui occupe des locaux modestes, calme et affairé à la fois. La salle commune est encombrée de boîtes pleines de pièces à conviction envoyées par les services de police de tout le pays : sparadraps ayant clos des bouches ou lié des poignets, étoffes déchirées ou salies, draps de lit mortuaire.

Crawford aperçut Beverly Katz par la vitre d'une petite salle d'examen alors qu'il se frayait un chemin parmi les boîtes. Une paire de pantalons d'enfant était suspendue au-dessus d'une table recouverte d'un papier blanc. A la lumière crue de la pièce, elle grattait le pantalon à l'aide d'une spatule métallique, passant et repassant sur les côtes du velours, brossant le poil dans le sens normal et à contresens. Une pluie de poussière et de sable tomba sur le papier. En même temps, plus lentement que le sable mais plus rapidement que la poussière, tomba également un poil frisé. Elle pencha la tête et le contempla de son œil d'oiseau.

Crawford pouvait voir ses lèvres bouger. Il savait ce qu'elle disait.

« J't'ai eu. »

Elle disait toujours cela.

Crawford tapa au carreau. Elle se hâta de quitter la pièce et d'ôter ses gants blancs.

« Il n'a pas encore été photocopié ?
— Non.
— Bon, je m'installe dans la pièce d'à côté. »

Elle enfila une paire de gants neufs pendant que Crawford ouvrait la mallette.

Les deux morceaux du message avaient été placés

entre deux feuilles de plastique. Beverly Katz vit la marque des dents et adressa un rapide coup d'œil à Crawford.

Il hocha la tête : ces marques correspondaient au moulage da la dentition de l'assassin, qu'il avait emporté avec lui à Chesapeake.

Crawford la regarda par la vitre soulever le message à l'aide d'une pince souple et le tenir au-dessus d'une feuille de papier blanc. Elle l'étudia avec une loupe puissante, puis le secoua délicatement. Elle tapota la pince à l'aide d'une spatule, puis examina le papier blanc à la loupe.

Crawford consulta sa montre.

Katz accrocha le message à une autre pince afin de le retourner et de voir l'autre côté. Des pinces presque aussi fines qu'un cheveu lui permirent d'en ôter un minuscule objet.

Elle photographia en très gros plan les déchirures du message, puis elle le remit dans la mallette. Elle l'accompagna d'une paire de gants blancs. Les gants blancs signifient qu'il y a interdiction formelle de toucher l'objet ; ils doivent l'accompagner tant que les empreintes n'ont pas été recherchées.

« Voilà, dit-elle en rendant la mallette à Crawford. J'ai un fragment de poil ou de cheveu qui ne mesure même pas un millimètre. Quelques grains bleus. Je vais me mettre tout de suite au boulot. Qu'est-ce que vous m'apportez ? »

Crawford lui tendit trois enveloppes sur lesquelles on avait marqué : cheveux provenant du peigne de Lecter ; poils de barbe de son rasoir électrique ; cheveux du préposé au nettoyage.

« A bientôt, dit Katz. Félicitations pour votre nouvelle coiffure. »

Au service des « Empreintes Cachées », Jimmy Price fit la grimace en apercevant le papier-toilette poreux. Il se pencha par-dessus l'épaule du technicien qui réglait le laser à l'hélium-cadmium pour tenter de repérer une empreinte et de la rendre fluorescente. Des points luisants apparurent sur le papier, des taches de sueur, rien de plus.

Crawford voulut poser une question, puis se ravisa et attendit dans la lumière bleutée.

« Nous savons que trois types l'ont manipulé sans gants. Exact ? dit Price.

— Oui, le préposé, Lecter et Chilton.

— Celui qui nettoie les éviers s'est probablement lavé les mains. Quant aux autres... quel papier ! » Price disposa le message devant la lumière ; dans sa vieille main tachetée, la pince ne tremblait pas. « Je pourrais le teinter, Jack, mais je ne te garantis pas que les taches d'iode auront le temps de disparaître.

— Et la ninhydrine ? Tu pourrais le chauffer, aussi. »

En temps normal, Crawford ne se serait pas permis la moindre suggestion d'ordre technique, mais il cherchait désespérément un moyen d'aboutir. Il s'attendait à ce que Price lui réponde d'un air bougon, mais le vieil homme dit d'une voix plutôt lugubre :

« Non, on ne pourrait pas le laver. Je suis désolé, Jack, je ne peux pas te trouver d'empreintes là-dessus, il n'y en a pas.

— Merde, dit Crawford. »

L'autre se détourna. Crawford posa la main sur l'épaule osseuse de Price. « Ne t'en fais pas, Jimmy. Je sais bien que tu l'aurais trouvée s'il y en avait eu une. »

Price ne répondit pas. Il déballait déjà des objets impliqués dans une autre affaire. De la neige carbonique fumait dans une corbeille. Crawford y jeta les gants blancs.

Le ventre tenaillé par la déception, Crawford se dépêcha de se rendre au service des « Documents », où l'attendait Lloyd Bowman. On était allé le chercher au tribunal, et cette brusque interruption avait brisé sa concentration, ce qui avait pour effet de le faire cligner des yeux comme un homme qui se réveille.

« Il faut quand même que je te félicite pour ta coiffure. Je vois que tu es parti en quatrième vitesse, dit

Bowman qui, d'une main agile, transféra le message sur son plan de travail. J'ai combien de temps ?

— Vingt minutes maximum. »

Les deux morceaux de message semblaient irradier sous les lampes de Bowman. Son buvard apparaissait en vert foncé par une longue déchirure de la partie supérieure.

« Ce qui est important, capital même, c'est de savoir comment Lecter était censé lui répondre, dit Crawford lorsque Bowman eut achevé sa lecture.

« Les instructions en vue d'une réponse se trouvaient certainement dans la partie manquante. » Tout en parlant, Bowman réglait soigneusement les lampes, les filtres et une petite caméra vidéo. « Il dit ici : " J'espère que nous pourrons correspondre... " et c'est là que commence le trou. Lecter a gratté le papier avec un crayon à bout rond, puis il l'a plié et en a déchiré la majeure partie.

— Il n'a rien pour couper. »

Bowman photographia la marque des dents ainsi que le verso du message sous un éclairage extrêmement oblique ; son ombre dansait d'un mur à l'autre quand il faisait pivoter la lampe autour du papier et ses mains dessinaient dans l'air d'étranges arabesques.

« Maintenant on peut l'écraser un peu. » Bowman plaça le texte entre deux plaques de verre pour aplatir le bord déchiqueté du trou. Les fibres étaient légèrement teintées à l'encre vermillon. Il marmonnait à voix basse. La troisième fois, Crawford saisit ce qu'il disait : « Tu es peut-être malin mais à malin, malin et demi. »

Bowman fixa des filtres à une petite caméra vidéo, puis fit le point sur le message. Il assombrit la pièce, et il n'y eut bientôt plus que l'éclat terne et rougeâtre d'une lampe et le bleu-vert de l'écran de contrôle.

Les mots « J'espère que nous pourrons correspondre » et la déchirure apparurent en grand sur l'écran. La tache d'encre avait disparu, mais des fragments d'écriture étaient visibles sur les bords.

« Les colorants azoïques des encres de couleur sont

transparents aux infrarouges, dit Bowman. Il pourrait s'agir ici de la barre transversale d'un T. Là encore, et là. Tout au bout, ce pourrait être la barre verticale d'un M ou d'un N, ou peut-être d'un R. » Bowman prit une photographie et ralluma la lumière. « Jack, il n'y a que deux moyens de communiquer — le téléphone et les journaux. Est-ce que Lecter peut recevoir un appel téléphonique ?

— Oui, mais la procédure est assez longue et cela doit obligatoirement passer par le standard de l'hôpital.

— Donc, il n'y a plus que le journal.

— Nous savons que ce petit chéri lit le *Tattler*. C'est là qu'il y avait l'article sur Graham et Lecter. A ma connaissance, aucun autre journal n'a parlé de cela.

— Il y a trois T et un R dans Tattler. Les petites annonces ? Il faudrait vérifier. »

Crawford appela la bibliothèque du F.B.I., puis transmit ses instructions au bureau de Chicago.

Bowman lui tendit la mallette dès qu'il eut terminé.

« Le *Tattler* sort ce soir, dit Crawford. Il est imprimé à Chicago le lundi et le jeudi. Nous aurons les épreuves des annonces classées.

— Je devrais pouvoir trouver autre chose, dit Bowman.

— Tout ce que tu as, tu le communiques sur-le-champ à Chicago. Tu me mettras au courant à mon retour de l'asile », dit Crawford qui se dirigeait déjà vers la porte.

14

LE tourniquet du métro de Washington éjecta la carte de transport de Graham, et il sortit dans la chaleur de l'après-midi, son sac de voyage à la main.

L'immeuble J. Edgar Hoover ressemblait à une grande cage de béton dressée au-dessus de la brume de chaleur de la 10ᵉ Rue. Le F.B.I. avait emménagé dans ce nouveau bâtiment après que Graham eut quitté Washington. Il n'y avait jamais travaillé.

Crawford le retrouva au bureau d'accueil situé à l'entrée du parking souterrain afin de confirmer l'accréditation hâtivement établie de Graham. Ce dernier paraissait fatigué et il manifesta quelque impatience en signant le registre. Crawford se demanda ce qu'il pouvait bien éprouver, maintenant qu'il savait que l'assassin pensait à lui.

Graham reçut une carte magnétique semblable à celle qui était épinglée au veston de Crawford. Il l'introduisit dans le lecteur du portail et s'engagea dans un dédale de couloirs peints en blanc. Crawford portait son sac de voyage.

« J'ai oublié de demander à Sarah d'envoyer une voiture.

— J'ai sûrement fait plus vite comme ça. Le message a bien été restitué à Lecter ?

— Oui, dit Crawford. J'en reviens tout juste. On a renversé de l'eau dans le couloir pour faire croire à une rupture de conduite et à une panne de courant. Simmons était avec nous — il vient d'être nommé adjoint à la sécurité de Baltimore —, il était en train d'éponger par terre quand Lecter a regagné sa cellule. Simmons pense qu'il ne se doute de rien.

— Je n'ai pas arrêté de me demander pendant le voyage si Lecter n'en était pas l'auteur.

— Je me le suis également demandé avant de voir le message. Les traces de dents du papier correspondent à celles qu'on a retrouvées sur les victimes. De plus, c'est écrit au stylo-bille, et Lecter n'en a pas. La personne qui a écrit ce texte a lu le *Tattler,* et Lecter ne reçoit pas ce journal. Rankin et Willingham ont tout fouillé. Du beau travail, même s'ils n'ont rien trouvé. Ils ont tout photographié au Polaroïd pour bien remettre les objets en place. Le préposé au nettoyage a ensuite fait normalement son boulot.

— Qu'est-ce que tu en penses ?

— En tant que preuve matérielle susceptible de déboucher sur une identification précise, dit Crawford, ce message ne nous sert à rien. Nous pourrions peut-être nous en servir pour établir nous-mêmes le contact, mais je ne vois pas encore très bien comment. Nous aurons les résultats complémentaires du labo dans quelques instants.

— Vous surveillez le courrier et le téléphone à l'hôpital ?

— Nous sommes au courant toutes les fois que Lecter est au téléphone. Il a donné un coup de fil samedi après-midi, sur une putain de ligne directe. Il a dit à Chilton qu'il appelait son avocat.

— Et l'avocat, qu'est-ce qu'il a dit ?

— Rien. On a ouvert une ligne exprès pour lui au standard, comme ça maintenant il est sur table d'écoute en permanence. Nous allons surveiller toute sa correspondance dès la prochaine distribution. Aucun problème au niveau des commissions rogatoires, heureusement.

Crawford s'arrêta devant une porte avant d'introduire

sa carte magnétique dans la fente. « Mon nouveau bureau. Entre. Le décorateur avait de la peinture qui lui restait d'un bateau de guerre qu'on lui avait confié. Voilà le message. Cette photocopie est à l'échelle exacte. »

Graham le lut à deux reprises. Il éprouva une sorte de malaise en voyant son nom.

« La bibliothèque confirme que le *Tattler* est le seul journal à avoir publié un article sur toi et Lecter, dit Crawford en se préparant un Alka-Seltzer. Tu en veux un ? Ça ne te ferait pas de mal. Ce numéro est sorti lundi soir. On le trouvait dès mardi dans tout le pays — à l'exception de l'Alaska et du Maine, par exemple, qui ne l'ont eu que mercredi. La Mâchoire se l'est procuré — pas avant mardi, de toute façon — et l'a lu avant d'écrire à Lecter. Rankin et Willingham font en ce moment même les poubelles de l'hôpital. Charmant boulot... ils ne séparent pas les papiers des couches et du reste à Chesapeake.

« Lecter n'a pas pu recevoir le message avant mercredi. Il déchire la partie concernant le mode de réponse et gratte le passage relatif à un événement plus ancien. D'ailleurs, je me demande bien pourquoi il ne l'a pas déchiré également.

— C'était au milieu d'un passage bourré de compliments, dit Graham. Il ne pouvait tout de même pas les détruire ! C'est pour ça qu'il n'a pas tout jeté. » Il se frotta les tempes.

« Bowman pense que Lecter fera passer sa réponse dans le *Tattler*. Mais toi, tu crois qu'il lui répondra ?

— Bien sûr, il adore écrire, il a des correspondants dans tout le pays.

— S'ils passent par le *Tattler,* Lecter n'aura pas eu le temps de publier sa réponse dans le numéro de ce soir, même s'il l'a envoyée en express le jour même où il a reçu le message. Chester, du bureau de Chicago, est au journal pour passer en revue toutes les petites annonces. Ils sont actuellement en train de faire la mise en page.

— Il ne faut surtout pas que le *Tattler* se doute de quoi que ce soit, dit Graham.

— Le contremaître croit que Chester est un agent immobilier qui essaye de court-circuiter les annonces. Il lui vend discrètement les épreuves dès l'instant où la page est composée. Nous prenons toutes les annonces classées, histoire de donner le change. Bon, admettons que nous ayons découvert le mode de réponse de Lecter et que nous réussissions à l'imiter. Nous pourrons envoyer un faux message à La Mâchoire, mais qu'est-ce qu'on mettra dedans ?

— Ce qu'il faut, c'est le faire venir à une boîte à lettres, dit Graham. Il faut l'appâter avec quelque chose qu'il aimerait. Un " élément important " que Lecter aurait appris après avoir conversé avec moi. Une erreur qu'il aurait commise et que nous attendrions que La Mâchoire commette à son tour.

— Il faudrait être idiot pour marcher.

— Oui, je sais. Tu veux savoir ce qui serait le meilleur appât ?

— Dis toujours.

— Lecter, tout simplement, dit Graham.

— Et comment t'y prendrais-tu ?

— Ce ne sera pas facile, je m'en doute bien. Il faudrait mettre Lecter sous contrôle fédéral — Chilton n'accepterait jamais une chose pareille à Chesapeake — et l'enfermer dans le quartier de haute sécurité d'un hôpital psychiatrique de Virginie. Et là, on invente une évasion.

— Ouh là là !...

— Nous faisons passer un message à La Mâchoire dans le numéro suivant du *Tattler*. Lecter pourrait lui fixer un rendez-vous.

— Je me demande vraiment qui pourrait bien avoir envie de rencontrer Lecter. Même La Mâchoire !

— Si, Jack, pour le tuer. » Graham se leva. Il n'y avait pas de fenêtre dans le bureau, et Graham s'arrêta devant l'affiche des dix criminels les plus recherchés — l'unique décoration de la pièce. « Ainsi, La Mâchoire

pourra l'absorber, le faire sien, devenir plus que lui.
— Tu as l'air bien sûr de toi.
— Non, je ne suis pas sûr de moi. Qui pourrait l'être, d'ailleurs ? Il a écrit dans son message : " Je détiens un certain nombre de choses que j'aimerais vous montrer. " Il y a des chances pour que ce soit assez sérieux et qu'il ne s'agisse pas d'une simple formule de politesse.
— Je me demande bien ce qu'il pourrait lui montrer. Les victimes étaient intactes. Il ne leur manquait rien, à part un peu de peau et de cheveux, qui ont certainement été... Quelle est l'expression de Bloom ?
— Ingérés, dit Graham. Dieu seul sait ce qu'il peut avoir à montrer. Tiens, Tremont — tu te souviens de l'histoire des déguisements de Tremont, à Spokane ? Même attaché sur une civière, il relevait le menton pour montrer aux flics de Spokane où il les avait cachés. Non, Jack, je ne suis pas sûr que Lecter attirera La Mâchoire. Je dis seulement que c'est notre meilleure chance.
— Cela va faire un drôle de raffut quand les gens croiront que Lecter bat la campagne. Les journaux vont se déchaîner. C'est peut-être notre meilleure chance, mais il vaudrait mieux la garder pour la fin.
— Il ne s'approchera probablement pas d'une boîte à lettres, mais il voudra certainement la *voir* pour être sûr que Lecter ne l'a pas vendu. Il faudrait que ce soit d'assez loin. Nous pourrions trouver une boîte qui ne peut être observée que depuis un nombre limité de points assez éloignés et piéger les postes d'observation. » Graham n'était pas convaincu lui-même de la valeur de cette proposition.

« Les Services Secrets ont un emplacement qui ne leur a jamais servi, ils pourraient nous le passer. Mais il nous faudra attendre jusqu'à lundi prochain si nous ne faisons pas passer d'annonce aujourd'hui même. Les rotatives démarrent à cinq heures, heure de Washington. Chicago a donc encore une heure et quart pour trouver l'annonce de Lecter. S'il y en a une, évidemment.
— Et la réservation de Lecter, le bon de commande

qu'il aurait envoyé au *Tattler* pour faire passer son annonce, on ne peut pas l'avoir plus rapidement ?

— Chicago ne peut s'occuper que du contremaître, dit Crawford. Le courrier ne quitte pas le bureau du responsable des annonces classées. Ils vendent ensuite les noms et les adresses aux maisons qui effectuent de la vente par correspondance et qui envoient aux personnes seules des prospectus proposant des philtres d'amour, des produits pour décupler la virilité, des méthodes pour surmonter la timidité — enfin, tu vois le genre.

« Evidemment, nous pourrions faire appel au sens civique du responsable et lui demander de la boucler, mais je n'ai pas envie de prendre le risque de voir le *Tattler* nous tomber dessus. Il faudrait un mandat spécial pour avoir le droit de lire leur courrier. C'est à envisager.

— Si Chicago ne trouve rien, nous pouvons toujours passer notre propre annonce, dit Graham. Si je me suis trompé pour le *Tattler*, on efface tout et on recommence.

— Oui, mais si le *Tattler* leur sert vraiment de moyen de communication et que nous nous plantons dans la réponse — je veux dire, si elle lui paraît bizarre — nous l'aurons dans l'os. Au fait, je ne t'ai pas demandé pour Birmingham. Tu as trouvé quelque chose ?

« Il n'y a plus rien à tirer de Birmingham. La maison des Jacobi a été repeinte et redécorée ; elle est maintenant en vente. Leurs affaires sont dans un entrepôt en attendant qu'on les étudie de près. J'ai fouillé un peu dans les caisses. Tous les gens que j'ai rencontrés ne connaissaient pas très bien les Jacobi. La seule chose qu'ils m'ont dite, c'est qu'ils paraissaient vraiment très attachés l'un à l'autre. Ils se tenaient tout le temps par la main. Et maintenant, tout ce qu'il en reste, c'est cinq palettes dans un garde-meuble. Je regrette bien de ne pas avoir...

— Arrête de regretter, tu es dans le coup, à présent.

— Et la marque sur l'arbre, ça a donné quelque chose ?

— " Vous avez frappé sur la tête ", c'est cela ? Ça ne me dit vraiment rien. Ou encore, le Dragon Rouge. Beverly sait jouer au mah-jong. Elle est maligne, mais elle ne sait pas ce que cela veut dire. En tout cas, ses cheveux prouvent bien qu'il n'est pas chinois.

— Il a coupé la branche à l'aide d'un coupe-boulons. Je ne vois pas... »

Le téléphone de Crawford se mit à sonner. Il répondit très brièvement.

« Will, le labo a les résultats pour le message. Montons chez Zeller, son bureau est plus grand et moins sinistre que le mien. »

Aussi sec qu'une note de service en dépit de la chaleur ambiante, Lloyd Bowman les rattrapa dans le couloir. Il tenait des photographies encore humides et portait sous le bras une liasse de feuilles de Datafax. « Jack, je dois être au tribunal à quatre heures et quart, dit-il en les dépassant. C'est pour Nilton Eskew, le décorateur, et sa petite amie, Nan. Elle pourrait dessiner un billet de banque à main levée. Ils me rendent dingue depuis deux ans à écouler des traveller's cheks qu'ils fabriquent sur une Xerox couleurs. Will, vous croyez que j'ai le temps ou qu'il vaut mieux que j'appelle le procureur ?

— Vous serez à l'heure, dit Crawford. Tout le monde est là. »

Assise sur le divan du bureau de Zeller, Beverly Katz adressa à Graham un large sourire qui contrastait agréablement avec l'air sinistre de Price.

Brian Zeller était encore jeune pour occuper le poste de chef de service « Analyses scientifiques », mais il commençait à perdre ses cheveux et portait déjà des lunettes à double foyer. Graham vit sur l'étagère posée derrière le bureau de Zeller l'ouvrage scientifique de H. J. Walls, le grand *Traité de Médecine Légale* de Tedeschi, en trois volumes, et une édition ancienne du livre de Hopkins, *Le Naufrage du Deutschland*.

« Will, nous nous sommes déjà rencontrés à l'université, n'est-ce pas ? dit-il. Vous connaissez tout le monde ? Très bien. »

Crawford s'appuya au bureau de Zeller, les bras croisés. « Vous y êtes ? O.K. Est-ce que vous avez découvert quoi que ce soit qui indiquerait que ce message *n'émane pas* de La Mâchoire ?

— Non, dit Bowman. Je viens d'avoir Chicago pour leur transmettre des chiffres que j'ai décelés au dos du message. Six six six. Je vous les montrerai tout à l'heure. Ils en sont déjà à plus de deux cents annonces personnelles. » Il tendit à Graham sa liasse de photocopies. « Je les ai toutes lues. C'est toujours pareil, des propositions de mariage ou des appels à des fugueurs. Je ne suis même pas sûr que nous puissions reconnaître notre annonce si elle se trouve dans le lot. »

Crawford secoua la tête. « Moi non plus. Voyons les indices matériels. Jimmy Price a fait le maximum, il n'y avait pas d'empreintes. Et vous, Bev ?

— J'ai un poil. Il correspond parfaitement à ceux d'Hannibal Lecter : dimensions, couleur, etc. Et il est tout à fait différent des prélèvements effectués à Birmingham et à Atlanta. J'ai aussi trois grains bleus et des taches sombres. C'est Brian qui s'en est occupé. » Elle lui adressa un signe de tête.

« Les grains sont ceux d'un nettoyant industriel au chlore, dit-il. Ils doivent provenir des mains du préposé. Il y a également plusieurs infimes particules de sang séché. On est sûr que c'est du sang ; malheureusement, il n'y en a pas assez pour en déterminer le groupe.

— Le papier a été déchiré en dehors du pointillé, reprit Beverly Katz. Nous pourrons reconstituer la déchirure en rapprochant les bords si le rouleau n'a pas été utilisé depuis, et si nous le retrouvons, bien sûr. Je propose de demander dès à présent aux enquêteurs de rechercher ce rouleau chez tout suspect éventuel. »

Crawford hocha la tête. « Bowman ?

— Une de mes collaboratrices, Sharon, s'est occupée du papier et elle a acheté toutes les marques disponibles sur le marché. Il s'agit d'un papier-toilette plus spécialement destiné aux plaisanciers et aux propriétaires de caravanes. Sa texture correspond à celle de la marque

Wedeker. Le papier est fabriqué à Minneapolis mais distribué sur tout le continent. »

Bowman disposa ses photographies sur un chevalet installé près de la fenêtre. Il avait une voix étonnamment profonde pour un homme de cette stature, et son nœud papillon remuait doucement lorsqu'il parlait. « A propos de l'écriture elle-même, nous avons affaire à un droitier qui écrit de la main gauche et trace délibérément des majuscules d'imprimerie. Il y a un manque d'uniformité dans les traits ainsi que dans la taille des lettres.

« Les proportions me font penser que notre homme souffre d'un léger astigmatisme qui n'a pas été corrigé.

« Les encres des deux parties du message semblent provenir du même stylo-bille bleu, mais les filtres colorés font toutefois apparaître une légère différence. Il a utilisé deux stylos et est passé de l'un à l'autre dans la partie manquante du message. Vous voyez, ici le premier stylo commencer à décliner. Ce stylo n'est pas souvent employé — remarquez le point gras tout au début. Il a dû être rangé sans capuchon, la pointe tournée vers le bas, dans un pot à crayons, ce qui nous permet d'envisager l'existence d'un bureau. De plus, la surface sur laquelle le message était posé était assez douce pour qu'il s'agisse d'un buvard. Il risque d'avoir conservé des traces, au cas où vous le retrouveriez. J'aimerais ajouter le buvard à l'avis de recherches de Beverly. »

Bowman passa alors à une photographie du verso du message ; elle était tellement agrandie que le papier avait un aspect floconneux, avec des creux et des zones d'ombre. « Il a replié le message pour écrire le bas, y compris la partie qui a été déchirée. Cet agrandissement du verso effectué sous éclairage oblique révèle quelques marques. Nous pouvons distinguer "666 et". C'est peut-être à cet endroit que le stylo a commencé à le lâcher et qu'il a dû repasser sur les lettres. Je n'avais rien trouvé avant de faire ce cliché très contrasté. Mais pour l'instant, il n'y a toujours pas de 666 dans les petites annonces.

« La structure des phrases est correcte et il n'y a pas de propos incohérents. Les plis indiquent que le message a sans doute été envoyé dans une enveloppe de format classique. Ces deux taches sombres ont été faites par de l'encre d'imprimerie. Le message était probablement enveloppé dans un imprimé quelconque.

« Voilà, dit Bowman. Si vous n'avez pas de questions, Jack, je pars tout de suite au tribunal. Je repasserai après ma déposition.

— Enfonce-les bien », dit Crawford.

Graham se pencha sur les annonces matrimoniales du *Tattler*. (« Femme opulente, charme, 52 ans, cherche non-fumeur chrétien, signe du Lion, âge 40-70. Sans enfants, S.V.P. Amputés bienvenus. Pas sérieux, s'abstenir. Envoyez photo dans première lettre. »)

Il s'abandonna à la tristesse et au désespoir des petites annonces et ne remarqua le départ des autres que lorsque Beverly Katz lui eut parlé.

« Excusez-moi, Beverly. Vous disiez ? » Il releva la tête pour rencontrer des yeux brillants, un visage jovial qui avait bien vieilli.

« Je disais seulement que je suis bien contente de vous revoir dans la maison, champion. Vous avez l'air en forme.

— Merci, Beverly.

— Saul suit des cours de cuisine. Ce n'est pas encore au point, mais vous pourrez bientôt venir le tester à la maison.

— Ce sera avec plaisir. »

Zeller regagna son laboratoire. Il ne restait plus que Crawford et Graham.

« Encore quarante minutes avant le lancement des rotatives du *Tattler,* dit Crawford en consultant sa montre. Je crois qu'il faut voir leur correspondance. Qu'est-ce que tu en penses ?

— Vas-y. »

Crawford appela Chicago sur le téléphone de Zeller. « Will, il faut que nous ayons une annonce de rechange au cas où Chicago mettrait le doigt dessus.

— O.K., j'y travaille tout de suite.

— Bon, la boîte à lettres, à présent. » Crawford

appela les « Services Secrets » et parla assez longuement. Graham était toujours en train d'écrire quand il raccrocha.

« Tout est réglé pour la boîte à lettres, dit finalement Crawford. Elle est située à Annapolis, à l'extérieur d'une fabrique d'extincteurs. C'est le territoire de Lecter, La Mâchoire comprendra que c'est un endroit que Lecter peut connaître. Il y a tout un tas de niches où les employés de la boîte déposent et reçoivent leur courrier. Notre homme pourra surveiller les lieux depuis un parc situé de l'autre côté de la rue. Les " Services Secrets " m'ont juré que c'était un emplacement impeccable. Ils l'avaient mis au point pour coincer un faux-monnayeur, mais ils n'ont pas eu à s'en servir. Voilà l'adresse. Et le message ?

— Nous allons passer deux annonces dans la même édition. La première préviendra La Mâchoire que ses ennemis sont plus proches qu'il ne le croit. Elle lui dira qu'il a commis une grossière erreur à Atlanta et que son arrêt de mort est signé s'il recommence. Elle lui dira enfin que Lecter a posté les " informations secrètes " que j'ai pu lui transmettre à propos de nos recherches, de nos indices, des pistes que nous suivons. L'annonce dirigera alors La Mâchoire vers un second message commençant par " votre signature ".

« Le second message commence donc par " Fervent admirateur " et donne l'adresse de la boîte à lettres. C'est comme cela qu'il faut s'y prendre. Même rédigé de façon banale, le premier message va attirer l'attention de quelques dingues. Mais s'ils ne découvrent pas la seconde annonce, ils ne pourront pas se rendre à la boîte à lettres et tout gâcher par leur présence.

— Bien. Très bien. Tu veux attendre dans mon bureau ?

— J'aimerais mieux m'occuper. Je vais aller voir Brian Zeller.

— D'accord, je saurai où te trouver au cas où. »

Graham trouva le responsable au service de Sérologie.

« Brian, vous pourriez me rendre un service ?
— Bien sûr, de quoi s'agit-il ?
— Je voudrais voir les prélèvements qui vous ont permis de déterminer le groupe sanguin de La Mâchoire. »

Zeller observa Graham au travers de ses lunettes. « Il y a un élément du rapport que vous n'avez pas compris ?
— Non.
— Ce n'est pas assez clair ?
— Non plus.
— Peut-être est-il *incomplet ?* » Zeller prononça ce mot avec un certain dégoût.

« Votre rapport est excellent, on ne saurait faire mieux. Je veux seulement avoir les preuves en main.
— *Ah,* certainement, c'est très faisable. » Zeller était persuadé que tous les enquêteurs sur le terrain avaient des superstitions de chasseurs primitifs. « Venez avec moi. »

Graham suivit Zeller entre les comptoirs chargés de matériel. « Vous avez lu Tedeschi.
— Oui, fit Zeller sans se retourner, nous ne nous occupons pas de médecine légale dans ce service mais Tedeschi nous est malgré tout fort utile. Graham... Will Graham. Vous êtes bien l'auteur de la monographie classique sur la manière de déterminer l'heure de la mort par l'activité des insectes, n'est-ce pas ? A moins qu'il n'y ait un autre Graham.
— C'est bien moi. » Puis, au bout de quelques secondes : « Mais vous avez raison, Mant et Zvorteva dans le Tedeschi sont meilleurs en ce qui concerne les insectes. »

Zeller fut surpris d'entendre ses propres pensées ainsi énoncées. « Evidemment, il y a plus de photos et de tableaux concernant les vagues d'invasion. Mais je ne voulais pas vous...
— Il n'y a pas de mal. Ils sont meilleurs, c'est tout. D'ailleurs, je le leur ai dit. »

Zeller sortit des fioles et des diapositives d'un placard et d'un réfrigérateur avant de les poser sur la paillasse.

« N'hésitez pas à me faire appeler si vous avez besoin de quoi que ce soit. L'éclairage du microscope est de ce côté-ci. »

Mais Graham n'avait pas besoin de microscope. Il ne mettait en doute aucune des conclusions de Zeller. En fait, il ne savait pas au juste ce qu'il cherchait. Il tendit vers la lumière les fioles et les diapositives, ainsi qu'une enveloppe transparente contenant deux cheveux blonds trouvés à Birmingham. Une seconde enveloppe renfermait trois cheveux découverts sur Mme Leeds.

Devant Graham étaient disposés de la salive, des cheveux et du sperme ; il s'efforçait d'entrevoir une image, un visage, n'importe quoi qui eût pu remplacer cette angoisse informe dont il n'arrivait pas à se débarrasser.

Une voix de femme sortit d'un haut-parleur fixé au plafond. « Graham, Will Graham, au bureau de l'agent spécial Crawford. »

Le casque sur la tête, Sarah tapait à la machine tandis que Crawford regardait par-dessus son épaule.

« Chicago a découvert une demande d'annonce comportant le chiffre 666, dit-il du coin de la bouche. Ils sont en train de dicter le texte à Sarah. Ils disent qu'une partie de l'annonce ressemble à un code secret. »

Les mots jaillissaient sous les doigts de Sarah :

Cher Pèlerin, vous me faites beaucoup d'honneur...

« C'est ça, c'est ça, dit Graham. Lecter l'a qualifié de pèlerin quand nous en avons parlé. »

Vous êtes admirable...

« Seigneur », dit Crawford.

Je vous offre 100 prières pour votre bien-être.

Trouvez du secours dans Jean 6 : 22, 8 : 16, 9 : 1 ; Luc 1 : 7, 3 : 1 ; Galates 6 : 11 ; Ephésiens 15 : 2 ; Actes 3 : 3 ; Apocalypse 18 : 7 ; Jonas 6 : 8...

Sarah ralentit pour relire chaque référence à l'agent de Chicago. Quand elle eut achevé de taper, la liste des références aux Saintes Ecritures prenait plus d'un quart de page. Et c'était signé *Soyez béni, 666.*

« Ça y est », dit Sarah.

Crawford prit le téléphone. « Chester, comment ça s'est passé avec le responsable des petites annonces ? Non, vous avez bien fait. Discrétion absolue, d'accord ? Restez au téléphone, je vous rappelle. »

« C'est un code, dit Graham.

— Sûrement. Nous avons vingt-deux minutes pour passer un message si nous arrivons à trouver la clef. Le contremaître n'a besoin que de dix minutes et de trois cents dollars pour l'insérer. Bowman est dans son bureau. S'il arrive à un résultat, je préviendrai Langley. Sarah, envoyez un télex avec le texte de l'annonce au service de cryptographie de la C.I.A. Je les appelle tout de suite. »

Bowman posa le message sur son bureau, en parfait alignement avec les bords de son sous-main. Il nettoya ses lunettes pendant un laps de temps qui parut interminable à Graham.

Bowman avait la réputation d'être très rapide. Même le service des explosifs lui reconnaissait cette qualité et lui pardonnait ne pas avoir servi dans les Marines.

« Nous avons vingt minutes, dit Graham.

— Je comprends. Vous avez appelé Langley ?

— Crawford s'en est chargé. »

Bowman lut le message à plusieurs reprises, commença par le bas, puis par la droite, et fit courir son doigt dans la marge. Il se leva pour prendre une Bible dans la bibliothèque. Pendant cinq minutes, il n'y eut plus que la respiration des deux hommes et le craquement des pages du livre.

« Non, dit-il. Nous n'avons pas assez de temps. Il vaut mieux s'y prendre autrement. »

Bowman se retourna vers Graham et ôta ses lunettes. Il avait une petite marque rose de part et d'autre du nez.

« Vous êtes certain que le message adressé à Lecter est le seul qu'il ait reçu de La Mâchoire ?

— Oui.

— Dans ce cas, le code doit être très simple. Il doit seulement les protéger des lecteurs éventuels. A en juger d'après les perforations du papier-toilette, il ne manque que sept centimètres environ. Ce n'est pas suffisant pour laisser des instructions. Les chiffres ne correspondent pas au morse des prisons. Non, je crois qu'ils renvoient à un livre. »

Crawford les rejoignit dans le bureau. « Un livre ?

— Très certainement. La première indication, les " 100 prières ", pourrait être le numéro de la page. Les autres chiffres indiqueraient la ligne et la lettre. Mais de quel livre s'agit-il ? Mystère.

— Ce n'est pas la Bible ? dit Crawford.

— Non, ce n'est pas la Bible. C'est ce que j'ai d'abord cru. La référence Galates 6 : 11 correspond parfaitement : " Voyez de quelle taille sont les lettres que je trace pour vous écrire de ma propre main. " Mais ce n'est qu'une coïncidence, parce qu'on a ensuite Ephésiens 15 : 2 ; or, il n'y a que six chapitres dans l'épître aux Ephésiens. De même pour Jonas 6 : 8. Le livre de Jonas n'a que quatre chapitres. Il ne s'agit donc pas d'une Bible.

— Le titre du livre était peut-être indiqué en code dans le message à Lecter, dit Crawford.

— Je ne le pense pas, dit Bowman en secouant la tête.

— La Mâchoire a peut-être donné en clair le nom du livre dans la partie déchirée par Lecter, dit Graham.

— C'est ce qu'il semblerait, dit Bowman. Et si l'on faisait parler Lecter ? Avec des drogues appropriées, on pourrait peut-être...

— Il y a trois ans, ils lui ont administré de l'amytal de sodium pour lui faire dire où il avait enterré un étudiant de Princeton, expliqua Graham. Il leur a donné la recette d'un bain de décapage. Et puis, nous perdrons le contact si nous le faisons parler de force. Si La Mâchoire a choisi ce livre, c'est parce qu'il sait que Lecter le détient dans sa cellule.

— Je suis certain qu'il n'a rien commandé ou emprunté à Chilton, dit Crawford.

— Et les journaux, qu'est-ce qu'ils ont dit sur les livres que lisait Lecter ?

— Ils ont parlé de traités de médecine ou de psychologie, de manuels de cuisine, c'est tout.

— Il pourrait donc s'agir d'un texte classique dans ces domaines particuliers — quelque chose de si courant que La Mâchoire est pratiquement sûr que Lecter le possède, dit Bowman. Il nous faut la liste des livres de Lecter. Vous en avez une ?

— Non. » Graham regarda ses chaussures. « Je pourrais demander à Chilton... Attendez. Rankin et Willigham, quand ils ont fouillé la cellule, ils ont pris des Polaroïds pour tout remettre en place.

— Vous pouvez leur demander de me retrouver avec les photos des livres ? dit Bowman en fermant sa mallette.

— Où cela ?

— A la bibliothèque du Congrès. »

Crawford appela une dernière fois le service de cryptographie de la C.I.A. L'ordinateur de Langley essayait toutes les méthodes de substitution possibles. En vain. Le cryptographe pensait, comme Bowman, qu'il s'agissait de références à un ouvrage bien précis.

Crawford jeta un coup d'œil à sa montre. « Will, nous n'avons plus que trois solutions. Il faut prendre une décision tout de suite. Nous pouvons retirer du journal l'annonce de Lecter et ne rien faire d'autre. Nous pouvons aussi la remplacer par notre propre message et inviter La Mâchoire à se rendre à la boîte à lettres. Enfin, nous pouvons laisser passer tel quel le texte de Lecter.

— Tu es sûr qu'on peut encore supprimer l'annonce ?

— Chester dit que le contremaître pourrait le faire pour cinq cents dollars.

— Cela ne me plaît pas beaucoup de passer un message en clair, Jack. Lecter n'entendrait certainement plus jamais parler de La Mâchoire.

— Oui, mais je suis plutôt inquiet de laisser le texte de Lecter sans savoir ce qu'il contient, dit Crawford. Que pourrait donc lui dire Lecter que l'autre ne sache déjà ? S'il sait que nous détenons l'empreinte partielle de son pouce mais que nous n'avons rien d'autre au sommier, il peut très bien se couper le pouce et nous ridiculiser en plein tribunal.

— On ne parle pas de l'empreinte du pouce dans le dossier partiel que j'ai transmis à Lecter. Non, il vaut mieux laisser passer l'annonce de Lecter. Cela aura au moins le mérite d'encourager La Mâchoire à reprendre contact.

— Et si le message le pousse à faire autre chose qu'écrire ?

— On s'en mordra les doigts, dit Graham. Mais c'est la seule chose à faire. »

Quinze minutes plus tard, à Chicago, les grosses rotatives du *Tattler* prirent progressivement de la vitesse, avant de faire trembler les parois de la salle où elles étaient installées. Une odeur de papier et d'encre fraîche emplit l'air. L'agent du F.B.I. ramassa un des premiers exemplaires du journal.

La première page était barrée de deux gros titres : « La première transplantation du cerveau ! » et « Des astronomes voient Dieu ! ».

L'agent du F.B.I vérifia que le message de Lecter était bien passé dans les petites annonces, puis il glissa le journal dans une enveloppe expresse à destination de Washington. Un jour, il reverrait ce journal et se souviendrait de la marque de son pouce sur la première page, mais ce ne serait que plusieurs années plus tard, quand, ayant emmené ses enfants faire une visite organisée du quartier général du F.B.I., il déambulerait dans la salle d'exposition réservée aux affaires célèbres.

15

CRAWFORD fut tiré peu avant l'aube d'un profond sommeil. La chambre était sombre, le postérieur confortable de sa femme bien calé contre son dos. Il ne comprit pas pourquoi il s'était réveillé ; puis le téléphone sonna pour la deuxième fois. Il décrocha sans hâte.

« Jack, c'est Lloyd Bowman. J'ai la clef du code. Il faut que je te dise tout de suite ce que c'est.

— Vas-y, Lloyd. » Du bout des pieds, Crawford cherchait ses pantoufles.

« C'est très simple : *Graham habite Marathon, Floride. Sauvez votre peau. Tuez-les tous.*

— Nom de Dieu ! Faut que je te quitte.

— Je sais. »

Crawford se dirigea vers le bureau sans prendre la peine de passer une robe de chambre. Il appela la Floride à deux reprises, puis l'aéroport et, enfin, Graham à son hôtel.

« Will, Bowman a décrypté le code.

— Qu'est-ce qu'il dit ?

— Attends un instant. Tu vas m'écouter très attentivement. Tout va très bien. J'ai pris les choses en main. Tu ne quitteras pas ton téléphone quand je te l'aurai dit.

— Dis-le tout de suite.

— C'est ton adresse personnelle. Lecter a donné ton adresse à cette ordure. *Attends,* Will. Le bureau du shérif a envoyé deux voitures sur Sugarloaf. Les garde-côtes de Marathon vont surveiller l'accès côté plage. La Mâchoire n'a pas eu le temps d'agir. Ne raccroche pas ! Tu iras plus vite avec mon aide. Maintenant, écoute bien ceci.

« Les hommes du shérif ne vont pas terroriser Molly. Les voitures vont simplement bloquer la route. Deux des hommes se rapprocheront pour observer la maison. Tu pourras l'appeler à son réveil. Je te prends dans une demi-heure.

— Je ne serai plus là.

— Le premier avion ne part pas avant huit heures. On ira plus vite si on les fait venir jusqu'ici. Mon frère a une maison à Chesapeake, elle leur est grande ouverte. J'ai un plan excellent, Will, attends seulement de le connaître. S'il ne te plaît pas, c'est moi-même qui te mettrai dans l'avion.

— Il faut que je passe à l'armurerie.

— D'accord, mais je te prends d'abord. »

Molly et Willy étaient parmi les premières personnes à descendre de l'avion à l'aéroport international de Washington. Elle aperçut Graham dans la foule et ne lui sourit pas, mais se tourna vers Willy et lui dit quelque chose tout en marchant devant la foule des touristes retour de Floride.

Elle toisa Graham et lui donna un rapide baiser. Ses doigts bronzés étaient glacés.

Graham sentit que le garçon les regardait. Willy lui donna une poignée de main assez distante.

Graham taquina Molly sur le poids de sa valise quand ils se dirigèrent vers la voiture.

« Je peux la porter », dit Willy.

Une Chevrolet marron immatriculée dans le Maryland démarra derrière eux dès leur sortie du parking.

Graham franchit le fleuve à Arlington, dépassa les monuments dédiés à Lincoln, Jefferson et Washington, puis prit à l'est vers la baie de Chesapeake. A une quinzaine de kilomètres de Washington, la Chevrolet les rattrapa par la file de droite. Le chauffeur porta la main à sa bouche et une voix retentit dans la voiture.

« Fox Edward, vous n'êtes pas suivis. Bon voyage. »

Graham s'empara du micro dissimulé sous le tableau de bord. « Roger, Bobby. Merci pour tout. »

La Chevrolet se laissa distancer avant de mettre son clignotant.

« C'est pour être sûrs que nous ne sommes pas suivis par des journalistes, expliqua Graham.

— Je vois », fit Molly.

En fin d'après-midi, ils s'arrêtèrent pour manger des crabes dans un routier. Willy alla voir l'aquarium où l'on conservait les homards.

« Je ne voulais pas cela, Molly. Je suis désolé, fit Graham.

— Il en a après toi, maintenant ?

— Il n'y a rien qui le prouve. Lecter le lui a suggéré, c'est tout.

— C'est plutôt moche.

— Je sais ce que c'est. Willy et toi, vous serez en sécurité chez le frère de Crawford. Personne n'est au courant, à part Crawford et moi.

— J'aimerais mieux qu'on ne parle pas de lui.

— C'est une chouette maison, tu verras. »

Elle prit une profonde inspiration, puis souffla longuement. Tout sentiment de colère semblait l'avoir quittée, mais elle paraissait épuisée. Elle lui adressa un petit sourire. « Tu sais, j'étais complètement dingue ce matin. Il faudra que nous fréquentions les Crawford ?

— Non. » Il déplaça la corbeille à pain pour lui prendre la main. « Willy est au courant ?

— Tu parles ! La mère de son copain Tommy a rapporté un journal à sensations du supermarché. Tommy l'a montré à Willy. On y raconte tout un tas de choses sur ton compte, assez déformées, d'ailleurs. Ils parlent de Hobbs, d'où tu es allé après, de Lecter — tout, quoi. Willy était bouleversé. Je lui ai demandé s'il voulait qu'on en parle. Il m'a seulement demandé si j'étais au courant de tout. Je lui ai répondu que oui, qu'on en avait parlé tous les deux et que tu m'avais tout raconté avant notre mariage. Je lui ai ensuite demandé s'il voulait que je t'en parle, et il m'a répondu qu'il était assez grand pour te poser lui-même la question.

— C'est bien de sa part. Qu'est-ce que c'était comme journal, le *Tattler* ?

— Je n'en sais rien. Sûrement.

— Merci, Freddy Lounds. » La colère monta en lui, et il dut se rendre aux toilettes pour s'asperger le visage d'eau fraîche.

Sarah se préparait à quitter le bureau de Crawford quand la sonnerie du téléphone retentit. Elle reposa son sac et son parapluie pour décrocher.

« Bureau de l'agent spécial Crawford. Non, monsieur Graham n'est pas ici, mais je peux... Attendez, je vais vous... Oui, il sera là demain après-midi mais je... »

Le ton de sa voix attira Crawford.

Elle tenait le récepteur d'un air incrédule. « Il a demandé Will et il a dit qu'il rappellerait peut-être demain après-midi. J'ai essayé de le retenir.

— Qui cela ?

— Il a seulement dit : " Dites à Graham que c'est de la part du Pèlerin. " C'est comme cela que le docteur Lecter avait appelé...

— La Mâchoire », fit Crawford.

Graham se rendit chez l'épicier pendant que Molly et Willy défaisaient les valises. Il acheta des melons et quelques fruits. Puis il se gara en face de la maison et attendit quelques minutes, les mains crispées sur le volant. Il avait honte : par sa faute, Molly avait été chassée de la maison qu'elle aimait et propulsée parmi des étrangers.

Crawford avait fait de son mieux. Cette demeure ne ressemblait en rien aux planques fédérales anonymes, avec leurs fauteuils poisseux de transpiration. C'était une villa agréable, fraîchement repeinte ; des impatiences poussaient autour des marches du perron. Le fruit d'un esprit ordonné et de mains habiles. La cour arrière descendait en pente douce vers la baie de Chesapeake.

Derrière les rideaux scintillait l'écran bleu-vert de la télévision. Molly et Willy regardaient un match de base-ball, Graham en était certain.

Le père de Willy avait été un bon joueur de base-ball. Molly l'avait rencontré dans le bus de ramassage scolaire et ils s'étaient mariés à l'université.

Ils s'étaient promenés un peu partout en Floride, allant d'un match à l'autre, lorsqu'il faisait partie de la pépinière des Cardinals, l'équipe de 1re division de Floride. Ils emmenaient Willy partout et s'amusaient comme des fous. Une vie faite d'insouciance et de bonne humeur. On l'avait pris à l'essai dans l'équipe principale et il s'en était bien sorti lors des deux premiers matches.

Puis il avait éprouvé des difficultés à avaler. Le chirurgien avait tenté d'extraire le mal, mais les métastases l'avaient bouffé en moins de cinq mois. Willy n'avait que six ans lorsque son père était mort.

Willy ne manquait pas une occasion de regarder un match de base-ball ; Molly n'en regardait que lorsqu'elle était bouleversée.

Graham n'avait pas de clef. Il frappa à la porte.

« J'y vais. » La voix de Willy.

« Attends. » Le visage de Molly entre les rideaux. « C'est bon. »

Willy ouvrit la porte. Il tenait une matraque plaquée contre sa jambe.

Graham n'en crut pas ses yeux. Le gosse avait dû l'apporter dans ses bagages.

Molly le débarrassa. « Tu veux du café ? Il y a aussi du gin, mais ce n'est pas la marque que tu préfères. »

Quand elle fut dans la cuisine, Willy demanda à Graham de venir avec lui dans la cour.

De la véranda, ils pouvaient voir les feux de position des bateaux à l'ancre dans la baie.

« Will, est-ce qu'il y a quelque chose que je dois savoir pour m'occuper de Maman ?

— Vous êtes en sécurité ici. Tu te souviens de la voiture qui nous a suivis depuis l'aéroport pour s'assurer que personne ne nous surveillait ? Personne ne pourra jamais savoir où vous habitez.

— Ce dingue veut te tuer, c'est ça ?

— Je n'en sais rien. Mais ça ne me plaisait pas qu'il connaisse notre adresse.

— Tu vas le tuer ? »

Graham ferma un instant les yeux. « Non. Je dois seulement le retrouver. Ils le mettront dans un hôpital psychiatrique pour le soigner et l'empêcher de faire à nouveau du mal.

— Will, la mère de Tommy avait ce petit journal. Il disait que tu avais tué un type au Minnesota et qu'on t'avait enfermé chez les fous. Je n'étais pas au courant. C'est vrai ?

— Oui.

— J'ai voulu demander à Maman, mais je me suis dit qu'il valait mieux que je t'en parle directement.

— J'apprécie ta franchise. Ce n'était pas un asile d'aliénés, on y soignait toutes les maladies. » Cette distinction lui paraissait capitale. « Mais j'étais dans le service de psychiatrie. Tu veux savoir tout ça parce que j'ai épousé ta mère, hein ?

— J'ai dit à mon père que je prendrai soin d'elle, et je le ferai. »

Graham sentait qu'il en avait assez dit à Willy. Il valait mieux qu'il n'en sache pas trop.

La lumière s'éteignit dans la cuisine. Il aperçut la silhouette de Molly derrière la contre-porte et sentit le poids de son jugement. Il savait qu'il jouait avec son cœur en discutant avec Willy.

Visiblement, le garçon ne savait pas trop quelle question lui poser. Graham vint à la rescousse.

« Mon séjour à l'hôpital, c'est après l'histoire avec Hobbs.

— Tu l'as descendu ?

— Oui.

— Comment cela s'est passé ?

— Je dois commencer par te dire que Garrett Hobbs était fou. Il attaquait les étudiants et les... il les tuait.
— Comment ?
— Avec un couteau. J'ai trouvé un petit morceau de métal dans les vêtements de l'une des filles. C'était un copeau de cuivre, comme lorsqu'on ajuste une tuyauterie — tu te souviens quand on a réparé la douche ?

« J'ai vu tout un tas de plombiers, de chauffagistes. Cela m'a pris très longtemps. Hobbs avait laissé une lettre de démission chez un entrepreneur. Quand je l'ai vue, elle était... très particulière. Hobbs ne travaillait plus nulle part et j'ai dû le trouver chez lui.

« J'étais dans l'escalier de l'immeuble de Hobbs. Un officier de police en uniforme m'accompagnait. Hobbs nous avait sûrement vus arriver. On en était à mi-étage quand il a projeté sa femme dans l'escalier. Elle était morte.
— Il l'avait tuée ?
— Oui. J'ai alors demandé à l'officier de police d'appeler le commando d'intervention spécialisé dans ce genre de chose. Et puis, j'ai entendu des enfants qui criaient. J'aurais voulu attendre, mais je ne le pouvais pas.
— Tu es rentré dans l'appartement ?
— Oui. Hobbs tenait une fille devant lui et il lui donnait des coups de couteau. Et je l'ai tué.
— La fille, elle est morte ?
— Non.
— Elle s'est remise ?
— Au bout d'un certain temps, oui. Aujourd'hui, elle va très bien. »

Willy resta silencieux. Des bribes de musique leur parvenaient d'un yacht ancré au loin.

Graham pouvait épargner certains détails à Willy, mais il lui était impossible de ne pas revoir toute la scène.

Mme Hobbs, frappée à de multiples reprises, s'accroche à lui sur le palier. Quand il comprend qu'elle est perdue, quand il entend les hurlements dans l'appartement, il se dégage de l'emprise de ses doigts gluants de sang et se jette sur la porte avant qu'elle ne se referme. Hobbs tient sa propre fille et lui cisaille le cou, elle se débat pour ne pas être égorgée. Il tressaute sous l'impact des balles de .38, mais il ne s'arrête pas, il continue de la poignarder. Puis il tombe assis sur le plancher, la fille halète, et Graham voit que Hobbs lui a tranché la trachée artère, mais que l'aorte est encore intacte. La fille le regarde de ses grands yeux vitreux, et son père hurle : « Tu vois ? tu vois ? » avant de s'écrouler sur elle.

C'est ce jour-là que Graham perdit toute confiance dans les calibres .38.

« Willy, cette histoire avec Hobbs m'a beaucoup remué. Je n'arrêtais pas d'y penser, de revoir ce qui s'était passé, au point que je ne pouvais plus rien faire d'autre. Je me disais toujours que j'aurais pu mieux m'y prendre. J'ai arrêté de manger, je ne parlais plus à personne. J'étais vraiment très bas, tu sais. Un docteur m'a demandé de faire un séjour à l'hôpital, et j'ai accepté. Après, j'ai pu prendre un peu de recul. La fille de Hobbs est venue me rendre visite. Nous avons beaucoup parlé et puis j'ai mis cette histoire de côté, et j'ai repris mon boulot.

— Quand on tue quelqu'un, même s'il faut le faire, c'est vraiment moche ?

— Willy, c'est une des choses les plus horribles au monde.

— Dis, il faut que j'aille dans la cuisine. Tu veux quelque chose, un Coca ? » Willy aimait bien faire plaisir à Graham, mais toujours sous couvert de le faire profiter d'une occasion. Pour qu'il n'aille pas croire qu'il se déplaçait spécialement.

« Va pour un Coca.

— Maman devrait venir voir les bateaux. »

Il faisait nuit. Graham et Molly étaient installés sur la balancelle de la véranda. Il tombait une petite pluie fine et les feux de position des bateaux formaient des halos dans la brume. La brise marine leur donnait la chair de poule.

« Cela risque d'être long, n'est-ce pas ? dit Molly.

— J'espère que non, mais c'est possible.

— Will, Evelyn a dit qu'elle pourrait s'occuper de la boutique cette semaine et pendant quatre jours de la semaine prochaine. Mais il faudra que je retourne à Marathon, au moins un jour ou deux, pour voir les acheteurs. Je pourrais habiter chez Evelyn et Sam. Et puis, il faut aussi que j'aille passer des commandes à Atlanta. Tout doit être prêt pour septembre.

— Evelyn sait où tu es allée ?

— Je lui ai dit Washington, c'est tout.

— Ça va.

— C'est dur d'avoir quelque chose à soi, hein ? De l'avoir et de le garder. C'est un monde plutôt pourri.

— Oui.

— Dis, on reviendra à Sugarloaf, n'est-ce pas ?

— Oui, on y reviendra.

— Tu ne vas pas trop te mouiller dans cette histoire, j'espère. Ne prends pas de risques inutiles...

— Non.

— Tu repars bientôt ? »

Il avait passé une demi-heure au téléphone avec Crawford.

« Un peu avant l'heure du déjeuner. Si tu dois absolument te rendre à Marathon, il vaudrait mieux que ce soit le matin. Willy pourra aller à la pêche.

— Il voulait absolument savoir pour Hobbs.

— Je ne lui en veux pas.

— Tout ça à cause de ce journaliste, ce...

— Lounds. Freddy Lounds.

— Tu le détestes, n'est-ce pas ? Je n'aurais pas dû parler de tout ça. Viens, allons nous coucher, je te masserai le dos. »

Une bouffée de colère monta en lui. Il avait dû se justifier auprès d'un gamin de onze ans. Le môme avait bien pris la chose. Et maintenant, elle allait lui masser le dos. Ils pouvaient aller se coucher — Willy avait donné son feu vert.

Quand tu es énervé, essaye de la boucler.

« Je peux te laisser seul un instant si tu veux réfléchir tranquille », dit-elle.

Non, il ne voulait pas réfléchir. Surtout pas. « Tu me masses le dos et moi, je te masserai autre chose, dit-il.

— Marché conclu. »

Le vent chassa la pluie au-dessus de la baie et, vers neuf heures du matin, une brume de chaleur monta du sol. Les cibles du champ de tir de la police paraissaient danser sur place.

Le responsable du tir regarda à la jumelle jusqu'à ce qu'il fût certain que l'homme et la femme debout au pas de tir observaient bien les règles de sécurité.

« Enquêteur », voilà ce qui était inscrit sur les papiers du ministère de la Justice que l'homme lui avait présentés. Il n'y avait rien de plus vague. Cela ne lui plaisait pas qu'une personne autre qu'un instructeur qualifié enseigne le maniement des armes à feu.

Malgré tout, il devait reconnaître que le gaillard savait comment s'y prendre.

Ils n'utilisaient qu'un revolver de calibre .22, mais il apprenait à la femme la position classique du tir de combat, pied gauche légèrement en avant, les deux mains sur la crosse du revolver, tension isométrique dans les bras. Elle tirait sur une silhouette distante de sept mètres. Inlassablement, elle sortait l'arme de la poche extérieure du sac qu'elle portait en bandoulière. Le responsable du tir se lassa bien avant elle.

Des détonations d'un type différent suscitèrent à nouveau sa curiosité. Ils avaient mis des casques de tir et elle se servait à présent d'un revolver assez trapu. Le responsable reconnut le bruit creux des cartouches à faible charge.

L'arme l'intrigua et il longea le pas de tir pour se poster à quelques mètres d'eux. Il aurait voulu examiner le revolver, mais le moment n'était pas très bien choisi.

Il le vit un peu mieux lorsqu'elle éjecta les cartouches vides avant d'en placer cinq autres pré-rangées dans une barrette en acier.

Drôle d'arme pour un flic fédéral. Il s'agissait d'un Bulldog .44 Special, trapu et laid avec sa gueule démesurée. Il avait été considérablement modifié par Mag Na Port. On avait ajouré le canon tout près de la gueule, pour minimiser les effets du recul ; le chien était meulé à ras et on avait équipé la crosse de poignées anatomiques. Il y avait tout lieu de penser qu'on avait pratiqué une gorge circulaire dans le barillet pour recevoir les barrettes pré-chargées. Ça donnait un flingue fichtrement vicieux, surtout avec les munitions que le flic avait apportées avec lui. Il se demanda comment la femme allait s'en débrouiller.

Les munitions disposées sur le stand constituaient un échantillonnage intéressant. Il y avait d'abord une boîte de *wadcutters* à balle demi-creuse ; puis venaient les cartouches de service classique et, enfin, une chose dont le responsable du pas de tir avait souvent entendu parler, mais qu'il avait rarement eu l'occasion d'apercevoir : une rangée de lingots de sûreté Glaser. L'extrémité ressemblait à une gomme à crayon mais, derrière, une chemise de cuivre renfermait du plomb n° 12 en suspension dans du téflon liquide.

Ce projectile léger était conçu pour atteindre une très haute vélocité, s'écraser sur la cible et libérer sa charge. Dans de la viande, le résultat était absolument dévastateur. Le responsable pouvait même se rappeler les chiffres. A quatre-vingt-dix reprises, on avait tiré sur des hommes avec des Glaser. Une seule balle avait suffi à chaque fois. La mort avait été immédiate dans quatre-vingt-neuf des cas. Il y avait eu un survivant — au grand étonnement des médecins. Les Glaser étaient de plus très fiables, elles ne faisaient pas de ricochets et ne risquaient pas de traverser un mur pour tuer une personne présente dans la pièce voisine.

L'homme était très patient avec la femme, il lui

prodiguait force encouragements ; malgré tout, il paraissait inquiet.

Elle venait de tirer ses balles de service et le responsable était heureux de constater qu'elle avait très bien réagi pendant le recul : elle avait gardé les deux yeux ouverts et n'avait pas fait la grimace. Bien sûr, elle avait mis quatre secondes pour sortir le revolver du sac et tirer la première balle, mais elle avait fait trois fois mouche. Pas mal pour une débutante. Elle paraissait assez douée.

Il était revenu depuis quelques instants dans la tour d'observation quand il entendit le bruit terrible des Glaser.

Elle avait tiré les cinq balles, coup sur coup, ce qui était fortement déconseillé aux policiers.

Et il se demanda ce qu'ils pouvaient bien imaginer à la place de la silhouette qui pût nécessiter cinq Glaser.

Graham rapporta les casques de tir ; son élève était restée sur un banc, tête baissée et coudes posés sur les genoux.

Le responsable du pas de tir pensait qu'il avait tout lieu d'être satisfait de la séance et le lui dit ; Graham le remercia d'un air absent. L'expression de son visage était des plus surprenantes. On eût dit un homme qui vient de subir une perte irréparable.

16

L'INTERLOCUTEUR, « monsieur Pèlerin », avait dit à Sarah qu'il rappellerait peut-être le lendemain après-midi. Certaines dispositions avaient été prises au siège du F.B.I. pour recevoir cet appel.

Qui était donc ce monsieur Pèlerin ? Pas Lecter, Crawford s'en était assuré. La Mâchoire, alors ? Oui, c'était possible.

Les bureaux et les téléphones de Crawford avaient été déménagés dans la nuit dans une pièce plus vaste, située de l'autre côté du couloir.

Graham attendait à l'entrée d'une cabine insonore, où avait été placé le combiné de Crawford. Sarah l'avait nettoyé au Windex. Il fallait bien qu'elle tue le temps : le spectrographe à empreintes vocales, les magnétophones et l'évaluateur de tension occupaient la majeure partie de son bureau et d'une autre table, et Beverly Katz avait pris possession de son fauteuil.

La pendule murale indiquait midi moins dix.

Le Dr Alan Bloom et Crawford se tenaient tout près de Graham, les mains dans les poches.

Un technicien assis en face de Beverly Katz pianotait sur le bureau et ne s'arrêta que lorsque Crawford lui en intima l'ordre du regard.

Sur le bureau de ce dernier avaient été branchés deux nouveaux téléphones, une ligne normale qui les reliait au standard électronique de la compagnie Bell et une ligne directe vers la salle des communications du F.B.I.

« Combien de temps vous faut-il pour le repérer? demanda le Dr Bloom.

— Avec les nouveaux commutateurs, cela va bien plus vite qu'on ne se l'imagine habituellement, dit Crawford. Une minute environ si tout le système est électronique, un peu plus si c'est un central électromagnétique. »

Crawford éleva le ton pour se faire entendre de tous. « S'il nous appelle, la communication sera très brève, il faut donc que tout soit au point. Will, tu veux intervenir ?

— Oui, j'aurai peut-être besoin de demander des précisions à Bloom. »

Bloom était arrivé après tout le monde. Il devait donner une conférence en fin d'après-midi, au département des Sciences du Comportement de Quantico. Bloom pouvait sentir la poudre brûlée sur les vêtements de Graham.

« Bien, dit Graham. Le téléphone sonne. Le circuit est immédiatement ouvert et le pistage commence au central de la Bell, mais le générateur de tonalité continue d'émettre une sonnerie, de sorte qu'il ne sait pas que nous sommes déjà là. Cela nous donne une vingtaine de secondes d'avance. » Il s'adressa au technicien. « Vous coupez le générateur à la fin de la quatrième sonnerie, d'accord ?

— Fin de la quatrième sonnerie, c'est noté.

— Bon, Beverly décroche. Sa voix est différente de celle qu'il a entendue hier. Elle ne le reconnaît pas et paraît plutôt s'ennuyer. Il me demande. Bev lui dit : " Je vais le chercher, puis-je vous mettre en attente ? " Ça ira, Bev ? » Graham pensait qu'il valait mieux éviter d'utiliser deux postes : sa voix paraîtrait un peu trop lointaine.

« Donc, la ligne est ouverte pour nous mais pas pour lui. Je crois qu'il attendra plus longtemps qu'il ne parlera.

— Vous êtes certain de ne pas vouloir lui mettre

l'attente musicale ? demanda le technicien.

— Surtout pas, dit Crawford.

— Nous le faisons patienter une vingtaine de secondes, puis Beverly lui dit : " Monsieur Graham vient d'arriver, je vous le passe tout de suite. " Je prends le combiné. » Graham se tourna vers le Dr Bloom. « Comment dois-je m'y prendre, Docteur ?

— Il s'attend à ce que vous doutiez de son identité. Faites donc preuve d'un certain scepticisme poli. Le mieux, c'est de lui faire sentir à quel point les appels d'usurpateurs vous cassent les pieds, mais en même temps quelle importance primordiale revêtirait à vos yeux un coup de fil du vrai tueur. Dites-lui que les imposteurs sont faciles à reconnaître en ce qu'ils n'ont pas la capacité de comprendre ce qui s'est réellement passé, par exemple.

« Amenez-le à vous dire quelque chose qui prouve son identité. » Le Dr Bloom baissa la tête et se frotta la nuque.

« Vous ne savez pas ce qu'il recherche. Peut-être est-ce simplement de la compréhension, mais peut-être voit-il en vous un ennemi à vaincre. Nous verrons bien. Essayez de comprendre sa mentalité et de lui donner ce qu'il souhaite progressivement, bien sûr. Je serais assez opposé à ce que nous lui proposions de l'aider, à moins que vous ne sentiez chez lui un tel désir.

« Vous le sentirez tout de suite s'il est paranoïaque. Dans ce cas, je jouerais le soupçon ou la réprimande. S'il entre dans le jeu, il risque de ne plus penser à la durée de son appel. Voilà, c'est tout ce que je puis vous dire. » Bloom posa la main sur l'épaule de Graham. « Quoi qu'il en soit, faites comme vous le sentez. »

L'attente. Une demi-heure de silence insupportable.

« Qu'il appelle ou non, nous devons décider ce que nous allons faire après, dit Crawford. On se lance sur la boîte à lettres ?

— Je ne vois pas mieux pour l'instant, fit Graham.

— Cela ferait deux pièges avec ta maison en Floride, et nous... »

Le téléphone sonnait.

Le générateur de tonalité entra en action. Début du pistage à la Bell. Quatre sonneries. Le technicien coupa le contact, et Beverly décrocha. Sarah écoutait.

« Bureau de l'agent spécial Crawford. »

Sarah secoua la tête. Elle connaissait cette voix, c'était celle d'un collègue de Crawford à la section « Alcool, tabac et armes à feu ». Beverly se débarrassa de lui en quelques instants. Tous les occupants de l'immeuble du F.B.I. savaient que cette ligne devait être libre en permanence.

Crawford étudia à nouveau dans le détail la méthode de la boîte à lettres. Ils étaient à la fois tendus et minés par l'ennui. Lloyd Bowman leur montra comment les références aux Saintes Ecritures correspondaient à la page 100 de l'édition de poche de *La Cuisine pratique*. Sarah distribua des gobelets de café.

A nouveau le téléphone.

Le générateur de tonalité se déclencha, ainsi que le pistage à la Bell. Quatre sonneries. Le technicien coupa le générateur. Beverly décrocha.

« Bureau de l'agent spécial Crawford. »

Sarah hocha longuement la tête.

Graham entra dans la cabine insonore et referma la porte. Il pouvait voir bouger les lèvres de Beverly. Elle appuya sur la touche « attente » et jeta un coup d'œil à la grande aiguille de la pendule murale.

Graham pouvait se voir dans le combiné. Un visage déformé par l'écouteur, un autre par le micro. Sa chemise sentait encore la poudre brûlée. *Ne raccroche pas. Surtout, ne raccroche pas.* Quarante secondes s'étaient écoulées. Le téléphone trembla sur la tablette quand il sonna, enfin. *Encore une sonnerie. Une seule.* Quarante-cinq secondes. *Maintenant.*

« Will Graham. Je peux vous aider ? »

Un rire discret. Une voix feutrée. « Oh oui, vous le pouvez.

— Qui est à l'appareil ?

— Votre secrétaire ne vous a pas mis au courant ?
— J'étais en réunion, elle m'a prévenu que...
— Je raccrocherai tout de suite si vous me dites que vous refusez de parler à M. Pèlerin. Alors, c'est oui ou c'est non ?
— Monsieur Pèlerin, si vous avez un problème que je peux vous aider à résoudre, ce sera avec plaisir que je vous entendrai.
— Je crois que c'est vous qui avez un problème, monsieur Graham.
— Excusez-moi, mais je ne comprends pas. »
La grande aiguille indiquait presque une minute.
« Vous êtes très occupé, n'est-ce pas ? dit le demandeur.
— Oui, et je ne pourrai rester au téléphone si vous ne me donnez pas la raison de votre appel.
— Ma raison, c'est la même que la vôtre. Elle s'appelle Atlanta et Birmingham.
— Vous êtes au courant de l'affaire ? »
Un rire très bref. « Si je suis au courant de l'affaire ? Dites-moi, M. Pèlerin vous intéresse, oui ou non ? Je raccrocherai si vous me mentez. »
Graham pouvait voir Crawford de l'autre côté de la porte vitrée. Il tenait un combiné téléphonique dans chaque main.
« C'est oui, mais je reçois énormément d'appels émanant la plupart du temps de gens qui prétendent être au courant. » Une minute.
Crawford reposa l'un des combinés et jeta quelques mots sur un morceau de papier.
« Vous seriez étonné si je vous disais combien nous recevons d'appels d'imposteurs, dit Graham. Au bout de quelques minutes, on se rend compte qu'ils ne comprennent même pas de quoi vous parlez. Seriez-vous dans ce cas-là ? »
Sarah tendit la feuille de papier vers la vitre. Graham put lire les mots : « Cabine publique à Chicago. La police arrive. »
« Ecoutez, confiez-moi un détail concernant M. Pèle-

rin et je vous dirai peut-être si vous avez raison ou pas, fit la voix étouffée.

— Il faudrait savoir exactement de qui nous parlons, dit Graham.

— Nous parlons de M. Pèlerin.

— Comment puis-je savoir si ce M. Pèlerin a fait quelque chose qui puisse m'intéresser?

— Disons qu'il a fait ce genre de choses.

— Vous êtes monsieur Pèlerin?

— Je ne pense pas pouvoir vous répondre.

— Vous êtes son ami?

— En quelque sorte.

— Dans ce cas, prouvez-le. Dites-moi quelque chose susceptible de me montrer à quel point vous le connaissez bien.

— Vous d'abord. Montrez-vous un peu. » Un rire nerveux. « Si vous vous trompez, je raccroche.

— Très bien. M. Pèlerin est droitier.

— Pas très difficile à deviner, la plupart des gens le sont.

— M. Pèlerin est un incompris.

— Pas de généralités, s'il vous plaît.

— M. Pèlerin est assez costaud.

— Oui, si vous voulez. »

Graham regarda la pendule. Une minute et demie. Crawford l'encouragea du regard.

Ne lui dis rien dont il puisse se servir.

« M. Pèlerin est blanc et mesure, disons, un mètre soixante-dix-sept. Mais vous ne m'avez toujours rien dit, vous savez? D'ailleurs, je ne suis pas très sûr que vous le connaissiez.

— Vous voulez qu'on arrête?

— Non, mais vous avez dit que vous m'aideriez. J'attends que vous vous y mettiez.

— Vous croyez que M. Pèlerin est fou? »

Bloom secoua la tête.

« Je ne crois pas qu'un homme aussi méthodique que lui puisse être traité de fou. Je crois qu'il est différent. Mais beaucoup de gens pensent qu'il est fou, uniquement parce qu'il ne leur a pas permis de le comprendre.

— Décrivez-moi exactement ce qu'il a fait à Mme Leeds et je vous dirai peut-être si vous avez raison.

— Je m'y refuse.

— Dans ce cas, adieu. »

Le cœur de Graham fit un bond, mais il pouvait toujours entendre la respiration à l'autre bout du fil.

« Cela m'est impossible tant que je ne... »

Graham entendit la porte de la cabine téléphonique de Chicago s'ouvrir avec fracas. Le combiné tomba lourdement. Des voix lointaines, des coups sourds, puis le combiné qui pend au cordon. Tous les occupants du bureau l'entendirent grâce au haut-parleur.

« Ne bougez pas. Ne vous retournez pas. Mettez les mains derrière la nuque et sortez de la cabine. Lentement. Les mains à plat sur la vitre, à présent. »

Une impression de soulagement envahit Graham.

« Je ne suis pas armé, Stan. Ma carte d'identité est dans la poche intérieure. Eh! vous me chatouillez. »

Une voix confuse. « A qui ai-je l'honneur?

— Will Graham, F.B.I.

— Je suis le sergent Stanley Riddle, police municipale de Chicago. » Une certaine colère dans la voix. « Vous pourriez m'expliquer ce qui se passe?

— Ecoutez-moi. Vous venez d'arrêter un homme?

— Un peu, oui. C'est Freddy Lounds, le journaliste. Je le connais depuis dix ans. [Tenez, Freddy, voilà votre carnet.] Vous avez un chef d'accusation contre lui? »

Graham était livide, Crawford écarlate. Le Dr Bloom regardait tourner les bobines du magnétophone.

« Vous m'entendez?

— Oui, j'en ai un, fit Graham d'une voix étranglée. Obstruction de la justice. Coffrez-le avant de le présenter au juge d'instruction. »

Soudain, Lounds prit le téléphone. Son débit était rapide, il avait ôté les tampons de coton de ses joues.

« Will, écoutez-moi.

— Vous raconterez tout cela au juge d'instruction. Passez-moi le sergent Riddle.

— Je sais quelque chose...

— *Passez-moi Riddle, nom de Dieu!* »

Graham entendit alors la voix de Crawford. « Je m'en occupe, Will. »

Il raccrocha si violemment que tout le monde sursauta dans la pièce. Il sortit de la cabine et quitta le bureau sans dire un seul mot.

« Lounds, vous vous êtes mis dans une sale affaire, mon vieux.

— Vous voulez l'attraper, oui ou non ? Je peux vous aider. Laissez-moi vous parler un instant. » Lounds profita du silence de Crawford. « Ecoutez, vous m'avez montré à quel point vous aviez besoin du *Tattler*. Cette petite annonce a rapport à La Mâchoire, sinon vous n'auriez pas fait tout ça pour pister mon appel. D'accord ? Le *Tattler* vous est grand ouvert. Faites-y ce que vous voudrez.

— Comment avez-vous su ?

— Le responsable des petites annonces est venu me trouver. Il m'a dit que votre bureau de Chicago avait envoyé un type pour vérifier le texte des annonces. Il a pris cinq lettres de lecteurs. Pour une question de fraude, paraît-il. Tu parles ! Le chef a photocopié les enveloppes et les lettres avant de les confier à votre gus.

« Je les ai toutes vérifiées. Je savais qu'il en prenait cinq pour n'en avoir qu'une. Ça m'a pris un jour ou deux pour y arriver. La réponse se trouvait sur l'enveloppe. Le tampon de la poste de Chesapeake. Et le numéro de la machine à affranchir était celui de l'hôpital. C'était clair, non ?

« Mais il fallait tout de même que je vérifie. C'est pour cela que j'ai appelé, pour voir si vous fonceriez la tête la première en entendant parler de " M. Pèlerin ", et c'est ce que vous avez fait.

— Vous avez commis une grave erreur, Freddy.

— Vous avez besoin du *Tattler,* et je peux vous ouvrir

ses colonnes. Les annonces, l'éditorial, le courrier, tout. Il suffit de demander. Je peux être discret, très discret. Allez, Crawford, mettez-moi dans le coup.

— Il n'en est pas question.

— Dans ce cas, il ne faudra pas vous étonner si vous trouvez dans le prochain numéro six petites annonces, toutes destinées à "Monsieur Pèlerin" et signées de la même manière.

— Vous allez vous retrouver sous le coup d'un référé et je vous ferai inculper pour obstruction à la bonne marche de la justice.

— Je pourrais alerter tous les journaux du pays. » Lounds savait qu'il était enregistré, mais il n'était plus à ça près. « Crawford, je vous jure que je le ferai. Si vous ne me laissez pas ma chance, je ne vous laisserai pas la vôtre.

— Vous pouvez ajouter " menaces téléphoniques " à la liste des chefs d'inculpation.

— Jack, je *veux* vous aidez. Je le peux, croyez-moi.

— Vous êtes bon pour le ballon, Freddy. Allez, repassez-moi le sergent. »

La Lincoln Versailles de Freddy Lounds sentait la lotion capillaire et l'after-shave, les chaussettes et le cigare, et le sergent fut heureux d'en sortir pour retrouver le commissariat.

Lounds connaissait le capitaine qui en était responsable et la plupart des hommes. Le capitaine donna du café à Lounds et appela le cabinet du juge d'instruction pour « arranger cette affaire de chiottes ».

Aucun représentant de l'administration fédérale ne vint chercher Lounds. Il reçut simplement un appel de Crawford, qu'il prit dans le bureau privé du capitaine. Puis il fut libre de partir. Le capitaine l'accompagna jusqu'à sa voiture.

Lounds était gonflé à bloc, sa conduite était nerveuse tandis qu'il empruntait l'échangeur en direction de l'est afin de regagner son appartement donnant sur le lac Michigan. Il voulait que cette affaire lui rapporte un certain nombre de choses, et il savait qu'il réussirait à les avoir. L'argent entre autres. Il viendrait principalement du livre de poche qui se trouverait dans les kiosques trente-six heures seulement après l'arrestation du meurtrier. Un récit exclusif dans la presse quotidienne constituerait un scoop exceptionnel. Il aurait la satisfaction de voir la presse classique — le *Chicago Tribune,* le *Los Angeles Times,* le glorieux *Washington Post* et le sacro-saint *New York Times* — racheter à prix d'or ses textes, ses sous-titres, ses photographies.

Et tous les correspondants de ces augustes journaux, tous ceux qui le regardaient de haut et ne voulaient même pas prendre un verre en sa compagnie, allaient en crever de dépit.

Ils considéraient Lounds comme un paria parce qu'il avait adopté un credo différent du leur. Eût-il été incompétent, stupide, sans ressources, les ténors de la presse « noble » auraient pu lui pardonner de travailler pour le *Tattler,* comme on pardonne à un pauvre débile. Mais il n'en était rien. Lounds avait toutes les qualités du bon journaliste — intelligence, courage, intuition. De plus, il était pourvu d'une patience et d'une énergie à toute épreuve.

Le problème, c'est qu'il était vulgaire et antipathique, donc détesté de tous les patrons de presse, et incapable de résister à la tentation de se mettre en avant dans ses articles.

Lounds éprouvait ce besoin maladif de se faire remarquer, qu'on nomme parfois à tort égocentrisme. Lounds était petit, laid, tordu. Il avait des dents de castor et ses yeux de rat luisaient comme des crachats sur l'asphalte.

Il avait travaillé dix ans dans le journalisme classique, jusqu'au jour où il avait compris qu'on ne l'enverrait jamais à la Maison-Blanche. Il avait compris que ses employeurs profiteraient de lui jusqu'à ce qu'il devienne un poivrot affalé sur un bureau minable et qu'il s'achemine tout doucement vers la cirrhose ou que son mégot foute le feu à son matelas un soir de cuite.

On avait besoin de ses informations, pas de lui. Il émargeait à l'échelon supérieur, ce qui ne fait pas grand-chose quand il faut se payer des femmes. On lui passait la main dans le dos, on lui disait qu'il en avait, mais pas question d'apposer son nom sur une place de parking.

Un soir de 1969, dans le bureau où il faisait du rewriting, Freddy eut une révélation.

Assis près de lui, Frank Larkin prenait en note un message téléphoné. Ce boulot allait toujours aux vieux journalistes du journal où Freddy travaillait à l'époque. Frank Larkin avait cinquante-cinq ans, mais il en paraissait soixante-dix. Il y avait les yeux vitreux et se levait toutes les demi-heures pour sortir une bouteille du placard. Freddy pouvait sentir son haleine depuis son bureau.

Larkin quitta sa chaise pour parler discrètement au chef des informations, une femme. Freddy écoutait toujours les conversations des autres.

Larkin demanda à la femme de lui rapporter un Kotex du distributeur des toilettes des dames. Il en avait besoin pour ses hémorroïdes.

Freddy cessa de taper à la machine. Il arracha son article, le remplaça par une feuille vierge et rédigea une lettre de démission.

Une semaine plus tard, il entrait au *Tattler*.

Nommé responsable de la rubrique « Cancer », il débuta avec un salaire qui faisait presque le double de ses précédents appointements. La direction était impressionnée par son attitude.

Le *Tattler* pouvait se permettre de bien le payer parce que le cancer était particulièrement lucratif.

Un Américain sur cinq meurt du cancer. Les parents de la victime luttent contre la maladie à grands coups de caresses, d'attentions délicates et de blagues éculées, puis se tournent vers tout ce qui peut ressembler à un espoir.

Les chiffres des ventes indiquaient une augmentation de 22,3 pour 100 des ventes du *Tattler* dans les supermarchés quand la une était barrée d'un titre énorme du genre UN NOUVEAU MÉDICAMENT CONTRE LE CANCER, OU CANCER : LE REMÈDE MIRACLE. Les ventes chutaient tout de même de 6 pour 100 lorsque l'article était imprimé en première page, juste sous le titre, parce que le lecteur avait le temps de le parcourir en faisant la queue à la caisse.

Les spécialistes du marketing découvrirent qu'il valait mieux avoir une énorme manchette en couleurs à la une et repousser l'article en pages centrales, parce qu'il était assez ardu de tenir le journal grand ouvert tout en fouillant dans son porte-monnaie ou en poussant son caddy.

Un article typique comportait cinq paragraphes très optimistes composés en corps 10 ; on passait ensuite au corps 8, puis au 6 avant de préciser que le « remède miracle » n'était pas encore disponible ou que l'expérimentation animale venait tout juste de débuter.

Freddy gagnait sa vie en écrivant ce genre d'articles qui faisaient vendre beaucoup d'exemplaires du *Tattler*.

En plus du surcroît de lecteurs, il fallait compter les recettes supplémentaires dues à la vente des médaillons-miracle et des étoffes curatives. Les fabricants de ces objets payaient un supplément pour que leurs publicités se trouvent le plus près possible des articles sur le cancer.

Beaucoup de lecteurs écrivaient au journal afin d'obtenir de plus amples informations, et l'on vendait alors leur nom à un « prédicateur » radiophonique, sorte de sociopathe vociférant qui leur réclamait de l'argent et se servait pour ce faire d'enveloppes portant la mention : « Une personne qui vous est chère va mourir, à moins que... »

Freddy Lounds servait fort bien le *Tattler*, et le *Tattler* le lui rendait bien. Aujourd'hui, après onze années passées au journal, il gagnait soixante-douze mille dollars par an. Il traitait de pratiquement tous les sujets qui lui plaisaient, dépensait tout son argent à se donner du bon temps et vivait aussi bien qu'il savait vivre.

Etant donné la tournure que prenaient les événements, il pensait pouvoir frapper un gros coup avec son livre et envisageait déjà de vendre les droits au cinéma. Il avait entendu dire qu'Hollywood était un endroit idéal pour les rupins antipathiques de son espèce.

Freddy se sentait en pleine forme. Il aborda la rampe menant au parking souterrain de son immeuble et se gara dans un crissement de pneus. Sur le mur, des lettres d'une trentaine de centimètres formaient son nom. : M. Frederick Lounds.

Wendy était déjà arrivée — sa Datsun occupait la place de parking voisine. Tant mieux. Il aurait aimé pouvoir l'emmener à Washington, rien que pour faire baver les poulets. Il sifflota dans l'ascenseur qui le conduisit à son appartement.

Wendy préparait sa valise. C'était une de ses grandes spécialités.

Impeccable dans son jean et sa chemise à carreaux, les cheveux bruns ramassés en queue-de-cheval, elle aurait pu ressembler à une fille de la campagne, n'étaient sa pâleur et ses formes.

Elle leva vers Lounds des yeux qui n'avaient pas manifesté la moindre surprise depuis des années, et elle vit qu'il tremblait.

« Tu travailles trop, Roscoe. » Elle aimait bien l'appeler Roscoe, et ce nom était loin de lui déplaire. « Qu'est-ce que tu prends, la navette de six heures ? » Elle lui tendit un verre et ôta du lit sa combinaison pailletée et son carton à perruques pour qu'il s'y allonge. « Je peux te conduire à l'aéroport, je ne vais pas au club avant six heures. »

Elle était propriétaire du bar topless « Wendy City » et n'avait plus besoin de danser. Lounds avait réglé les factures.

« On aurait cru entendre Morocco quand tu m'as appelée, dit-elle.

— Qui ça ?

— Tu sais bien, le dessin animé du samedi matin, c'est un personnage très mystérieux qui vient en aide à

Sansouci, l'écureuil agent secret. On l'a regardé le jour où tu avais la grippe... Tu as frappé un grand coup aujourd'hui, c'est ça, hein? Tu as l'air drôlement content de toi.

— Plutôt, oui. J'ai pris des risques, et ça a payé. Je sens que ça va être sensationnel.

— Tu as le temps de faire la sieste avant de partir. Tu travailles trop. »

Lounds alluma une cigarette. Il y en avait déjà une qui se consumait dans le cendrier.

« Tu sais quoi? dit-elle. Je suis sûre que tu arriveras à dormir si tu bois ton verre et que tu me dis tout. »

Ecrasé comme un poing contre la gorge de Wendy, le visage de Lounds se détendit aussi soudainement qu'un poing se change en main. Il cessa de trembler et lui raconta tout ce qui s'était passé, les lèvres plaquées sur la naissance de ses seins; du bout du doigt, elle dessina des huit sur sa nuque.

« Fichtrement bien joué, Roscoe, dit-elle. Maintenant, tu vas dormir. Je te réveillerai pour ton avion. Tout va très bien se passer, tu verras, et ensuite, on va s'éclater comme des bêtes, tous les deux. »

Ils évoquèrent à voix basse les endroits où ils aimeraient aller. Puis il s'endormit.

17

L<small>E</small> Dr Alan Bloom et Jack Crawford étaient installés sur des chaises pliantes — les seuls meubles qui restaient dans le bureau de Crawford.

« L'oiseau s'est envolé, Docteur. »

Le Dr Bloom observa le visage simiesque de Crawford et se demanda ce qui allait se passer. Par-delà les bougonnements de Crawford et ses éternels Alka-Seltzer, le docteur pouvait déceler une intelligence aussi glacée qu'un écran de radiologie.

« Où est allé Will, à votre avis ?

— Il va faire un tour, et puis il va se calmer, dit Crawford. Il déteste Lounds.

— Vous avez cru que Will pourrait vous laisser tomber du fait que Lecter a publié son adresse personnelle, qu'il pourrait rejoindre sa famille ?

— Oui, un instant. Ça lui a fichu un drôle de coup.

— Ça se comprend, dit le Dr Bloom.

— Et puis, j'ai compris que ni Molly, ni Willy, ni lui ne pourraient rentrer chez eux tant que La Mâchoire serait en liberté.

— Vous connaissez Molly ?

— Oui, c'est une fille épatante, mais elle ne doit pas me porter dans son cœur. Il vaut mieux que je l'évite pour l'instant.

— Elle croit que vous vous servez de Will ? »

Crawford lui lança un regard pénétrant. « Il faut que

je discute avec lui d'un certain nombre de choses. Nous aurons besoin de vous. Quand devez-vous être à Quantico ?

— Pas avant mardi matin. J'ai annulé les autres cours. » Le Dr Bloom enseignait les sciences du comportement à l'Académie du F.B.I.

« Graham vous aime bien. Il sait que vous ne biaiserez pas avec lui », dit Crawford. La remarque de Bloom lui était restée en travers de la gorge.

« Je ne me le permettrais pas, dit le Dr Bloom. Je suis aussi honnête avec lui qu'avec l'un de mes patients.

— C'est exactement cela.

— Non, je veux être son ami, et je le suis. Jack, ma spécialité exige que j'observe, mais souvenez-vous, j'ai refusé le jour où *vous* m'avez demandé une étude sur son compte.

— C'est Petersen qui voulait un rapport, pas moi.

— En tout cas, c'est vous qui me l'avez demandé. Quoi qu'il en soit, si je devais employer une méthode ou une autre sur Graham, si je faisais quelque chose qui puisse être d'un intérêt thérapeutique pour les autres hommes, ce serait sous une forme si abstraite qu'on ne pourrait pas faire le rapprochement. Si je dois publier un jour une étude, ce sera une œuvre posthume.

— Posthume pour qui, pour vous ou pour Graham ? »

Le Dr Bloom ne répondit pas.

« J'ai remarqué une chose qui m'étonne beaucoup : vous n'êtes jamais seul avec Graham. Vous vous arrangez pour que ça ne se remarque pas, mais vous ne le voyez jamais seul à seul. Comment cela se fait-il ? Vous croyez qu'il est médium ?

— Non. C'est un *eidétique* — il possède une extraordinaire mémoire visuelle — mais je ne crois pas qu'il soit médium. Il n'a pas voulu se laisser tester par Duke, mais cela ne veut rien dire. Il a horreur qu'on le tripote, tout comme moi, d'ailleurs.

— Mais...

— Will ne voit dans cette enquête qu'un exercice

purement intellectuel, ce qui correspond à la stricte définition qu'en donne la médecine légale. Il excelle dans ce domaine, mais il doit y en avoir d'autres qui sont aussi bons que lui.

— Il n'y en a pas des masses, en tout cas, dit Crawford.

— Il possède de plus une grande faculté d'identification et de projection, dit le Dr Bloom. Il peut adopter votre point de vue ou le mien — sans parler d'autres points de vue qui l'effraient ou le dégoûtent. C'est un don très désagréable, Jack, la perception est une arme à double tranchant.

— Pourquoi ne vous trouvez-vous jamais seul avec lui ?

— Parce qu'il m'inspire une curiosité professionnelle qu'il ne serait pas long à déceler. C'est un rapide, vous savez.

— S'il vous prenait à regarder à l'intérieur de la maison, il tirerait les rideaux, c'est ça ?

— La comparaison n'est pas flatteuse, mais elle est juste. Bien. Vous vous êtes suffisamment vengé. Venons-en aux choses sérieuses et ne perdons pas de temps. Je ne me sens pas très bien.

— Probablement une manifestation psychosomatique, dit Crawford.

— Je dirais plutôt que c'est ma vésicule biliaire. Bon, qu'est-ce que vous désirez ?

— J'ai le moyen de m'adresser à La Mâchoire.

— Le *Tattler*, dit le Dr Bloom.

— Exact. Croyez-vous qu'il existe un moyen de le mener à l'autodestruction ?

— De le pousser au suicide ?

— Cela me conviendrait assez.

— Je doute que ça marche. Ce serait envisageable pour certains types de maladies mentales, mais pas ici. Il ne prendrait pas autant de précautions s'il avait un tempérament autodestructeur. Il ne se protégerait pas aussi bien. Avec un schizophrène paranoïaque classique, vous pourriez l'amener à se manifester au grand jour et peut-être même à s'automutiler. Mais ne comptez pas sur moi pour ce genre de besogne. » Le suicide était l'ennemi mortel du Dr Bloom.

« Ne craignez rien, je ne vous le demanderai pas, dit Crawford. Mais pourrions-nous le rendre furieux ?

— Pourquoi ?

— Répondez-moi franchement : pouvons-nous le rendre furieux et fixer son attention sur une cible bien précise ?

— Il fait déjà une fixation sur Graham et vous le savez aussi bien que moi. Ne jouez pas au plus fin avec moi. Vous avez décidé d'envoyer Graham en première ligne, c'est bien cela ?

— Je crois que c'est nécessaire, sans quoi il aura les semelles collantes à la prochaine pleine lune. Aidez-moi.

— Je ne suis pas sûr que vous sachiez exactement ce que vous voulez.

— Un conseil, c'est cela que je viens vous demander.

— Ce n'était pas de moi que je parlais, mais de Graham, dit le Dr Bloom. J'aimerais que vous me compreniez bien — c'est une chose que je ne devrais pas dire, normalement, mais vous devez être au courant. A votre avis, quelle est l'une des plus fortes motivations de Will ? »

Crawford secoua la tête.

« C'est la peur, Jack. Ce garçon doit lutter contre une peur énorme.

— Parce qu'il a été blessé ?

— Pas uniquement. La peur est la face cachée de l'imagination, c'est le prix qu'il faut payer, le revers de la médaille. »

Crawford regarda ses grosses mains croisées sur son estomac. Il se mit à rougir. Parler de tout cela le gênait. « Ouais. Tous les trucs dont on n'est plus censé parler quand on entre dans la bande des grands. Ne vous inquiétez pas, ce n'est pas parce que vous m'avez dit qu'il a peur que je le prendrai pour un dégonflé. Je ne suis pas idiot à ce point, Docteur.

— Je ne l'ai jamais pensé, Jack.
— Je ne le mettrais pas dans le coup si je ne pouvais le couvrir. Enfin, si je ne pouvais le couvrir à quatre-vingts pour cent. Il n'est pas mauvais non plus. Ce n'est peut-être pas le meilleur, mais il est rapide. Docteur, vous allez nous aider à exciter un peu La Mâchoire ? Il y a déjà beaucoup de victimes.
— Uniquement si Graham est au courant de tous les risques et s'il les assume de son plein gré. Je veux qu'il me le dise lui-même.
— Je suis comme vous, Docteur. Je ne le mène jamais en bateau — pas plus qu'on ne se mène en bateau les uns les autres, tous autant que nous sommes. »

Crawford trouva Graham dans une pièce attenante au labo de Zeller ; il y avait regroupé les photographies et les papiers personnels des victimes.

Crawford attendit que Graham repose le numéro du *Bulletin de la Police* qu'il était en train de lire.

« Il faut que je te dise ce qui a été prévu pour le 25. » Il n'avait pas besoin de préciser à Graham que le 25 était le jour de la pleine lune.

« Quand il va remettre ça ?
— Oui, au cas où nous aurions un problème.
— Pas " au cas où ", mais " quand ".
— Les deux fois, cela s'est passé un samedi soir. Le 28 juin, à Birmingham, la pleine lune tombait un samedi soir. A Atlanta, c'était le samedi 26 juillet, la veille de la pleine lune. Ce mois-ci, la pleine lune tombe le lundi 25. Comme le week-end semble lui plaire, nous serons prêts dès le vendredi.
— Prêts ? Nous sommes *prêts* ?
— Exact. Tu sais ce que racontent les manuels sur la méthode d'investigation idéale en cas de meurtre ?
— Je ne l'ai jamais vue mise en pratique, dit Graham. Ça ne marche jamais.
— Pratiquement jamais, c'est vrai. Mais ce serait formidable de tenter le coup. On envoie un type, un seul. Il se rend sur place. Il a un émetteur et il nous

décrit tout au fur et à mesure. Le site est vierge de toute intervention extérieure. Il n'y a rien que lui, tu comprends ? Rien que toi... »

Long silence.

« De quoi tu parles, exactement ?

— Nous aurons un Grumman Gulfstream à notre disposition sur la base aérienne d'Andrews dès le vendredi 22. Je l'ai emprunté à l'Intérieur. Le matériel scientifique de base aura été chargé. Nous attendrons — toi et moi, Zeller, Jimmy Price, un photographe et deux collègues chargés de l'interrogatoire. Nous décollons dès que l'appel nous parvient. Si c'est à l'est ou au sud du pays, nous pouvons être sur place en une heure et quart.

— Et les flics locaux ? Ils ne vont pas nous attendre en se tournant les pouces. Ça m'étonnerait qu'ils acceptent de coopérer.

— Nous mettons dans le coup tous les chefs de la police, à quelque niveau que ce soit. Tous, sans exception. Nous leur demandons de placarder des ordres aux standard et sur le bureau de l'officier de garde. »

Graham secoua la tête. « Des clous. Ils ne pourront pas se retenir, c'est impossible.

— Voilà ce que nous leur demandons — ce n'est pas grand-chose, tu vas voir. Dès qu'ils reçoivent un appel, les officiers se rendent sur place pour jeter un coup d'œil, accompagnés du personnel médical pour s'assurer qu'il n'y a pas de survivants. Ensuite, ils repartent. Les barrages routiers, les interrogatoires — ils les organisent à leur gré. Mais le *lieu du crime* est bouclé jusqu'à notre arrivée. Donc, nous arrivons, tu entres dans la maison. Tu es en contact avec nous. Tu parles quand tu en éprouves le besoin, ne dis rien si tu n'en as pas envie. Prends tout ton temps. Ensuite, nous entrons à notre tour.

— Je te dis que les flics du coin ne pourront pas attendre.

— Je le sais bien, ils enverront quelques types de la

criminelle. Mais nos exigences auront tout de même débouché sur *un certain nombre* de résultats. Ça réduira la circulation et quand tu arriveras, tout sera nickel. »

Nickel. Graham posa la nuque sur le dossier de la chaise et regarda fixement le plafond.

« Bien entendu, ajouta Crawford, il nous reste encore treize jours.
— Wah, Jack...
— Quoi, Jack ? dit Crawford.
— T'es pas croyable.
— Attends, je ne te suis pas très bien.
— Mais si. Il se passe que tu as décidé de te servir de moi comme appât parce que tu n'as pas d'autres atouts. C'est pour cela que tu me décris en détails la prochaine tuerie, histoire de me mettre en condition avant de me demander si je suis d'accord. Psychologiquement, ce serait assez habile si tu avais affaire à un débile. Qu'est-ce que j'allais répondre à ton avis ? Tu croyais que je n'avais plus rien dans le bide depuis mon histoire avec Lecter ?
— Non.
— Je ne t'en voudrais pas si tu t'étais posé la question. Nous connaissons tous deux des types à qui c'est arrivé. Je n'aime pas beaucoup porter en permanence un gilet pare-balles, mais c'est trop tard, à présent, je suis dans le bain jusqu'au cou. Nous n'aurons plus un instant de tranquillité tant qu'il se baladera dans la nature.
— Je savais que tu réagirais comme ça. »

Graham vit qu'il le pensait vraiment. « Mais ce n'est pas tout, n'est-ce pas ? »

Crawford ne répondit pas.

« Ce n'est pas Molly, tout de même. *Surtout pas.*
— Non, Will, *même moi,* je ne pourrais pas te demander une chose pareille. »

Graham l'observa un instant. « Bon Dieu, tu as décidé de faire équipe avec Freddy Lounds, c'est ça ? Toi et le petit Freddy, vous vous êtes mis d'accord... »

Crawford se concentra sur une tache de sa cravate,

puis il leva les yeux vers Graham. « Tu sais pertinemment que c'est le meilleur moyen de l'appâter. La Mâchoire va surveiller le *Tattler*. Nous n'avons rien d'autre, Will.

— C'est Lounds qui va s'en occuper ?

— Il fait la pluie et le beau temps au *Tattler*.

— Donc, je casse du sucre sur le dos de La Mâchoire dans le *Tattler* et on le laisse venir. Tu crois que c'est mieux que la boîte à lettres ? Ne me réponds pas, je sais que c'est oui. Tu en as parlé à Bloom ?

— En passant. Nous allons nous réunir tous les trois. Plus Lounds. Et nous allons relancer l'idée de la boîte à lettres.

— Dis-moi, pour l'emplacement, je crois qu'il faudra lui offrir une vue très dégagée. Un endroit dont il pourra s'approcher facilement. Je ne crois pas qu'il essaiera de nous dégommer à distance. Je peux me tromper, mais je ne l'imagine pas avec un fusil.

— Nous aurons des guetteurs aux points les plus élevés. »

Tous deux eurent alors la même pensée. Un pare-balles en Kevlar protégerait Graham du neuf millimètres ou du couteau de La Mâchoire — sauf s'il frappait au visage. Il n'y avait aucun moyen de le protéger d'une balle tirée en pleine tête par un tireur embusqué armé d'un fusil à lunette.

« Tu parleras à Lounds. Je ne veux pas le voir.

— Il a besoin de te rencontrer, Will, dit Crawford avec douceur. Il veut te prendre en photo. »

Bloom avait prévenu Crawford qu'il risquait un refus sur ce point précis.

18

LE moment venu, Graham réussit à surprendre à la fois Bloom et Crawford. Il semblait désireux d'y mettre du sien et une certaine affabilité apparaissait derrière l'éclat glacé de ses yeux.

Cette visite au siège du F.B.I. avait un effet salutaire sur les manières de Lounds. Il pouvait être poli quand il le désirait, et il se montra rapide et discret avec son matériel.

Graham ne mit qu'une seule fois son veto : il refusa fermement de laisser Lounds voir le journal intime de Mme Leeds ou la correspondance privée des familles.

Quand l'interview commença, il répondit aux questions de Lounds d'un ton fort civil. Les deux hommes consultèrent les notes prises au cours de l'entrevue avec le Dr Bloom. Questions et réponses furent souvent formulées une seconde fois.

Alan Bloom avait eu du mal à trouver le défaut de la cuirasse. Il avait fini par exposer ses théories. Les autres l'écoutèrent avec autant d'attention que des karatékas à un cours d'anatomie.

Le Dr Bloom expliqua que les actes et la lettre de La Mâchoire indiquaient un schéma projectif illusoire venant compenser d'intolérables sentiments d'imperfection. Le bris des miroirs reliait ces sentiments à son apparence.

L'objection soulevée par le meurtrier devant le terme La Mâchoire prenait ses racines dans les implications homosexuelles que comportait l'utilisation de l'article féminin. Bloom pensait qu'il souffrait d'une homosexualité latente, d'une peur terrible d'être anormal. L'opinion du docteur était renforcée par une curieuse observation faite au domicile des Leeds : des plis de tissu et des taches de sang recouvertes indiquaient que La Mâchoire avait mis un caleçon à Charles Leeds après sa mort. Le Dr Bloom croyait que l'assassin avait fait cela pour bien marquer le peu d'intérêt qu'il portait à Leeds.

Le psychiatre parla du lien puissant qui se forme très tôt chez les sadiques entre les pulsions sexuelles et l'agressivité.

Ces attaques sauvages visant en premier lieu des femmes, mais perpétrées devant la famille au grand complet, représentaient de façon très évidente des coups portés à la figure maternelle.

Bloom déambulait dans la pièce et parlait à voix basse ; à un moment donné, comme pour lui-même, il appela son sujet « l'enfant d'un cauchemar ». Crawford baissa les yeux devant tant de compassion.

Dans l'interview qu'il accorda à Lounds, Graham se livra à des affirmations auxquelles tout enquêteur ou tout journal refuserait de souscrire.

Il supposait que l'assassin surnommé La Mâchoire était laid et impuissant avec les personnes du sexe opposé ; il ajouta délibérément, bien que cela ne fût pas vrai, qu'il faisait subir des violences sexuelles à ses victimes du sexe masculin. Graham dit que La Mâchoire était sans aucun doute la risée de ses proches et le fruit d'amours incestueuses.

Il insista longuement sur le fait que La Mâchoire était loin d'être aussi intelligent qu'Hannibal Lecter. Il promit de fournir dès que possible au *Tattler* de nouveaux renseignements et de nouvelles observations. Beaucoup de collègues désapprouvaient sa conduite, dit-il, mais le

Tattler pourrait compter sur lui tant qu'il serait chargé de la direction de l'enquête.

Lounds prit beaucoup de photographies.

La principale fut prise dans la « cachette de Washington » de Graham, un appartement qu'il avait « emprunté en attendant de pouvoir coincer La Mâchoire ». C'était le seul endroit où il pût « jouir d'une certaine solitude » dans l'atmosphère « carnavalesque » de l'enquête policière.

On pouvait voir derrière lui une partie du dôme du Capitole. Plus important encore, on apercevait dans l'angle inférieur gauche de la fenêtre, floue mais encore lisible, l'enseigne d'un motel très connu.

L'assassin pourrait retrouver l'appartement s'il le désirait vraiment.

Graham se fit photographier au siège du F.B.I. devant un spectromètre de masse. L'appareil n'avait rien à voir avec l'affaire, mais Lounds jugea l'appareil assez impressionnant.

Graham consentit même à poser aux côtés de Lounds. Ils s'installèrent donc devant l'immense râtelier d'armes de la section « Outillage et Armes à feu ». Lounds tenait un neuf millimètres semblable à celui qu'avait utilisé La Mâchoire. Graham montrait un silencieux de fabrication artisanale, confectionné à partir d'un fragment de mât d'antenne de télévision.

Le Dr Bloom fut étonné de voir Graham poser une main amicale sur l'épaule de Lounds, juste avant que Crawford n'appuie sur le déclencheur.

L'interview et les photos seraient publiées dans le prochain numéro du *Tattler* qui devait paraître le lundi 11 août. Lounds repartit pour Chicago dès qu'il eut tout en main. Il dit qu'il voulait s'occuper personnellement de la mise en page. Il prit des dispositions pour rencontrer Crawford le mardi matin à cinq pâtés de maisons du piège.

En fait, deux pièges seraient tendus au monstre dès mardi, jour où le *Tattler* serait disponible sur tout le territoire.

Graham reviendrait tous les soirs dans la « résidence temporaire » où avait été prise la photo du *Tattler*.

Dans le même numéro, un message personnel codé invitait La Mâchoire à se rendre à une boîte à lettres d'Annapolis surveillée vingt-quatre heures sur vingt-quatre. Au cas où la boîte à lettres ne lui inspirerait pas confiance — s'il pensait que tous les efforts déployés pour son arrestation étaient concentrés en ce point précis — il pourrait voir dans Graham une cible plus facile. C'était du moins le raisonnement du F.B.I.

Les autorités de Floride exerçaient une surveillance constante de la maison de Sugarloaf Key.

Un certain mécontentement régnait chez les responsables de la chasse à l'homme : ces deux dispositifs d'envergure bloquaient des forces vives qui auraient pu être utilisées autre part ; de plus, la présence quotidienne de Graham dans son appartement limitait ses déplacements à la région de Washington.

Bien que Crawford, se fiant à son bon sens, fût convaincu que c'était là le meilleur moyen d'agir, il trouvait toute cette mise en scène trop passive à son goût. Il avait l'impression qu'ils se donnaient le change, alors qu'il ne restait même pas deux semaines avant que la lune ne brille à nouveau de tout son éclat.

Le dimanche et le lundi s'écoulèrent par à-coups : les minutes s'égrenaient, interminables, et les heures passaient en un éclair.

Le lundi après-midi, Spurgen, instructeur principal des groupes d'intervention de Quantico, fit le tour du pâté de maisons où se trouvait l'appartement. Graham était assis à côté de lui, et Crawford avait pris place sur la banquette arrière.

« La circulation piétonne chute vers sept heures et quart. Les gens rentrent dîner chez eux », dit Spurgen. Avec son corps sec et nerveux, et sa casquette de joueur de base-ball rejetée en arrière, il ressemblait à un joueur du samedi après-midi. « Demain soir, faites-nous signe sur le poste à ondes courtes quand vous franchirez les lignes de chemin de fer. Vous devriez y passer vers huit heures et demie, neuf heures moins vingt. »

Il pénétra dans le parking de l'immeuble. « Cet emplacement n'est pas extraordinaire, mais il pourrait y avoir pire. Vous vous garerez ici demain soir. Nous changerons votre emplacement tous les soirs, mais ce sera toujours de ce côté-ci. Il y a soixante-quinze mètres jusqu'à l'entrée de l'appartement. Allons-y. »

Courtaud, les jambes arquées, Spurgen précéda Graham et Crawford.

Je cherche des planques qui pourraient abriter un tueur, pensa Graham.

« C'est probablement ici que cela se passera — si ça doit arriver, dit l'homme des commandos. Vous voyez, la ligne directe qui va de votre voiture à la porte d'entrée, l'itinéraire naturel en quelque sorte, passe par le centre du parking. Il lui faudra marcher sur l'asphalte s'il veut se rapprocher. Vous me suivez ?

— Oui, dit Graham, trop bien, même. »

Spurgen scruta le visage de Graham, mais se trouva incapable d'y déceler quoi que ce fût.

Il s'arrêta au milieu du parking. « Nous allons diminuer l'intensité de l'éclairage public pour donner moins de chances au tireur.

— Et moins de chances à vos hommes, dit Crawford.

— Deux des nôtres seront équipés de Startron à infrarouge, dit Spurgen. Will, j'ai aussi une bombe aérosol spéciale que je vous demanderai de pulvériser sur vos vestons. A propos, je ne veux pas savoir si vous aurez trop chaud ou pas, vous porterez en permanence votre gilet pare-balles. C'est d'accord ?

— D'accord.

— Bien.

— Quel genre, le gilet pare-balles ?

— Un Kevlar — comment ils l'appellent, déjà, Jack ?

— « Seconde Chance » ?

— Oui, une Seconde Chance, dit Crawford.

— Il est fort probable qu'il s'approchera de vous, vraisemblablement par-derrière, à moins qu'il ne vous croise et se retourne sur vous après votre passage pour vous tirer dessus, dit Spurgen. Il a visé à la tête à six reprises, n'est-ce pas ? Les enfants, plus monsieur — enfin, le premier mari. Il a eu l'occasion de constater que c'était efficace. Il agira de même avec vous si vous lui en donnez le temps. *Ne lui en donnez pas le temps.* Je vous montre deux ou trois trucs dans le hall d'entrée et sur le palier, après quoi nous irons au pas de tir. Vous êtes d'accord ?

— Il est d'accord », dit Crawford.

Spurgen régnait en maître sur le pas de tir. Il obligea Graham à porter des tampons d'ouate sous les protège-oreilles, puis lui présenta des cibles sous tous les angles possibles. Il se félicita de ce que Graham n'utilisait pas le calibre .38 réglementaire, mais l'éclair provoqué par les fentes du canon l'inquiétait quelque peu. Ils travaillèrent pendant deux heures. L'instructeur insista pour vérifier le barillet du .44 dans ses moindres détails lorsque Graham eut fini.

Graham se doucha et changea de vêtements afin de se débarrasser de l'odeur de la poudre, puis il prit la direction de la baie pour sa dernière nuit de liberté en compagnie de Molly et de Willy.

Après dîner, il emmena sa femme et son beau-fils à l'épicerie et leur fit tout un cours sur l'art de choisir les melons. Il s'efforça de leur faire acheter tout un tas de choses — le *Tattler* de la semaine précédente se trouvait encore sur le présentoir proche de la caisse, et il espérait que Molly ne verrait pas le numéro du lendemain matin. Il ne voulait pas la mettre au courant de ce qui se passait.

Quand elle lui demanda ce qu'il souhaiterait avoir à dîner pendant la semaine, il dut se résoudre à lui dire qu'il lui fallait retourner à Birmingham. C'était la première fois qu'il lui mentait vraiment, et il se sentit aussi moche et aussi sale qu'un vieux billet de banque.

Il la regarda marcher entre les rayons : Molly, sa jeune épouse, avec son amour pour le base-ball, son obsession des tumeurs au sein et son insistance à leur faire passer des check-up trimestriels, sa peur raisonnée du noir ; sa certitude chèrement payée que le temps est synonyme de chance. Elle connaissait la valeur de leurs jours et pouvait saisir l'instant au vol pour le retenir entre ses doigts. Elle lui avait appris à savourer la vie.

Le Canon de Pachelbel emplissait la pièce inondée de soleil où ils apprenaient à se découvrir ; leur joie de vivre était démesurée et, pourtant, la peur l'effleurait de son aile ainsi qu'un oiseau de proie : tout cela est trop beau pour durer très longtemps.

Molly changeait souvent son sac d'épaule, comme si l'arme qu'il contenait pesait plus que ses 540 grammes.

Graham aurait été horrifié d'entendre les choses qu'il marmonnait lui-même, le nez dans les melons : « Je vais te le foutre dans un sac en plastique, ce salaud, et qu'on n'en parle plus ! »

Diversement chargés d'armes, de mensonges et de provisions, ils formaient à eux trois une petite troupe solennelle.

Molly se doutait de quelque chose. Graham et elle n'échangèrent pas un mot après que la lumière fut éteinte. Cette nuit-là, elle rêva de pas lourds faisant grincer le parquet d'une maison aux pièces changeantes.

19

LE kiosque à journaux de l'aéroport international de Saint Louis propose la plupart des grands quotidiens américains. Les journaux de New York, Washington, Chicago et Los Angeles sont livrés par avion et vendus le jour même de leur parution.

Comme la plupart des autres kiosques, il fait partie d'une chaîne, et son responsable est obligé d'accepter de vendre un certain nombre de publications de second ordre à côté des magazines et des quotidiens d'information.

Le *Chicago Tribune* fut livré le lundi à dix heures du soir en même temps qu'une pile de *Tattler* encore tout chauds.

Le marchand s'accroupit devant le présentoir pour y disposer les exemplaires du *Tribune*. Il avait suffisamment de travail en dehors de cela, son collègue de la journée ne faisait jamais sérieusement son boulot.

Une paire de bottes noires à fermeture Eclair pénétra dans son champ de vision. Un flâneur. Non, les bottes étaient tournées vers lui. Ce type voulait quelque chose. Le marchand préférait finir d'arranger les *Tribune,* mais l'attention persistante dont il était l'objet lui provoqua des fourmillements dans la nuque.

Son travail n'était que provisoire, il n'avait pas besoin d'être aimable. « Qu'est-ce que vous voulez ? » lança-t-il en direction des genoux.

— Un *Tattler*.
— Vous attendrez que j'aie ouvert le paquet. »
Les bottes ne s'éloignèrent pas.
« J'ai dit qu'il faudra attendre que j'ouvre le paquet. Compris ? Vous ne voyez pas que je travaille, moi ? »
Une main, puis l'éclair de l'acier, et la ficelle qui claqua avec un bruit sec. Une pièce d'un dollar tomba sous son nez. Un exemplaire propre du *Tattler* pris au milieu du paquet fit glisser les autres sur le sol.
Le marchand se releva brusquement, écarlate. L'homme s'éloignait, le journal sous le bras.
« Dites donc, vous là-bas ! »
L'homme fit volte-face. « Moi ? »
— Oui, vous. Je vous ai dit...
— Qu'est-ce que vous m'avez dit ? » Il revint vers lui et s'arrêta. Bien trop près. « Qu'est-ce que vous m'avez dit ? »
D'ordinaire, un vendeur désagréable intimide les clients, mais celui-ci gardait un calme effrayant.
Le marchand baissa les yeux. « Votre monnaie, je vous dois vingt-cinq cents. »
Dolarhyde lui tourna le dos et s'éloigna. Le marchand de journaux mit une demi-heure à se calmer. *Ce type est déjà venu la semaine dernière. S'il se repointe la semaine prochaine, je vais lui montrer qui je suis. J'ai ce qu'il faut sous le comptoir pour les merdeux de son espèce.*
Dolarhyde ne feuilleta pas le *Tattler* dans l'aérogare. Le précédent message de Lecter avait suscité en lui des sentiments mêlés. Bien sûr, le Dr Lecter avait eu raison de lui dire qu'il était admirable et qu'il mourait d'envie de le lire. Il était *effectivement* admirable. Mais la crainte que le docteur avait du policier lui inspirait un certain mépris. Lecter ne le comprenait pas beaucoup mieux que le public.
Cependant, il brûlait de savoir si Lecter lui avait fait parvenir un autre message. Mais il attendrait d'être rentré pour le savoir. Dolarhyde était fier de sa maîtrise.
Tout en conduisant, il repensa au marchand de journaux.

A une époque, il se serait excusé de l'avoir dérangé et ne serait plus jamais revenu au kiosque. Pendant des années, il avait plié l'échine sous les coups. C'était fini, tout cela. Ce type aurait pu insulter Francis Dolarhyde, mais il ne pouvait affronter le Dragon. Cela faisait partie de son Devenir.

A minuit, la lumière du bureau était encore allumée. Le message du *Tattler* avait été décodé et jeté en boule sur le plancher. Les feuilles éparpillées étaient amputées des articles que Dolarhyde avait découpés pour son journal personnel. Le grand registre était ouvert sous la reproduction du Dragon ; la colle des coupures de presse n'était pas encore sèche. Dessous, il avait fixé un petit sac en plastique vide.

Il y avait une légende à côté du sac. *Par ceci, il m'a offensé.*

Mais Dolarhyde avait quitté son bureau.

Il était assis dans l'escalier menant à la cave, dans une odeur de terre et de moisissure. Le faisceau de sa torche électrique balayait des meubles recouverts de draps, le verso des grands miroirs qui avaient jadis décoré la maison et qui étaient maintenant retournés contre le mur, le coffre abritant sa caisse de dynamite.

Le faisceau s'immobilisa sur une forme drapée, tout au fond de la cave. Des toiles d'araignées caressèrent son visage quand il s'en approcha, puis la poussière le fit éternuer lorsqu'il rejeta l'étoffe.

Il cligna des yeux et éclaira le vieux fauteuil roulant en chêne qu'il venait de découvrir. Lourd et robuste avec son dossier surélevé, c'était l'un des trois fauteuils rangés dans la cave. Le pays les avait offerts à sa grand-mère dans les années 40, à l'époque où elle avait transformé sa demeure en maison de santé.

Les roues grincèrent quand il poussa le fauteuil sur le sol. Malgré le poids, il parvint à le remonter en haut de l'escalier. Il graissa les roues dans la cuisine.

Les petites roues de devant grinçaient toujours, mais celles de derrière tournaient sans problèmes à la moindre pichenette.

Le murmure régulier des roues parvint à apaiser la colère qui bouillonnait en lui, et il se mit finalement à chantonner à voix basse.

20

Freddy Lounds était épuisé mais heureux quand il quitta le bureau du *Tattler* le mardi midi. Il avait écrit son article dans l'avion le ramenant à Chicago et l'avait composé au marbre en trente minutes très exactement.

Le reste du temps, il avait travaillé d'arrache-pied à son livre et refusé tout appel téléphonique. C'était un bon organisateur et il avait déjà plus de deux cent cinquante pages dactylographiées.

Quand La Mâchoire serait arrêté, il ne lui resterait plus qu'à rajouter quelques détails et à écrire le récit de sa capture. Le texte dont il disposait pour l'instant collerait parfaitement. Il s'était arrangé pour que trois des meilleurs journalistes du *Tattler* se rendent aussitôt sur place. Moins de quelques heures après l'arrestation, ils pourraient donner une foule de détails sur l'endroit où vivait l'assassin.

Son agent lançait des chiffres astronomiques. Discuter prématurément de ce projet avec lui, c'était, au sens strict, violer l'accord passé avec Crawford. Les contrats et la correspondance seraient donc postdatés pour éviter toute contestation.

De son côté, Crawford avait un atout majeur : la menace de Lounds enregistrée sur bande magnétique. La transmission d'un état à l'autre d'un message de menace constituait un délit tombant sous le coup de la loi, en dépit des protections dont Lounds pouvait jouir en vertu du Premier Amendement (1). Lounds savait également que Crawford avait la possibilité, par un seul coup de fil, de lui mettre sur le dos l'inspection des Impôts.

Il subsistait quelques traces d'honnêteté chez Lounds. Il ne se faisait pas beaucoup d'illusions sur la nature de son travail, mais considérait son projet avec une ferveur quasi mystique.

Il rêvait de la nouvelle vie qu'il pourrait s'acheter une fois qu'il aurait touché le gros lot. Malgré tous les coups pourris qu'il avait pu commettre, ses espoirs se tournaient toujours vers le soleil levant, vers des lendemains virginaux. Aujourd'hui ces espoirs le possédaient totalement.

Ayant vérifié que ses appareils-photos et son matériel d'enregistrement étaient prêts, il rentra chez lui pour dormir trois heures avant de prendre l'avion pour Washington et de retrouver Crawford non loin du piège.

Encore un connard mal garé dans le parking souterrain. Un van noir en stationnement dépassait franchement sur l'emplacement marqué « M. Frederick Lounds ».

Lounds ouvrit violemment sa portière, laissant une marque sur la carrosserie du van. Voilà qui apprendrait à faire attention.

Lounds fermait sa voiture à clef quand la portière du van s'ouvrit derrière lui. Il se retourna au moment où le tranchant d'une main s'abattait au-dessus de son oreille. Il leva la main, mais ses genoux le trahirent et une formidable pression s'exerça sur son cou. L'air lui manqua. Quand il put respirer à nouveau, ce fut pour aspirer une bouffée de chloroforme.

Dolarhyde gara le van derrière sa maison, sortit du véhicule et s'étira. Il avait dû affronter un vent contraire

---

(1) Le Premier Amendement de la Constitution des Etats-Unis protège les libertés individuelles des citoyens contre les empiétements tant de l'Etat fédéral que des Etats. (N.d.T.)

depuis Chicago et ses bras étaient douloureux. Il observa le ciel nocturne. La pluie de météores des Perséides allait bientôt s'abattre. Il ne pouvait la manquer.

Apocalypse : Sa queue entraînait le tiers des étoiles du ciel, et les jetait sur la terre...

Ce serait pour une autre fois. Un spectacle à voir et à se remémorer.

Dolarhyde ouvrit la porte de service et effectua l'inspection de routine de la maison. Quand il en ressortit, il portait un bas sur le visage.

Il ouvrit le van et y fixa un plan incliné. Puis il fit rouler Freddy Lounds hors de la camionnette. Lounds ne portait qu'un slip, un bâillon et un bandeau devant les yeux. Il était à moitié inconscient mais ne tombait pas. Il était assis très droit, la tête bien calée contre le haut dossier du vieux fauteuil roulant en chêne. Du sommet du crâne à la plante des peids, de la colle Epoxy le plaquait au fauteuil.

Dolarhyde le conduisit dans la maison et l'installa dans un coin du bureau, tourné vers le mur comme un enfant en pénitence.

« Vous avez froid ? Vous voulez une couverture ? »

Dolarhyde ôta les serviettes périodiques qui recouvraient les yeux et la bouche de Lounds, mais celui-ci ne répondit rien. L'odeur du chloroforme était encore très forte.

« Je vais vous chercher une couverture. » Dolarhyde prit une couverture afghane sur le sofa et l'enroula autour de Lounds avant de lui placer sous le nez une bouteille d'ammoniaque.

Lounds ouvrit tout grands les yeux pour découvrir l'angle des deux murs. Il toussa et se mit aussitôt à parler.

« J'ai eu un accident ? Je suis blessé ?

— Non, monsieur Lounds », fit une voix derrière lui. « Tout va très bien.

— J'ai mal au dos. Ma peau. J'ai été brûlé ? Mon Dieu, faites que je n'aie pas été brûlé.

— Brûlé ? Non. Reposez-vous. Je reviens tout de suite.

— Je voudrais m'allonger. Ecoutez, il faut que vous préveniez mon bureau. Mon Dieu, je suis dans un corset. Dites-moi la vérité, j'ai la colonne vertébrale brisée ! »

Bruit de pas qui s'éloignent.

« Qu'est-ce que je fais ici ? » Une question qui se transforma en un cri.

Et une réponse lointaine. « Vous expiez, monsieur Lounds. »

Lounds entendit des pieds heurter des marches d'escalier. Le bruit d'une douche. Il avait recouvré ses esprits. Il se rappelait avoir quitté le bureau et pris sa voiture, mais ensuite, plus rien. Il avait mal à la tempe et l'odeur du chloroforme lui donnait des haut-le-cœur. Il avait peur de vomir et de s'étouffer, du fait qu'il ne pouvait par courber l'échine. Il ouvrit toute grande la bouche et respira à fond. Il pouvait entendre battre son cœur.

Lounds espérait qu'il était en train de faire un cauchemar. Il tenta de soulever le bras et tira jusqu'à ce que la douleur fût assez forte pour arracher n'importe qui du rêve le plus profond. Non, il ne dormait pas. Et son imagination commença à s'emballer.

En forçant, il pouvait tourner suffisamment les yeux pour apercevoir son bras. Il vit comment il était attaché. Cela ne ressemblait en rien à un appareil médical. Quelqu'un l'avait enlevé.

Lounds crut entendre des pas à l'étage supérieur, mais peut-être était-ce les battements de son cœur.

Il essaya de réfléchir. Il fit des efforts pour réfléchir. *Garde la tête froide,* se murmurait-il. Garder la tête froide...

Les escaliers craquèrent sous le poids de Dolarhyde.

Lounds le sentit se rapprocher. S'arrêter derrière lui.

Lounds prononça plusieurs mots avant d'ajuster le volume de sa voix.

« Je n'ai pas vu votre visage. Je ne pourrais pas vous

reconnaître. Je ne sais même pas à quoi vous ressemblez. Le *Tattler* — c'est le journal pour lequel je travaille, le *National Tattler* — ils paieraient la rançon, vous savez. Un demi-million de dollars. Peut-être même un million. Oui, un million de dollars. »

Derrière lui, le silence. Puis le grincement de ressorts. Il s'était assis.

« A quoi pensez-vous, monsieur Lounds ? »

Oublie ta peur et ta douleur. Pense, réfléchis. Maintenant. C'est le moment ou jamais. Pour gagner quelques secondes. Quelques années. Il n'a pas décidé de te tuer. Il ne t'a pas laissé le voir en face.

« A quoi pensez-vous, monsieur Lounds ?

— Je ne sais pas ce qui m'est arrivé.

— Savez-vous Qui Je Suis, monsieur Lounds ?

— Non, et je ne veux pas le savoir, croyez-moi.

— Selon vous, je suis un être vicieux, un pervers, un monstre sexuel. Un animal, c'est ce que vous avez dit. Probablement sorti de l'asile grâce à un juge trop clément. » Normalement, Dolarhyde aurait évité de dire « sexuel », à cause des deux sifflantes. Mais aujourd'hui, devant ce public particulier, il était libre d'agir à sa guise. « Et maintenant, vous savez qui je suis ? »

Ne lui mens pas. Réponds tout de suite.

« Oui.

— Monsieur Lounds, pourquoi écrivez-vous des mensonges ? Pourquoi dites-vous que je suis fou ? Répondez-moi.

— Quand quelqu'un... quand quelqu'un fait des choses que les autres ne comprennent pas, on dit qu'il est...

— Fou.

— On a dit cela pour... pour les frères Wright, par exemple. L'histoire regorge de...

— L'histoire... Comprenez-vous ce que je fais, monsieur Lounds ? »

Comprendre. La chance à saisir. « Non, mais je crois avoir maintenant l'occasion de comprendre ; ainsi, *tous mes lecteurs pourront comprendre*, à leur tour.

« — Vous vous sentez privilégié ?

— Oui, c'est un privilège. Mais je dois vous dire, d'homme à homme, que j'ai peur. Il n'est pas facile de se concentrer quand on a peur. Si vous avez une grande idée, il n'est pas utile de me faire peur pour m'impressionner.

— D'homme à homme. D'homme à homme. Pour vous, monsieur Lounds, cette expression implique une certaine franchise. Je vous en remercie. Mais, voyez-vous, je ne suis pas un homme. J'en étais un, au début, mais par la Grâce de Dieu et ma propre Volonté, je suis désormais Autre et Plus qu'un homme. Vous dites que vous avez peur. Vous croyez que Dieu est présent ici, monsieur Lounds ?

— Je n'en sais rien.

— Est-ce que vous Le priez, en ce moment ?

— Il m'arrive de prier. Mais je dois vous avouer que je prie surtout lorsque j'ai peur.

— Et Dieu vous vient en aide ?

— Je n'en sais rien. Je n'y pense plus après coup. Je devrais, peut-être.

— Vous devriez, oui. Ah, il y a tant de choses que vous devriez comprendre. Mais je vais vous y aider dans un instant. Si vous voulez bien m'excuser...

— Certainement. »

Des pas qui quittent la pièce. Bruit d'un tiroir de cuisine qu'on ouvre. Lounds avait couvert beaucoup de crimes commis dans des cuisines, où tout est à portée de la main. C'est curieux comme les rapports de police peuvent transformer votre vision d'une cuisine. De l'eau qui coule.

Lounds se dit que ce devait être la nuit. Crawford et Graham l'attendaient, et ils devaient commencer à s'inquiéter. Une tristesse incommensurable s'ajouta soudain à sa frayeur.

Derrière lui, une respiration, et une forme blanche entrevue du coin de l'œil. Une main, forte et pâle. Elle tenait une tasse de thé au miel. Lounds but à l'aide d'une paille.

« Je ferai un article formidable », dit-il entre deux gorgées. « Avec tout ce que vous me direz. Je vous décrirai de la façon qui vous plaira le mieux, ou je ne décrirai rien du tout.

— Chut. » Le tapotement d'un doigt sur sa tête. Les lumières qui se font plus vives. Le fauteuil commença à pivoter.

« Non, je ne veux pas vous voir.

— Oh, mais il le faut, monsieur Lounds. Vous êtes journaliste, et vous êtes là pour faire votre travail. Quand vous serez retourné, ouvrez les yeux et regardez-moi. Si vous ne voulez pas les ouvrir, je vous collerai les paupières avec de l'adhésif. »

Le bruit d'une bouche humide, puis un claquement, et le fauteuil pivota. Lounds était face à la pièce, les yeux clos. Un doigt lui toucha la poitrine avec insistance. Un effleurement sur les paupières. Et il regarda.

Pour Lounds, qui était assis, l'homme lui paraissait immense dans son kimono. Un bas lui recouvrait la tête jusqu'à hauteur du nez. Il tourna le dos à Lounds et fit glisser le peignoir. Les muscles du dos saillaient au-dessus du tatouage éclatant de la queue qui lui couvrait les reins avant de s'enrouler le long de la jambe.

Le Dragon tourna lentement la tête et regarda Lounds par-dessus son épaule. Et il sourit, dévoilant des dents brunes, saillantes et irrégulières.

« Seigneur Jésus », dit Lounds.

Lounds était au centre de la pièce ; à présent, il pouvait voir l'écran. Derrière lui, Dolarhyde. Il avait enfilé le kimono et chaussé le dentier qui lui permettait de parler.

« Désirez-vous savoir Ce Que Je Suis ? »

Lounds essaya de hocher la tête. La colle lui meurtrit le cuir chevelu. « Plus que toute autre chose. Je n'osais pas vous le demander.

— Regardez. »

La première diapositive représentait l'aquarelle de Blake, le grand Homme-Dragon, ailes écartées et queue enroulée, au-dessus de la Femme vêtue de soleil.

« Vous voyez, maintenant ?
— Oui, je vois. »
Dolarhyde passa rapidement les autres diapositives.
Clic. Mme Jacobi vivante.
« Vous voyez ?
— Oui. »
Clic. Mme Leeds vivante.
« Vous voyez ?
— Oui. »
Clic. Dolarhyde, le Dragon rampant, muscles bandés et tatouage de la queue, au-dessus du lit des Jacobi.
« Vous voyez ?
— Oui. »
Clic. Mme Jacobi avant.
« Vous voyez ?
— Oui. »
Clic. Mme Jacobi après.
« Vous voyez ?
— Oui. »
Clic. Le Dragon rampant.
« Vous voyez ?
— Oui. »
Clic. Mme Leeds avant, son mari mourant à ses côtés.
« Vous voyez ?
— Oui. »
Clic. Mme Leeds après, constellée de sang.
« Vous voyez ?
— Oui. »
Clic. Freddy Lounds, la reproduction d'une photographie du *Tattler*.
« Vous voyez ?
— Oh, mon Dieu.
— Vous voyez ?
— Oh, mon Dieu. »
Des mots hachés, comme dans la voix d'un enfant qui pleure.
« Vous voyez ?
— Non, je vous en prie.
— Non, quoi ?

— Pas moi.
— Non quoi ? Vous êtes un homme, monsieur Lounds. Vous êtes bien un homme, n'est-ce pas ?
— Oui.
— Vous avez voulu laisser entendre que j'étais pédé ?
— Surtout pas.
— Et vous, monsieur Lounds, vous êtes pédé ?
— Non.
— Allez-vous continuer à écrire des mensonges sur mon compte, monsieur Lounds ?
— Oh, non, non.
— Pourquoi avez-vous écrit des mensonges, monsieur Lounds ?
— C'est la police qui m'a dit de le faire.
— Vous citez Will Graham.
— C'est Graham qui me disait ces mensonges. Graham.
— Allez-vous dire la vérité à présent ? Sur Moi. Mon Œuvre. Mon Devenir. Mon *Art,* monsieur Lounds. Car c'est bien de l'Art, n'est-ce pas ?
— De l'art, oui. »

La peur que reflétait le visage de Lounds permettait à Dolarhyde de parler librement, sans tenir compte des sifflantes ou des fricatives ; et les explosives ne lui faisaient plus peur.

« Vous avez dit que moi, qui vois mieux que vous, je suis fou. Moi, qui ai exploré le monde bien plus loin que vous, je suis fou. J'ai plus osé que vous, j'ai apposé mon sceau unique avec tant de force sur cette terre que son empreinte durera plus longtemps que votre poussière. Comparée à la mienne, votre existence n'est qu'une traînée de bave de limace sur la pierre. Une trace argentée, çà et là, sur les lettres de mon monument. » Les mots que Dolarhyde avait inscrits dans son registre se pressaient dans son esprit.

« Je suis le Dragon et vous me traitez de *dément* ? Mes gestes sont suivis et notés avec intérêt, comme les déplacements d'une comète géante. Connaissez-vous l'histoire de la comète apparue en 1054 ? Non, bien entendu. Vos lecteurs vous écoutent comme des enfants qui suivent du doigt la traînée de bave d'une limace et se perdent comme vous dans les mêmes méandres de la raison. Pour revenir enfin vers votre crâne creux et votre visage bouffi, ainsi qu'une limace qui revient à son point de départ en suivant sa propre trace.

« Devant Moi, vous êtes une limace au soleil. Vous avez le privilège d'assister au grand Devenir, et vous n'en avez même pas conscience. Vous êtes une fourmi au moment de son délivre.

« Il est dans votre nature de faire correctement une chose : devant Moi, vous tremblez, à juste titre. La peur n'est pas ce que vous Me devez, Lounds, vous et les autres écrivaillons de votre espèce. *Vous Me devez la terreur.* »

Dolarhyde se tenait la tête penchée, le pouce et l'index appuyés sur l'arête du nez. Puis il quitta la pièce.

Il n'a pas ôté son masque, se dit Lounds. *Il n'a pas ôté son masque. S'il l'a enlevé en revenant, je suis mort. Mon Dieu, je suis en nage.* Il tourna péniblement les yeux vers la porte et attendit, à l'écoute du moindre bruit dans la maison.

Dolarhyde revint, masqué. Il portait une boîte à pique-nique et deux thermos. « Voilà pour le voyage. » Il lui montra un thermos. « C'est de la glace, nous en aurons besoin. Mais avant cela, nous allons faire quelques enregistrements. »

Il accrocha un micro à la couverture afghane, tout près du visage de Lounds. « Répétez après moi. »

Ils travaillèrent pendant près d'une demi-heure. Puis : « C'est tout, monsieur Lounds, vous avez été très bien.

— Vous allez me laisser partir, maintenant ?

— Oui. Mais je sais quoi faire pour que vous me compreniez mieux et que vous vous souveniez de moi. » Dolarhyde se retourna.

« Je veux vous comprendre dit Lounds. Oui, je veux que vous sachiez à quel point j'apprécie votre geste. Désormais, je vais vraiment être fair-play avec vous. »

Dolarhyde ne pouvait lui répondre. Il avait changé de dentier. Le magnétophone fut remis en marche.

Il sourit à Lounds, de ses dents brunâtres, souillées. Il posa une main sur le cœur de Lounds et se pencha doucement vers lui comme pour l'embrasser ; alors, il le mordit et lui arracha les lèvres avant de les recracher à terre.

21

L'AUBE à Chicago. L'air étouffant, le ciel bas et gris.
Un vigile sortit du hall du bâtiment abritant les bureaux du *Tattler* et s'arrêta au coin de la rue, où il fuma une cigarette en se frottant les reins. Il était seul et pouvait entendre le cliquetis des feux de croisement installés au sommet de la colline.
A un demi-pâté de maisons plus au nord, hors de portée de vue du vigile, Francis Dolarhyde se tenait accroupi aux côtés de Lounds à l'arrière du van. Il arrangeait la couverture pour former une sorte de capuchon qui dissimulait la tête de Lounds.
Lounds souffrait beaucoup. Il semblait inconscient, mais son esprit était en éveil. Il y avait un certain nombre de choses dont il devait se souvenir. Le bandeau était légèrement soulevé sur le nez et il pouvait voir les doigts de Dolarhyde vérifier le bâillon.
Dolarhyde enfila une veste blanche d'infirmier, posa un thermos sur les genoux de Lounds et poussa le fauteuil hors du van. Il bloqua les roues du fauteuil et se tourna pour ranger le plan incliné ; Lounds put alors apercevoir l'extrémité du pare-chocs.
Le fauteuil pivota, il vit le pare-chocs et, oui, la plaque d'immatriculation. Un dixième de seconde, peut-être, mais les chiffres se gravèrent dans sa mémoire.
Le fauteuil qui roule. Le bord du trottoir. L'angle

d'une rue. Des papiers qui craquent sous les roues.

Dolarhyde arrêta le fauteuil dans une cour, entre un tas d'ordures et un camion en stationnement. Il tira sur le bandeau. Lounds ferma les yeux. Une bouteille d'ammoniaque sous le nez.

Une voix doucereuse tout près de lui.

« Vous m'entendez? Nous y sommes presque. » Le bâillon arraché, à présent. « Clignez de l'œil si vous m'entendez. »

Dolarhyde lui ouvrit un œil du pouce et de l'index. Et Lounds vit le visage de Dolarhyde.

« Je vous ai un peu menti. » Dolarhyde indiqua le thermos. « Je n'ai pas *vraiment* mis vos lèvres sur de la glace. » Il tira la couverture et ouvrit le thermos.

En sentant l'essence, Lounds se raidit à se décoller la peau des bras et faire grincer le bois du fauteuil. Des vapeurs glacées l'entourèrent, le prirent à la gorge, tandis que Dolarhyde le poussait vers le milieu de la chaussée.

« Alors, mon petit Freddy, ça vous plaît tant que ça d'être le chien-chien de Graham? »

L'embrasement dans un bruit sourd, et le fauteuil qui dévale la rue en direction du *Tattler,* couic, couic, couic, couic-couic-couic...

Le vigile releva la tête quand un hurlement s'échappa du bâillon. Il vit une boule de feu foncer vers lui, rebondir à chaque nid-de-poule, et laisser derrière elle une traînée de fumée noirâtre et de flammes pareilles à des ailes.

Le fauteuil prit un virage, heurta une voiture en stationnement et se retourna devant l'immeuble; les flammes jaillirent entre les rayons et des bras carbonisés se tordirent dans le brasier.

Le vigile revint en courant dans le hall. Il se demanda s'il allait y avoir une explosion, s'il n'avait pas intérêt à s'éloigner des vitres. Il tira le signal d'alarme. Puis il décrocha l'extincteur mural et jeta un coup d'œil dans la rue. Cela n'avait pas encore explosé.

Il s'approcha alors très lentement, marchant dans les vapeurs poisseuses qui se répandaient sur le trottoir, puis, enfin, il aspergea Freddy Lounds de neige carbonique.

22

LE planning prévoyait que Graham quitte l'appartement de Washington à 6 heures 45, bien avant les embouteillages.

Crawford l'appela alors qu'il se rasait.

« Bonjour.

— Pas si bon que ça », dit Crawford. « La Mâchoire a eu Lounds à Chicago.

— Nom de Dieu !

— Il n'est pas encore mort et il t'a fait demander. Il n'en a plus pour très longtemps.

— J'arrive.

— On se retrouve à l'aéroport. Vol United 245. L'avion décolle dans quarante minutes. Tu pourras reprendre ta planque ce soir si besoin est. »

L'agent spécial Chester, de la section locale du F.B.I., les accueillit à O'Hare sous une pluie battante. Chicago est une ville habituée aux sirènes, et les voitures s'écartèrent à regret devant eux quand Chester s'engagea sur la voie express. La pluie rosissait le feu rouge de son gyrophare.

Il dut élever la voix pour couvrir les hurlements de la sirène. « Les flics de Chicago disent qu'il s'est fait coincer dans son parking. Je suis un peu en supplément, vous savez. On n'a pas la cote par ici.

— Que sait la presse ? demanda Crawford.

— Tout. Le guet-apens et tout ce qui s'ensuit.
— Lounds l'a aperçu ?
— Je ne suis pas au courant. Je sais qu'ils ont balancé un avis de recherche pour une plaque minéralogique vers 6 heures 20.
— Vous avez pu toucher le docteur Bloom ?
— J'ai eu sa femme. Le docteur Bloom s'est fait enlever la vésicule biliaire ce matin.
— Formidable ! » dit Crawford.

Chester s'arrêta sous le portique de l'hôpital. Il se tourna vers les deux hommes. « Jack, Will, avant que vous y alliez... j'ai entendu dire que cette pédale avait vraiment massacré Lounds. Attendez-vous au pire. »

Graham hocha la tête. Pendant tout le trajet, il s'était efforcé de chasser l'idée — l'espoir — que Lounds pourrait mourir avant qu'il n'ait à le revoir.

Le couloir principal du Centre des Grands Brûlés ressemblait à un tube de céramique. Un docteur au visage étrangement fané entraîna Graham et Crawford loin de la foule qui se pressait à la porte de la chambre de Lounds.

« Les brûlures de M. Lounds sont fatales, dit le docteur. Je *peux* l'aider à supporter la douleur, et telle est bien mon intention. Il a respiré des gaz enflammés, sa gorge et ses poumons sont irrémédiablement endommagés. Il se peut qu'il ne revienne pas à lui. Dans son état, ce serait une bénédiction.

« Au cas où il reprendrait connaissance, la police m'a demandé d'ôter la canule de sa gorge pour qu'il tente de répondre à vos questions. J'ai accepté — pourvu que cela soit bref.

« Pour l'instant, ses terminaisons nerveuses sont anesthésiées par le feu. Mais la douleur va être terrible s'il survit jusque-là. Je l'ai bien précisé à la police et j'en fais de même avec vous : je mettrai un terme à l'interrogatoire pour lui administrer un analgésique dès qu'il me le demandera. J'espère que c'est clair.

— Oui », dit Crawford.

Le docteur adressa un signe de tête au policier en

faction devant la porte, puis il mit les mains dans le dos et s'éloigna dans le couloir.

Crawford se tourna vers Graham. « Ça va ?
— Oui, *moi*, ça va. »

Lounds était assis dans le lit. Les cheveux et les oreilles avaient disparu ; des compresses apposées sur ses yeux aveugles remplaçaient les paupières brûlées. Les gencives étaient boursouflées.

L'infirmière déplaça la perfusion pour que Graham s'approche de lui. Lounds dégageait une odeur de roussi.

« Freddy, c'est Will Graham. »

La nuque de Lounds se tendit sur l'oreiller.

« C'est un mouvement réflexe, dit l'infirmière, il n'est pas conscient. »

Le tube enfoncé dans la chair gonflée de la gorge se soulevait au rythme du respirateur artificiel.

Un inspecteur au visage livide était assis dans un coin de la pièce ; il tenait un magnétophone, et un micro était épinglé à sa veste. Graham ne le remarqua que lorsqu'il prit la parole.

« Lounds a prononcé votre nom aux urgences avant qu'ils lui fassent la trachéotomie.

— Vous étiez présent ?

— Je suis arrivé après, mais j'ai toutes ses paroles sur cette bande. Il a donné un numéro minéralogique aux pompiers dès qu'ils sont arrivés. Ensuite, il s'est évanoui. Il n'est revenu à lui qu'une minute aux urgences, quand on lui a fait une piqûre dans la poitrine. Des types du *Tattler* ont suivi l'ambulance — ils étaient là pour enregistrer. J'ai une copie de leur bande.

— Je veux l'entendre. »

L'inspecteur manipula les boutons du magnétophone. « Je pense que vous voudrez l'écouteur individuel », dit-il, plus pâle que jamais. Il appuya sur une touche.

Graham entendit des voix, des bruits métalliques, « mettez-le au trois », le choc d'une civière sur une porte battante, une toux rauque et une voix déformée sortant d'une bouche sans lèvres.

« *La Hâchoire.*

— Freddy, vous l'avez vu? A quoi il ressemble, Freddy?

— *Hendy? He heux Hendy. Grahan n'a haisé. C't enhulé le sahait. Grahan n'a haisé. C't enhulé a his la hain sur noi hour la hoto comme si h'étais son hien-hien. Hendy?* »

Un bruit de tuyauterie. La voix d'un docteur : « Ça suffit, allez-vous-en maintenant. Compris ? »

Ce fut tout.

Graham s'approcha de Lounds quand Crawford écouta la bande à son tour.

« Nous recherchons le numéro de la voiture », dit l'inspecteur. « Vous arrivez à comprendre ce qu'il dit ?

— Qui est Wendy? demanda Crawford.

— C'est la pute qui est dans le couloir. La blonde avec les gros nénés. Elle a essayé de le voir. Elle n'est au courant de rien.

— Vous pourriez la laisser entrer, non? dit Graham, sans se retourner.

— Les visites sont interdites.

— Il est en train de claquer.

— Vous croyez que je ne le sais pas, peut-être? Ça fait des plombes que je m'emmerde ici... Pardon.

— Accordez-vous quelques minutes », dit Crawford. « Buvez un café, passez-vous le visage sous l'eau froide. Il ne dira rien. Et s'il parle, j'aurai le magnétophone.

— Dans ce cas, ça va. »

Quand l'inspecteur fut sorti, Graham laissa Crawford auprès du lit et s'approcha de la femme qui attendait dans le couloir.

« Wendy?

— Oui.

— Si vous êtes toujours décidée à le voir...

— Oui. Je devrais peut-être me donner un coup de peigne?

— Ça ne sera pas nécessaire », dit Graham.

L'inspecteur revient dans la chambre et n'essaya pas de la faire sortir.

Wendy, du « Wendy City », tenait la main carbonisée de Lounds et le regardait bien en face. Il remua un peu, juste avant midi.

« Tu verras, Roscoe, tout ira très bien, lui dit-elle. On va encore pouvoir se payer du bon temps. »

Lounds remua à nouveau, puis il mourut.

23

LE capitaine Osborne, de la criminelle de Chicago, avait le visage chafouin d'un renard des sables. Des exemplaires du *Tattler* jonchaient le poste de police. Il y en avait même un sur son bureau.

Il ne pria pas Crawford et Graham de s'asseoir.

« Vous n'aviez rien à faire avec Lounds à Chicago ?

— Non, il devait venir à Washington, dit Crawford. Il avait réservé sa place. Je suis certain que vous avez vérifié.

— Oui, c'est fait. Il a quitté son bureau vers une heure et demie de l'après-midi. Quand il s'est fait attaquer dans son parking, il devait être deux heures moins dix.

— Vous avez trouvé quelque chose sur place ?

— Les clefs avaient glissé sous la voiture. Il n'y a pas de surveillant au parking. Il y avait bien une porte automatique, mais elle est retombée sur plusieurs voitures et ils l'ont supprimée. Personne n'a rien vu. Nous travaillons sur sa voiture.

— On peut quelque chose pour vous ?

— Vous aurez les résultats dès qu'ils me seront communiqués. On ne vous entend pas beaucoup, Graham. Vous aviez pourtant plein de choses à dire dans le journal.

— Vous ne m'avez pas non plus appris grand-chose.

— Y a quelque chose qui vous chiffonne, Capitaine ?

demanda Crawford.

— Moi ? Je me demande bien ce qui pourrait me chiffonner ! Vous nous demandez de remonter une écoute téléphonique et on met la main sur un journaliste ; là-dessus, vous dites que vous n'avez rien contre lui. Vous passez un pacte avec lui. Total : il se fait cramer devant sa feuille à scandales. Maintenant, les autres canards parlent de lui comme de l'un des leurs.

« Voilà qu'on se retrouve à Chicago avec votre histoire de La Mâchoire. Charmant. " La Mâchoire frappe à Chicago. " Il ne nous manquait plus que ça ! Avant minuit, nous aurons six cadavres sur les bras, des types qui rentreront un peu ronds à la maison et leurs bonnes femmes qui leur tireront dessus parce qu'elles ne les auront pas reconnus. Peut-être que La Mâchoire va prendre goût à Chicago, qu'il va s'amuser quelque temps en ville.

— Il n'y a pas trente-six solutions, dit Crawford. Soit on fait bande à part, vous avec le commissaire, le juge d'instruction et vos bonshommes, moi avec les miens ; soit on fait la paix et on essaye d'arrêter ce salaud. J'étais responsable de cette opération et elle a foiré, je le sais. Ça ne vous arrive jamais à vous, à Chicago ? Je n'ai pas envie de me battre avec vous, Capitaine. Ce que je veux, c'est mettre la main sur lui et rentrer chez moi. Et vous, qu'est-ce que vous voulez ? »

Osborne déplaça quelques objets sur son bureau, un porte-plume, la photo d'une fille en uniforme. Il s'appuya au dossier de la chaise, fit la moue et souffla.

« Pour l'instant, ce que je veux, c'est du café. Vous en voulez aussi ?

— Oui, dit Crawford.

— Moi aussi », fit Graham.

Osborne leur tendit des tasses en plastique.

« La Mâchoire avait certainement un van ou un plateau pour transporter Lounds sur son fauteuil, dit Graham.

— La plaque minéralogique décrite par Lounds a été volée à Oak Park sur la camionnette d'un dépanneur de télévisions, dit Osborne. Il a pris en même temps un panneau publicitaire, c'est donc qu'il avait un van ou un plateau. Il a remplacé la plaque de la camionnette du dépanneur par une autre plaque volée pour retarder les recherches. C'est un type très malin. Ce dont nous sommes sûrs, c'est qu'il a pris la plaque de la camionnette après huit heures et demie du matin. Le dépanneur a commencé sa journée en faisant le plein et il a payé avec une carte de crédit. Le pompiste a noté le bon numéro sur le bordereau, c'est donc que la plaque a été volée après.

— Personne n'a vu le véhicule ? dit Crawford.

— Non. Le vigile du *Tattler* n'a rien vu. Il est tellement miraud qu'il ferait un bon arbitre de catch. Les pompiers sont venus au *Tattler*, ils croyaient qu'il y avait le feu, rien de plus. Nous recherchons tous les types qui travaillent de nuit dans le quartier du *Tattler* et dans le coin où le dépanneur de télés bossait mardi matin. Espérons que quelqu'un l'aura vu piquer la plaque.

— J'aimerais revoir le fauteuil, dit Graham.

— Il est au labo. Je vais les appeler. » Osborne attendit quelques instants avant de poursuivre. « Lounds était un type qui en avait, il faut le reconnaître. Se souvenir d'un numéro et le répéter, dans l'état où il était... Vous avez écouté ce que Lounds a dit à l'hôpital ? »

Graham hocha la tête.

« Ce n'est pas que je veuille insister, mais j'aimerais bien savoir si nous avons entendu la même chose. Selon vous, qu'est-ce qu'il a dit ?

« La Mâchoire. Graham m'a baisé. C't enculé le savait. Graham m'a baisé. C't enculé a mis la main sur moi pour la photo comme si j'étais son chien-chien », dit Graham d'une voix monocorde.

Osborne ne savait pas ce que Graham pouvait ressentir. Il lui posa une autre question.

« Il parlait de la photo du *Tattler* où l'on vous voyait tous les deux ?

— Sûrement.

— Pourquoi a-t-il dit cela ?

— Lounds et moi avions eu quelques petits différends.

— Pourtant, sur la photo, vous aviez l'air de bien vous entendre. La Mâchoire commence par tuer l'animal domestique, c'est ça ?

— Oui. » Pas con, le renard des sables, se dit Graham.

« Dommage que vous ne l'ayez pas mis sous surveillance. »

Graham ne répliqua pas.

« Lounds était censé être avec nous à l'heure où La Mâchoire a lu le *Tattler*, dit Crawford.

— Est-ce qu'il y a dans ses déclarations un élément qui pourrait nous être utile ? »

Graham fut tiré de sa rêverie et il dut se répéter mentalement la question d'Osborne avant d'y répondre. « D'après ce qu'a dit Lounds, La Mâchoire a lu le *Tattler* avant de s'en prendre à lui. Exact ?

— Exact.

— Si on part de l'idée que c'est le *Tattler* qui l'a mis dans cet état, vous ne trouvez pas qu'il a organisé son affaire plutôt rapidement ? Le journal sort lundi soir et mardi, le matin, très probablement, il vole des plaques minéralogiques à Chicago, tout ça pour coincer Lounds dans l'après-midi. Qu'est-ce que vous en concluez ?

— Qu'il a vu le journal très tôt ou qu'il n'est pas venu de loin, dit Crawford. Il l'a vu à Chicago ou dans une ville où il paraît le lundi soir. Souvenez-vous qu'il attendait sa parution pour lire les petites annonces.

— Soit il était sur place, soit il est venu en voiture, dit Graham. Quand il a attaqué Lounds, il avait déjà son vieux fauteuil roulant. C'est un modèle qu'on ne peut pas emporter en avion, il ne se plie même pas. Il n'a pas pu non plus prendre l'avion, voler un van puis des plaques minéralogiques, et chercher un vieux fauteuil roulant. Il lui fallait absolument un ancien modèle, un fauteuil moderne n'aurait pas fait l'affaire. » Graham jouait avec le cordon des stores vénitiens et regardait fixement le mur de briques, de l'autre côté de la cheminée d'aération. « Il avait déjà le fauteuil, ou bien... il le voyait sans arrêt. »

Osborne voulut poser une question, mais Crawford lui fit signe d'attendre.

Graham faisait des nœuds avec le cordon. Ses mains tremblaient doucement.

« Il le voyait sans arrêt... l'encouragea Crawford.

— Ouais... fit Graham. Tout part du fauteuil roulant, à force d'y penser et de le voir. C'est lui qu'il voit quand il pense à ce qu'il va bien pouvoir faire à tous les salauds qui s'en prennent à lui. Freddy en train de dévaler la rue comme une boule de feu — un fameux spectacle, oui.

— Tu crois qu'il a regardé ?

— C'est possible. Mais il a certainement imaginé la scène avant de passer à l'action, quand il a réfléchi à ce qu'il allait lui faire. »

Osborne observa Crawford. Crawford était solide, et Osborne le savait. Et Crawford écoutait ça sans broncher.

« S'il s'est procuré ce fauteuil — ou s'il l'a toujours eu avec lui — nous pourrions faire le tour des maisons de repos ou des asiles de vieillards, dit Osborne.

— Il était parfait pour immobiliser Freddy, dit Graham.

— Pendant longtemps, en plus. Il l'a détenu quinze heures et vingt-cinq minutes, à quelque chose près, dit Osborne.

— S'il avait seulement voulu descendre Freddy, il aurait pu le faire dans le parking, dit Graham. Il aurait pu le faire brûler dans sa voiture. Non, ce qu'il voulait, c'était parler à Freddy ou lui faire peur.

— Il a fait ça dans son van, dit Crawford, ou il l'a emmené quelque part. Vu le temps passé, je dirais qu'il l'a emmené quelque part.

— Il fallait que ce soit un endroit tranquille. En le ligotant bien, il n'aurait pas forcément attiré l'attention dans une maison de repos, dit Osborne.

— Oui, mais il a dû faire du bruit. Sans parler du nettoyage, après... dit Crawford. Supposons qu'il ait eu le fauteuil, une rampe d'accès pour le van, un endroit tranquille pour s'occuper de lui... Et s'il avait fait tout cela chez lui ? »

Le téléphone d'Osborne se mit à sonner. Il décrocha et grogna dans le combiné.

« Quoi ? Non, je ne veux pas parler au *Tattler*... J'espère que ce ne sont pas des conneries. Passez-la-moi... Capitaine Osborne, oui... A quelle heure ? Qui a répondu au téléphone en premier ? La standardiste... Bon, dites-lui de quitter son poste. Répétez-moi ce qu'il a dit... Je vous envoie quelqu'un dans cinq minutes. »

Osborne raccrocha, puis contempla le combiné d'un air pensif.

« La secrétaire de Lounds a reçu un coup de fil il y a cinq minutes, dit-il. Elle jure que c'était la voix de Lounds. Il a dit quelque chose qu'elle n'a pas très bien compris : " la force du Grand Dragon Rouge ". Il paraît que c'est cela qu'il a dit. »

·24

LE Dr Frederick Chilton attendait dans le couloir devant la cellule du Dr Hannibal Lecter. A ses côtés se tenaient trois infirmiers musclés. L'un d'eux portait une camisole et des jambières, un autre une bombe anesthésiante et le troisième chargeait une fléchette tranquillisante dans un fusil à air comprimé.

Lecter lisait un tableau actuariel et prenait des notes. Il avait entendu les pas s'approcher. Il entendit le déclic du fusil tout près de lui, mais il poursuivit sa lecture comme s'il ne savait pas que Chilton était venu lui rendre visite.

Chilton avait fait parvenir à Lecter les journaux à midi et avait attendu le soir pour lui faire connaître le châtiment consécutif à l'aide qu'il avait apportée au Dragon.

« Docteur Lecter », dit Chilton.

Lecter se tourna sur son siège. « Bonsoir, docteur Chilton. » Il ne tenait pas compte de la présence des gardiens. Il ne regardait que Chilton.

« Je suis venu chercher vos livres. *Tous* vos livres.

— Je vois. Puis-je vous demander combien de temps vous comptez les conserver ?

— Cela dépendra de votre attitude.

— C'est *vous* qui avez pris cette décision ?

— Ici, c'est moi qui décide des mesures punitives.

— Bien sûr. Ce n'est pas le genre de choses que Will

Graham pourrait demander.

— Allez près du filet et passez cela, docteur Lecter. Je ne vous le dirai pas deux fois.

— Certainement, docteur Chilton. J'espère que c'est du 39, le 37 me serre un peu à la taille. »

Le Dr Lecter enfila la camisole et les jambières comme s'il s'agissait d'une tenue de gala. Un infirmier s'approcha de la barrière et les lui attacha dans le dos.

« Aidez-le à regagner son lit », dit Chilton.

Chilton nettoya ses lunettes et remua les papiers personnels de Lecter à l'aide d'un crayon pendant que les infirmiers ôtaient les livres des étagères.

Lecter les observa dans l'ombre de sa cellule. Il y avait quelque chose de gracieux en lui, même lorsqu'il portait la camisole.

« Sous le classeur jaune, dit tranquillement Lecter, vous trouverez un formulaire de refus que les *Archives* vous ont adressé. Il s'est mêlé à du courrier que m'a envoyé cette revue, et je crains d'avoir ouvert l'enveloppe par mégarde. Désolé. »

Chilton rougit et s'adressa à un infirmier. « Je crois que vous devriez ôter le siège des toilettes du docteur Lecter. »

Chilton jeta un coup d'œil au tableau actuariel. Lecter avait inscrit son âge tout en haut : Lecter avait quarante et un ans. « Et là, qu'est-ce que vous avez ? lui demanda Chilton.

— Le temps », dit le Dr Lecter.

Brian Zeller emporta vers la section « Analyse Instrumentale » la mallette du courrier ainsi que les roues du fauteuil roulant. Il filait si vite dans les couloirs que son pantalon de gabardine en sifflait.

Retenus sur place, les employés du service connaissaient bien ce sifflement et savaient quel sens lui attribuer.

Ils n'avaient déjà que trop de retard. Le courrier avait vu son vol annulé à Chicago, puis il avait été détourné sur Philadelphie, ce qui l'avait obligé à louer une voiture et à rouler jusqu'au laboratoire du F.B.I, à Washington.

Le laboratoire de la police de Chicago est efficace, mais il y a un certain nombre de choses pour lesquelles il n'est pas équipé. Et Zeller était prêt à s'y mettre tout de suite.

Au spectromètre de masse, il abandonna les éclats de peinture provenant de la portière de voiture de Lounds.

Aux « Cheveux et Fibres », Beverly Katz partagea les roues du fauteuil entre plusieurs membres de la section.

Zeller s'arrêta finalement dans la petite pièce surchauffée où Liza Lake travaillait sur un chromatographe à gaz. Elle étudiait les cendres consécutives à un incendie volontaire survenu en Floride et regardait la pointe se déplacer par à-coups sur le papier millimétré.

« C'est de l'essence à briquet, dit-elle. C'est avec ça qu'il a mis le feu. » Elle avait observé tant de prélèvements qu'elle n'avait plus besoin de consulter le manuel pour en distinguer les marques les unes des autres.

Zeller se détourna de Liza Lake et s'en voulut de chercher à allier le plaisir au travail. Il s'éclaircit la voix et lui tendit deux pots en métal.

« Chicago ? » demanda-t-elle.

Zeller hocha la tête.

Elle vérifia l'état des pots et le sceau apposé sur les couvercles. L'un des pots contenait des cendres provenant du fauteuil roulant ; l'autre, des matières carbonisées ayant appartenu à Lounds.

« Elles sont enfermées depuis longtemps ?

— Six heures, pas plus, dit Zeller.

— J'y jette tout de suite un coup d'œil. »

Elle perça le couvercle à l'aide d'une grosse seringue, aspira l'air qui avait été au contact des cendres, puis l'injecta directement dans le chromatographe. Elle effectua quelques réglages, puis l'échantillon se déplaça dans la colonne de la machine, et la pointe s'agita sur le papier.

« Il n'y a pas de traces de plomb, dit-elle. C'est du gasoil... du gasoil sans traces de plomb. Ça ne me dit pas grand-chose. » Elle feuilleta une pile de graphes. « Je ne peux pas encore vous donner la marque. Je vais le traiter au pentane, je vous dirai ensuite ce que c'est.

— Bon », dit Zeller. Le pentane dissoudrait les fluides contenus dans les cendres avant de se fractionner dans le chromatographe, permettant ainsi une analyse très fine des fluides.

Zeller fut comblé vers une heure du matin.

Liza Lake avait réussi à découvrir la marque du gasoil : Freddy Lounds avait été arrosé de « Servco Supreme ».

Un brossage minutieux du bois du fauteuil avait permis d'extraire deux types de poils de tapis — en laine et en synthétique. Des traces de moisissure indiquaient que le fauteuil avait été rangé pas mal de temps dans un lieu humide et sombre.

Les autres résultats étaient moins satisfaisants. Les éclats de peinture ne correspondaient pas à de la peinture industrielle. Passée au spectromètre de masse et comparée à la liste officielle des peintures pour automobiles, elle se révéla être de l'émail Duco de qualité supérieure, dont plus de sept mille hectolitres avaient été fabriqués au cours du premier trimestre 1978 afin d'approvisionner plusieurs chaînes d'ateliers de peinture sur carrosserie.

Zeller avait espéré mettre le doigt sur un type de véhicule bien précis ainsi que sur sa date approximative de fabrication.

Il communiqua les résultats à Chicago par télex.

La police de Chicago voulait récupérer ses roues. Elles formaient un paquet de forme plutôt étrange. Zeller joignit le rapport du labo et un paquet qui était arrivé pour Graham au courrier. « Vous ne voulez pas aussi que je leur apporte des sandwiches ? » grommela le messager spécial quand il fut sûr que Zeller ne pouvait plus l'entendre.

Le ministère de la Justice possède un certain nombre de petits appartements proches de la septième cour de district de Chicago ; ils sont destinés aux juristes et aux témoins importants des procès. Graham habitait l'un d'eux, et Crawford occupait celui situé juste en face.

Graham arriva à neuf heures du soir, épuisé et trempé. Il n'avait rien pris depuis le petit déjeuner servi dans l'avion de Washington et l'idée même de manger le dégoûtait.

Ce mercredi de pluie allait enfin s'achever. Il avait rarement connu des jours aussi sinistres.

Maintenant que Lounds était mort, il lui semblait évident qu'il était le prochain sur la liste. Toute la journée, Chester l'avait surveillé : quand il avait visité le parking de Lounds, quand il avait attendu sous la pluie, sur le trottoir noirci où Lounds avait péri. Aveuglé par les flashes des journalistes, il avait déclaré être « très éprouvé par la perte de son ami Frederick Lounds ».

Il se rendait à l'enterrement, tout comme un certain nombre d'agents fédéraux et de policiers, dans l'espoir que l'assassin viendrait se repaître du chagrin de Graham.

Pour l'heure, il ne savait pas exactement ce qu'il éprouvait. Une nausée glaciale l'étreignait et, parfois, une bouffée de joie malsaine montait en lui à l'idée de ne pas avoir brûlé à la place de Lounds.

Graham avait l'impression de ne rien avoir appris en quarante ans ; il s'était fatigué, rien de plus.

Il se versa un grand Martini et le but en se déshabillant. Il en but un autre après la douche tout en regardant les actualités.

(« Echec pour le F.B.I. : un célèbre journaliste est tué par La Mâchoire. Tous les détails après notre page de publicité. »)

Avant la fin des informations, l'assassin n'était plus appelé autrement que « le Dragon ». Le *Tattler* avait communiqué ce renseignement à toutes les chaînes de télévision. Graham ne s'en étonna pas. L'édition du jeudi du *Tattler* se vendrait comme des petits pains.

Il se versa un troisième Martini et appela Molly.

Elle avait regardé les informations télévisées de dix-huit heures et de vingt-deux heures, et elle avait également vu un exemplaire du *Tattler*. Elle savait que Graham avait joué le rôle de la chèvre.

« Will, tu aurais dû me mettre au courant.

— Je ne crois pas, non.

— Il va essayer de te tuer maintenant ?

— Tôt ou tard, mais ça ne lui sera pas très facile désormais. Je me déplace beaucoup et je suis tout le temps couvert. Il le sait, Molly. Non, ça ira.

— Tu as l'air un peu pâteux. Tu n'aurais pas bu un coup de trop ?

— Un ou deux.

— Comment te sens-tu ?

— Lessivé.

— Ils ont dit aux informations que le F.B.I. n'avait prévu aucune protection pour le journaliste.

— Il aurait dû être avec Crawford à l'heure où La Mâchoire a eu le journal.

— Tout le monde l'appelle le Dragon, maintenant.

— C'est le nom qu'il se donne.

— Will, il y a quelque chose... Je voudrais partir avec Willy.

— Pour aller où ?

— Chez ses grands-parents. Cela fait pas mal de temps qu'ils ne l'ont pas vu.

— Mouais... »

Les grands-parents paternels de Willy avaient une ferme sur la côte de l'Oregon.

« Ce n'est pas formidable ici. Je suis sûre que nous sommes en sécurité... Malgré tout, nous ne dormons pas beaucoup. Ce sont peut-être les leçons de tir qui m'ont secouée, je n'en sais rien.

— Je suis désolé, Molly. »

Si tu pouvais savoir à quel point je le suis...

« Tu vas me manquer. Tu vas nous manquer, à tous les deux. »

Ainsi, elle avait fait son choix.

« Quand partez-vous ?

— Demain matin.

— Et la boutique ?
— Evelyn veut la reprendre. Je lui apporterai ma caution auprès des grossistes pour les achats d'automne, mais c'est elle la patronne désormais.
— Et les chiens ?
— Je lui ai demandé d'appeler le comté. Je suis désolée, Will. Quelqu'un viendra peut-être en adopter.
— Molly, je...
— Si cela pouvait servir à quelque chose que je reste ici, tu sais que je resterais. Mais cela ne sert à rien, Will, je ne te suis d'aucune aide. Quand nous serons là-bas, tu pourras vraiment penser à toi. Et puis, je ne vais pas porter ce flingue sur moi jusqu'à la fin de mes jours.
— Tu pourrais peut-être descendre jusqu'à Oakland pour voir jouer les " A's ". Non, ce n'est pas ce que je voulais dire... » Aïe, aïe, ce silence s'éternise.

« Ecoute, je t'appellerai, dit-elle, ou plutôt, c'est toi qui devras m'appeler. »

Graham sentit que quelque chose se brisait. Il avait du mal à respirer.

« Je vais appeler le F.B.I. pour qu'ils s'occupent de tout. Tu as déjà pris tes places ?
— J'ai donné un faux nom. Je me suis dit que les journaux pourraient...
— Très bien. Je vais envoyer quelqu'un. Tu n'auras pas à embarquer avec les autres passagers, tu quitteras Washington sans problèmes. Tu veux bien ? A quelle heure tu décolles ?
— A neuf heures quarante. Vol American 118.
— D'accord. A huit heures et demie, derrière le Smithsonian. Il y a un parking payant. Tu y laisseras la voiture. Quelqu'un viendra à ta rencontre. Il écoutera sa montre et la portera à son oreille en descendant de voiture. C'est compris ?
— D'accord.
— Dis, vous changez à O'Hare ? Je pourrais peut-être...
— Non, nous changeons à Minneapolis.

— Ecoute, Molly, je pourais peut-être venir vous retrouver quand tout sera fini ?

— Oui, ça serait bien. »

Ça serait bien...

« Tu as assez d'argent ?

— La banque m'en envoie.

— Où cela ?

— A la Barclay's, à l'aéroport. Ne t'en fais pas.

— Tu vas me manquer.

— Toi aussi, mais ce sera comme maintenant, tu sais. La distance est la même, par téléphone. Willy te dit bonjour.

— Moi aussi, je lui dis bonjour.

— Fais attention, chéri. »

C'était la première fois qu'elle l'appelait chéri. Mais il s'en fichait. Chéri, Dragon Rouge — tous ces nouveaux noms n'avaient aucune importance.

L'officier de garde de Washington ne demandait pas mieux que de régler tous les détails pour Molly.

Graham appuya son visage sur la vitre froide et regarda la pluie marteler les voitures, la rue grise se colorer soudain sous l'éclair. Il laissa sur la vitre l'empreinte de son front et de son nez, de ses lèvres et de son menton.

Molly était partie.

La journée s'achevait, et il n'y avait plus que la nuit et cette bouche sans lèvres qui l'accusait.

Lounds, et Wendy qui lui tient ce qui lui reste de main, jusqu'au dernier instant.

« *Bonjour, ici Valérie Leeds. Je suis actuellement absente...* »

« Moi aussi, je suis absent », dit Graham.

Graham emplit une nouvelle fois son verre et s'assit à table, près de la fenêtre, les yeux fixés sur une chaise vide. Il la regarda jusqu'à ce qu'il vît la silhouette d'un corps humain se dessiner dans l'ombre. Il s'efforça de rendre cette image plus précise, de lui donner un visage. Ce corps immobile, intangible, dépourvu de visage, le regardait toutefois avec une insistance quasi palpable.

« Je sais que c'est dur », dit Graham. Il était passablement saoul. « Il faut que tu t'arrêtes, que tu ne bouges plus tant qu'on ne t'a pas trouvé. Si tu ne peux plus tenir, eh bien, viens me chercher. Je n'en ai rien à foutre. Ça ira mieux après. Ils ont des trucs maintenant pour t'aider à t'arrêter. Pour t'aider à cesser d'*avoir besoin de faire ça*. Il faut m'aider. Rien qu'un petit peu. Molly est partie, le vieux Freddy est claqué. Il n'y a plus que toi et moi, mon pote. » Il se pencha vers la chaise, la main tendue, mais la silhouette avait disparu.

Graham se coucha sur son bras. Il pouvait voir l'empreinte de son visage quand l'éclair illuminait la rue. Un front et un nez, une bouche et un menton, un visage percé de larmes de pluie. Un visage sans yeux, un visage de pluie.

Graham s'était efforcé de comprendre le Dragon.

Parfois, dans le silence pesant de la maison des victimes, l'espace que le Dragon avait foulé avant lui essayait de lui parler.

Il arrivait que Graham se sentît proche de lui. Un sentiment éprouvé au cours de précédentes enquêtes l'avait à nouveau envahi depuis quelques jours : l'impression désagréable que le Dragon et lui faisaient les mêmes choses aux mêmes instants de la journée, que leurs vies quotidiennes formaient deux lignes parallèles. Quelque part, le Dragon mangeait, prenait sa douche ou dormait en même temps que lui.

Graham faisait des efforts pour mieux le connaître. Il tentait de le voir par-delà la transparence des diapositives ou des tubes à essai, entre les lignes des rapports de police ; d'entrevoir son visage derrière ces piles de papier imprimé. Graham faisait vraiment le maximum pour le connaître.

Mais, pour commencer à comprendre le Dragon, pour entendre les gouttes glacées dans ses ténèbres, pour voir le monde au travers de sa brume rouge, Graham aurait dû voir des choses qu'il ne verrait jamais et, pour ce faire, voyager dans le temps...

25

Springfield, Missouri, 14 juin 1938.

EPUISEE par les premières douleurs, Marian Dolarhyde Trevane fit arrêter le taxi devant l'hôpital municipal. Un souffle d'air chaud projeta du sable sur ses chevilles quand elle monta les marches du perron. La valise qu'elle traînait était de meilleure qualité que la robe ample qu'elle portait, de même que le réticule qu'elle serrait contre son ventre. Dans le sac, il y avait soixante cents. Dans son ventre, Francis Dolarhyde.

Elle déclara aux admissions s'appeler Betty Johnson, ce qui était faux. Elle dit que son mari était musicien et qu'elle ne savait pas où le joindre, ce qui était vrai.

Ils l'installèrent dans la salle commune de la maternité. Elle ne prêta pas attention aux femmes couchées à côté d'elle et regarda fixement de l'autre côté de l'allée.

Moins de quatre heures plus tard, on l'emmenait dans la salle d'accouchement, où naquit Francis Dolarhyde. L'obstétricien fit remarquer qu'il ressemblait « plus à une chauve-souris qu'à un bébé », ce qui était également vrai. Il était né avec une fissure bilatérale de la lèvre supérieure associée à une division palatine. La partie centrale de la bouche formait une protubérance, et le nez était aplati.

Les médecins de l'hôpital décidèrent de ne pas le présenter immédiatement à sa mère. Ils attendirent de voir si l'enfant pourrait survivre sans oxygène. Ils l'installèrent dans un berceau tout au fond de la crèche, le dos tourné à la vitre de séparation. Il pouvait respirer mais pas se nourrir. Sa fissure palatine l'empêchait de téter.

Le premier jour, ses cris ne furent pas aussi continus que ceux d'un drogué en manque, mais tout aussi perçants.

L'après-midi du deuxième jour, il ne réussit qu'à émettre une sorte de gémissement plaintif.

A la relève de trois heures, une ombre imposante s'étendit sur son berceau. Prince Easter Mize, cent vingt kilos, fille de salle de la maternité, le contemplait, les bras croisés sur son opulente poitrine. En vingt-six années passées à la maternité, elle avait vu près de trente-neuf mille enfants. Et celui-ci vivrait s'il daignait manger.

Prince Easter n'avait reçu du Seigneur aucune instruction lui enjoignant de laisser mourir cet enfant, et l'hôpital n'en avait certainement pas reçu plus qu'elle. Elle tira de sa poche un bouchon obturateur en caoutchouc percé d'une pipette en verre. Elle enfonça le bouchon dans le goulot d'une bouteille de lait. Avec une seule main, elle pouvait porter l'enfant et lui tenir la tête. Elle le tint serré contre sa poitrine jusqu'à ce qu'elle fût certaine qu'il entendait battre son cœur. Il prit une soixantaine de grammes de lait et s'endormit.

L'air satisfait, elle le recoucha et reprit ses occupations habituelles.

Le quatrième jour, les infirmières transportèrent Marian Dolarhyde Trevane dans une chambre particulière. Une précédente occupante avait laissé des roses trémières dans un pichet en émail sur le lavabo. Les roses avaient bien tenu le coup.

Marian était une belle fille, dont le visage commençait à dégonfler. Elle regarda le docteur quand il vint lui parler. Il avait posé la main sur son épaule et elle pouvait sentir l'odeur du savon sur sa peau. Elle était en train d'observer les pattes d'oie de ses yeux quand elle comprit enfin de quoi il lui parlait. Alors, elle ferma les yeux et ne les rouvrit pas quand ils apportèrent le bébé.

Finalement, elle se décida à regarder. Ils durent fermer la porte quand elle se mit à hurler. Puis ils lui firent une piqûre de tranquillisants.

Le cinquième jour, elle quitta seule l'hôpital. Elle ne savait pas où aller. Il lui était impossible de rentrer chez elle, sa mère le lui avait fait clairement comprendre.

Marian Dolarhyde Trevane compta les pas entre les poteaux électriques. Tous les trois poteaux, elle s'arrêtait pour s'asseoir sur sa valise et se reposer un instant. Heureusement qu'elle avait sa valise. Dans toutes les villes, il y avait un prêteur sur gages non loin de l'arrêt du car. C'était une chose qu'elle avait apprise en voyageant avec son mari.

En 1938, à Springfield, on ne savait pas ce qu'était la chirurgie esthétique. A Springfield, on gardait le visage qu'on avait en naissant.

Un chirurgien de l'hôpital municipal fit tout son possible pour Francis Dolarhyde. Il commença par reculer la partie médiane de la bouche à l'aide d'un bandage élastique, puis referma les fissures des lèvres selon une technique aujourd'hui dépassée. Les résultats esthétiques étaient loin d'être satisfaisants.

Le chirurgien était assez perplexe et il décida, à juste titre, que l'enfant ne pourrait être opéré du palais qu'à l'âge de cinq ans. Une opération précoce n'aurait fait qu'entraver la croissance du visage.

Un dentiste local se proposa pour fabriquer un obturateur qui ferma le palais de l'enfant et lui permit de se nourrir sans avaler par le nez.

Le nourrisson fut envoyé à l'orphelinat de Springfield, où il passa un an et demi, puis à l'orphelinat Morgan Lee.

Le révérend S. B. « Buddy » Lomax dirigeait

l'orphelinat. Le frère Buddy réunit tous les enfants et leur expliqua que Francis avait un bec-de-lièvre, mais qu'il ne fallait surtout pas se moquer de lui.

Le frère Buddy leur suggéra même de prier pour lui.

La mère de Francis Dolarhyde apprit à s'occuper d'elle-même pendant les années qui suivirent la naissance de son fils.

Marian Dolarhyde trouva d'abord un travail de secrétaire à la section de Saint Louis du parti démocrate. Son patron l'aida à faire annuler son mariage avec M. Trevane, toujours absent.

Il ne fut jamais fait mention d'un enfant dans la procédure d'annulation.

Elle n'avait plus aucun rapport avec sa mère. (« Je ne t'ai pas élevée pour que tu te fasses sauter par ce poivrot d'Irlandais » — telles furent les paroles que Mme Dolarhyde adressa à Marian quand elle quitta la maison en compagnie de Trevane.)

Son ancien mari l'appela un jour au bureau. Sobre et pieux, il lui expliqua qu'il avait trouvé le salut et voulut savoir si Marian, lui-même, et cet enfant « qu'il n'avait jamais eu la joie de connaître » pourraient à nouveau vivre ensemble. Il paraissait complètement perdu.

Marian lui dit que l'enfant était mort-né et raccrocha.

Il débarqua alors dans sa pension, complètement saoul, une valise à la main. Quand elle lui dit de déguerpir, il lui fit remarquer que c'était de sa faute à elle si leur mariage avait été un échec et si l'enfant n'avait pas vécu. Il exprima même certains doutes quant au fait que l'enfant fût vraiment de lui.

Folle de rage, Marian Dolarhyde fit à Michael Trevane la description exacte de ce qu'il avait enfanté et ajouta qu'il pouvait s'en occuper si cela lui chantait. Enfin, elle lui rappela qu'il y avait déjà deux becs-de-lièvre dans la famille Trevane.

Elle le mit à la rue et le pria de ne jamais essayer de la revoir. Ce qu'il fit. Pourtant, plusieurs années après, ivre et jaloux du riche mari de Marian et de la belle vie qu'elle menait, il appela la mère de Marian.

Il parla à Mme Dolarhyde de l'enfant et lui dit que ses dents tordues prouvaient bien que la tare était du côté des Dolarhyde.

Une semaine plus tard, Michael Trevane se faisait couper en deux par un tramway de Kansas City.

Mme Dolarhyde ne dormit pas de la nuit après que Trevane lui eut parlé du fils caché de Marian. Grande et mince dans son fauteuil à bascule, Grand-mère Dolarhyde regardait fixement le feu. Vers l'aube, elle commença de se balancer lentement, délibérément.

A l'étage supérieur de la grande maison, une voix brisée l'appela. Le plancher se mit à craquer comme si quelqu'un se traînait vers la salle de bains.

Un bruit sourd — la chute d'un corps — puis la voix brisée qui supplie.

Grand-mère Dolarhyde ne détourna pas une seule fois les yeux du feu. Elle se balança un peu plus rapidement puis, finalement, les cris cessèrent.

C'est vers la fin de sa cinquième année que Francis Dolarhyde reçut sa première et unique visite à l'orphelinat.

Il était installé à la cafétéria quand un garçon plus âgé vint le chercher pour le conduire dans le bureau de frère Buddy.

La dame d'âge mûr qui se trouvait avec le frère Buddy était grande, très poudrée, et ses cheveux étaient rassemblés en un petit chignon. Son visage était très pâle. Il y avait des touches de jaune dans ses cheveux gris, dans ses yeux et sur ses dents.

Elle fit alors une chose dont Francis se souviendra toujours.

Elle lui adressa un sourire affable en découvrant son visage. Cela ne s'était jamais produit auparavant. Cela ne se reproduirait plus jamais par la suite.

« Voilà ta grand-mère, dit le frère Buddy.
— Bonjour », fit-elle.

Le frère Buddy s'essuya la bouche. « Allez, dis bonjour. »

Francis avait appris à dire un certain nombre de choses en obstruant ses narines à l'aide de sa lèvre supérieure, mais il avait rarement l'occasion de dire bonjour. « Anhour », fit-il finalement après beaucoup d'efforts.

Grand-mère semblait de plus en plus heureuse de le voir. « Est-ce que tu sais dire *grand-mère* ?

— Essaye de dire *grand-mère* », reprit le frère Buddy.

Il se bloqua totalement sur la première syllabe, au point d'en pleurer.

Une guêpe heurtait le plafond en bourdonnant.

« Cela ne fait rien, dit la grand-mère. Mais je suis sûre que tu peux dire ton nom. Un grand garçon comme toi, tu dois pouvoir dire ton nom. Tu ne veux pas me dire comment tu t'appelles ? »

Le visage de l'enfant s'éclaira. Les grands l'avaient aidé à prononcer son nom. Il voulait lui faire plaisir. Il se concentra.

« Tête de Nœud », dit-il.

Trois jours plus tard, Grand-mère Dolarhyde revint à l'orphelinat, puis elle emmena Francis avec elle.

Elle entreprit aussitôt de l'aider à parler. Ils travaillèrent sur un seul et unique mot. « Maman. »

Pendant les deux années qui suivirent l'annulation du mariage, Marian Dolarhyde rencontra et épousa Howard Vogt, un juriste plein de talent qui entretenait pas mal de rapports avec l'appareil démocrate de Saint Louis et ce qui subsistait de l'ancien appareil de Kansas City.

Vogt était veuf avec trois enfants en bas âge ; c'était un homme ambitieux et affable, de quinze ans l'aîné de Marian Dolarhyde. Il n'éprouvait de haine pour personne, sauf pour le *Saint Louis Post Dispatch*, qui avait tout fait pour le descendre lors du scandale des élections de 1936 et qui avait barré la route au parti démocrate lors des élections de 1940 pour le poste de gouverneur de l'Etat.

En 1943, l'étoile de Vogt recommençait de briller. Il était candidat à l'assemblée du Missouri et délégué potentiel à la future convention constitutionnelle de l'Etat.

Marian était une femme d'intérieur utile et attirante, et Vogt lui acheta dans Olive Street une belle maison pour donner des réceptions.

Francis Dolarhyde avait passé une semaine chez sa grand-mère quand elle l'y emmena.

Grand-mère n'avait jamais vu la maison de sa fille. La bonne qui lui ouvrit la porte ne la connaissait pas.

« Je suis Mme Dolarhyde », dit-elle en passant devant la bonne. Sa combinaison dépassait par-derrière. Elle conduisit Francis dans une grande salle de séjour pourvue d'une agréable cheminée.

« Qui est-ce, Viola ? » Une voix de femme, au premier étage.

Grand-mère prit dans ses mains le visage de Francis. Il pouvait sentir l'odeur de ses gants de cuir. Et dans un murmure : « Va voir ta maman, Francis. Va la voir. Va voir ta maman. »

Il voulut reculer.

« Va voir ta maman. » Elle le prit par les épaules et le mena jusqu'à l'escalier. Il grimpa jusqu'au palier avant de se retourner. Elle l'encouragea d'un signe de tête.

Le couloir, puis la porte de la chambre, ouverte.

Sa mère était assise devant la coiffeuse et vérifiait son maquillage dans un miroir bordé d'ampoules électriques. Elle se rendait à une réunion politique, et trop de rouge ne ferait pas convenable.

Elle tournait le dos à la porte.

« Manmon », dit Francis, ainsi qu'on le lui avait enseigné. Il faisait vraiment de son mieux. « Manmon. »

C'est alors qu'elle le découvrit dans le miroir. « Si tu viens pour Ned, il n'est pas ici et...

— Manmon. » Il entra dans la lumière impitoyable.

Marian entendit la voix de sa mère qui, au rez-de-chaussée, demandait du thé. Elle ouvrit tout grands les yeux et se cala sur la chaise. Elle ne se retourna pas. Elle éteignit l'éclairage du miroir et son image disparut. Dans la pièce plongée dans l'obscurité, elle émit un petit gémissement qui s'acheva en un sanglot. Peut-être pleurait-elle sur son propre compte, peut-être sur celui de Francis.

A compter de ce jour, Grand-mère emmena Francis dans toutes les réunions politiques, expliquant à qui voulait l'entendre qui il était et d'où il venait. Elle l'obligeait à dire bonjour à tout le monde. C'était un mot sur lequel ils ne s'entraînaient jamais à la maison.
M. Vogt perdit les élections ; il lui manquait mille huit cents voix.

26

Dans la maison de Grand-mère, le nouvel univers de Francis Dolarhyde était une forêt de jambes veinées de bleu.

Grand-mère Dolarhyde dirigeait depuis trois ans sa maison de repos quand il vint habiter chez elle. L'argent avait été un problème depuis la mort de son mari, survenue en 1936 ; elle avait reçu une éducation de femme du monde et n'avait aucun talent monnayable.

Elle ne possédait que cette grande maison et les dettes de son mari. Prendre des pensionnaires était hors de question. La maison était trop isolée pour cela. Elle était sous le coup d'une mesure d'expulsion.

L'annonce dans le journal du mariage de Marian avec le riche M. Vogt lui avait semblé une bénédiction. Elle écrivit plusieurs fois à Marian pour lui demander de l'aide, mais n'obtint jamais de réponse. Toutes les fois qu'elle téléphonait, un domestique lui disait que Mme Vogt était sortie.

Finalement, Grand-mère Dolarhyde se résolut à passer un accord avec le comté et commença d'accueillir des vieillards indigents. Elle recevait pour chacun d'eux une somme d'argent du comté, plus des chèques sporadiques adressés par les parents que l'administration avait réussi à localiser. La vie fut difficile, jusqu'au jour où elle commença à recevoir des pensionnaires issus de familles bourgeoises.

Et toujours aucune aide de la part de Marian — Marian qui aurait vraiment pu l'aider.

Francis Dolarhyde jouait par terre, au beau milieu de la forêt de jambes. Il jouait aux petites voitures avec les pièces du jeu de mah-jong de sa grand-mère et les poussait entre des pieds tordus comme des racines. Mme Dolarhyde parvenait à faire porter des peignoirs propres à ses hôtes, mais désespérait de jamais réussir à leur faire garder leurs chaussures.

Les vieillards passaient toute la journée assis dans la salle de séjour à écouter la radio. Mme Dolarhyde leur avait également installé un petit aquarium, et une aide privée lui avait permis de recouvrir ses parquets de linoléum afin de les protéger des inévitables incontinences.

Assis en rang sur des banquettes ou dans des fauteuils roulants, ils écoutaient la radio, leurs yeux vides fixés sur les poissons rouges ou sur quelque spectre du passé.

Francis se souviendrait toujours du bruissement des pieds, de l'odeur de tomate et de chou qui s'échappait de la cuisine, de l'odeur des vieillards desséchés comme de la viande au soleil, de l'incessante radio.

Francis passait autant de temps qu'il le pouvait dans la cuisine, parce que c'était là que se tenait son amie, Queen Mother Bailey. La cuisinière avait toujours été au service de la famille de feu M. Dolarhyde. Parfois, elle lui apportait une prune dans la poche de son tablier et l'appelait « mon petit opossum ». La cuisine était chaude et paisible. Malheureusement, Queen Mother Bailey rentrait chez elle le soir...

Décembre 1943 : Francis Dolarhyde, cinq ans, était couché au premier étage de la maison de sa grand-mère. La pièce était plongée dans l'obscurité la plus totale, à cause du black-out et des Japonais — encore un mot qu'il ne parvenait pas à prononcer. Il avait envie de faire pipi. Mais il avait peur de se lever dans le noir.

Il appela sa grand-mère, qui était couchée au rez-de-chaussée.

« Anmé. Anmé. » On eût dit un cri de chevreau. Il l'appela jusqu'à épuisement. « Heuhère ihi, Anmé. »

Il ne put plus se retenir. Une urine chaude coula sous ses jambes et ses fesses, puis sa chemise de nuit lui colla au corps. Il ne savait pas quoi faire. Il prit son souffle et roula sur le lit, face à la porte. Il ne se passa rien. Il posa un pied à terre. Il se leva dans le noir, le visage enfiévré, la chemise de nuit plaquée aux jambes. Il courut vers la porte. Il reçut la poignée dans l'œil et tomba à la renverse, se releva, dévala l'escalier en faisant grincer la rampe sous ses doigts. Là-bas, la chambre de sa grand-mère. Il rampa vers elle dans l'obscurité, se glissa sous les couvertures pour profiter de sa chaleur.

Grand-mère se raidit, le dos contre sa joue, et dit d'une voix sifflante : « Cha alors, je n'ai... » Les doigts qui palpent la table de nuit pour trouver le dentier, un claquement sec quand elle le chausse. « Je n'ai jamais vu un enfant aussi dégoûtant que toi. Sors de ce lit, sors *tout de suite* de ce lit. »

Elle alluma la lampe de chevet. Il tremblait, debout sur la descente de lit. Elle passa le pouce sur son front. Il y avait du sang.

« Tu as cassé quelque chose ? »

Il secoua la tête si nerveusement que des gouttes de sang sautèrent sur la chemise de nuit de Grand-mère.

« Dans ta chambre. Tout de suite. »

L'obscurité l'enveloppa à nouveau quand il remonta l'escalier. Il ne pouvait allumer parce que Grand-mère avait raccourci les cordons pour qu'il ne pût pas les attraper. Il ne voulait pas revenir dans son lit humide. Il attendit longtemps dans le noir, assis sur le dosseret. Elle ne viendrait pas. L'obscurité absolue de la chambre lui indiquait bien qu'elle ne viendrait pas.

Et puis, elle arriva, les bras chargés de draps, et tira le cordon du plafonnier. Elle ne lui adressa pas la parole pendant qu'elle changeait les draps.

Elle le prit alors par le bras et l'entraîna dans la salle de bains. La lumière était placée au-dessus du miroir et elle dut se hausser sur la pointe des pieds pour l'atteindre. Elle lui tendit une serviette de toilette, froide et humide.

« Enlève ta chemise de nuit et essuie-toi. »

Une odeur de Chatterton, le cliquetis des ciseaux. Elle confectionna une croix de sparadrap, qu'elle appliqua au-dessus de son œil.

« Bien », dit-elle. Elle fit glisser les ciseaux sur son ventre, et il sentit leur contact glacé.

« Ecoute-moi bien. » Elle le prit par la nuque et lui baissa la tête pour qu'il voie son petit sexe coincé entre les lames des ciseaux. Elle les referma doucement jusqu'à lui pincer la peau.

« Tu veux que je te la coupe ? »

Il aurait voulu relever la tête, mais elle l'en empêcha. Il sanglota et de la salive lui coula sur le ventre.

« Tu veux *vraiment* ?

— Non, Anmé. Non, Anmé.

— Je te donne ma parole que je te la couperai si tu recommences à souiller ton lit. C'est bien compris ?

— Oui, Anmé.

— Tu peux aller aux toilettes dans le noir et t'y installer comme un bon petit garçon. Tu n'as pas besoin de rester debout. Et maintenant, va te recoucher. »

Le vent se leva à deux heures du matin ; il apporta des bouffées de chaleur du sud-est, fit craquer les branches des arbres morts et bruire les feuilles des arbres encore verts. Une pluie tiède s'abattit sur la façade de la maison où dormait Francis Dolarhyde, quarante-deux ans.

Couché sur le flanc, il suçait son pouce, les cheveux encore humides aplatis sur le front et la nuque.

Il s'éveille, à présent. Il écoute sa respiration dans le noir et le bruit infime que font ses paupières en se refermant. Ses doigts sentent encore l'essence. Sa vessie est pleine.

Il tend la main vers la table de nuit pour y trouver le verre qui contient son dentier. Dolarhyde chausse toujours son dentier avant de se lever. Il se dirige vers la salle de bains. Il n'a pas allumé la lumière. Il trouve les toilettes dans le noir et s'y installe comme un bon petit garçon.

27

C'EST pendant l'hiver 1947, alors que Francis avait neuf ans, que se présentèrent les premiers changements de comportement de Grand-mère.

Elle cessa de prendre ses repas dans la chambre, en compagnie de Francis. Ils rejoignirent la table commune, dans la salle à manger, et elle présida les repas pris avec les pensionnaires.

Petite fille, Grand-mère avait appris à être une hôtesse parfaite ; elle retrouva la clochette d'argent et la posa à côté de son assiette.

Organiser un repas, surveiller le service, faire la conversation, ne pas froisser les sensibilités, mettre en lumière les qualités de chacun, tout cela exige un talent considérable qui, on peut le regretter, se perd de nos jours.

Grand-mère avait su parfaitement s'acquitter de cette tâche en son temps. Ses efforts agrémentaient les repas des deux ou trois personnes capables de tenir une conversation suivie.

Francis était assis à l'autre bout de cette avenue de têtes qui dodelinaient doucement quand Grand-mère parvenait à tirer quelques souvenirs de ses hôtes. Elle faisait preuve d'un intérêt sincère pour le voyage de noces à Kansas City de Mme Floder, revivait avec M. Eaton les affres de la fièvre jaune et prêtait une attention polie aux sons inintelligibles produits par les autres pensionnaires.

« Francis, c'est passionnant ! » disait-elle, avant d'agiter la clochette pour qu'on apporte le plat suivant. La nourriture se composait d'une variété de bouillies de viande et de légumes, mais le repas était toujours divisé en plats, ce qui était loin de faciliter le travail de la fille de cuisine.

On ne s'attardait jamais sur les petits incidents survenus à table. Un tintement de clochette, un geste discret, réglaient le problème quand quelqu'un avait renversé un verre, s'était endormi ou avait oublié ce qu'il faisait à table. Grand-mère entretenait toujours autant de serviteurs qu'elle pouvait se le permettre.

La santé de Grand-mère commença de décliner ; elle perdit du poids et put remettre des robes qu'elle avait rangées depuis longtemps. Certaines étaient assez élégantes. Son allure générale et sa coiffure lui donnaient une certaine ressemblance avec George Washington, tel qu'il apparaît sur les billets de banque.

Au printemps, ses manières laissaient quelque peu à désirer. Elle commandait à table et n'acceptait pas d'être interrompue quand elle évoquait son enfance à Saint Charles, allant même jusqu'à révéler certains détails personnels susceptibles d'inspirer Francis et les autres convives.

Il est vrai que Grand-mère avait joué les coquettes en 1907 et qu'elle avait été invitée à un certain nombre de réceptions à Saint Louis, de l'autre côté du fleuve.

Il y avait là une « leçon de choses » dont chacun pouvait tirer profit, disait-elle, et elle se tournait vers Francis, qui croisait les jambes sous la table :

« Je suis d'une époque où la médecine ne pouvait pratiquement pas remédier aux petits accidents naturels. J'avais une peau et une chevelure admirables, et j'en ai tiré largement profit. Mon intelligence et ma personnalité m'ont permis de régler le problème de mes dents, au point que j'en ai fait un atout. On peut même dire qu'elles me donnaient un charme particulier. Je ne les aurais cédées pour rien au monde. »

Elle se méfiait des docteurs, disait-elle souvent, mais lorsqu'il fut évident qu'une maladie des gencives allait lui faire perdre ses dents, elle s'en alla trouver l'un des plus célèbres dentistes de la région, un Suisse, le Dr Felix Bertl. Les « dents suisses » du Dr Bertl étaient très célèbres chez les membres d'une certaine classe, et c'était selon elle un praticien remarquable.

Des chanteurs d'opéra craignant qu'une nouvelle dentition n'affecte leur voix, des acteurs et toutes sortes de personnages publics venaient même de San Francisco pour se faire faire une prothèse par le Dr Bertl. Celui-ci pouvait reproduire les dents naturelles d'un patient avec la plus grande exactitude ; il avait fait des expériences avec divers matériaux et avait étudié les répercussions sur la résonance.

Quand le Dr Bertl eut achevé son travail, ses dents paraissaient exactement les mêmes qu'auparavant. Elle n'avait rien perdu de son charme très personnel, conclut-elle avec un large sourire.

S'il y avait une leçon à tirer de ces propos, Francis ne la comprendrait que bien des années plus tard : toute chirurgie lui serait refusée tant qu'il ne pourrait pas se la payer de ses propres deniers.

Francis supportait les dîners grâce à ce qui se passait toujours après.

Tous les soirs, le mari de Queen Mother Bailey venait la chercher dans la charrette à âne qui lui servait à transporter le bois de chauffage. Lorsque Grand-mère était occupée à l'étage, Francis pouvait monter avec eux et les accompagner jusqu'à la route.

Il passait la journée dans l'attente de cette promenade nocturne : assis sur la banquette aux côtés de Queen Mother, le mari silencieux et presque invisible dans le noir, le grincement des roues de la charrette sur le gravier et le tintement des clochettes des mules — deux mules brunes et crottées, la crinière raide comme une brosse, la queue qui fouette la croupe large. L'odeur de la cotonnade bouillie et de la sueur, du tabac à priser et du cuir des harnais. Il y avait aussi l'odeur du bois brûlé quand M. Bailey avait défriché du terrain ; parfois, il emportait son fusil avec lui, et c'était alors un couple de lapins ou d'écureuils jetés dans la charrette, allongés comme s'ils couraient encore.

Ils ne se parlaient pas pendant le trajet, et M. Bailey n'adressait la parole qu'à ses mules. Les cahots de la voiture le projetaient sur les Bailey. Il descendait au bout de l'allée et promettait de revenir tout de suite chez lui ; puis il voyait s'éloigner la lanterne de la charrette. Parfois, Queen Mother faisait rire son mari et riait avec lui. Seul dans la nuit, Francis était heureux de les entendre et de se dire que ce n'était pas de lui qu'ils riaient.

Plus tard, il allait réviser son jugement à ce propos...

Francis Dolarhyde avait parfois pour camarade de jeux la fille d'un métayer qui vivait trois champs plus loin. Grand-mère lui permettait de venir parce qu'elle s'amusait parfois à la vêtir des habits que Marian avait portés dans son enfance.

C'était une petite rouquine apathique, trop lasse pour passer la journée à jouer.

Par une chaude après-midi de juin, fatiguée d'attraper des insectes dans la basse-cour, elle demanda à Francis de lui montrer ses parties intimes.

Il s'exécuta, entre le poulailler et une petite haie qui les dissimulait à la vue des fenêtres du rez-de-chaussée.

Elle lui rendit la politesse, le slip de coton autour des chevilles.

Au moment où il s'accroupissait pour voir, un poulet sans tête débula dans la cour, tomba sur le dos et battit la terre de ses ailes. Empêtrée, la fillette tomba à la renverse quand il projeta du sang sur ses jambes et ses bras.

Francis se releva, le pantalon toujours baissé, quand Queen Mother Bailey arriva derrière le poulet. Elle les trouva dans cette position et dit, très calmement :

« Ecoute, mon gars, tu veux t'instruire, très bien, et

maintenant intéresse-toi à autre chose. Garde ta culotte et joue à des jeux d'enfants. Maintenant, si ton amie et toi vous voulez bien m'aider à attraper ce poulet... »

La gêne des enfants ne fut que passagère. Mais Grand-mère les surveillait de la fenêtre du premier étage...

Grand-mère attendit que Queen Mother fût revenue dans la maison. Les enfants étaient allés au poulailler. Au bout de cinq minutes, elle arriva sans faire de bruit. Elle ouvrit toute grande la porte et les trouva en train de ramasser des plumes pour se faire des coiffures d'Indiens.

Elle chassa la fillette et ramena Francis à la maison.

Elle lui dit qu'il retournerait à l'orphelinat du frère Buddy après qu'elle l'aurait puni. « Allez, monte dans ta chambre et enlève ton pantalon, tu m'attendras pendant que je vais chercher mes ciseaux. »

Il attendit des heures dans sa chambre, allongé sur le lit, pantalon baissé, dans l'attente des ciseaux. Il perçut les bruits du dîner, puis le grincement des roues de la charrette de bois et le renâclement des mules quand M. Bailey vint chercher sa femme.

Il s'endormit au petit matin, et se réveilla en sursaut, pour attendre à nouveau.

Grand-mère ne vint jamais. Peut-être avait-elle oublié.

Il attendit pendant tous les jours qui suivirent, en proie à plusieurs reprises à une terreur glacée. Il ne cesserait jamais d'attendre.

Il évita Queen Mother Bailey et ne voulut plus lui parler, refusant même de lui confier la raison de son mutisme ; il croyait à tort qu'elle avait raconté à Grand-mère ce qui s'était passé dans la cour. Il était désormais convaincu que c'était de lui qu'on riait, quand la lanterne s'éloignait sur la route. Il était clair qu'il ne pouvait faire confiance à personne.

Qu'il était dur de se coucher et d'essayer de dormir comme si de rien n'était. Qu'il était dur de rester allongé par une nuit aussi claire...

Francis savait que Grand-mère avait raison. Il lui avait fait beaucoup de peine. Il lui avait fait honte. Tout le monde devait connaître son crime — même ceux qui habitent aussi loin que Saint Charles. Il n'en voulait pas à Grand-mère. Il savait qu'il *l'aimait* beaucoup. Il voulait bien se conduire.

Il imagina que des cambrioleurs s'introduisaient dans la maison, qu'il protégeait Grand-mère et qu'elle retirait ce qu'elle avait dit. « Après tout, tu n'es pas un enfant du diable, Francis. Tu es mon petit garçon chéri. »

Il imagina un cambrioleur. Il s'introduisait dans la maison pour montrer ses parties intimes à Grand-mère.

Comment Francis réussirait-il à la protéger? Il était trop petit pour se battre contre un cambrioleur.

Il réfléchit à la question. Il y avait à l'office la hachette de Queen Mother. Elle l'essuyait avec du papier journal après avoir tué un poulet. Il prendrait cela sous sa responsabilité. Il lutterait contre sa peur du noir. S'il *aimait* vraiment Grand-mère, il devrait être celui dont on a peur dans le noir. Celui dont le *cambrioleur* aurait peur dans le noir.

Il descendit à pas de loup et trouva la hachette accrochée au mur. Elle avait une drôle d'odeur, la même odeur que lorsqu'on vidait un poulet. Elle était bien aiguisée, et son poids avait quelque chose de rassurant.

Il emporta la hachette dans la chambre de Grand-mère pour s'assurer qu'il n'y avait pas de cambrioleurs.

Grand-mère dormait. Il faisait très sombre, mais il savait exactement où elle se trouvait. S'il y avait un cambrioleur, il l'entendrait respirer, exactement comme il entendait respirer Grand-mère. Il trouverait son cou, exactement comme il savait où se trouvait le cou de Grand-mère. Juste sous la respiration.

S'il y avait un cambrioleur, il s'avancerait tout doucement jusqu'à lui, comme ça. Il brandirait la hachette à deux mains, comme ça, oui.

Francis marcha sur la pantoufle de Grand-mère. La hachette dévia dans le noir et heurta l'abat-jour métallique de la lampe de lecture.

Grand-mère roula sur le côté et émit un bruit humide avec la bouche. Francis s'immobilisa. Ses bras tremblaient sous le poids de la hachette. Puis Grand-mère se mit à ronfler.

L'Amour que Francis éprouvait pour elle faillit le submerger. Il sortit lentement de la chambre. Il mourait du désir de la protéger. Il fallait qu'il passe à l'action. Il n'avait plus peur de la maison obscure, mais elle l'étouffait.

Il emprunta la porte de derrière et attendit dans la nuit radieuse, le visage tourné vers le ciel, haletant comme s'il pouvait respirer la lumière. Le disque minuscule de la lune se reflétait, sur le blanc de ses yeux révulsés ; puis il reprit sa forme originale quand ses yeux recouvrèrent leur position naturelle.

L'Amour se gonflait, se tendait en lui, et il ne parvenait pas à l'exprimer. Il se dirigea vers le poulailler, d'un pas plus rapide. Le sol était froid sous ses pieds, le métal de la hachette heurtait sa jambe, il fallait courir avant que d'exploser...

Francis se nettoyait à la pompe du poulailler ; il n'avait jamais éprouvé un tel calme, une telle volupté. Il s'y était aventuré avec précaution, et il avait découvert que cette paix était éternelle, omniprésente.

Ce que Grand-mère avait eu la bonté de ne pas lui couper demeurait comme un trophée pendant qu'il ôtait le sang de son ventre et de ses jambes. Son esprit était clair, apaisé.

Il lui faudrait trouver une solution pour la chemise de nuit. La cacher sous les sacs de la chaufferie, par exemple.

La découverte du cadavre du poulet rendit Grand-mère perplexe. Elle dit que cela ne ressemblait absolument pas au travail d'un renard.

Un mois plus tard, Queen Mother trouva un second poulet en allant ramasser les œufs. Cette fois-ci, la tête avait été arrachée.

Grand-mère déclara au cours du dîner que ce devait être l'œuvre d'un maraudeur et qu'elle avait cru bon de prévenir le shérif.

Immobile sur sa chaise, Francis ouvrait et refermait la main au souvenir d'un œil palpitant contre sa paume. Parfois, au lit, il se tenait pour être sûr de ne pas avoir été amputé. Et il lui arrivait alors de sentir quelque chose palpiter contre lui.

Grand-mère changeait très vite. Elle se montrait de plus en plus méfiante et ne pouvait plus garder de domestiques. Malgré cela, elle s'occupait personnellement de la cuisine et donnait des ordres à Queen Mother Bailey, au grand détriment de la qualité des mets. Queen Mother Bailey avait servi toute sa vie durant chez les Dolarhyde ; elle était le seul élément permanent du personnel.

Le visage tuméfié par la chaleur des fournaux, Grand-mère passait inlassablement d'un travail à un autre, laissant bien souvent des plats à moitié composés et, par conséquent, jamais servis. Elle faisait des potées avec les restes alors que les légumes pourrissaient à l'office.

A la même époque, Grand-mère entreprit de faire la chasse au gaspillage. Elle réduisit les quantités de savon et de décolorant de la lessive, au point que les draps prirent tous une teinte grisâtre.

En novembre, elle engagea cinq femmes noires pour l'aider à tenir la maison. Aucune ne voulut rester.

Grand-mère devint folle furieuse le soir où partit la dernière. Elle parcourut la maison en poussant des cris stridents. Puis elle entra dans la cuisine et découvrit que Queen Mother Bailey avait répandu un peu de farine à terre après avoir confectionné des beignets.

Dans la buée et la chaleur de la cuisine, une demi-heure avant le dîner, elle s'avança vers Queen Mother et la gifla.

Surprise, Queen Mother en lâcha la louche. Les larmes lui vinrent aux yeux. Grand-mère voulut la frapper à nouveau, mais une grosse main rose l'en empêcha.

« Ne refaites *plus jamais* cela. Je sais que vous n'êtes pas dans votre état normal, madame Dolarhyde, mais ne refaites *plus jamais* cela.. »

Vociférante, Grand-mère renversa une marmite de soupe sur le poêle. Puis elle se rendit dans sa chambre et fit claquer la porte derrière elle. Francis l'entendit jurer et jeter des objets contre les murs. Elle ne ressortit pas de la soirée.

Queen Mother nettoya la soupe et servit le dîner aux vieillards. Elle rassembla ses quelques affaires dans un panier, enfila son tricot et mit sa capuche. Elle chercha Francis mais ne parvint pas à le trouver.

Elle était dans la charrette quand elle vit le garçon assis sous la véranda. Il la regarda mettre pied à terre et s'avancer vers lui.

« Petit opossum, je vais m'en aller. Je ne reviendrai plus jamais. Sironia, au magasin, elle préviendra ta maman. Si tu as besoin de moi avant son arrivée, tu peux venir chez moi. »

Il recula lorsqu'elle lui toucha la joue.

M. Bailey lança les mules. Francis vit la lanterne s'éloigner. La fois précédente, il avait éprouvé une certaine tristesse en comprenant que Mme Bailey l'avait trahi. Aujourd'hui, cela n'avait plus d'importance. Il était heureux. Une petite lueur qui disparaît sur la route, qu'est-ce que c'était à côté de la lune ?

Il se demanda ce que l'on pouvait éprouver en tuant une mule.

Marian Dolarhyde Vogt ne vint pas quand Queen Mother Bailey la fit prévenir.

Elle n'arriva que deux semaines plus tard, après avoir reçu un coup de téléphone du shérif de Saint

Charles. C'était le milieu de l'après-midi, elle conduisait une Packard d'avant-guerre. Elle portait des gants et un chapeau.

Un adjoint du shérif l'attendait au bout de l'allée. Il se pencha à la portière.

« Madame Vogt, votre mère a appelé le bureau vers midi pour dire que les domestiques l'avaient volée. Quand je suis arrivé, pardonnez-moi de dire ça, mais elle racontait n'importe quoi et j'ai eu l'impression que tout était à l'abandon. Le shérif a pensé qu'il valait mieux régler l'affaire avec discrétion, si vous voyez ce que je veux dire. M. Vogt a tellement de contacts avec le public. »

Marian comprenait parfaitement de quoi il voulait parler. Actuellement commissaire aux Travaux publics pour la ville de Saint Louis, M. Vogt n'était plus dans les bonnes grâces du parti.

« A ma connaissance, personne n'est venu ici », dit l'adjoint.

Marian trouva sa mère endormie. Deux pensionnaires assis à table attendaient toujours leur déjeuner. Une femme errait dans la cour en petite tenue.

Marian téléphona à son mari. « Quelle est la fréquence des inspections ?... Ils n'ont rien dû remarquer... Je ne sais pas si la famille s'est plainte, je crois qu'ils n'ont plus de famille... Non, ne bouge pas. Il me faut des nègres. Trouve-moi des nègres... et le Dr Waters. Je m'occupe de tout. »

Le docteur et un infirmier en blanc arrivèrent quarante-cinq minutes plus tard, suivis d'un camion transportant la femme de chambre de Marian et cinq autres domestiques.

Marian, le docteur et l'infirmier se trouvaient dans la chambre de Grand-mère quand Francis revint de l'école. Francis pouvait l'entendre jurer. Quand ils la firent sortir de la maison dans un des fauteuils roulants, elle avait les yeux vitreux. Un morceau de sparadrap était collé à son bras. Sans le dentier, son visage paraissait creusé. Le bras de Marian était également bandé ; elle avait été mordue.

Grand-mère prit place sur la banquette arrière de la voiture du docteur, aux côtés de l'infirmier. Francis les regarda partir. Il leva la main, puis la laissa retomber.

Le personnel engagé par Marian briqua et aéra la maison, fit une lessive gigantesque et donna un bain aux vieillards. Marian leur donna un coup de main et surveilla personnellement la préparation d'un repas frugal.

Elle ne parlait à Francis que pour lui demander où les affaires étaient rangées.

Puis elle renvoya les domestiques et prévint les autorités locales que Mme Dolarhyde avait eu une attaque.

Il faisait nuit quand les assistantes sociales vinrent chercher les pensionnaires dans un car scolaire. Francis crut qu'on allait également l'emmener. Mais personne ne parla de lui.

Seuls Marian et Francis demeurèrent dans la maison. Elle prit place à la table commune, la tête dans les mains. Il préféra sortir et grimper dans un arbre.

Marian finit par l'appeler. Elle avait fait un petit paquet de ses affaires.

« Tu vas devoir venir avec moi, dit-elle. Monte en voiture. Ne mets pas tes pieds sur le siège. »

La Packard s'éloigna, laissant dans la cour un fauteuil roulant abandonné.

Il n'y eut pas de scandale. Les autorités locales dirent que c'était vraiment dommage pour Mme Dolarhyde, parce qu'elle s'occupait bien de tout. Les Vogt restèrent à l'écart de l'affaire.

Grand-mère fut emmenée dans une maison de repos privée. Quatorze années s'écouleraient avant que Francis la revît.

« Francis, voici tes demi-sœurs et ton demi-frère », lui dit sa mère. Ils se tenaient dans la bibliothèque des Vogt.

Ned Vogt avait douze ans, Victoria treize et Margaret, neuf. Ned et Victoria se regardaient. Margaret baissait le nez.

Francis se vit attribuer une chambre tout en haut de l'escalier de service. Les Vogt n'avaient plus de femme de chambre depuis les désastreuses élections de 1944.

Francis fut inscrit à l'école élémentaire Potter Gerard, tout près de la maison, mais assez loin de l'école épiscopale privée que fréquentaient les autres enfants.

Les premiers jours, les enfants Vogt firent tout pour l'ignorer; pourtant, à la fin de la première semaine, Ned et Victoria s'aventurèrent dans l'escalier de service.

Francis les entendit murmurer avant de voir tourner le bouton de la porte. Elle était fermée au verrou. Ils ne prirent pas la peine de frapper et Ned dit simplement : « Ouvre cette porte. »

Francis ouvrit la portee. Ils ne lui adressèrent pas la parole pendant qu'ils fouillèrent dans ses affaires. Ned Vogt ouvrit le tiroir de la petite coiffeuse et sortit du bout des doigts les objets qu'il y trouva : des mouchoirs fantaisie avec les initiales FD, un capodastre à guitare, un scarabée dans un flacon de pilules, un exemplaire défraîchi d'un magazine pour enfants et une carte de vœux signée : « Ta camarade de classe, Sarah Hughes. »

« Qu'est-ce que c'est que ça? demanda Ned.
— Un capodastre.
— A quoi ça sert?
— C'est pour les guitares.
— Tu en as une?
— Non.
— Alors, pourquoi tu as ça? demanda Victoria.
— C'était à mon père.
— Je ne comprends rien. Qu'est-ce que tu dis? Ned, fais-le répéter.
— Il dit que ça appartenait à son père. » Ned se moucha dans l'un des mouchoirs, qu'il abandonna dans le tiroir.

« Ils sont venus prendre les poneys », dit Victoria. Elle s'assit sur le lit étroit, et Ned prit place à côté d'elle, le dos au mur et les pieds sur la couverture.

« Plus de poneys, dit Ned. Plus de maison pour passer les vacances. C'est fini, tout ça. Tu sais pourquoi ? Allez réponds, petite ordure.

— Père est très malade et ne gagne plus autant d'argent, dit Victoria. Il y a même des jours où il ne va pas au bureau.

— Dis, petite ordure, tu sais pourquoi il est malade ? demanda Ned. Allez, réponds, et débrouille-toi pour que je te comprenne.

— Grand-mère disait que c'était un poivrot. Tu comprends ça ? fit Francis.

— C'est ta sale gueule qui l'a rendu malade, dit Ned.

— C'est à cause de toi que les gens n'ont pas voté pour lui, ajouta Victoria.

— Allez-vous-en », dit Francis. Ned le frappa dans le dos quand il se tourna pour ouvrir la porte. Francis porta les mains à ses reins, ce qui lui évita de se faire écraser les doigts quand Ned le frappa en plein estomac.

« Oh, Ned, fit Victoria, Ned ! »

Ned tira Francis par les oreilles vers le miroir placé au-dessus de la coiffeuse.

« C'est pour ça qu'il est malade. » Ned lui écrasa le visage contre le miroir. « C'est pour ça qu'il est malade. » Nouveau coup contre le miroir. « C'est pour ça qu'il est malade. » Nouveau coup contre le miroir, qui se couvrit de sang et de salive. Ned le relâcha et il s'écroula à terre. Victoria le regarda longuement, en se mordant les lèvres. Puis ils s'en allèrent. Son visage était maculé de bave et de sang. Ses yeux ruisselaient sous l'effet de la douleur, mais il ne pleurait pas.

28

A Chicago, la pluie frappe toute la nuit la toile tendue au-dessus de la tombe de Freddy Lounds.

Le tonnerre résonne dans la tête de Will Graham, qui se traîne péniblement de la table vers le lit prometteur de rêves.

La vieille maison de Saint Charles gémit sous les doigts de la pluie et frémit sous les coups sourds de l'orage.

Les escaliers craquent dans le noir. M. Dolarhyde balaye les marches de son kimono. Ses yeux sont grands ouverts, il a trop dormi.

Ses cheveux sont humides et soigneusement peignés. Il s'est brossé les ongles. Il s'avance en souplesse, avec lenteur, comme s'il portait une coupe précieuse.

Un film à côté du projecteur. Deux sujets. D'autres bobines sont jetées à la corbeille avant d'être brûlées. Il n'en a gardé que deux, parmi les dizaines de films d'amateurs reproduits au laboratoire et rapportés chez lui pour être visionnés.

Bien installé dans son fauteuil, un plateau de fromage et de fruits à portée de la main, Dolarhyde est prêt pour la projection.

Le premier film représente un pique-nique organisé pendant le week-end du 4 juillet, jour de la fête nationale. Une belle famille : trois enfants, le père, robuste, qui plonge ses gros doigts dans le pot à cornichons. Et la mère.

La meilleure séquence la montre en train de jouer au base-ball avec les enfants des voisins. On la voit quinze secondes, tout au plus. Elle quitte la seconde base, fait face au lanceur, les pieds écartés, prête à foncer ou à rebrousser chemin, ses seins dansent sous son pull-over quand elle se penche en avant. Entracte désagréable, un enfant manie une batte de base-ball. La femme, à nouveau ; elle regagne son poste. Elle pose un pied sur le coussin qui fait office de base et attend, les muscles de la cuisse tendus.

Dolarhyde repasse sans arrêt ce plan de la femme. Pied posé sur la base, poitrine en avant, muscles bandés sous le jean raccourci.

Il s'arrête sur la dernière image. La femme et ses enfants. Ils sont sales et fatigués. Ils s'embrassent et un chien court entre leurs jambes.

Un formidable coup de tonnerre fait tinter le lustre de cristal de Grand-mère. Dolarhyde prend une poire.

Le second film se compose de plusieurs séquences. Le titre, *La Nouvelle Maison,* est écrit en pièces de monnaie sur fond de carton, au-dessus d'une ancienne auge à cochon. Le père arrache la pancarte « A vendre » fichée dans la cour. Il la brandit vers la caméra avec un sourire penaud. Ses poches sont retournées.

Un plan tremblé assez long de la mère et des trois enfants sur les marches du perron. C'est une belle maison. La piscine. Un petit enfant court vers le plongeoir, il laisse des empreintes humides sur le carrelage. Des têtes qui sortent de l'eau. Un petit chien court vers une fillette, truffe en l'air et oreilles au vent. On voit le blanc de ses yeux.

Dans l'eau, la mère s'accroche à l'échelle et regarde vers la caméra. Ses cheveux bruns et bouclés luisent comme de la fourrure, sa gorge se soulève au-dessus du maillot, ses jambes battent l'eau.

La nuit. Une vue trop sombre de la maison, dont les lumières se reflètent dans la piscine.

Intérieur, la famille. Partout, des paquets et des

caisses. Une vieille malle, qu'on n'a pas encore rangée au grenier.

Une petite fille a mis des vêtements de grand-mère. Elle porte une grande capeline. Le père est sur le canapé. Il a l'air un peu éméché. C'est maintenant lui qui doit tenir la caméra. L'image tremble un peu. Devant un miroir, la mère coiffée d'un chapeau.

Les enfants courent autour d'elle, les garçons tirent en riant sur les vieux vêtements. La fillette est plus calme, elle semble s'admirer.

Gros plan. La mère se tourne et prend la pose devant la caméra, large sourire et main derrière la nuque. Elle est assez jolie. Elle porte un camée autour du cou.

Dolarhyde arrête l'image. Il fait marche arrière. Inlassablement, elle se retourne et sourit.

D'un air absent, Dolarhyde prend le film de la partie de base-ball et le jette dans la corbeille à papiers.

Il ôte la bobine du projecteur et lit l'étiquette aposée sur la boîte par le laboratoire : *Bob Sherman, Star Route 7, Box 603, Tulsa, Oklahoma.*

Ce n'est pas trop loin.

Dolarhyde tient la bobine dans le creux de sa main et la recouvre de l'autre main, comme s'il s'agissait d'un petit animal qui cherche à lui échapper. Elle semble frémir comme un insecte.

Il se souvient de sa précipitation quand la lumière s'est allumée dans la maison des Leeds. Il lui avait fallu s'occuper de M. Leeds avant de brancher les projecteurs de la caméra.

Il désire pour cette fois une progression tout en douceur. Ce qui serait merveilleux, c'est de se glisser avec la caméra entre les personnes endormies et de se pelotonner contre elles. Il pourrait alors frapper dans le noir et s'asseoir entre elles, ruisselant de sang.

Il lui faut pour cela de la pellicule à infrarouges, et il sait où s'en procurer.

Le projecteur est toujours allumé. Dolarhyde ne

bouge pas, il tient la bobine pendant que sur l'écran blanc défilent pour lui seul des images qu'accompagne le long soupir du vent.

Il n'éprouve aucun sentiment de vengeance, il ne connaît que l'Amour et la pensée de la Gloire à venir ; des cœurs qui s'apaisent puis s'emballent, ainsi que des pas fuyant dans le silence.

Lui rampant. Lui rampant, empli d'Amour, et les Sherman qui s'ouvrent à lui.

Le passé ne lui est d'aucune importance ; seule compte la Gloire à venir. Il ne pense pas à la maison de sa mère. En fait, ses souvenirs conscients de cette époque sont extraordinairement rares et flous.

Vers l'âge de vingt ans, le souvenir de la maison de sa mère s'est évaporé, pour ne laisser qu'une mince pellicule à la surface de son esprit.

Il savait qu'il n'y avait passé qu'un mois. Il ne se souvenait pas en avoir été chassé à l'âge de neuf ans, après avoir pendu le chat de Victoria.

L'une des rares images qu'il se remémorait : la maison, illuminée, vue depuis la rue — c'est l'hiver et le soir tombe, et il passe devant pour se rendre de l'école élémentaire Potter Gerard à cette autre maison où il est pensionnaire.

Il pouvait se rappeler l'odeur de la bibliothèque des Vogt, pareille à un piano entrouvert, où sa mère le recevait pour lui donner ses étrennes. Il ne se souvenait pas des visages tapis derrière les fenêtres, lorsqu'il s'éloignait dans l'allée verglacée, ses cadeaux brûlants de haine sous le bras, et fuyait vers une ville de rêves très différente de Saint Louis.

A l'âge de onze ans, sa vie imaginaire était intense et active, et lorsque la pression de son *amour* se faisait trop grande, il le libérait. Il s'en prenait aux animaux familiers et agissait avec soin, non sans mesurer froidement les conséquences. Ils étaient si doux que c'en était trop facile. Les autorités ne firent jamais le rapport entre lui et les tristes petites taches de sang retrouvées sur le sol des garages.

A quarante-deux ans, il ne s'en souvenait pas du tout. Et il ne pensait pas non plus aux occupants de la maison de sa mère : elle-même, les demi-sœurs ou le demi-frère.

Parfois, il les entrevoyait dans son sommeil, fragments étincelants d'un rêve enfiévré : métamorphosés, gigantesques, le visage et le corps multicolores ainsi que des perroquets, ils se dressaient au-dessus de lui comme des mantes religieuses.

Quand il choisissait de se pencher sur lui-même, ce qui arrivait rarement, il retrouvait de nombreux souvenirs agréables. Ceux de son service militaire.

Arrêté à dix-sept ans pour avoir pénétré par effraction dans la maison d'une femme dans un but qui ne fut jamais déterminé, on lui donna à choisir entre l'armée et la prison. Il opta pour l'armée.

Après avoir fait ses classes, il fut envoyé dans une école spécialisée dans les travaux de développement de films, puis au Brooke Army Hospital de San Antonio, où il travailla sur les films pédagogiques à l'usage des aspirants médecins.

Les chirurgiens de l'hôpital s'intéressèrent à lui et décidèrent d'améliorer son visage.

Ils pratiquèrent une rhinoplastie, prenant du cartilage de l'oreille pour augmenter la columelle, et utilisèrent pour refermer sa lèvre une technique fort intéressante qui attira beaucoup de spécialistes dans l'amphithéâtre où se déroula l'opération.

Les chirurgiens étaient fiers du résultat. Mais Dolarhyde repoussa le miroir qu'on lui tendit et regarda par la fenêtre.

Les registres de la filmothèque indiquent que Dolarhyde emprunta de nombreux films, traitant principalement des traumatismes, qu'il visionnait des nuits entières.

Il rempila en 1958, et c'est à cette occasion qu'il découvrit Hong Kong. Stationné à Séoul, en Corée, où il développait les films pris par les minuscules avions d'observation que les Etats-Unis envoyaient au-dessus du 38ᵉ parallèle, il put se rendre à deux reprises en permission à Hong Kong. En 1959, Hong Kong et Kowloon pouvaient combler tous les appétits.

Grand-mère quitta la maison de repos en 1961, dans un brouillard perpétuel. Dolarhyde demanda et obtint d'être libéré deux mois avant la date prévue, et il rentra chez lui pour prendre soin d'elle.

Ce fut une période étonnamment paisible. Le travail qu'il avait trouvé au laboratoire de Gateway lui permit d'engager une femme pour rester la journée aux côtés de Grand-mère. La nuit, ils se retrouvaient dans le salon, sans échanger une seule parole. Le tic-tac et le carillon de la vieille horloge étaient les seuls bruits à rompre le silence.

Il vit une fois sa mère, à l'enterrement de Grand-mère, en 1970. Il la regarda sans la voir, comme si elle n'était qu'une étrangère. Ils avaient les mêmes yeux jaunes.

Son allure surprit sa mère. Sa carrure était aussi impressionnante que ses attaches étaient fines, il avait le même teint clair qu'elle et il portait une petite moustache qu'elle soupçonnait faite de cheveux transplantés.

Elle l'appela au téléphone au cours de la semaine qui suivit, et elle entendit le bruit du combiné qu'on raccroche avec lenteur.

Pendant les neuf années qui suivirent la mort de Grand-mère, Dolarhyde ne fut pas dérangé et ne dérangea personne. Son esprit était aussi lisse qu'une graine. Il savait qu'il attendait. Quoi, il n'aurait su le dire.

Un petit événement parfaitement banal dit à la petite graine que l'Heure était venue. Debout près d'une fenêtre donnant sur le nord, il était en train d'examiner un film quand il remarqua le vieillissement de ses mains. C'était un peu comme si les mains tenant le film lui étaient subitement apparues, et il vit à la bonne lumière du Nord que la peau s'était tendue sur les os et les muscles, au point de dessiner une multitude de losanges aussi minuscules que des écailles de lézard.

A l'instant même où il les tourna vers la lumière, une intense odeur de chou et de tomate le submergea. Il frissonna bien que la pièce fût chauffée. Ce soir-là, il travailla plus dur qu'à l'accoutumée. Un miroir en pied avait été installé au mur du grenier transformé par Dolarhyde en salle de gymnastique, juste à côté des haltères. C'était le seul miroir de la maison ; il pouvait s'y admirer à loisir parce qu'il s'entraînait toujours masqué.

Il s'observait attentivement tout en bandant les muscles. A quarante ans, il aurait pu remporter un titre régional de culturisme. Mais cela ne le satisfaisait pas.

C'est au cours de la semaine suivante qu'il découvrit l'aquarelle de Blake. Elle le subjugua immédiatement.

Une photographie en couleurs illustrait un article du *Time Magazine* consacré à la rétrospective Blake organisée à Londres par la Tate Gallery. Le Brooklyn Museum avait participé à l'exposition en envoyant *Le Grand Dragon Rouge et la Femme vêtue de soleil.*

Le critique du *Time* avait écrit : « Peu de représentations démoniaques de l'art occidental sont aussi chargées d'énergie sexuelle... » Dolarhyde n'avait pas besoin de lire les commentaires pour s'en apercevoir.

Pendant plusieurs jours, il transporta avec lui la photographie, puis, un soir, il en fit un agrandissement dans la chambre noire. Il était très agité la plupart du temps. Il avait accroché la reproduction près du miroir de la salle de gymnastique et ne la quittait pas des yeux tant que durait la séance de musculation. Il ne pouvait s'endormir qu'épuisé et devait visionner des films médicaux pour se soulager sexuellement.

Il savait depuis l'âge de neuf ans qu'il était seul et qu'il le demeurerait toujours — réflexion plutôt propre aux hommes de quarante ans.

Et maintenant qu'il abordait la quarantaine, il se sentait empli d'une vie imaginaire dotée de l'éclat, de la fraîcheur et de la spontanéité de l'enfance. Et cela lui permit de dépasser sa Solitude.

A un âge où les hommes découvrent et s'effraient de leur isolement, celui de Dolarhyde lui apparut tout à fait naturel : il était seul parce qu'il était Unique. Dans la ferveur de sa conversion, il vit que, s'il s'y employait, s'il satisfaisait les besoins réels qu'il avait si longtemps réprimés — s'il les cultivait en tant qu'inspirations — il pourrait connaître le Devenir.

Le visage du Dragon n'était pas visible sur l'aquarelle, mais Dolarhyde sut de plus en plus à quoi il ressemblait. Pendant qu'il visionnait ses films médicaux, tout échauffé après sa séance de musculation, il ouvrait toute grande la bouche pour chausser le dentier de Grand-mère. Mais celui-ci ne s'adaptait pas à ses gencives déformées, de sorte que ses mâchoires le faisaient très rapidement souffrir.

Il consacra donc ses instants de loisir à muscler ses mâchoires en mordant un bloc de caoutchouc jusqu'à faire saillir les muscles de ses joues comme des balles de golf.

A l'automne 1979, Francis Dolarhyde retira une partie de ses très substantielles économies et s'absenta pendant trois mois du laboratoire de Gateway. Il se rendit à Hong Kong et emporta avec lui le dentier de Grand-mère.

A son retour, la rousse Eileen et ses autres collègues trouvèrent que ces vacances lui avaient fait du bien. Il était très calme. Ils ne remarquèrent même pas qu'il ne fréquentait plus les douches du personnel — il ne s'y était d'ailleurs jamais beaucoup rendu.

Le dentier de Grand-mère avait retrouvé son verre, sur la table de nuit. Et son propre dentier était enfermé dans le bureau.

Si Eileen avait pu le voir devant son miroir, le dentier dans la bouche, son nouveau tatouage luisant sous l'éclairage cru de la salle de gymnastique, elle aurait poussé un hurlement. Un seul.

Il n'avait plus à se presser, il avait tout le temps devant lui. Il avait l'éternité. Cinq mois allaient s'écouler avant qu'il ne choisisse les Jacobi.

Les Jacobi furent les premiers à l'aider, les premiers à lui permettre d'atteindre la Gloire de son Devenir. Les Jacobi étaient mieux que rien, mieux aussi que tout ce qu'il avait pu connaître.

Et puis, il y eut les Leeds.

Et aujourd'hui qu'il grandissait en force et en Gloire, il y aurait les Sherman et la nouvelle intimité des infrarouges. Tout cela était très prometteur.

29

FRANCIS DOLARHYDE dut quitter le territoire familier de son laboratoire à Gateway pour trouver ce qu'il cherchait.

Dolarhyde était chef de fabrication du plus important département de Gateway — celui du traitement des films d'amateur — mais il y avait quatre autres départements.

La récession des années 1970 avait porté un coup très dur au marché du film d'amateur et la concurrence de la vidéo se faisait de plus en plus effrénée. Gateway dut donc diversifier ses activités.

La société créa des services chargés de repiquer les films sur des bandes vidéo, d'imprimer des clichés aériens et de proposer un service « sur mesure » aux réalisateurs professionnels travaillant en super-8 et en 16.

En 1979, Gateway décrocha un formidable contrat. La société signa un accord avec le ministère de la Défense et le ministère de l'Energie pour créer et tester de nouvelles émulsions destinées aux pellicules à infrarouges.

Le ministère de l'Energie avait besoin de pellicules sensibles aux infrarouges pour étudier la conservation de la chaleur. Celui de la Défense, pour les reconnaissances de nuit.

Gateway avait donc acheté fin 1979 une petite usine

toute proche, la Baeder Chemical, et y avait installé ses nouveaux labos.

Dolarhyde se rendit à la Baeder à l'heure du déjeuner ; le ciel était couvert et il évita soigneusement le reflet des plaques d'asphalte. La mort de Lounds l'avait mis d'excellente humeur.

Tous les employés de la Baeder semblaient partis déjeuner.

Il trouva la porte qu'il recherchait à l'extrémité d'un dédale de couloirs. Une pancarte y était apposée : « Matériaux sensibles. Lampes de poche, cigarettes et boissons chaudes INTERDITES. » Une lampe rouge était allumée.

Dolarhyde appuya sur un bouton ; un instant plus tard, la lumière passa au vert. Il franchit le sas et frappa à la seconde porte.

« Entrez. » Une voix de femme.

Le froid, l'obscurité absolue. Un bruit d'eau qui coule, l'odeur familière du révélateur D-76, un parfum léger.

« Je suis Francis Dolarhyde. Je suis venu pour le séchoir.

— Ah ! oui. Excusez-moi, j'ai la bouche pleine. Je finis tout juste de déjeuner. »

Il entendit le bruit des papiers qu'on froisse et qu'on jette dans une corbeille.

« En fait, c'est Ferguson qui voulait le séchoir, dit la voix dans le noir. Il est en vacances, mais je peux m'en occuper. Vous en avez un à Gateway ?

— J'en ai deux, dont un très gros. Il n'a pas précisé la taille. »

Dolarhyde avait eu l'occasion de lire un rapport à propos de ce séchoir.

« Je suis à vous tout de suite. J'espère que vous avez un instant.

— Oui.

— Mettez-vous le dos à la porte. » Elle prit soudain des intonations de conférencière. « Avancez de trois pas jusqu'à ce que vous sentiez le carrelage. Il y a un tabouret juste à votre gauche. »

Il le trouva. Il était plus près d'elle et pouvait entendre le bruissement de son tablier.

« Merci d'être venu », dit-elle. Elle avait une voix claire, légèrement métallique. « C'est vous qui dirigez le service de développement, hein ?

— C'est ça.

— Vous êtes le " Monsieur Dolarhyde " qui envoie des notes incendiaires quand les fiches sont mal remplies ?

— Celui-là même.

— Je m'appelle Reba McClane. J'espère qu'il n'y a pas de problèmes ici.

— Je ne m'occupe plus de votre labo. Je me suis contenté de travailler à la conception de la chambre noire quand nous avons racheté la société. Cela fait bien six mois que je ne suis pas venu ici. » Une réponse bien longue, plus facile à prononcer dans le noir.

« Encore une minute et je ferai la lumière. Vous avez de quoi mesurer ?

— Oui, j'ai ce qu'il faut. »

Dolarhyde trouvait assez agréable de parler à cette femme dans le noir. Il entendit le bruit d'un sac à main dans lequel on fouille, le claquement sec d'un poudrier.

Malheureusement, la sonnerie du minuteur retentit.

« Ça y est. Je n'ai plus qu'à mettre ça au trou noir », dit-elle.

Il sentit une bouffée d'air frais et entendit une porte se refermer sur des joints en caoutchouc avant de percevoir le sifflement d'un dépressurisateur.

Dolarhyde porta son poing fermé à sa bouche, se donna un air pensif, puis attendit que la lumière s'allume.

Quand la lumière fut revenue, elle se tenait près de la porte et souriait approximativement dans sa direction. Ses yeux remuaient derrière ses paupières closes.

Il vit la canne blanche rangée dans un coin. Il ôta la main de son visage et lui sourit.

« Vous croyez que je pourrais avoir une prune ? » dit-il. Il y en avait plusieurs sur la paillasse où elle s'était assise.

« Bien sûr, elles sont excellentes. »

Reba McClane était âgée d'une trentaine d'années. Elle avait un visage frais et volontaire, et une petite cicatrice en forme d'étoile sur l'arête du nez. Ses cheveux d'un blond roux étaient coupés à la Jeanne d'Arc, son visage et ses mains étaient couverts de taches de son. Elle était aussi claire qu'un jour d'automne et contrastait agréablement avec le carrelage et le métal de la chambre noire.

Il pouvait la regarder à loisir, l'étudier en toute impunité. Elle ne pouvait détourner les yeux.

Dolarhyde éprouvait souvent de petits chatouillements lorsqu'il parlait à une femme. Ces sensations se déplaçaient sur sa peau en même temps que le regard de la femme. Et si elle ne le regardait pas en face, il était persuadé qu'elle voyait son reflet, quelque part. Il était toujours très attentif aux surfaces réfléchissantes et connaissait aussi bien les angles de réverbération qu'un requin connaît le contour des côtes.

Sa peau était glacée. Celle de la jeune femme couverte de petites taches sur la gorge et à l'intérieur des poignets.

« Je vais vous montrer la pièce où il veut l'installer, dit-elle. Nous allons prendre les mesures. »

Ce qu'ils firent.

« Je voudrais vous demander un service, dit Dolarhyde.

— Oui ?

— Il me faudrait de la pellicule à infrarouges. Quelque chose de très sensible, dans les mille manomètres.

— Il faudra que vous la conserviez au freezer et que vous la rangiez au froid après avoir filmé.

— Je sais.

— Si vous me disiez les conditions de tournage, je pourrais...

— Je filmerai à deux mètres cinquante environ, avec

des filtres Wratten. » Cela ressemblait trop à une affaire d'espionnage. « C'est pour le Monde de la Nuit, au zoo, ils veulent filmer les animaux nocturnes.

— Ils doivent être drôlement peureux si vous ne pouvez pas utiliser les infrarouges du commerce.

— Euheu...

— Je vais pouvoir vous arranger ça. Une chose, cependant. Vous savez que la plupart de nos produits sont casés secret militaire. Il faut déclarer tout ce qui sort d'ici.

— Je sais.

— Il vous le faut pour quand ?

— Vers le 20. Pas plus tard.

— Je n'ai pas besoin de vous rappeler que plus la pellicule est sensible, plus elle est délicate à manipuler. Il faut des glacières, tout un tas de trucs. Ils projettent des épreuves vers quatre heures, si ça peut vous intéresser. Vous pouvez prendre l'émulsion la plus douce, ça devrait suffire.

— O.K., je viendrai. »

Reba McClane compta les prunes après le départ de Dolarhyde. Il en avait emporté une.

Un homme étrange, ce M. Dolarhyde. Sa voix n'avait pas manifesté la moindre chaleur ni la moindre sollicitude gênée lorsqu'elle avait rallumé. Peut-être savait-il déjà qu'elle était aveugle. Ou même, peut-être s'en moquait-il complètement.

Voilà qui serait agréable.

30

Les funérailles de Freddy Lounds se déroulèrent à Chicago. Le *National Tattler* avait pris en charge les frais de l'imposante cérémonie et s'était débrouillé pour qu'elle ait lieu dès jeudi, c'est-à-dire le lendemain de la mort de Freddy. Ainsi, les photographies pourraient être publiées dans l'édition du jeudi soir du *Tattler*.

Les choses traînèrent en longueur, à l'église comme au cimetière.

Un évangéliste radiophonique se lança dans un éloge frénétique du défunt. Graham céda à sa déformation professionnelle et observa la foule.

Les choristes engagés pour chanter au cimetière se dépensèrent sans compter devant les objectifs des photographes du *Tattler*. Deux équipes de télévision se trouvaient sur place avec des caméras fixes ou portables. Des photographes de la police porteurs de cartes de presse prenaient des photos de l'assistance.

Graham reconnut plusieurs inspecteurs de la criminelle de Chicago. Leurs visages étaient les seuls qui ne lui fussent pas totalement inconnus.

Et puis, il y avait Wendy, du « Wendy City », la petite amie de Lounds. Elle avait pris place sous le dais, tout près du cercueil. Graham eut du mal à la reconnaître. Sa perruque blonde était tirée en chignon et elle portait un ensemble noir.

Elle se leva pendant le dernier cantique, puis s'avança

d'un pas mal assuré, s'agenouilla et posa la tête sur le cercueil, les bras en croix dans les chrysanthèmes, tandis que crépitaient les flashes.

La foule se retira en silence sur le sol détrempé.

Graham marchait aux côtés de Wendy. De l'autre côté des grilles, tous ceux qui n'avaient pas été invités guettaient leurs réactions.

« Ça va ? » lui demanda Graham.

Ils s'arrêtèrent parmi les tombes. Elle avait les yeux secs, le regard brumeux.

« Sûrement mieux que vous, dit-elle. Vous avez bu ?
— Oui. On vous protège ?
— La police a envoyé des hommes au cimetière. Et il y a des inspecteurs en civil au club. Ça va me faire tout un tas d'histoires.
— Je suis désolé pour ce qui s'est passé. Vous vous êtes... Votre attitude à l'hôpital a été très digne, je voulais vous le dire. »

Elle hocha la tête. « Freddy était un chic type. Il n'aurait pas dû finir comme ça. Merci de m'avoir permis de le revoir. » Elle regarda au loin, l'air pensif, puis elle se tourna vers Graham. Le maquillage de ses paupières était trop épais. « Dites, vous saviez que le *Tattler* m'avait donné de l'argent ? Pour une interview et pour faire mon petit plongeon sur le cercueil. Je ne crois pas que Freddy m'en aurait voulu.

— Il aurait été furieux si vous aviez refusé, oui.

— C'est ce que je me suis dit. Ce sont des tarés, mais ils paient bien. Ce qu'il y a, c'est qu'ils ont essayé de me faire dire que vous aviez délibérément dirigé ce dingue sur Freddy, en vous mettant à côté de lui sur la photo. Je n'ai rien dit de tel. Et s'ils l'impriment, ça ne sera pas vrai. »

Graham ne répondit rien.

« Peut-être que vous ne l'aimiez pas — ça n'a pas d'importance. Mais si vous aviez pensé que cela pouvait se passer comme ça, vous ne l'auriez pas loupé, La Mâchoire, hein ?

— Non, Wendy, je l'aurais coincé.

— Vous savez quelque chose ? J'ai entendu des rumeurs à ce sujet.

— Nous n'avons pas grand-chose, quelques pistes que nous a données le labo, c'est tout. Il a fait ça proprement, et il a eu de la chance.

— Et vous ?

— Quoi ?

— Vous avez de la chance ?

— Ça arrive.

— Freddy n'a jamais eu de chance. Il me disait qu'il raccrocherait après ça. Il avait de grands projets.

— Je suis sûr qu'il l'aurait fait.

— Ecoutez, Graham, si un jour vous avez envie de boire un verre, vous pouvez passer me voir.

— Merci.

— Mais pas d'ébriété sur la voie publique, hein ?

— Oh, non ! »

Deux policiers ouvrirent le chemin à Wendy parmi la foule des curieux pressés à l'intérieur du cimetière. Un garçon siffla Wendy. Il portait un tee-shirt marqué « Offrez-vous une soirée mémorable, invitez La Mâchoire. » Sa voisine le gifla à toute volée.

Un policier musclé s'enfourna dans la Datsun 280 ZX à côté de Wendy. La voiture démarra. Un autre policier les suivit dans une voiture banalisée.

La fête était terminée.

Graham se sentait seul, et il savait pourquoi. Les enterrements donnent souvent des envies sexuelles — cela va de pair avec la mort.

Le vent agita les fleurs séchées d'une corbeille. Un instant, il se souvint des palmiers qui dansent dans la brise marine. Plus que tout au monde, il désirait rentrer chez lui, mais il savait aussi qu'il ne le voudrait pas, qu'il ne le pourrait pas, tant que le Dragon ne serait pas mort.

31

LA salle de projection de la Baeder Chemical était assez petite — cinq rangées de chaises pliantes et une allée au milieu.

Dolarhyde arriva en retard. Il resta derrière, les bras croisés, pendant qu'ils regardaient des cartons gris ou colorés ainsi que des cubes diversement éclairés, filmés avec toutes sortes de pellicules à infrarouges.

Sa présence dérangeait Dandridge, le jeune responsable de ce service. Dolarhyde manifestait une certaine autorité au travail. Chacun savait qu'il était le spécialiste de la chambre noire au sein de la société mère, et il avait une réputation de perfectionniste.

Dandridge ne l'avait pas consulté depuis plusieurs mois ; cette rivalité mesquine était née le jour où Gateway avait racheté la Baeder Chemical.

« Reba, donnez-nous les caractéristiques du développement de l'échantillon numéro... huit », dit Dandrige.

Reba McClane était assise tout au bout de la rangée, un classeur sur les genoux. Elle fit courir ses doigts sur les feuilles et, d'une voix claire, elle énonça tous les détails du processus de développement — produits chimiques employés, température, durée, mode de stockage avant et après la prise de vues.

Les pellicules sensibles aux infrarouges doivent être manipulées dans une absence totale de lumière. Elle avait effectué tout le travail en chambre noire, classé les échantillons à l'aide d'un code tactile et tenu des registres dans l'obscurité la plus absolue. Il n'était pas difficile de comprendre qu'elle était particulièrement précieuse à la Baeder Chemical.

La projection s'acheva.

Reba McClane resta assise pendant que les autres quittaient la salle. Dolarhyde s'approcha lentement d'elle. Il lui parla de loin pendant que les autres étaient encore là. Il ne voulait pas qu'elle se sente observée.

« Je croyais que vous ne viendriez pas, dit-elle.

— J'ai eu un problème avec une machine, ça m'a mis en regard. »

Les lumières se rallumèrent. Il se tenait tout près d'elle et pouvait voir distinctement la peau de son crâne entre les cheveux.

« Vous avez vu le 1 000 C ?

— Oui, j'étais déjà là.

— Ils disent qu'il est parfait. En tout cas, il est bien plus facile à manipuler que les 1 200. Vous pensez que ça vous conviendra ?

— Je le crois, oui. »

Elle avait un sac et un imperméable léger. Il recula quand elle sortit dans l'allée, la canne en avant. Elle ne paraissait pas réclamer de l'aide, et il ne lui en proposa pas.

Dandridge passa la tête à la porte.

« Reba, ma chérie, Marcia a dû partir très vite. Vous pouvez vous débrouiller ? »

Ses joues se colorèrent. « Je me débrouille très bien, Danny, merci.

— J'aurais bien aimé vous raccompagner, mais je suis déjà en retard. Dites-moi, monsieur Dolarhyde, si cela ne vous dérange pas trop, peut-être pourriez-vous...

— Danny, j'ai un bus. » Elle contenait sa colère. Elle ne pouvait rien exprimer par le regard et son visage était toujours détendu, mais elle ne pouvait s'empêcher de rougir.

Dolarhyde la regarda de ses yeux jaunes et froids : il comprenait parfaitement son irritation et savait que la sollicitude mielleuse de Dandridge lui faisait l'impression d'un crachat en pleine figure.

« Je vais vous raccompagner, dit-il un peu tardivement.

— Ce n'est pas la peine. Merci tout de même. » Elle avait pensé qu'il le lui proposerait et envisagé d'accepter. Mais elle ne voulait pas que qui que ce soit se sente obligé. Quel crétin, ce Dandridge ! Eh bien, puisque c'était comme ça, elle prendrait le bus ! Elle avait les moyens d'acheter un ticket. Elle connaissait le trajet et pouvait se rendre où elle voulait — et elle les em... ait tous !

Elle attendit aux toilettes que tout le monde eût quitté le bâtiment. Le gardien la fit sortir.

Elle suivit une des lignes du parking jusqu'à l'arrêt d'autobus ; l'imperméable sur les épaules, elle frappait le sol de sa canne et faisait un écart quand celle-ci rencontrait une flaque d'eau.

Dolarhyde l'observa de son van. Ses sentiments le dérangeaient, ils étaient dangereux en pleine lumière.

Pendant quelques secondes, les pare-brise, les flaques d'eau, les grillages du parking reflétèrent tous les feux du soleil couchant.

Et la canne blanche le réconforta. Elle s'avançait dans la lumière, insensible à son éclat, et le souvenir de son innocence l'apaisa. Il lança le moteur.

Reba McClane entendit le van rouler derrière elle, puis à son côté.

« Merci de votre invitation à la projection. »

Elle hocha la tête, sourit et continua d'avancer.

« Montez avec moi.

— Je vous remercie, mais je prends toujours le bus.

— Dandridge est un imbécile. Montez avec moi... comment dit-on ?... pour me faire plaisir. »

Elle s'arrêta et l'entendit descendre du van.

D'ordinaire, les gens ne savaient pas très bien comment s'y prendre avec elle et la prenaient par le haut du bras. Les aveugles n'aiment pas qu'on leur serre le triceps, cela nuit à leur équilibre. Et puis, comme tout un chacun, ils n'aiment pas être propulsés en avant.

Il ne la toucha pas. L'instant d'après, elle dit : « Il vaut mieux que ce soit *moi* qui vous prenne le bras. »

Elle avait tenu beaucoup d'avant-bras, mais le contact de celui de Dolarhyde la surprit. Il était aussi dur qu'une rampe de chêne.

Elle ne pouvait imaginer les efforts de volonté qu'il devait déployer pour accepter d'être touché.

Le van paraissait vaste et haut de plafond. Entourée de résonances et d'échos très différents de ceux des voitures, elle se cramponna aux bords du siège-baquet tant que Dolarhyde n'eut pas bouclé sa ceinture de sécurité. Le baudrier lui écrasait un sein, et elle le souleva doucement pour le faire reposer au milieu de sa poitrine.

Ils parlèrent peu durant le trajet. Aux feux rouges, il pouvait l'observer à loisir.

Elle habitait un petit appartement, dans une rue tranquille proche de l'université Washington.

« Entrez, vous allez prendre un verre. »

De toute sa vie, Dolarhyde n'était pas entré dans douze demeures privées ; et au cours des dix dernières années, il n'en avait connu que quatre : la sienne, celle d'Eileen, pendant un temps très bref, la maison des Leeds et celle des Jacobi. Les demeures des autres avaient pour lui quelque chose d'exotique.

Elle sentit le van tanguer quand il en sortit. Sa portière s'ouvrit. Le sol était assez bas et elle buta légèrement contre lui. Elle eut l'impression d'avoir heurté un arbre : il était bien plus lourd, bien plus massif que le son de sa voix ou le bruit de ses pas ne l'indiquaient. Solide et aérien à la fois. Jadis, à Denver, elle avait connu un pilier de l'équipe des Broncos qui était venu tourner un film de propagande sur la réinsertion sociale des aveugles...

Dès qu'elle eut franchi la porte d'entrée, Reba

McClane posa sa canne et se retrouva tout à fait libre. Elle se déplaça sans problème, mit la radio, accrocha son manteau.

Dolarhyde dut une nouvelle fois se répéter qu'elle était aveugle. Se trouver dans une maison étrangère l'excitait beaucoup.

« Vous voulez un gin tonic ?
— Du tonic, c'est tout.
— Vous préférez un jus de fruits ?
— Non, du tonic, ça va.
— Vous ne buvez pas, hein ?
— Non.
— Venez dans la cuisine. » Elle ouvrit le réfrigérateur. « Qu'est-ce que vous diriez d'un peu de... » Elle fit un rapide inventaire du bout des doigts. « Un peu de tarte ? Elle est à la noix de pécan, je ne vous dis que ça.
— D'accord. »

Elle sortit une tarte et la posa sur le buffet.

Elle fit alors courir ses doigts sur le périmètre de la tarte jusqu'à ce que ses majeures se retrouvent diamétralement opposés. Elle réunit les pouces et les abaissa, déterminant ainsi le centre exact de la tarte, qu'elle marqua à l'aide d'un pique-olive.

Dolarhyde s'efforça de lui faire la conversation pour qu'elle ne sente pas son regard posé sur elle. « Vous êtes depuis longtemps chez Baeder ? » Une phrase sans *s*.

« Trois mois. Vous ne le saviez pas ?
— On ne me dit pas grand-chose. »

Elle sourit. « Vous avez dû marcher sur les plates-bandes de quelques-uns en installant les chambres noires. En tout cas, les techniciens vous adorent. L'installation est formidable et il y a tout plein de prises électriques. »

Elle posa le majeur gauche sur le pique-olive et le pouce au bord du moule avant de couper une part de gâteau ; elle guidait le couteau avec son index gauche.

Il la regarda manipuler la lame brillante. Etrange de

pouvoir regarder librement cette femme. Les occasions sont rares de pouvoir observer les gens autant qu'on en a envie...

Elle se versa un gin tonic assez serré, puis ils se rendirent dans la salle de séjour. Elle passa la main sur une lampe, ne sentit pas de chaleur et l'alluma.

Dolarhyde ne fit que trois bouchées de sa part de tarte ; assis sur le canapé, il se tenait très raide, les mains posées sur les genoux. Ses cheveux brillaient sous la lampe.

Elle s'installa dans un fauteuil et posa les pieds sur un divan.

« Quand comptent-ils filmer au zoo ?
— La semaine prochaine, probablement. »

Il était satisfait d'avoir appelé le zoo et de leur avoir proposé la pellicule à infrarouges ; Dandridge pouvait vérifier s'il le voulait.

« Le zoo est très grand, vous savez, j'y suis allée avec ma sœur et ma nièce le jour où elles m'ont aidée à emménager. Il y a un endroit où les animaux sont en liberté. J'ai caressé le lama. Il avait l'air gentil, mais quelle odeur ! Il a fallu que je change de chemisier en revenant chez moi tellement je sentais mauvais. »

Ainsi, ils étaient en train de « bavarder ». Il lui fallait donc dire quelque chose ou s'en aller. « Comment êtes-vous arrivée chez Baeder ?

— Ils ont passé une annonce à l'institut Reiker de Denver, c'est là que je travaillais. Je parcourais le bulletin quand je suis tombée dessus, un peu par hasard. Ce qui s'est passé, en fait, c'est que Baeder devait engager certains employés pour avoir le contrat avec la Défense. Ils ont réussi à embaucher six femmes, deux Noires, deux Mexicaines, une Orientale paraplégique et moi-même, sur un total de huit personnes. Vous voyez, nous rentrons tous dans au moins deux catégories.

— Vous avez fait du bon boulot chez Baeder.

— Je ne suis pas la seule. Et puis, Baeder ne fait pas de cadeaux.

— Et avant cela ? » Il commença à suer. Cette

conversation était assez pénible. Heureusement qu'il pouvait la regarder. Elle avait de belles jambes. Elle s'était coupée à la cheville en se rasant. Il avait l'impression de sentir sur ses bras le poids de ses jambes inertes.

« Je donnais des cours à l'institut Reiker de Denver à des gens qui venaient de perdre la vue. J'ai fait cela pendant dix ans après avoir quitté l'école. C'est mon premier boulot à l'extérieur.

— A l'extérieur ?

— Dans le monde, quoi. On vivait en vase clos à Reiker. On apprenait à des gens à vivre dans le monde des voyants, et on n'y vivait pas nous-mêmes. Et puis, on se parlait trop. J'avais envie de changer de milieu. En fait, je voulais faire de la rééducation orthophonique avec des enfants handicapés. J'espère pouvoir y arriver un de ces jours. » Elle vida son verre. « Dites, j'ai des boulettes au crabe, elles ne sont pas mal du tout. Je n'aurais pas dû commencer par le dessert. Vous en voulez ?

— Euheu...

— Vous savez faire la cuisine ?

— Euheu... »

Une ride minuscule creusa son front. Elle alla dans la cuisine. « Je vous fais du café ? demanda-t-elle.

— Euheu... »

Elle lança alors quelques généralités sur le prix des marchandises et n'obtint pas de réponse. Elle revint dans la salle de séjour et prit place sur le divan, les coudes posés sur les genoux.

« Ecoutez, j'ai quelque chose à vous dire, et ensuite je n'y reviendrai plus. D'accord ? »

Le silence.

« Vous ne me dites plus rien depuis que j'ai parlé de rééducation orthophonique. » Elle avait une voix douce mais ferme, où ne transparaissait aucune sympathie. « Je vous comprends parfaitement parce que vous parlez très bien et parce que je vous écoute. Les gens ne font jamais attention aux autres. Ils sont tout le temps en train de dire " quoi ? quoi ? ". Si vous ne voulez plus me parler, d'accord, mais c'est dommage, parce que ce que vous avez à dire m'intéresse.

— Bon, ça va », fit Dolarhyde à voix basse. Il était clair que ce petit discours revêtait pour elle une certaine importance. Est-ce qu'elle cherchait à le faire entrer dans son club au même titre que la Chinoise paraplégique ?

Elle prononça alors une phrase qui lui parut tout à fait incroyable.

« Je peux toucher votre visage ? Je voudrais savoir si vous souriez ou si vous faites la grimace. » Puis, sur un ton légèrement différent : « Je veux savoir si je dois la boucler ou pas. »

Elle leva la main et attendit.

Comment se débrouillerait-elle si elle n'avait plus de doigts ? se dit Dolarhyde. Même avec son dentier de tous les jours, il pouvait lui trancher les doigts aussi facilement que des gressins. S'il prenait appui par terre avec les pieds, se calait entre le dossier et lui attrapait le poignet à deux mains, elle n'aurait pas le temps de se défendre. Croc, croc, croc, croc. Peut-être lui laisserait-il le pouce. Pour prendre la mesure des gâteaux.

Il lui prit le poignet entre le pouce et l'index et tourna sa main vers la lumière. Elle portait plusieurs petites cicatrices. Sur le dos, une marque plus claire, probablement due à une brûlure.

Trop près de chez lui. Trop tôt dans son Devenir. Elle ne serait plus là pour qu'il puisse la regarder.

Elle ne savait donc rien de lui pour lui demander cette chose extraordinaire. Elle ne devait pas être au courant des ragots.

« Faites-moi confiance, je vous souris », dit-il. Pas de problèmes avec le *s*. Il est vrai qu'il avait un sourire qui lui permettait d'exhiber son dentier de tous les jours.

Il lui tint un instant le poignet à hauteur de la poitrine, puis il le lâcha. La main retomba sur sa cuisse, les doigts effleurèrent le tissu.

« Le café doit être prêt, dit-elle.

— Je dois partir. » Rentrer, trouver le soulagement.

Elle hocha la tête. « Je ne voulais surtout pas vous froisser, dit-elle.

— Je sais. »

Elle resta assise sur le divan et tendit l'oreille pour s'assurer qu'il fermait bien la porte derrière lui.

Reba McClane se versa un autre gin tonic. Elle mit un disque de Segovia et se lova dans le canapé. Dolarhyde avait laissé une marque dans le coussin. Son odeur flottait dans l'air — du cirage, une ceinture en cuir toute neuve, une lotion au parfum agréable.

Une discrétion incroyable. Elle n'en avait pas entendu beaucoup parler au bureau — « cet emmerdeur de Dolarhyde », voilà ce que Dandridge avait dit à l'un de ses collègues.

Reba accordait beaucoup d'importance à l'intimité. Elle n'en avait jamais eu dans son enfance, quand elle était devenue aveugle.

Et maintenant, en public, elle ne pouvait jamais être certaine de ne pas être observée. C'est pour cela que la discrétion de Francis Dolarhyde lui plaisait. Elle ne ressentait pas la moindre sympathie de sa part, et c'était bien agréable.

Comme son gin.

Soudain, le disque de Segovia lui parut ennuyeux. Elle le remplaça par le chant des baleines.

Trois mois difficiles dans une ville mal connue. Et bientôt l'hiver, les trottoirs enfouis sous la neige. Reba McClane, la robuste, la courageuse, avait horreur de s'apitoyer sur elle-même. Elle était consciente qu'il existait chez elle, bien enfouie, une certaine colère due à son handicap ; et lorsqu'elle ne pouvait réussir à s'en débarrasser, elle l'utilisait à son avantage, attisant ainsi son besoin d'indépendance et sa détermination à tirer le maximum de la vie quotidienne.

A sa manière, c'était une gagnante. La croyance en une justice naturelle n'était rien de plus qu'une veilleuse pour ceux qui ont peur du noir, elle le savait bien. Quoi qu'elle fît, elle finirait comme tout le monde, allongée dans un lit d'hôpital, un tube dans le nez. Et à l'esprit, cette question : « C'est donc tout ? »

Elle savait que la lumière lui était à jamais interdite, mais il y avait pourtant certaines choses qu'elle *pouvait* avoir. Des choses agréables. Elle avait pris du plaisir à aider ses étudiants, et ce plaisir était curieusement décuplé par la certitude qu'elle ne serait jamais récompensée ou punie pour son travail.

Quand elle se faisait des amis, elle prenait toujours garde aux gens qui encouragent la dépendance et bâtissent dessus toute leur existence. Elle en avait connu quelques-uns — les aveugles les attirent comme des mouches, et ce sont de véritables fléaux.

Connu... Reba savait qu'elle plaisait physiquement aux hommes. Combien étaient-ils à l'avoir effleurée du doigt en la prenant par le haut du bras ?

Elle aimait beaucoup faire l'amour, mais elle avait appris une chose capitale : la plupart des hommes ont peur de traîner un boulet. Et le poids du boulet était encore plus élevé dans son propre cas.

Elle ne voulait pas qu'un homme entre furtivement dans son lit comme un voleur de poules.

Ralph Mandy allait venir la chercher pour dîner. Il n'arrêtait pas d'invoquer son enfance malheureuse pour expliquer qu'il était incapable d'aimer. Une prudence aussi mesquine la hérissait. Ralph était amusant, mais elle ne voulait pas le posséder.

Elle n'avait pas envie de voir Ralph, de participer à une conversation tout en entendant les commentaires discrets qu'échangeaient les autres clients en la voyant manger.

Ce serait si agréable d'être désirée par un homme qui aurait le courage de rester ou de s'en aller, selon son inspiration du moment, et qui lui permettrait d'en faire autant. Un homme *qui ne s'en ferait pas* pour elle.

Francis Dolarhyde — réservé, un corps d'athlète et pas de baratin.

Elle n'avait jamais vu ni touché un bec-de-lièvre et ne pouvait effectuer aucune association visuelle avec les sons qu'elle entendait. Elle se demanda si Dolarhyde croyait qu'elle le comprenait parfaitement parce que « les aveugles entendent bien mieux que les autres ». Une idée toute faite, trop répandue. Elle aurait peut-être dû lui expliquer que ce n'était pas vrai, que les aveugles se contentent d'accorder une attention accrue à ce qu'ils entendent.

Il y avait tant de légendes qui couraient sur les aveugles. Elle se demanda si Dolarhyde partageait cette croyance populaire selon laquelle les aveugles seraient plus « purs » que les autres hommes, comme si leur malheur les avait en quelque sorte sanctifiés. Elle eut un petit sourire. Cela aussi, ce n'était pas vrai.

32

LA police de Chicago se trouvait maintenant sous le feu roulant des médias et de leur compte à rebours quotidien avant la prochaine pleine lune. Il ne restait plus que onze jours.

Et les familles de Chicago vivaient dans la terreur.

Parallèlement, la fréquentation des cinémas passant des films d'épouvante augmentait de façon tout à fait anormale. L'industriel qui avait lancé sur le marché le tee-shirt de « La Mâchoire » proposait désormais un nouveau modèle : « Passez une soirée mémorable, invitez le Dragon Rouge. » Les ventes se partageaient équitablement entre les deux modèles.

Jack Crawford dut participer à la conférence de presse organisée après l'enterrement avec les responsables de la police. Il avait reçu d'« en haut » l'ordre de rendre plus visible la présence des Fédéraux ; mais il ne la rendit pas plus parlante, parce qu'il ne dit absolument rien aux journalistes.

Quand des enquêtes réunissant autant d'hommes s'appuient sur si peu d'éléments, elles piétinent inlassablement le même terrain jusqu'à ce qu'il soit plat comme la main, et tournent en rond pour former un zéro.

Partout où il allait, Graham trouvait des inspecteurs, des appareils photo, des hommes en uniforme et des radios crépitantes. Il avait besoin de calme.

Contrarié par la conférence de presse, Crawford retrouva Graham à la tombée de la nuit dans une salle de délibérations déserte située au-dessus du bureau du Procureur.

Des lustres éclairaient la grande table verte sur laquelle Graham avait disposé papiers et photographies. Il avait ôté sa veste et sa cravate ; enfoncé dans un fauteuil, il regardait fixement deux photographies. Un portrait encadré des Leeds et, posée contre un carafon, une photo des Jacobi.

Les photos de Graham évoquaient à Crawford les autels portatifs que les toréadors peuvent édifier partout où ils se rendent. Il n'y avait aucune photo de Lounds. Il soupçonnait Graham de ne pas avoir accordé la moindre réflexion au cas de Lounds. Il ne voulait pas s'accrocher avec Graham.

« C'est drôle ici, on se croirait dans une salle de billard, dit Crawford.

— Ça s'est pas trop mal passé ? »

Graham était pâle mais sobre. Il tenait un grand verre de jus d'orange.

« Seigneur. » Crawford s'affala dans un fauteuil. « Pour réfléchir là-bas, c'est aussi facile que de pisser dans le train.

— Il y a du nouveau ?

— Le commissaire a paniqué sur une question et s'est gratté les couilles à la télé, c'est à peu près tout ce que j'ai remarqué. Tu n'as qu'à regarder les infos de ce soir si tu ne me crois pas.

— Tu veux du jus d'orange ?

— Ça ne passera pas.

— Tant mieux, il en restera plus pour moi. » Graham avait le visage impassible, les yeux trop brillants. « Et l'essence ?

— Liza Lake est extraordinaire. Il y a quarante et une stations-service vendant du Servco Supreme dans la périphérie de Chicago. Les hommes d'Osborne les ont toutes visitées, ils vérifient les ventes en jerrycans faites aux conducteurs de camions ou de vans. On n'a pas encore tous les résultats. A part ça, Servco est vendu dans cent quatre-vingt-six autres stations-service disséminées sur huit Etats. Nous avons demandé de l'aide auprès des juridictions locales. Ça risque de prendre du temps. Pourvu qu'il ait payé par carte de crédit. Ça serait vraiment un coup de pot.

— A moins qu'il n'ait siphonné.

— J'ai demandé au commissaire de ne pas dire que La Mâchoire pouvait vivre dans le coin. Les gens ont déjà assez la trouille. Si on leur annonce ça, on aura droit à une hécatombe ce soir quand les pochards vont rentrer au bercail.

— Tu crois toujours qu'il vit si près d'ici ?

— Pas toi, Will ? Ça collerait assez bien. » Crawford prit le rapport d'autopsie de Lounds. « Le coup porté à la tête est plus ancien que les blessures à la bouche. De cinq à huit heures, ils ne sont pas très précis sur ce point. Mais les blessures à la bouche dataient déjà de plusieurs heures quand Lounds est arrivé à l'hôpital. Elles étaient couvertes de brûlures, bien sûr, mais ils ont vu cela à l'intérieur de la bouche. Il y avait des traces de chloroforme dans ses poumons. Tu crois qu'il était inconscient quand La Mâchoire l'a mordu ?

— Non, il fallait qu'il soit éveillé.

— C'est ce que je me suis dit. Donc, il l'enlève dans son parking après l'avoir assommé. Il l'endort au chloroforme pour se rendre dans un endroit où ils peuvent faire autant de bruit qu'ils veulent. Ensuite, il le ramène et le balance ici, plusieurs heures après l'avoir mordu.

— Il aurait pu faire tout ça dans son van, sur un parking tranquille », dit Graham.

Crawford se frotta le nez tout en parlant, ce qui lui donna une voix de canard. « Tu oublies les roues du fauteuil. Bev a trouvé deux types de poils de tapis, de la laine et du synthétique. Le synthétique provient peut-être d'un van, mais la laine ? Tu en as déjà vu dans une voiture, toi ? Et dans les locations ? Je te dis que la laine provient d'une propriété privée. Il y a aussi les traces de moisissure. Le fauteuil était rangé dans un endroit humide et sombre. Une cave avec un sol en terre battue.

— Possible.

— Bien. Regarde ça, à présent. »

Il tira de sa mallette une carte routière. Il avait tracé un cercle ayant pour centre Chicago. « Freddy a disparu pendant un peu plus de quinze heures et ses blessures sont échelonnées sur cette période. Ce n'est pas que ça me plaise beaucoup, mais je vais devoir élaborer une théorie. Imagine qu'il a quitté Chicago mardi après-midi en compagnie de Lounds. Le temps de sortir de la ville, quelques heures pour s'amuser avec Lounds dans l'endroit où il l'a emmené, puis le trajet de retour. Il n'a pas dû rouler plus de six heures. C'est ce que représente mon cercle ; six heures de route. Il est un peu irrégulier, parce que certaines routes sont plus rapides que d'autres.

— Il est peut-être resté sur place.

— Oui, mais il *n'aurait pas pu* aller plus loin que ça.

— Si je comprends bien, tu nous limites à Chicago et aux villes situées dans le cercle, c'est-à-dire Milwaukee, Madison, Dubuque, Peoria, Saint Louis, Indianapolis, Cincinnati, Toledo et Detroit, pour ne nommer que celles-là.

— Ce n'est pas tout. Il a eu le *Tattler* très tôt, probablement lundi soir.

— Il l'a peut-être acheté à Chicago.

— D'accord, mais à part ça, il n'y a pas beaucoup de villes où le *Tattler* est disponible dès le lundi soir. Voilà une liste que je me suis procurée auprès du service de distribution du *Tattler* — ce sont les villes où le *Tattler* est livré par avion ou camion dès le lundi soir. Cela nous limite à Milwaukee, Saint Louis, Cincinnati, Indianapolis et Detroit. On trouve le journal dans les aéroports et dans quatre-vingt-dix kiosques ouverts toute la nuit — sans compter ceux de Chicago, évidemment. J'ai demandé aux sections locales de les visiter. Peut-être qu'un des vendeurs se souviendra d'avoir remarqué quelqu'un lundi soir.

— Peut-être. C'est une piste intéressante. »

Il était évident que Graham avait l'esprit ailleurs.

Si Graham avait été un agent comme les autres, Crawford l'aurait menacé de l'envoyer passer le restant de ses jours dans les îles Aléoutiennes. Mais il se contenta de lui dire : « Mon frère m'a appelé cet après-midi. Il dit que Molly a quitté la maison.

— Je sais.

— Ils sont en sûreté, j'espère. »

Graham était persuadé que Crawford savait très exactement où ils s'étaient rendus.

« Ils sont chez les grands-parents de Willy.

— Ils seront contents de le voir. » Crawford attendit un instant.

Graham ne fit pas de commentaire.

« Tout va bien, j'espère.

— Je m'en suis occupé, Jack, ne t'en fais pas. Molly ne se sentait pas très à l'aise là-bas, c'est tout. »

Graham tira un paquet plat entouré d'une ficelle de dessous les photos de l'enterrement et commença de défaire le nœud.

« Qu'est-ce que c'est ?

— Cela vient de Byron Metcalf, l'avocat des Jacobi. C'est Brian Zeller qui me l'a transmis.

— Passe-le-moi une minute. » Crawford tourna le paquet en tous sens jusqu'à ce qu'il eût trouvé le tampon et la signature de S.F. Aynesworth dit « Semper Fidelis », le responsable de la brigade des explosifs au F.B.I., qui prouvaient que le paquet avait été radiographié.

« Il faut toujours vérifier, toujours.

— Je vérifie toujours, Jack.

— C'est Chester qui te l'a apporté ?

— Oui.

— Il t'a montré le tampon avant de te le remettre ?

— Oui, il a vérifié le paquet et m'a montré le tampon. »

Graham coupa la ficelle. « Ce sont des copies de tous les papiers officiels retrouvés dans les affaires des

Jacobi. J'avais demandé à Metcalf de me les envoyer — nous pourrons les comparer aux papiers des Leeds dès qu'ils arriveront.

— Nous avons mis un avocat sur le coup.

— Tout ce que tu voudras, mais *moi*, j'en ai besoin. Jack, je ne connais pas les Jacobi. Ils venaient d'arriver en ville. J'ai débarqué à Birmingham un mois trop tard, il ne restait plus rien des Jacobi. J'ai des sensations avec les Leeds, mais rien avec les Jacobi. Il faut que j'apprenne à les connaître. Je veux parler aux gens qui les fréquentaient à Detroit, je veux aussi passer quelques jours de plus à Birmingham.

— J'ai besoin de toi ici.

— Ecoute, Lounds était un malin, et nous avons rendu La Mâchoire furieux contre Lounds. Le seul rapport entre eux deux, c'est celui que *nous* avons créé. On n'a pas retrouvé beaucoup d'indices sur Lounds, et la police s'en occupe. Tu comprends, Lounds n'était pour lui qu'un trouble-fête, tandis que les Leeds et les Jacobi représentaient *exactement ce dont il avait besoin*. Il faut que nous trouvions le lien qui les unit. Ce sera la seule façon de lui mettre la main dessus.

— Bien, tu as les papiers des Jacobi, dit Crawford. Quel genre de choses tu vas y chercher ?

— N'importe quoi. Pour l'instant, je cherche quelque chose qui ait rapport avec la médecine. » Graham sortit du paquet une feuille d'impôts. « Lounds était dans un fauteuil roulant. Valérie Leeds s'est fait opérer six semaines avant sa mort — c'était marqué dans son journal. D'une boule au sein, je crois. C'est pour cela que je me demande si Mme Jacobi a également subi une opération.

— Je ne me souviens pas avoir lu quoi que ce soit à ce sujet dans le rapport d'autopsie.

— Je sais, mais c'est peut-être quelque chose qui ne se voit pas. Son passé médical se trouve plutôt du côté de Detroit. Il y a peut-être un détail qui nous a échappé. Si elle a eu une opération, nous retrouverons peut-être un relevé de l'assurance.

— Tu penses à un infirmier, hein ? Un type qui aurait travaillé à Detroit ou à Birmingham et à Atlanta ?

— Si tu passes quelque temps dans un asile psychiatrique, tu prends les tics de la maison. Tu peux te faire passer pour un infirmier après ta sortie, expliqua Graham.

— Tu veux dîner ?

— J'aimerais mieux attendre. Ça m'abrutit de manger. »

En partant, Crawford se retourna pour jeter un dernier coup d'œil à Graham. Le spectacle ne lui dit rien qui vaille. Les suspensions creusaient les rides du visage de Graham, qui étudiait les papiers officiels sous le regard fixe des photographies. La pièce tout entière baignait dans le désespoir.

Ne valait-il pas mieux pour l'affaire qu'il laisse les coudées franches à Graham ? Crawford ne pouvait se permettre de le laisser s'étioler pour rien. Mais s'il découvrait quelque chose ?

L'instinct d'administrateur de Crawford ne céda pas à la pitié et lui dicta de laisser Graham seul.

33

Dix heures du soir. Dolarhyde s'était littéralement épuisé aux haltères, puis il avait visionné ses films et tenté de se satisfaire. Et, malgré cela, il ne pouvait connaître le repos.

L'excitation frappait sa poitrine comme un médaillon lorsqu'il pensait à Reba McClane. Non, il ne fallait pas penser à Reba McClane.

Allongé dans son fauteuil relax, le torse gonflé et rougi par l'effort, il regarda les informations télévisées pour voir où en était la police avec Freddy Lounds.

Will Graham était là, debout près du cercueil, pendant que la chorale s'égosillait. Graham était mince. Il ne serait pas très difficile de lui briser les reins. Ce serait mieux que de le tuer. Lui briser les reins et tordre pour parachever le travail. On serait obligé de le pousser dans un fauteuil pour sa prochaine enquête.

Mais rien ne pressait. Il valait mieux le laisser mijoter.

Dolarhyde se sentait empli en permanence d'une sorte de force tranquille depuis quelque temps.

La police de Chicago fit beaucoup parler d'elle à la conférence de presse. Derrière toutes les grandes phrases concernant les difficultés de sa mission, la conclusion était simple à tirer : ils n'avaient pas progressé d'un pouce. Jack Crawford faisait partie du groupe des orateurs. Dolarhyde le reconnut pour l'avoir vu en photo dans le *Tattler*.

Un porte-parole du *Tattler* flanqué de deux gardes du corps déclara : « Cet acte sauvage et absurde ne servira qu'à faire retentir plus fort la voix du *Tattler*. »

Dolarhyde ricana. C'était peut-être vrai. En tout cas, Freddy la bouclait maintenant.

Les présentateurs ne l'appelaient désormais plus que « le Dragon ». Ses actes étaient ceux que la police *avait* baptisés « les crimes de La Mâchoire ».

Un progrès notable.

A part ça, rien que des nouvelles locales. Un individu du genre prognathe parlait en direct du zoo ; visiblement, on avait tout fait pour l'éloigner des studios.

Dolarhyde venait de saisir le boîtier de télécommande quand apparut sur l'écran un homme avec qui il avait conversé au téléphone plusieurs heures auparavant : le directeur du zoo, le Dr Frank Warfield, qui avait été si heureux de recevoir les films que Dolarhyde lui avait offerts.

Le Dr Warfield et un dentiste opéraient un tigre dont une dent s'était brisée. Dolarhyde voulait voir le tigre, mais le reporter était dans le champ ; il se déplaça finalement sur le côté.

Allongé dans le fauteuil, sa ligne de vision passant juste au-dessus de son torse puissant, Dolarhyde vit le grand tigre endormi sur la table d'opération.

Aujourd'hui, ils préparaient la dent, pour ne la couronner que quelques jours plus tard, expliquait le taré qui faisait office de journaliste.

Dolarhyde les regarda travailler en toute sérénité entre les formidables mâchoires du fauve.

« *Je peux toucher votre visage ?* » *dit Reba McClane.*

Il aurait voulu faire un aveu à Reba McClane, pour qu'elle entrevoie ce qu'elle avait failli faire, pour qu'elle entrevoie l'éclat de sa gloire. Mais elle n'aurait pu savoir tout cela sans mourir. Et elle devait vivre. On les avait vus ensemble, et elle habitait bien trop près de chez lui.

Il avait essayé de partager avec Lecter, et Lecter l'avait trahi.

Malgré tout, il voulait encore partager. Il voulait partager avec elle une petite parcelle de lui-même et faire en sorte qu'elle y survive.

34

« JE sais que c'est une question de politique, et tu le sais aussi bien que moi, mais c'est tout ce qu'on te demande pour l'instant », dit Crawford à Graham. L'après-midi touchait à sa fin. Ils descendaient State Street Mall en direction du quartier général du F.B.I. « Fais ce qu'on te demande, établis des points communs et moi, je m'occupe du reste. »

La police de Chicago avait demandé au département des Sciences du Comportement du F.B.I. un profil détaillé de la victime type. Les chefs de la police disaient que cela leur servirait à répartir les patrouilles supplémentaires au cours de la prochaine pleine lune.

« Ils se protègent, c'est tout, dit Crawford. Les victimes étaient des gens aisés, il leur faut donc renforcer les patrouilles dans les quartiers riches. Tu parles, les notables se battent pour le renforcement des effectifs depuis que Freddy est parti en fumée. S'ils patrouillent dans les quartiers bourgeois et que La Mâchoire frappe dans la zone, je ne donne pas cher de leur peau. Mais si cela se produit, ils pourront toujours accuser les Feds. Je les entends déjà : " Ils nous ont dit de faire comme ça. C'est *ça* qu'ils nous ont dit. "

— Je ne vois pas pourquoi il frapperait plus à Chicago qu'autre part, dit Graham. Cela ne tient pas debout. Et puis, Bloom ne peut pas établir le profil ? D'habitude, on le consulte aux Sciences du Comporte-

ment.
— Ils ne veulent pas que cela vienne de Bloom mais de nous. Cela ne leur servirait à rien de s'en prendre à Bloom. Et puis, il est toujours à l'hôpital. Moi, j'ai reçu des instructions bien précises. Il y a eu des contacts avec le ministère de la Justice, et les instances supérieures ont dit d'y aller. Alors, tu acceptes ?
— Oui. J'ai déjà commencé, d'ailleurs.
— Je le sais bien, fit Crawford. Continue, c'est tout.
— J'aimerais mieux retourner à Birmingham.
— Non, dit Crawford, tu vas rester avec moi. »
Vendredi s'achevait, et le soleil embrasait l'horizon. Plus que dix jours.

35

« Alors, vous ne voulez toujours pas me dire où on va ? » demanda Reba McClane à Dolarhyde. C'était le samedi matin, et ils avaient roulé en silence pendant une bonne dizaine de minutes. Elle espérait qu'il l'emmenait en pique-nique.

Le van s'arrêta. Elle entendit Dolarhyde baisser la vitre.

« Dolarhyde, dit-il. Le Professeur Warfield a dû vous donner mon nom.

— C'est exact, monsieur. Voudriez-vous placer ceci sur votre pare-brise quand vous quitterez le véhicule ? »

Ils avancèrent très lentement. Reba sentit qu'il prenait un virage. Le vent lui apportait des odeurs étranges. Un éléphant poussa un barrissement.

« C'est le zoo, dit-elle, formidable ! » Elle aurait préféré un pique-nique, mais cela ne faisait rien. « Qui est monsieur Warfield ?

— C'est le directeur du zoo.

— C'est un de vos amis ?

— Non. Nous avons rendu service au zoo avec le film, ils nous remercient, c'est tout.

— Comment ?

— Vous allez pouvoir caresser le tigre.

— Hein, qu'est-ce que vous me racontez là ?

— Vous avez déjà vu un tigre ? »

Elle était heureuse de s'entendre poser une telle

question.

« Non. Je me souviens d'un puma quand j'étais petite. C'est tout ce qu'ils avaient au zoo de Red Deer. Mais je crois que vous me devez quelques explications.

— Ils travaillent sur une des dents du tigre. Pour cela, il doit être endormi. Si vous voulez, vous pourrez le toucher.

— Est-ce qu'il y aura beaucoup de monde pour voir ça ?

— Non, c'est privé. Il n'y aura que Warfield, moi, quelques personnes. La télé va venir après notre départ. Alors, ça vous dit ? »

Une curieuse insistance dans la manière de poser sa question.

« Si ça me dit ? Et comment ! Merci... C'est vraiment une belle surprise. »

Le van s'arrêta.

« Dites, comment saurai-je s'il est endormi ?

— Chatouillez-le. S'il éclate de rire, il vaut mieux décamper. »

Le sol de la salle de soins apparut à Reba comme du linoléum. La pièce était froide et il y avait beaucoup d'écho. Une source de chaleur irradiait quelque part.

Un frottement rythmé de pieds sur le sol. Dolarhyde la guida dans un couloir, jusqu'à ce qu'elle sente le coin d'une porte.

Le tigre était là, elle pouvait en sentir l'odeur.

Une voix. « Soulevez-le. Doucement. Là, vous pouvez le reposer. Nous pouvons le laisser sur le brancard, Professeur ?

— Oui, enveloppez ce coussin dans une des serviettes vertes et mettez-le-lui sous la tête. Je vous ferai prévenir par John dès que nous aurons terminé. »

Des pas qui s'éloignent.

Elle attendit que Dolarhyde lui dise quelque chose ; en vain.

« Il est là, dit-elle.

— Les gardiens l'ont apporté sur un brancard. Il est très gros, il doit mesurer plus de trois mètres. Warfield écoute son cœur. Il regarde les paupières maintenant. Tenez, il vient vers nous. »

Un corps s'interposa entre la source des bruits et elle. « Professeur Warfield, Reba McClane », dit Dolarhyde.

Elle tendit la main. Une main large et douce la serra.

« Merci de m'avoir permis de venir, dit-elle. C'est un vrai privilège.

— C'est moi qui vous remercie, cela nous fait un peu d'animation. Je voulais vous dire, le film est formidable. »

A la voix, elle devina que Warfield était un homme d'un certain âge, cultivé, de race noire. Originaire de Virginie, certainement.

« Nous attendons que la respiration et le cœur se soient stabilisés pour laisser la place au Dr Hassler. Il est actuellement en train de mettre son miroir frontal. Entre nous, cela sert surtout à lui tenir sa mèche. Venez, je vais vous présenter. Monsieur Dolarhyde ?

— Allez-y. »

Elle tendit la main à Dolarhyde. Il fut long à réagir, puis la pression fut très douce. Sa paume lui laissa un peu de sueur sur les doigts.

Le Pr Warfield lui plaça la main sur son bras et ils avancèrent lentement.

« Il dort profondément. Est-ce que vous avez une impression générale... Je vous en ferai une description très précise. » Il s'arrêta de parler, ne sachant exactement comment s'y prendre.

« J'ai vu des photographies dans des livres, quand j'étais enfant. J'ai également vu un puma dans un zoo.

— Eh bien, ce tigre est une sorte de super-puma, dit-il. Sa poitrine est plus bombée, sa tête plus massive, sa charpente et sa musculature plus impressionnantes. C'est un mâle de quatre ans, il est originaire du Bengale. Il mesure un peu plus de trois mètres, du nez à l'extrémité de la queue, et pèse un peu moins de quatre cents kilos. Il est couché sur le flanc droit sous des projecteurs.

— Je peux sentir les lampes.

— Il a des rayures noires et orange. L'orange est si vif qu'on croirait qu'il saigne. » Soudain, le Dr Warfield se dit qu'il était cruel de lui parler de couleurs, mais l'expression de Reba McClane le rassura.

« Il est à deux mètres, vous pouvez le sentir ?

— Oui.

— M. Dolarhyde vous l'a peut-être déjà raconté, un idiot lui a donné un coup de pelle au travers des barreaux. Il a cassé un croc avec le tranchant de la pelle. Pas de problèmes, docteur Hassler ?

— Non, ça va. J'attends encore une ou deux minutes. »

Warfield présenta le dentiste à Reba.

« Ma chère, vous êtes la première surprise *agréable* que me fait le Professeur Warfield, dit Hassler. Tenez, vous aimeriez peut-être examiner ceci. C'est une dent en or, une canine. » Il la lui posa dans la main. « Elle est lourde, hein ? J'ai nettoyé la dent et pris une empreinte, je vais pouvoir la couronner maintenant. Bien sûr, j'aurais pu faire une couronne blanche, mais je me suis dit que ce serait plus amusant ainsi. Le Professeur Warfield vous le dira, je ne manque jamais une occasion de me faire remarquer. Qu'est-ce que vous voulez, il ne veut pas que je mette un panneau publicitaire sur la cage. »

Elle explora la dent du bout des doigts. « C'est du beau travail. » Elle entendit tout près d'elle une respiration profonde, paisible.

« Ça fera rigoler les mômes quand il bâillera, dit Hassler. Et je ne crois pas que les voleurs s'y risqueront. Bon, au boulot. Vous n'avez pas peur, au moins ? Le costaud qui vous accompagne nous jette de ces regards, il ne vous a pas forcée au moins ?

— Non, j'en ai vraiment envie.

— Il nous tourne le dos, expliqua le Professeur Warfield. Il est à quatre-vingts centimètres de vous environ, à hauteur de la taille. Je vais poser votre main gauche — vous êtes droitière, n'est-ce pas ? — au bord de la table et vous pourrez explorer à l'aide de votre main droite. Prenez tout votre temps, je suis juste à côté de vous.

— Moi aussi », dit le Dr Hassler. Cette situation les amusait. Sous les projecteurs, les cheveux de Reba sentaient la sciure fraîche au soleil.

Reba pouvait sentir la chaleur au-dessus d'elle, et cela la faisait frissonner. Elle pouvait sentir l'odeur de ses propres cheveux, le savon qu'avait utilisé Warfield, l'alcool et le désinfectant, le tigre. Elle éprouva un léger malaise, imperceptible.

Elle serra le bord de la table et tendit la main avec précaution ; ses doigts touchèrent l'extrémité des poils chauffés par les projecteurs, puis ce fut une couche plus tiède et, enfin, une douce chaleur. Elle aplatit la main sur la fourrure épaisse et la déplaça avec douceur, en avant et en arrière, puis sentit la cage thoracique se soulever et retomber régulièrement.

Elle enfonça la main dans les poils, qui jaillirent entre ses doigts. La présence du tigre la faisait rougir et retrouver des tics d'aveugle dont elle avait pourtant appris à se défaire.

Warfield et Hassler virent avec plaisir qu'elle s'abandonnait progressivement à ces sensations nouvelles.

Dolarhyde l'observait dans l'ombre. Les muscles puissants de son dos frémirent, un peu de sueur coula sur sa poitrine.

« Venez de l'autre côté », lui dit à l'oreille le Professeur Warfield.

Il lui fit faire le tour de la table, dont elle ne lâcha pas un seul instant le rebord.

La poitrine de Dolarhyde se contracta brièvement quand elle effleura les testicules de l'animal. Elle les palpa, puis poursuivit son exploration.

Warfield souleva une patte énorme, qu'il lui plaça dans la main. Elle éprouva la rugosité des pelotons et sentit vaguement l'odeur du plancher de la cage. Il appuya sur un orteil pour faire jaillir la griffe. Sa main se referma sur les muscles souples et robustes de l'épaule.

Elle palpa les oreilles du tigre, sa mâchoire, puis le

vétérinaire la guida sur la langue rugueuse. Un souffle chaud hérissa le duvet de ses avant-bras.

Enfin, le Professeur Warfield lui mit le stéthoscope autour du cou. Les mains posées sur la poitrine palpitante, le visage levé, elle se laissait emplir du bruit de tonnerre que faisait le cœur de l'animal.

Lorsqu'ils s'en allèrent, Reba McClane se sentait grisée, muette, planante. A un moment, elle se tourna vers Dolarhyde et lui dit lentement : « Merci... beaucoup. Si cela ne vous dérange pas, j'aimerais bien un Martini. »

« Attendez un instant », dit Dolarhyde en se garant dans la cour de sa maison.

Elle était contente de ne pas être revenue dans son appartement, trop banal et trop paisible. « Ne faites pas de rangement pour moi. Dites-moi que tout est en ordre et je vous ferai confiance.

— Attendez ici. »

Il emporta le sac à provisions et effectua une rapide tournée d'inspection. Il s'arrêta dans la cuisine et attendit un instant, le visage dans les mains. Il n'était pas certain de ce qu'il faisait. Il sentait qu'il y avait du danger, mais pas de la part de cette femme. Il ne pouvait se résoudre à regarder en haut de l'escalier. Il allait devoir faire quelque chose, mais ne savait pas comment s'y prendre. Il aurait dû la ramener chez elle.

Avant son Devenir, il n'aurait jamais osé faire une chose pareille.

Mais il se rendait maintenant compte qu'il pouvait tout faire. Tout. Tout.

Il sortit dans l'ombre bleutée du van. Reba McClane s'accrocha à ses épaules pour en descendre.

Elle sentit la présence de la maison, en devina la hauteur à l'écho de la portière qui se ferme.

« Il y a quatre pas à faire dans l'herbe avant le plan incliné », dit-il.

Elle le prit par le bras. Un léger tremblement, un peu de transpiration.

« C'est vrai qu'il y a un plan incliné. A quoi sert-il ?
— Il y avait des vieillards dans le temps.
— Il n'y en a plus, aujourd'hui ?
— Non.
— C'est grand », dit-elle dans le hall. Il faisait frais comme dans un musée. Une odeur d'encens, peut-être ? Une pendulette sonna dans le lointain. « C'est une grande maison, n'est-ce pas ? Il y a combien de pièces ?
— Quatorze.
— C'est ancien. Les objets sont anciens. » Elle effleura du doigt un abat-jour à franges.

Le timide M. Dolarhyde... Elle s'était bien rendu compte que cela l'avait excité de la voir auprès du tigre ; il avait frissonné comme un cheval quand elle lui avait pris le bras en sortant de la salle d'opération.

Un geste élégant, son invitation. Peut-être même significatif — elle n'en était pas très sûre.

« Un Martini ?
— Je vais le préparer si vous le voulez bien », dit-elle en ôtant ses chaussures.

Elle fit couler le vermouth le long de son doigt, puis six ou sept centilitres de gin. Deux olives. Elle ne fut pas longue à définir un certain nombre de points de référence dans la maison — le tic-tac de l'horloge, le bourdonnement discret de l'air conditionné. Le carrelage de la cuisine était plus chaud près de la porte, là où le soleil avait tapé une partie de l'après-midi.

Il la conduisit vers le grand fauteuil et prit place sur le canapé.

L'air était chargé, ainsi qu'une mer fluorescente ; elle trouva un coin où poser son verre, et il mit de la musique.

Cette pièce n'était plus la même pour Dolarhyde. Elle était la première personne qu'il eût délibérément invitée à entrer dans la maison, et la pièce se trouvait maintenant divisée en deux territoires.

La lumière qui décline, Debussy.

Il lui posa des questions sur Denver et elle lui répondit d'un air un peu absent, comme si elle pensait à autre chose. Il lui décrivit la maison, la cour et sa clôture. Ils n'avaient pas vraiment besoin de parler.

Pendant l'instant de silence où il changea le disque, elle dit : « Ce tigre magnifique, cette maison — vous êtes plein de surprises, monsieur D. Je ne crois pas que les gens vous connaissent réellement.

— Vous leur avez demandé ?
— A qui ?
— Aux gens.
— Non.
— Alors, comment savez-vous qu'ils ne me connaissent pas ? » La façon dont il s'était concentré pour énoncer clairement cette phrase lui avait permis de conserver une intonation assez neutre.

« Oh, il y a des femmes de Gateway qui nous ont vus monter dans votre van, l'autre jour. Ce qu'elles sont curieuses ! Elles se sont approchées de moi quand j'étais au distributeur de Coca-Cola.

— Qu'est-ce qu'elles voulaient savoir ?
— Des petits détails croustillants, c'est tout. Quand elles ont compris qu'il n'y avait rien de spécial, elles sont reparties. Elles venaient aux nouvelles, rien de plus.
— Et elles, qu'est-ce qu'elles ont dit ? »

Elle aurait voulu que la curiosité des femmes passe pour ne s'appliquer qu'à elle seule, mais la conversation prenait une autre tournure.

« Elles veulent tout savoir, reprit-elle. Elles vous trouvent mystérieux et intéressant. C'est plutôt un compliment, non ?

— Elles vous ont dit à quoi je ressemblais ? »

La question avait été posée d'une voix neutre, avec beaucoup de savoir-faire, mais Reba savait que les gens ne demandent jamais rien à la légère. Elle ne se déroba pas.

« Je ne leur ai pas demandé, mais elles m'ont dit ce qu'elles pensaient de vous. Vous voulez que je vous le répète ? Mot pour mot ? Ne me le demandez pas si vous ne souhaitez pas le savoir. » Elle était certaine qu'il le lui demanderait.

Pas de réponse.

Reba se sentit subitement seule dans la pièce, comme si l'endroit où il était assis était plus vide que le vide, sorte de trou noir qui absorbe tout et ne laisse rien échapper. Elle savait qu'il n'aurait pu partir sans qu'elle l'entende.

« Je crois que je vais vous le dire, dit-elle. Vous avez une tenue impeccable, un air de sérieux qu'elles aiment bien. Elles disent aussi que vous avez un corps remarquable. » Il était évident qu'elle ne pouvait s'arrêter sur cette remarque. « Et puis aussi que vous vous en faites beaucoup pour votre visage et que vous ne devriez pas. Ah, il y a aussi la gourde qui mâche du Dentine, c'est Eileen, n'est-ce pas ?

— Oui. »

Elle avait l'impression d'être un radio-astronome qui capte un signal en retour.

Reba était une excellente imitatrice. Elle aurait pu reproduire très fidèlement la façon de parler d'Eileen, mais elle était trop intelligente pour faire cela devant Dolarhyde. Elle se contenta de citer Eileen et débita sur un ton monocorde :

« " Il n'est pas mal du tout. Franchement, je suis sortie avec plein de types qui n'étaient pas aussi bien que lui. Une fois, je suis sortie avec un joueur de hockey — de l'équipe des Blues, je crois. Il avait une petite cicatrice à la lèvre, tous les joueurs de hockey ont ça, je crois. Ça leur donne un genre un peu macho, tu vois ? Dolarhyde a une peau extra, et qu'est-ce que je ne donnerais pas pour avoir ses cheveux ! " Ça vous suffit ? Oh, elle m'a également demandé si vous étiez aussi fort que vous en aviez l'air.

— Et alors ?

— Je lui ai dit que je n'en savais rien. » Elle finit son verre et se leva. « Bon sang, où êtes-vous passé ? » Elle savait quand il s'interposait entre elle et le haut-parleur. « Ah, vous voilà. Vous voulez savoir ce que je pense de tout ça ? »

Elle trouva sa bouche du bout des doigts et

l'embrassa, appuyant légèrement les lèvres contre ses dents serrés. Tout de suite, elle comprit que c'était la timidité et non pas le dégoût qui le rendait aussi crispé.

Il était frappé de stupeur.

« Vous pouvez me montrer la salle de bains ? »

Elle le prit par le bras et le suivit dans le couloir.

« Je retrouverai mon chemin toute seule. »

Une fois dans la salle de bains, elle se lissa les cheveux, puis chercha sur le lavabo de la pâte dentifrice ou un désinfectant buccal. Elle voulut trouver la porte de l'armoire à pharmacie, mais il n'y en avait pas. Elle effleura les objets disposés sur les toilettes de peur d'y rencontrer un rasoir, puis elle trouva une bouteille. Elle tourna le bouchon, constata qu'il s'agissait bien d'un désinfectant buccal et en prit un peu.

En revenant dans le bureau, elle entendit un bruit familier — un moteur de projecteur qui tourne en marche arrière.

« J'ai un peu de boulot », dit Dolarhyde en lui tendant un second Martini.

« Bien sûr. » Elle ne savait pas très bien comment comprendre cette remarque. « Si je vous empêche de travailler, dites-le. Est-ce qu'un taxi peut venir jusqu'ici ?

— Non. Je veux que vous restiez. Je dois jeter un coup d'œil à un film, rien de plus. Cela ne sera pas très long. »

Il voulut la conduire vers le fauteuil, mais elle savait où se trouvait le canapé et préféra s'y installer.

« C'est du sonore ?

— Non.

— Je peux laisser la musique ?

— Euh... euh... »

Elle sentait qu'il la regardait. Il voulait qu'elle reste. Il avait un peu peur, c'est tout. Il n'y avait pas de quoi. Elle prit place sur le canapé.

Le Martini était agréablement frais et corsé.

Il s'assit à l'autre extrémité du canapé, le poids de

son corps fit tinter le glaçon dans le verre de Reba. Le projecteur était toujours en marche arrière.

« Je crois que je vais m'allonger un instant si vous le permettez, dit-elle. Non, ne bougez pas, j'ai suffisamment de place. Vous me secouez si je m'endors, d'accord ? »

Elle s'allongea sur le canapé, le verre posé sur le ventre. Ses cheveux caressaient la main de Dolarhyde.

Il appuya sur le boîtier de commande, et le film se déroula.

Dolarhyde avait souhaité visionner le film des Leeds ou celui des Jacobi en présence de cette femme. Il voulait regarder l'écran et Reba, alternativement. Il savait qu'elle n'y survivrait pas. Les femmes l'avaient vue monter dans son van. Il ne faut pas penser à cela. Les femmes l'avaient vue monter dans son van.

Il regarderait le film des Sherman, la famille à qui il réservait sa prochaine visite. Il y verrait la promesse de la joie à venir, et il le ferait en présence de Reba qu'il pourrait dévisager à loisir.

Sur l'écran, *La Nouvelle Maison* écrite en pièces de monnaie sur fond de carton. Un long plan de Mme Sherman et des enfants. Les ébats dans la piscine. Mme Sherman s'accroche à l'échelle et se tourne vers la caméra, sa poitrine humide se gonfle, ses jambes pâles battent l'eau.

Dolarhyde était fier de la maîtrise qu'il avait de lui-même. Il penserait à ce film, pas à un autre. Mais dans son esprit, il parlait déjà à Mme Sherman ainsi qu'il avait parlé à Valérie Leeds, à Atlanta.

Tu me vois maintenant, oui.

Voilà ce que cela te fait de me voir, oui.

Le déguisement avec les vieux vêtements. Mme Sherman met la capeline. Elle se tient devant le miroir. Elle se tourne et pose pour la caméra, la main sur la nuque. Elle porte un camée à la gorge.

Reba McClane s'étire sur le canapé. Elle pose son

verre à terre. Dolarhyde sent un poids et une chaleur. Elle a posé la tête sur sa cuisse. Sa nuque est pâle à la lueur du projecteur.

Il demeure immobile et ne remue que le pouce pour arrêter le film puis le rembobiner. Sur l'écran, Mme Sherman s'arrête devant le miroir. Elle se tourne vers la caméra et sourit.

Tu me vois maintenant, oui.
Voilà ce que cela te fait de me voir, oui.
Ça te fait quelque chose ? oui.

Dolarhyde se met à trembler. Son pantalon le serre. Il a des bouffées de chaleur. Il sent un souffle chaud sur ses vêtements. Reba a fait une découverte.

Convulsivement, son pouce appuie sur le boîtier.

Tu me vois maintenant, oui.
Voilà ce que cela te fait de me voir, oui.
Ça te fait quelque chose ? oui.

Reba a descendu la fermeture Eclair de son pantalon.

Une pointe de douleur. C'est la première fois qu'il a une érection en présence d'une femme vivante. Il est le Dragon, il n'a pas à avoir peur.

Des doigts habiles le libèrent.

OH.
Tu me sens maintenant ? oui.
Tu le sens ? oui.
Tu le sens, je le sais, oui.
Ton cœur bat très fort, oui.

Il doit ôter les mains du cou de Reba. Enlève-les, tout de suite ! Les femmes l'ont vue monter dans le van. Sa main se crispe sur l'accoudoir du canapé, ses doigts traversent le capitonnage.

Ton cœur bat très fort, oui,
et palpite maintenant.
Il palpite maintenant.
Il essaye de s'enfuir, oui.
Et maintenant il bat plus vite et lentement et plus vite et lentement et...
Parti.
Oh, parti.

Reba pose la tête sur sa cuisse et tourne vers lui une joue brillante. Elle glisse la main sous sa chemise et se couche contre sa poitrine.

« J'espère que je ne vous ai pas choqué », dit-elle.

C'était le son de sa voix, une voix bien vivante, qui le choquait, et il voulut voir si le cœur de Reba battait bien. Il battait. Elle posa la main sur la sienne.

« Eh bien dites donc, vous en redemandez, j'ai l'impression. »

Une femme vivante. Quelle chose étrange. Tout empli de puissance, la sienne ou celle du Dragon, il la souleva sans peine du canapé. Elle ne pesait rien, elle se laissait porter. Pas au premier. Pas au premier. Vite. N'importe où. Vite. La chambre de Grand-mère, le couvre-lit de satin qui glisse sous eux.

« Attendez, je vais les enlever. Oh, c'est déchiré. Ça ne fait rien. Mon Dieu. C'est si bon. Ne m'écrasez pas. Laissez-moi faire, oui, comme ça. »

Reba, la seule femme vivante qu'il eût jamais connue ; enfermé avec elle dans cette bulle du temps, il sentit pour la première fois que tout était parfait : c'était sa propre vie qui se libérait, c'était lui-même, au-delà de toute immortalité, qu'il projetait dans ses ténèbres étoilées, loin de cette planète de douleur, dans l'harmonie sonore de l'espace, vers la paix et la promesse du repos.

Allongé à côté d'elle, dans le noir, il posa la main sur elle et appuya doucement. Et tandis qu'elle dormait, Dolarhyde, meurtrier de onze personnes, écoutait de temps à autre les battements de son cœur.

Images. Des perles baroques qui scintillent dans les ténèbres amies. Une arme pointée vers la lune. Un grand feu d'artifice tiré à Hong Kong et intitulé : « Le Dragon sème ses perles. »

Le Dragon.

Il se sentait divisé, abasourdi. Et toute la nuit, couché à côté d'elle, il tendit l'oreille, redoutant de s'entendre descendre l'escalier en kimono.

Une fois, elle frissonna et palpa autour d'elle pour trouver le verre posé sur la table de nuit. Le dentier de Grand-mère était tout ce qu'il contenait.

Dolarhyde lui apporta de l'eau. Elle l'étreignit dans le noir. Lorsqu'elle se fut rendormie, il lui ôta la main du grand dragon tatoué et la posa sur son visage.

Il ne s'endormit qu'à l'aube. Reba McClane s'éveilla à neuf heures et écouta sa respiration régulière. Elle s'étira paresseusement, mais il ne bougea pas. Elle se remémora la disposition de la maison, l'emplacement des tapis et des escaliers, la direction du tic-tac de la pendule. Quand tout fut en place, elle se leva pour se rendre dans la salle de bains.

Elle se doucha longuement. Il dormait toujours. Ses sous-vêtements déchirés étaient épars sur le sol. Elle les retrouva du bout du pied et les fourra dans son sac. Elle passa sa robe de coton, ramassa sa canne et sortit.

Il lui avait dit que la cour était vaste et plane, bordée de haies démesurées, mais elle ne s'y aventura qu'avec précaution.

La brise matinale était fraîche, le soleil chaud. Elle demeura dans la cour et laissa le vent fouetter ses mains de graines de baies de sureau. Le vent découvrit les contours de son corps. Elle leva les bras et le vent s'engouffra entre ses seins, entre ses jambes. Des abeilles voletaient autour d'elle. Elle n'en avait pas peur, et elles la laissèrent tranquille.

Dolarhyde s'éveilla à son tour, étonné un instant de ne pas se retrouver dans la chambre du premier étage. Il se souvint, et ses yeux jaunes s'écarquillèrent. Un regard furtif vers l'autre oreiller. Vide.

Etait-elle en train de se promener dans la maison ? Que pourrait-elle y trouver ? A moins qu'il ne se fût passé quelque chose dans la nuit. Des traces. Il serait soupçonné. Il lui faudrait s'enfuir.

Il regarda dans la salle de bains, dans la cuisine. Dans la cave où était rangé l'autre fauteuil roulant. L'étage supérieur. Il ne voulait pas s'y rendre. Il fallait pourtant qu'il sache. Le tatouage fléchit quand il monta les marches. Le Dragon resplendissait sur la reproduction accrochée au mur de la chambre. Il ne pouvait rester dans cette pièce en compagnie du Dragon.

Par la fenêtre, il l'aperçut qui se promenait dans la cour.

« FRANCIS. » Il savait que la voix venait de sa chambre. Il savait que c'était la voix du Dragon. Cette nouvelle dualité avec le Dragon le désorientait. Il l'avait déjà éprouvée une fois, quand il avait posé la main sur le cœur de Reba.

Le Dragon ne lui avait jamais directement parlé auparavant. C'était effrayant.

« FRANCIS, VIENS ICI. »

Il s'efforça de faire taire la voix qui l'appelait, l'appelait, pendant qu'il se précipitait dans l'escalier.

Qu'aurait-elle donc pu trouver ? Le dentier de Grand-mère avait tinté contre le verre, mais il l'avait ôté pour lui apporter de l'eau. Et puis, elle ne pouvait rien voir.

La bande magnétique de Freddy. Elle était dans un magnétophone à cassettes, dans le bureau. Il vérifia. La cassette était entièrement rembobinée. Il ne parvenait pas à se rappeler s'il l'avait rembobinée après l'avoir passée au téléphone au *Tattler*.

Il ne fallait pas qu'elle revienne dans cette maison. Il ne savait pas ce qui pourrait s'y produire. Elle pourrait avoir une surprise. Le Dragon pourrait très bien descendre l'escalier. Il savait avec quelle facilité elle craquerait.

Les femmes l'avaient vue monter dans son van. Warfield se souviendrait parfaitement d'eux. Il s'habilla à la hâte.

Reba McClane sentit l'ombre fraîche d'un tronc d'arbre, puis retrouva le soleil. La chaleur du soleil et le bourdonnement de l'air conditionné lui indiquaient avec précision où elle se trouvait. La navigation, cette discipline vitale, se pratiquait sans problèmes dans cette cour. Elle se promenait en tous sens, faisant courir ses doigts sur les arbrisseaux ou les fleurs trop poussées.

Un nuage passa devant le soleil, et elle s'arrêta de marcher. Elle ne savait plus où elle se trouvait. Elle guetta le moteur de l'air conditionné. Il était coupé. Elle éprouva un malaise passager, puis battit des mains et entendit l'écho que lui renvoyait la maison. Reba palpa sa montre. Elle allait devoir réveiller Dolarhyde. Il fallait qu'elle rentre chez elle.

La contre-porte claqua.

« Bonjour », dit-elle.

Ses clefs tintèrent quand il s'avança vers elle.

Il marchait très lentement, comme si le souffle de son arrivée allait la projeter à terre, et il constata qu'elle n'avait pas peur de lui.

Elle ne paraissait pas gênée de ce qui s'était passé entre eux cette nuit. Elle ne semblait pas non plus lui en vouloir. Elle ne s'était pas enfuie, elle ne l'avait pas menacé. Il se demanda si c'était parce qu'elle n'avait pu voir ses parties intimes.

Reba le prit par le cou et posa la tête sur sa poitrine. Son cœur battait la chamade.

Il parvint à dire : « Bonjour.

— J'ai passé un moment formidable. »

Vraiment ? Qu'est-ce qu'il faut répondre dans ce cas-là ? « Oui, moi aussi. » *Cela semblait correct. Qu'elle s'en aille, à présent.*

« Mais il va falloir que je rentre chez moi. Ma sœur doit venir me chercher pour déjeuner. Vous pouvez nous accompagner si cela vous amuse.

— Il faut que j'aille à la boîte, dit-il subitement.

— Je vais aller chercher mon sac. »

Non ! « Restez là, j'y vais. »

Presque sourd à ses sentiments les plus sincères, incapable de les exprimer, Dolarhyde ne comprenait pas ce qui lui était arrivé avec Reba McClane, ni comment cela avait pu se produire. Il se sentait paralysé, terrorisé par sa nouvelle Dualité.

Elle le menaçait, elle ne le menaçait pas.

Tel était le sens de ses gestes d'acceptation dans le lit de Grand-mère, de ses gestes de femme vivante.

Bien souvent, Dolarhyde ne savait pas ce qu'il éprouvait avant d'avoir agi. Et il ne savait pas ce qu'il éprouvait pour Reba McClane.

Alors qu'il la raccompagnait, un incident fâcheux lui permit d'y voir un peu plus clair.

Tout de suite après le boulevard Lindbergh, Dolarhyde s'arrêta dans une station-service Servco Supreme afin d'y faire le plein.

Le pompiste était une sorte de lourdaud dont l'haleine empestait l'alcool. Il fit la grimace quand Dolarhyde lui demanda de vérifier le niveau d'huile.

Il en manquait. Le pompiste décapsula un bidon d'huile, y adapta un bec verseur, et retourna le tout sur l'orifice du moteur.

Dolarhyde descendit pour le régler.

Mais le pompiste manifestait un zèle particulier à nettoyer le pare-brise. Du côté du passager. Il frottait inlassablement la vitre.

Reba McClane était installée dans le siège-baquet, les jambes croisées, la jupe relevée sur les genoux. Sa canne blanche était posée entre les deux sièges.

Le pompiste s'attardait devant le pare-brise. Son regard remontait le long des jambes de Reba.

Dolarhyde leva les yeux et le surprit. Il plongea la main en direction du tableau de bord et mit les essuie-glaces à la vitesse maximum, cinglant ainsi les doigts du pompiste.

« Hé, ça va pas, non ? » Le pompiste se hâta d'ôter le bidon d'huile du moteur. Il savait qu'il s'était fait surprendre et ne put réprimer un petit sourire satisfait, jusqu'à ce que Dolarhyde fasse le tour du van pour venir à lui.

« Espèce de salope. » Pas de problèmes avec les *s*.

« Dites donc, qu'est-ce qui vous prend ? » Le pompiste avait à peu près la taille de Dolarhyde, mais il était loin d'en avoir la musculature. Il était jeune pour avoir un râtelier, et en plus il n'en prenait pas soin.

Sa couleur verdâtre dégoûta Dolarhyde. « Qu'est-ce qui est arrivé à tes dents ? lui demanda-t-il doucement.

— Ça vous regarde ?

— C'est pour plaire à ton giton que tu te les fais arracher ? » Dolarhyde était bien trop près de lui.

« Laissez-moi tranquille. »

Très doucement : « Pauvre con. Taré. Ordure. Pourri. »

D'une seule main, Dolarhyde le propulsa contre le van. Le bidon d'huile et son bec verseur tombèrent à terre.

Dolarhyde les ramassa.

« Ne te sauve pas. Je peux te rattraper si je veux. » Il ôta le bec verseur et en observa l'extrémité la plus pointue.

Le pompiste était livide. Il y avait dans le visage de Dolarhyde quelque chose qu'il n'avait jamais vu, jamais.

L'espace d'une seconde, Dolarhyde entrevit le bec verseur enfoncé dans la poitrine de l'homme, le cœur qui se vide comme un bidon d'huile. Il vit le visage de Reba de l'autre côté du pare-brise. Elle secouait la tête, disait quelque chose. Elle cherchait la poignée de la vitre.

« Tu t'es déjà fait péter la gueule, trouduc ? »

Le pompiste secoua la tête, nerveusement. « J' pensais pas à mal, j' vous l' jure. »

Dolarhyde lui brandit devant les yeux le bec verseur métallique. Il le tenait à deux mains et ses pectoraux se gonflèrent quand il le tordit en deux. Il tira le pompiste par la ceinture et lui enfonça le bec verseur dans le pantalon.

« Occupe-toi de tes fesses, pigé ? » Il lui fourra un billet de banque dans la poche de sa chemise. « Tu peux te tirer, maintenant, dit-il, mais je peux te rattraper quand je veux. »

36

LA bande magnétique arriva le samedi sous forme d'un petit paquet adressé à Will Graham c/o Siège du F.B.I., Washington. Elle avait été postée à Chicago le jour même de la mort de Lounds.

Le laboratoire et les « Empreintes » ne trouvèrent rien d'intéressant sur le boîtier ou sur l'emballage.

Une copie de la bande fut expédiée à Chicago par le courrier de l'après-midi. L'agent spécial Chester l'apporta aussitôt à Graham dans la salle des délibérations. Une note de Lloyd Bowman y était jointe.

« Les empreintes vocales sont bien celles de Lounds. Visiblement, il répétait ce qu'on lui dictait », avait écrit Bowman. « C'est une bande neuve, utilisée pour la première fois et fabriquée au cours des trois derniers mois. La section Sciences du Comportement en étudie le contenu. Le Dr Bloom pourra l'écouter dès qu'il sera remis — c'est à vous d'en décider. Il est clair que le tueur essaye de vous ébranler. Cela m'étonnerait qu'il y arrive. »

Un témoignage de confiance dont Graham avait bien besoin.

Graham savait qu'il lui fallait écouter cette bande. Il attendit le départ de Chester.

Il ne voulait pas faire cela dans la salle des délibérations. Le prétoire lui paraissait plus agréable — le soleil entrait par les hautes fenêtres. Les femmes de ménage venaient de passer, un peu de poussière flottait dans la lumière.

Le magnétophone était gris, petit. Graham le posa sur la table de l'avocat et appuya sur la touche.

La voix monotone d'un technicien : « Affaire numéro 426238, cote 814, message ci-joint, bande magnétique sur cassette. Copie d'enregistrement. »

Une différence dans la qualité du son.

Graham serra les mains sur la barre des jurés.

Freddy Lounds paraissait épuisé et terrorisé.

« J'ai eu un grand privilège. J'ai vu... j'ai vu avec émerveillement... émerveillement et effroi... effroi... la force du Grand Dragon Rouge. »

L'enregistrement original était fréquemment interrompu. Le magnétophone avait capté le bruit des touches. Graham vit le doigt enfoncer la touche. Le doigt du Dragon.

« J'ai menti à Son propos. Tout ce que j'ai écrit, c'était des mensonges que m'avait faits Will Graham. Il m'a obligé à les écrire. J'ai... j'ai blasphémé contre le Dragon. Malgré cela... le Dragon est magnanime. Il souhaite que je Le serve. Il... m'a aidé à comprendre... Sa splendeur et je Le louerai à tout jamais. Journalistes, lorsque vous imprimerez ceci, mettez toujours des majuscules quand vous parlerez de Lui.

« Il sait que vous m'avez obligé à mentir, Will Graham. Comme j'ai été forcé à mentir, Il se montrera plus... plus clément envers moi qu'envers vous, Will Graham.

« Posez la main sur vos reins, Will Graham... juste entre les reins... vous sentez votre colonne vertébrale ?... C'est là, très exactement... que le Dragon vous atteindra. »

Graham ne lâcha pas la barre. Oh oui, je la sens. Le Dragon ne connaît pas le nom de l'os iliaque ou a-t-il fait exprès de ne pas l'employer ?

« Vous avez beaucoup... beaucoup à redouter. De mes... de mes propres lèvres, vous allez savoir ce que vous pouvez redouter. »

Une pause, puis un hurlement effrayant. Pis encore,

le cri d'une bouche privée de lèvres : « Eshèce de halaud, hous h'ahiez hourtant hromis... »

Graham baissa la tête entre les genoux et attendit que les petites taches lumineuses cessent de danser devant ses yeux. Il ouvrit la bouche et prit une profonde aspiration.

Une heure s'écoula avant qu'il puisse réécouter la bande.

Il emporta le magnétophone dans la salle des délibérations. Trop étouffant. Il laissa tourner la bande et revint au prétoire. Par la porte ouverte, il pouvait entendre : « J'ai eu un grand privilège... »

Il y avait quelqu'un à la porte du prétoire. Graham reconnut le jeune employé du F.B.I. de Chicago et lui fit signe d'entrer.

« Il y a une lettre pour vous », dit le jeune homme. « M. Chester m'a demandé de vous la porter. Je dois vous dire de sa part que l'inspecteur l'a radiographiée. »

Il tira la lettre de la poche intérieure de son veston. Une enveloppe mauve foncé. Graham espérait qu'elle venait de Molly.

« Elle a été tamponnée, vous voyez ?
— Merci.
— Il y a aussi la paye. » Le jeune homme lui tendit un chèque.

Sur la bande, Freddy se mit à hurler.

Le jeune homme ferma les yeux.

« Désolé, dit Graham.
— Je me demande comment vous pouvez supporter ça, dit l'autre.
— Allez-vous-en. »

Il prit place dans le box du jury pour lire la lettre. Il avait besoin de se remonter le moral. La lettre avait été envoyée par le Dr Hannibal Lecter.

« Mon cher Will,

« Quelques mots pour vous féliciter de la façon dont vous avez utilisé Lounds. J'avoue que je suis très admiratif. Vous êtes un type vraiment malin !

« M. Lounds m'a souvent offensé par ses bavardages inconsidérés, mais il m'a tout de même éclairé sur un point : votre internement à l'hôpital psychiatrique. L'incapable qui m'a servi de défenseur aurait dû en faire mention devant le tribunal, enfin, tant pis.

« Vous savez, Will, vous vous en faites beaucoup trop. Vous vous sentiriez mieux si vous cessiez de vous torturer.

« Nous n'inventons pas notre nature, Will ; elle nous est donnée en même temps que nos poumons, notre pancréas, tous nos organes. Pourquoi chercher à la combattre ?

« Je veux vous aider, Will, et j'aimerais commencer en vous posant cette question : quand vous avez été si déprimé après avoir abattu M. Garrett Jacob Hobbs, ce n'est pas le *geste* qui vous a fait craquer, n'est-ce pas ? En vérité, n'est-ce pas *parce que cela avait été si bon de le tuer* que vous vous êtes senti si mal par la suite ?

« Pensez-y, mais ne vous tourmentez pas. Pourquoi ne serait-ce pas agréable, après tout ? Dieu doit trouver ça agréable — il n'arrête pas de le faire. Et n'avons-nous pas été créés à Son image ?

« Peut-être l'avez-vous lu dans le journal d'hier, mercredi soir, au Texas, Dieu a fait ébouler le toit d'une église sur trente-quatre de Ses fidèles alors qu'ils entonnaient un cantique à Sa gloire. Vous ne croyez pas que cela Lui a procuré du plaisir ? *Trente-quatre.* Il ne peut vous en vouloir d'avoir descendu Hobbs.

« La semaine dernière, Il s'est offert cent soixante Philippins dans un accident d'avion. Il ne peut vous en vouloir pour Hobbs. Il ne vous reprochera pas un misérable petit assassinat. Pardon, deux. Ne vous en faites pas.

« Lisez le journal. Dieu est imbattable.

« Sincèrement,
« Docteur Hannibal Lecter.

Graham savait bien que Lecter se trompait pour Hobbs mais, pendant une demi-seconde, il se demanda s'il n'avait pas un peu raison pour Freddy Lounds. L'ennemi intérieur de Graham acceptait tous les chefs d'accusation.

Il avait posé la main sur l'épaule de Freddy pour bien prouver qu'il lui avait vraiment dit toutes ces horreurs sur le Dragon. Mais est-ce qu'il n'avait pas eu un tout petit peu envie de lui faire courir quelques risques ? Il était perplexe.

La certitude de ne pas accorder la moindre chance au Dragon le rassura un peu.

« J'en ai plein les bottes de tous ces enfoirés », dit-il tout haut.

Il avait besoin d'un instant de répit. Il appela Molly mais personne ne répondit chez les grands-parents de Willy. « Ils doivent encore être dans leur foutu mobile-home », grommela-t-il.

Il sortit prendre un café, un peu pour se prouver à lui-même qu'il ne se cachait pas dans la salle des délibérations.

Il vit à la devanture d'une bijouterie un magnifique bracelet d'or ancien. La quasi-totalité de sa paye y passa. Il le fit emballer et timbrer pour le mettre à la poste. Ce n'est qu'une fois arrivé à la boîte à lettres qu'il l'adressa à Molly, dans l'Oregon. A la différence de Molly, Graham ne savait pas qu'il ne faisait des cadeaux que lorsque les choses ne tournaient pas rond.

Il n'avait pas envie de revenir travailler dans la salle des délibérations, mais pourtant, il le fallait. Le souvenir de Valérie Leeds lui donna du courage.

Je suis actuellement absente, avait-elle dit.

Il aurait voulu la connaître. Il aurait voulu — une idée bien inutile, bien enfantine.

Graham était épuisé, égoïste, rancunier. La fatigue l'avait fait régresser vers une mentalité enfantine où les critères de mesure étaient ceux qu'il avait appris en premier ; où « nord » se traduisait par Nationale 61 et où « un mètre quatre-vingts » serait à jamais la taille de son père.

Il s'obligea à établir un profil des victimes extrêmement détaillé à partir d'une kyrielle de rapports et de ses propres observations.

La richesse. C'était un point commun. Les deux familles étaient riches. Bizarre que Valérie Leeds ait économisé sur ses collants.

Graham se demanda si elle avait été une enfant pauvre. Il pensait que oui ; ses enfants étaient un peu trop bien habillés.

Graham avait été un enfant pauvre, qui avait suivi son père des chantiers navals de Biloxi et de Greenville à ceux du lac Erie. A l'école, il avait toujours été le nouveau, l'étranger. Il en voulait plus ou moins consciemment aux riches.

Valérie Leeds avait peut-être été une enfant pauvre. Il fut tenté de revoir le film au prétoire. Non. Les Leeds n'étaient pas prioritaires. Il les connaissait parfaitement. Mais il ne connaissait pas les Jacobi.

Son absence de connaissance intime des Jacobi le paralysait. L'incendie de Detroit avait tout détruit — les albums de famille et, probablement, les journaux intimes.

Graham tentait de les connaître au travers des objets qu'ils désiraient, achetaient, utilisaient. Il n'avait rien d'autre.

Le dossier envoyé par Metcalf mesurait plus de sept centimètres d'épaisseur et se composait en majeure partie de listes de biens — tout ce qu'il faut pour meubler une nouvelle maison. *Regarde-moi toute cette merde.* Tout était assuré, accompagné des numéros de série à la demande des assurances. Chat échaudé...

Byron Metcalf lui avait envoyé des doubles au carbone au lieu des photocopies des déclarations d'assurance. Les doubles étaient peu nets, difficiles à lire.

Jacobi avait un canot pour le ski nautique. Leeds avait un canot pour le ski nautique. Jacobi avait une moto d'enduro. Leeds avait une moto de cross. Graham s'humecta le pouce et tourna les pages.

Le quatrième objet répertorié sur la deuxième page était un projecteur de cinéma Chinon Pacific.

Graham s'arrêta. Comment avait-il pu passer à côté ? Il avait fouillé toutes les caisses de l'entrepôt de Birmingham afin d'y trouver un indice qui pourrait lui apporter une connaissance plus intime des Jacobi.

Où se trouvait le projecteur ? Il pouvait comparer la déclaration d'assurance à l'inventaire dressé par Byron Metcalf et contresigné par le responsable des entrepôts.

Cela ne lui prit que quinze minutes. Il n'y avait ni projecteur, ni caméra, ni films.

Graham s'appuya au dossier de la chaise et regarda les Jacobi lui sourire sur la photographie posée devant lui.

Qu'est-ce que vous en avez foutu ?
On vous les a volés ?
C'est le tueur qui les a volés ?
S'il les a volés, est-ce qu'il les a revendus à un receleur ?
Mon Dieu, faites qu'il y ait un receleur fiché...

Graham n'était plus fatigué. Il voulait savoir s'il manquait autre chose. Pendant une heure, il compara les déclarations d'assurance à l'inventaire effectué dans l'entrepôt. Tout était enregistré, à l'exception des petits objets précieux. Ils devaient apparaître sur la liste des objets enfermés par Byron Metcalf dans le coffre de la banque de Birmingham.

Ils se trouvaient tous sur la liste. Tous sauf deux.

« Coffret en cristal, 7×10, couvercle en argent » — il était sur la déclaration d'assurance mais pas au coffre. « Cadre en argent, 18×24, décoré de pampres et de fleurs » — il n'était pas non plus au coffre.

Volés ? Egarés ? C'était de petits objets, facilement dissimulables. D'habitude, l'argent est immédiatement fondu et ne laisse pas de traces. Mais un matériel de projection comporte des numéros de série et laisse par conséquent des traces.

Le voleur était-il l'assassin ?

Le regard fixé sur la photographie des Jacobi, Graham envisageait déjà un nouveau point commun. Mais la réponse qu'il devait obtenir était plutôt décevante.

Il y avait un téléphone dans la salle des délibérations. Graham appela la criminelle de Birmingham. On lui passa le responsable de la tranche horaire trois-onze.

« Dans l'affaire Jacobi, j'ai remarqué que vous aviez tenu un registre des personnes qui s'étaient présentées à la maison après la pose des scellés. Exact ?

— Je vais faire vérifier. »

Graham savait qu'ils avaient un tel registre. C'était une excellente manière de travailler. Il attendit cinq minutes qu'un documentaliste prenne le téléphone.

« J'ai le registre des entrées et sorties. Que désirez-vous savoir ?

— Niles Jacobi, le fils du défunt — il est sur la liste ?

— Euh... oui. 2 juillet, à sept heures du soir. Il avait la permission de prendre des effets personnels.

— Vous savez s'il avait une valise ?

— Non. Désolé. »

Byron Metcalf lui répondit d'une voix rauque, haletante. Graham se demanda ce qu'il pouvait bien être en train de faire.

« J'espère que je ne vous dérange pas.

— Qu'est-ce que je peux pour vous, Will ?

— J'ai un petit problème avec Niles Jacobi.

— Qu'est-ce qu'il a encore fait ?

— Je crois qu'il a sorti quelques objets de la maison après l'assassinat.

— Ah...

— Il manque un cadre en argent que vous aviez répertorié sur l'inventaire des objets déposés au coffre. Quand j'étais à Birmingham, j'ai pris une photo des Leeds dans le dortoir de Niles. Elle avait été encadrée — je me souviens de la marque sur les bords.

— Le petit salaud... Je lui avais donné la permission de prendre des livres et des vêtements, dit Metcalf.

— Niles a des amis qui lui reviennent cher. Je cherche de ce côté-là. Ah, il manque également une caméra, un projecteur et un film. Je veux savoir s'il les a emportés. Il y a de grandes chances que oui ; sinon, c'est peut-être le tueur qui les a pris. Dans ce cas, il faudra faire parvenir les numéros de séries à tous les revendeurs. C'est une priorité nationale. Pour le cadre, il est certainement déjà fondu à l'heure qu'il est.

— Il ne pensera certainement qu'au cadre quand je l'interrogerai.

— Attention, si Niles a pris le projecteur, il a dû garder le film. Il ne pourrait rien en tirer. Je veux le film. Il faut absolument que je le voie. Si vous annoncez la couleur, il niera tout en bloc et jettera le film dès que vous serez parti.

— Compris, fit Metcalf. La voiture fait partie des biens de la famille, je peux la fouiller sans autorisation. Quant à sa piaule, mon ami le juge d'instruction se fera un plaisir d'y jeter un coup d'œil. Je vous tiens au courant. »

Graham se remit au travail.

La richesse. Il serait utile d'introduire cette notion dans le profil demandé par la police.

Graham se demanda si Mme Leeds et Mme Jacobi étaient du genre à faire leurs courses en tenue de tennis. Cela passait pour très chic dans certains quartiers. Dans d'autres, c'était assez stupide et doublement provocateur, car cela suscitait simultanément des pensées lubriques et une jalousie de classe.

Graham les imagina en train de pousser leur caddy avec des chaussettes à pompons et une jupette dissimulant à peine leurs cuisses bronzées — passant à côté du costaud aux yeux de requin qui achète de la viande froide pour manger sur le pouce, en voiture.

Combien pouvait-il y avoir de famille avec trois enfants et un animal domestique, et combien étaient-elles à ne pas interposer de portes blindées entre elles et le Dragon ?

Quand Graham imaginait les victimes potentielles, il voyait des gens riches et intelligents se prélasser dans une demeure agréable.

Pourtant, celui qui allait devoir maintenant affronter le Dragon n'avait ni enfants ni animal domestique, et sa maison n'avait rien d'agréable. Celui qui allait devoir affronter le Dragon avait pour nom Francis Dolarhyde.

37

LE bruit des haltères retombant sur le plancher du grenier résonnait dans toute la maison.

Dolarhyde s'entraînait avec effort et les charges qu'il soulevait n'avaient jamais été aussi lourdes. Sa tenue était différente ; un pantalon de survêtement cachait le tatouage. La veste recouvrait *Le Grand Dragon Rouge et la Femme vêtue de soleil*. Le kimono pendait au mur ainsi que la mue d'un serpent et dissimulait le miroir.

Dolarhyde ne portait pas de masque.

Un épaulé-jeté. Deux cent quatre-vingts livres à bout de bras.

« A QUI PENSES-TU ? »

Surpris par la voix, il faillit laisser tomber les haltères. Il les reposa et le sol trembla sous le choc.

Il se tourna, les bras ballants, dans la direction de la voix.

« A QUI PENSES-TU ? »

Elle semblait venir de derrière la veste, mais le volume et l'intonation lui arrachaient la gorge.

« A QUI PENSES-TU ? »

Il savait qui parlait, et il avait peur. Dès le début, le Dragon et lui-même n'avaient fait qu'une seule et même personne. Il connaissait le Devenir, et le Dragon était son moi supérieur. Leur corps, leur voix, leur volonté ne faisaient qu'un.

Plus maintenant. Pas depuis Reba. Ne pense pas à

Reba.

« QUI EST ACCEPTABLE ? demanda le Dragon.

— Mme... erhman... Sherman. » Dolarhyde avait du mal à prononcer.

« PARLE PLUS FORT. JE NE COMPRENDS RIEN. A QUI PENSES-TU ? »

Dolarhyde se tourna vers la barre. Un arraché à deux bras. Encore plus difficile.

« Mme... ehrman dans l'eau.

— TU PENSES A TA PETITE AMIE, C'EST ÇA, HEIN ? TU VEUX QU'ELLE SOIT TA PETITE AMIE, DIS ? »

Les haltères retombèrent lourdement.

« He n'ai pas de hetite... amie. » La peur l'empêchait de parler correctement. Il dut boucher ses narines à l'aide de sa lèvre supérieure.

« MENSONGE ! » La voix du Dragon était claire et puissante, les *s* ne lui posaient aucun problème. « TU OUBLIES LE DEVENIR. PREPARE-TOI POUR LES SHERMAN. SOULEVE CE POIDS. »

Dolarhyde empoigna la barre et rassembla ses forces. Son esprit se tendait en même temps que ses muscles. Il tentait désespérément de penser aux Sherman. Il s'obligea à penser au poids de Mme Sherman quand il l'avait portée dans les bras. C'était le tour de Mme Sherman. C'était Mme Sherman. Il se battait dans le noir contre M. Sherman. Le clouait au sol jusqu'à ce que le sang qui s'écoule fasse frissonner son cœur comme celui d'un oiseau. Le seul cœur qu'il eût jamais entendu. Il n'entendait pas le cœur de Reba. Non, il ne l'entendait pas.

La peur vint à bout de ses forces. Il leva la barre à hauteur des cuisses mais ne réussit pas un épaulé. Il pensa aux Sherman disposés autour de lui, les yeux grands ouverts, pour le service du Dragon. Mais ce n'était pas bon. C'était une pensée vide et creuse. La barre retomba.

« PAS ACCEPTABLE. »

— Mme...

— TU N'ES MEME PAS CAPABLE DE DIRE Mme SHERMAN. TU N'AS PAS L'INTENTION DE PRENDRE LES SHERMAN. CE QUE TU VEUX, C'EST REBA MCCLANE. TU VEUX QU'ELLE SOIT TA PETITE AMIE, HEIN ? TU VEUX ETRE COPAIN AVEC ELLE ?

— Non.

— MENSONGE !

— Hou ègueu han heuman.

— POUR QUELQUE TEMPS SEULEMENT ? MISERABLE DEBILE PLEURNICHARD, QUI VOUDRAIT ETRE COPAIN AVEC TOI ? VIENS ICI. JE VAIS TE MONTRER CE QUE TU ES. »

Dolarhyde ne bougea pas.

« JE N'AI JAMAIS VU UN ENFANT AUSSI DEGOUTANT QUE TOI. VIENS ICI. »

« OTE CETTE VESTE. »

Il l'enleva.

« REGARDE-MOI. »

Sur le mur, le Dragon resplendissait.

« PRENDS LE KIMONO, REGARDE-TOI DANS LE MIROIR. »

Il regarda. Il ne pouvait détourner son visage des lumières brûlantes. Il se vit en train de baver.

« REGARDE-TOI. JE VAIS TE DONNER UNE SURPRISE POUR TA PETITE AMIE, ENLEVE CE HAILLON. »

Dolarhyde tira sur la ceinture de son pantalon, qui se déchira. Il en arracha des lambeaux de la main droite, les tendit de la main gauche. Sa main droite les saisit dans sa main gauche tremblante et les jeta dans un coin de la pièce. Dolarhyde retomba sur le tapis, recroquevillé comme un homard coupé vif. Il étreignit ses genoux en gémissant, le souffle court. Le tatouage brillait sous la lumière crue de la salle de gymnastique.

« JE N'AI JAMAIS VU UN ENFANT AUSSI DEGOUTANT QUE TOI. VA LES CHERCHER.

— Anmé.

— VA LES CHERCHER. »

Il quitta la pièce pour revenir avec les dents du Dragon.

« METS-LES DANS LA PAUME DE TA MAIN. FAIS-LES FONCTIONNER AVEC TES DOIGTS. »

Les pectoraux de Dolarhyde se gonflèrent.

« TU VOIS COMMENT ELLES SE REFERMENT ? METS-LES SOUS TON VENTRE A PRESENT. COINCE-TOI ENTRE LES DENTS.

— Non.

— OBEIS. REGARDE, A PRESENT. »

Les dents commençaient à lui faire mal. Des larmes et de la salive coulèrent sur sa poitrine.

« Hère ihi.

— TU N'ES QU'UNE CHAROGNE ABANDONNEE DANS LE DEVENIR. TU ES UNE CHAROGNE ET JE TE DONNERAI UN NOM. TU T'APPELLES TETE DE NŒUD. REPETE.

— Je m'appelle Tête de Nœud. » Il fermait ses narines à l'aide de sa lèvre pour prononcer ces paroles.

« BIENTOT, JE SERAI DEBARRASSE DE TOI », dit le Dragon sans le moindre effort. « EST-CE QUE CE SERA BIEN ?

— Bien.

— QUI VIENDRA ENSUITE, L'HEURE VENUE ?

— Mme... ehrman. »

Une douleur très vite le déchire. La peur et la douleur.

« JE VAIS TE LA COUPER.

— Reba. Reba. Je vous donnerai Reba. » Déjà, son langage s'améliore.

« TU N'AS RIEN A ME DONNER. ELLE EST A MOI. ILS SONT TOUS A MOI. REBA MCCLANE PUIS LES SHERMAN.

— Reba puis les Sherman. La loi le saura.

— J'AI TOUT PREVU POUR CE JOUR. EN DOUTERAIS-TU ?

— Non.

— COMMENT T'APPELLES-TU ?

— Tête de Nœud.
— TU PEUX OTER MES DENTS. PITOYABLE BEC-DE-LIEVRE, TU VOUDRAIS ME PRIVER DE TA PETITE AMIE, N'EST-CE PAS ? JE LA DECHIRERAI ET TE JETTERAI LES MORCEAUX AU VISAGE. JE TE PENDRAI AVEC SON GROS INTESTIN SI TU T'OPPOSES A MOI. TU SAIS QUE J'EN SUIS CAPABLE. METS 300 LIVRES SUR LA BARRE. »

Dolarhyde ajouta des disques à la barre. Il n'avait jamais dépassé les 280 livres.

« SOULEVE. »

S'il n'était pas aussi fort que le Dragon, Reba mourrait. Il le savait. Il força jusqu'à ce que la pièce se teinte de rouge sous ses yeux exorbités.

« Je ne peux pas.
— TOI, TU NE PEUX PAS, MAIS MOI, JE LE PEUX. »

Dolarhyde saisit la barre. Elle se courba lorsqu'il la hissa à hauteur des épaules. A bout de bras, maintenant. Sans la moindre difficulté. « AU REVOIR, TETE DE NŒUD », dit-il, fier Dragon frissonnant dans la lumière.

38

FRANCIS DOLARHYDE ne se rendit pas au travail le lundi matin.

Il quitta la maison à l'heure habituelle. Son allure était impeccable, sa conduite précise. Il mit des lunettes noires pour se protéger du soleil matinal quand il tourna en direction du pont enjambant le Missouri.

La glacière crissait sur le siège du passager. Il tendit le bras et la posa à terre, ce qui lui fit penser qu'il devait se procurer de la glace et aller chercher le film au...

Il franchit ensuite le canal du Missouri, regarda les crêtes d'écume sur la rivière mouvante et éprouva l'impression soudaine de se déplacer au-dessus d'un fleuve immobile. Un sentiment étrange, décousu, l'envahit. Il leva le pied de l'accélérateur.

Le van ralentit puis s'arrêta. Derrière, les voitures s'entassaient et commençaient à klaxonner, mais il ne les entendit pas.

Il glissait lentement vers le nord, sur une rivière immobile, face au soleil levant. Des larmes coulaient sous ses lunettes noires et tombaient sur ses mains.

Quelqu'un tapa à la vitre. Un conducteur au visage blême et bouffi de sommeil était descendu de voiture. Il lui criait des choses qu'il ne comprenait pas.

Dolarhyde le regarda. Des lumières bleues clignotaient de l'autre côté du pont. Il savait qu'il lui fallait rouler. Il demanda à son corps d'appuyer sur l'accélérateur, et son corps lui obéit. L'homme debout près de la vitre fit un bond en arrière.

Dolarhyde s'engagea sur le parking d'un grand motel proche de l'échangeur routier. Un car scolaire y était garé ; le pavillon d'un tuba reposait contre la vitre arrière.

Dolarhyde se demanda s'il allait devoir prendre le car avec les vieillards.

Non, ce n'était pas cela. Il chercha du regard la Packard de sa mère.

« *Monte en voiture. Ne mets pas tes pieds sur le siège* », lui dit sa mère.

Ce n'était pas cela non plus.

Il se trouvait sur le parking d'un motel, à l'ouest de Saint Louis, il désirait être capable de choisir, et il ne le pouvait pas.

Dans six jours, s'il pouvait attendre jusque-là, il tuerait Reba McClane. Il émit un son suraigu avec le nez.

Peut-être le Dragon aimerait-il commencer par prendre les Sherman et attendre une autre lune...

Non. Il ne le voudrait pas.

Reba McClane ne savait rien du Dragon. Elle se croyait en compagnie de Francis Dolarhyde. Elle voulait coller son corps contre celui de Francis Dolarhyde. Elle attirait Francis Dolarhyde vers elle dans le lit de Grand-mère.

« *J'ai passé un moment formidable.* »

Peut-être appréciait-elle Francis Dolarhyde. C'était une chose perverse et méprisable de la part d'une femme. Il avait conscience qu'il lui faudrait la mépriser, mais c'était si agréable...

Reba McClane était coupable d'aimer Francis Dolarhyde. Irrémédiablement coupable.

S'il n'y avait eu le pouvoir de son Devenir, s'il n'y avait eu le Dragon, il n'aurait jamais été capable de l'emmener chez lui. Il n'aurait jamais pu lui faire l'amour. Mais est-ce bien sûr ?

« *Mon Dieu, c'est si bon.* »

Voilà ce qu'elle avait dit. *C'est si bon.*

Les clients sortaient du motel après avoir pris le petit déjeuner et passaient devant le van. Leurs regards curieux le foulaient ainsi qu'une myriade de pieds.

Il avait besoin de réfléchir. Rentrer chez lui était impossible. Il prit une chambre au motel, appela le bureau et raconta qu'il était souffrant. La chambre était paisible, agréable. Des gravures représentant des vapeurs en constituaient l'unique décoration. Et rien ne resplendissait sur le mur.

Dolarhyde s'allongea tout habillé. Il y avait des traces de peinture au plafond. Il dut se relever plusieurs fois pour uriner. Il frissonna, puis sua à grosses gouttes. Une heure s'écoula.

Il ne voulait pas donner Reba McClane au Dragon, mais il pensa à ce que le Dragon lui ferait s'il refusait de la lui offrir.

La peur intense arrive par vagues, le corps humain ne peut la supporter trop longtemps. Dolarhyde profita des accalmies pour réfléchir.

Comment pouvait-il s'y prendre pour ne pas la livrer au Dragon ? Une idée, toujours la même, l'obsédait. Il se leva.

Le verrou claqua dans la salle de bains. Dolarhyde observa la tringle du rideau de la douche ; c'était un solide tuyau de plus de deux centimètres de diamètre, fixé aux murs de la salle de bains. Il décrocha le rideau et le jeta sur le miroir.

Il saisit la tringle et s'y balança ; ses pieds effleuraient la paroi de la baignoire. La tringle était solide, de même que sa ceinture. Il pourrait y arriver. *Ça, ça* ne lui faisait pas peur.

Il noua la ceinture autour de la tringle. Elle formait un nœud coulant assez raide.

Il s'assit sur le siège des toilettes et regarda son installation. Il n'y aurait pas de chute, mais cela irait tout de même. Il réussirait à ne pas porter les mains au nœud coulant jusqu'à ce qu'il fût trop faible pour lever les bras.

Mais comment pouvait-il être certain que sa mort affecterait le Dragon, maintenant que le Dragon et lui-même étaient Deux ? Cela ne servirait peut-être à rien. Comment pouvait-il être sûr que le Dragon la laisserait tranquille ?

Des jours pourraient se passer avant qu'on retrouve son corps. Elle se demanderait ce qu'il était devenu. Déciderait-elle de venir chez lui pour voir s'il ne s'y terrait pas ? Monterait-elle au premier ? Une surprise l'y attendrait.

Le Grand Dragon Rouge mettrait bien une heure à la recracher en bas des marches.

Devait-il l'appeler pour la prévenir ? Même prévenue, que pourrait-elle contre Lui ? Rien. Espérer connaître une fin rapide, espérer que, dans Sa fureur, il la mordrait profondément, tout de suite ?

Là-haut, dans la maison de Dolarhyde, le Dragon attendait sur une reproduction qu'il avait encadrée de ses propres mains. Le Dragon attendait, dans d'innombrables magazines, dans des livres d'art, il renaissait toutes les fois qu'un photographe... faisait quoi ?

Dolarhyde entendait dans son esprit la voix puissante du Dragon maudire Reba. Il commencerait par la maudire, puis il la mordrait. Il maudirait également Dolarhyde et le traiterait de moins que rien devant Reba.

« Ne fais pas cela... ne fais pas cela », lança Dolarhyde vers la paroi de céramique. Il écouta sa voix, la voix de Francis Dolarhyde, la voix que Reba McClane comprenait parfaitement, sa propre voix. Il en avait eu honte toute sa vie et s'en était servi pour proférer des paroles de haine.

Mais il n'avait jamais entendu la voix de Francis Dolarhyde le maudire.

« Ne fais pas cela... »

La voix qu'il entendait à présent ne l'avait jamais maudit, jamais. Elle avait répété les insultes du Dragon. Ce souvenir lui faisait honte.

Il n'était probablement pas un homme à part entière,

se dit-il. Il se rendit compte qu'il ne s'était jamais vraiment penché sur la question, et voici que cela l'intéressait.

Il avait désormais une once de fierté, et c'était Reba McClane qui la lui avait donnée. Et sa fierté lui disait que mourir dans une salle de bains était une bien triste fin.

Mais quoi d'autre ? Quelle solution lui restait-il ?

Si, il y avait une solution, et elle lui apparut comme un blasphème. Mais c'était tout de même une solution.

Il arpenta la chambre du motel, entre les lits, de la porte à la fenêtre. Et tout en marchand, il fit des exercices d'élocution. Les mots venaient bien s'il respirait à fond entre chaque phrase et s'il prenait tout son temps.

Il pouvait parler correctement entre deux bouffées de peur. Celle qui montait actuellement en lui était assez violente, au point qu'il en vomit. Il attendit le creux de la vague. Et quand elle vint, il se précipita au téléphone et composa un numéro à Brooklyn.

Les membres d'un orchestre de jeunes remontaient dans le car garé sur le parking du motel. Ils virent Dolarhyde arriver, et il dut passer au milieu d'eux pour regagner son van.

Une sorte de bouffi fit la grimace, bomba le torse et gonfla ses biceps derrière Dolarhyde. Deux filles se mirent à glousser. Le tuba tonna par la vitre du car quand il démarra, mais Dolarhyde n'entendit pas les rires qui l'accompagnaient.

Vingt minutes plus tard, il arrêtait le van dans l'allée, à trois cents mètres de la maison de Grand-mère.

Il s'épongea le visage, prit son souffle. Sa main gauche se referma sur la clef de la maison ; de la droite, il tenait le volant.

Une sorte de gémissement s'échappa de son nez. Puis un autre, et encore un autre, de plus en plus fort. Vas-y !

Il fonça à toute allure vers la maison, les roues du van projetaient du gravier en tous sens. Le van dérapa dans la cour et Dolarhyde en sortit à toute allure.

A l'intérieur, sans regarder à gauche ni à droite, il

dévala l'escalier de la cave et chercha à ouvrir une malle fermée à clef. Mais il n'avait pas la clef sur lui.

Le trousseau était à l'étage. Il ne s'accorda pas le temps de la réflexion. Pour s'interdire de penser, il émit une sorte de bourdonnement sonore avec son nez et se lança dans l'escalier.

Le bureau, le tiroir qu'il retourne pour y trouver les clefs, sans jeter le moindre regard au portrait du Dragon posé au pied du lit.

« QU'EST-CE QUE TU FAIS ? »

Mais où étaient donc les clefs ?

« QU'EST-CE QUE TU FAIS ? ARRETE-TOI. JE N'AI JAMAIS VU UN ENFANT AUSSI DEGOUTANT QUE TOI. ARRETE-TOI. »

Ses mains ralentirent.

« REGARDE... REGARDE-MOI. »

Il s'agrippa au bord du bureau — surtout, ne pas se retourner vers le mur. Il ferma les yeux quand sa tête commença de tourner malgré lui.

« QU'EST-CE QUE TU FAIS ?

— Rien. »

Et le téléphone sonnait, sonnait, sonnait. Il décrocha le combiné, le dos tourné au mur.

« Salut, D. Alors, comment ça va ? » La voix de Reba McClane.

Il se racla la gorge. « Bien. » Tout juste un murmure.

« Je vous appelle parce qu'on m'a dit au bureau que vous étiez souffrant. Vous n'avez pas l'air en forme.

— Parlez-moi.

— Bien sûr, c'est pour ça que je vous appelle. Qu'est-ce que vous croyiez ? Ça ne va pas ?

— C'est la grippe, dit-il.

— Vous allez voir le docteur ?... Hé ? J'ai dit, vous allez voir le docteur ?

— Parlez plus fort. » Il fouilla dans le tiroir puis chercha à ouvrir le tiroir voisin.

« La ligne est mauvaise, on dirait. D., vous ne devriez pas rester tout seul si vous êtes malade.

— DIS-LUI DE VENIR CE SOIR ET DE S'OCCUPER DE TOI. »

Dolarhyde parvint juste à temps à poser la main sur le microphone.

« Bon sang, qu'est-ce que c'est que ça ? Il y a quelqu'un avec vous ?

— C'est la radio, j'ai tourné le mauvais bouton.

— Dites, vous voulez que je vous envoie quelqu'un ? Ça n'a vraiment pas l'air d'aller. Non, je viendrai plutôt. Je demanderai à Marcia de m'accompagner à l'heure du déjeuner.

— Non. » Les clefs étaient dissimulées sous une ceinture roulée dans le tiroir. Il s'en saisit, puis sortit dans le couloir avec le téléphone. « Tout va bien, rassurez-vous. On se rappelle. » Il avait failli trébucher sur les *s*. Il dévala les escaliers. Le cordon du téléphone s'arracha du mur et le combiné roula sur les marches.

Un hurlement de fureur. « REVIENS, TETE DE NŒUD. »

La cave. Il y avait dans la malle, juste à côté de la caisse de dynamite, une petite valise bourrée de billets de banque, de cartes de crédit et de permis de conduire établis à divers noms, un revolver, un poignard et un nerf de bœuf.

Il prit la valise et remonta en courant au rez-de-chaussée sans s'arrêter devant le grand escalier, prêt à se battre si le Dragon descendait à sa rencontre. Dans le van, à présent, puis un démarrage sur les chapeaux de roue.

Il ne ralentit qu'une fois sur la nationale et baissa la vitre pour vomir un peu de bile jaunâtre. La peur s'en allait tout doucement. Il roula à la vitesse autorisée, mit ses clignotants bien avant les croisements, et se rendit ainsi à l'aéroport.

39

DOLARHYDE régla le taxi devant un immeuble d'habitation d'Eastern Parkway, à deux pâtés de maisons du Brooklyn Museum. Il fit le reste du chemin à pied. Des joggers se dirigeaient vers Prospect Park.

Il s'arrêta près de la bouche de métro, afin d'admirer la grande bâtisse de style néo-classique. Il n'avait jamais visité le Brooklyn Museum, bien qu'il eût lu le guide — il avait commandé cet ouvrage après avoir vu la mention « Brooklyn Museum » imprimée en caractères minuscules sous les reproductions de *Le Grand Dragon Rouge et la Femme vêtue de soleil*.

Les noms des grands penseurs, de Confucius à Démosthène, avaient été gravés dans la pierre au-dessus de la porte d'entrée. C'était un bâtiment imposant, flanqué d'un jardin botanique — une demeure parfaite pour le Dragon.

Le métro faisait trembler le sol. Des bouffées d'air vicié se mêlaient à l'odeur de teinture de sa moustache.

Le musée allait fermer dans une heure. Il traversa la rue et entra. L'employée du vestiaire prit sa valise.

« Le vestiaire sera ouvert demain ? lui demanda-t-il.

« Le musée est fermé au public demain. » L'employée était une petite femme ridée en costume bleu. Elle tourna la tête.

« Les gens qui viennent demain, ils peuvent utiliser le vestiaire ?

— Non. Le musée est fermé, le vestiaire est fermé. » Tant mieux. « Merci.

— Je vous en prie. »

Au rez-de-chaussée, Dolarhyde déambula parmi les grandes vitrines des salles consacrées à l'Océanie et aux deux Amériques — poteries des Andes, armes primitives, objets et masques chamaniques des Indiens de la côte du Pacifique.

Il ne restait plus que quarante minutes avant la fermeture du musée. Il n'avait plus le temps de visiter le rez-de-chaussée. Il connaissait l'emplacement des sorties et des ascenseurs publics.

Il monta jusqu'au quatrième étage. Il se sentait bien plus proche du Dragon, mais tout allait bien — il ne risquait pas de tomber dessus au détour d'une salle.

Le Dragon n'était pas présenté au public ; l'aquarelle avait été enfermée dans l'obscurité depuis son retour de la Tate Gallery.

Dolarhyde avait appris au téléphone que *Le Grand Dragon Rouge et la Femme vêtue de soleil* était rarement exhibé. Cette aquarelle avait près de deux cents ans, et la lumière risquait de l'abîmer.

Dolarhyde s'arrêta devant un tableau d'Albert Bierstadt, *Orage dans les Rocheuses — Mt. Rosalie, 1866*. De là, il pouvait voir les portes fermées des réserves du musée. C'était là que se trouvait le Dragon. Pas une copie ni une photographie : le Dragon. C'était là qu'il viendrait demain, quand il aurait son rendez-vous.

Il fit tout le tour du quatrième étage et passa devant une multitude de portraits qu'il ne remarqua absolument pas. Tout ce qui l'intéressait, c'était les sorties. Il trouva les sorties de secours en cas d'incendie, le grand escalier, et nota l'emplacement des ascenseurs publics.

Les gardiens étaient des hommes d'âge mûr fort polis ; ils portaient des semelles épaisses et leurs jambes étaient déformées par des années de station debout. Aucun n'était armé, remarqua Dolarhyde, à l'exception d'un seul qui se tenait en faction dans le promenoir. Ce devait plutôt être un policier.

Les haut-parleurs annoncèrent la fermeture du musée.

Dolarhyde resta un instant sur le trottoir sous la figure allégorique de Brooklyn et regarda la foule sortir dans la tiédeur estivale.

Les joggers firent du sur-place pour permettre aux gens de regagner la station de métro.

Dolarhyde passa quelques minutes au jardin botanique. Puis il héla un taxi et donna au chauffeur l'adresse d'un magasin qu'il avait relevée dans les pages jaunes de l'annuaire.

40

LUNDI, neuf heures du soir. Graham posa sa mallette à terre devant la porte de l'appartement de Chicago et fouilla dans ses poches pour y trouver les clefs.

Il avait passé toute une journée à Detroit à interroger le personnel et à consulter les registres de l'hôpital où Mme Jacobi avait travaillé comme bénévole avant que la famille déménage pour Birmingham. Il cherchait quelqu'un qui aurait pu travailler à Detroit puis à Atlanta, ou encore à Birmingham et à Atlanta ; quelqu'un qui pourrait disposer d'une camionnette et d'un fauteuil roulant, et qui aurait vu Mme Jacobi et Mme Leeds avant de faire irruption chez elles.

Crawford pensait que ce voyage éclair était une perte de temps. Crawford avait raison, une fois de plus.

Graham entendit la sonnerie du téléphone dans l'appartement. Le trousseau de clefs s'accrocha au fond de la poche. Quand il tira dessus, il arracha un long fil. De la menue monnaie tomba à l'intérieur de son pantalon et roula sur le palier.

« Merde... »

Le téléphone cessa de sonner juste avant qu'il le décroche. Molly essayait peut-être de le joindre.

Il l'appela dans l'Oregon.

Le grand-père de Willy lui répondit la bouche pleine. C'était l'heure du dîner, dans l'Oregon.

« Dites seulement à Molly de me rappeler quand elle aura terminé », lui dit Graham.

Il se trouvait sous la douche, du shampooing plein les yeux, quand le téléphone sonna à nouveau. Il se rinça la tête et décrocha. « Salut, ma toute belle.

— Espèce de Don Juan. C'est Byron Metcalf, de Birmingham.

— Oh, pardon.

— J'ai de bonnes nouvelles et des mauvaises. Vous aviez raison pour Niles Jacobi. Il a bien sorti les affaires de la maison. Il s'en est débarrassé, mais je l'ai coincé pour une histoire de hasch dans sa chambre et il m'a tout raconté. Ça, c'étaient les mauvaises nouvelles — vous espériez sûrement que La Mâchoire les avait volées et les avait revendues.

« Les bonnes nouvelles, à présent. Il y avait bien un film. Je ne l'ai pas encore. Niles dit qu'il y a deux bobines coincées sous le siège de la voiture. Vous les voulez toujours ?

— Bien entendu.

— C'est son copain Randy qui utilise la voiture pour l'instant et nous ne lui avons pas encore mis la main dessus, mais ça ne devrait pas traîner. Vous voulez que je les mette dans le premier avion pour Chicago et que je vous rappelle ?

— Oui. Merci, Byron.

— Pas de quoi. »

Molly rappela au moment où Graham commençait à s'endormir. Après s'être mutuellement assurés qu'ils allaient parfaitement bien, il sembla qu'ils n'avaient plus grand-chose à se dire.

Willy s'amusait bien, lui dit Molly. Elle laissa Willy lui dire bonsoir.

Willy ne se contenta pas de lui dire bonsoir — il apprit à Will la grande nouvelle : Grand-père lui avait acheté un poney.

Molly n'en avait pas soufflé mot.

41

LE mardi, le Brooklyn Museum est fermé au grand public, mais les étudiants des Beaux-Arts et les chercheurs y sont toutefois admis.

Le musée est très pratique pour ceux qui veulent y faire des études. Le personnel est compétent et compréhensif ; il permet souvent aux chercheurs de venir le mardi, sur rendez-vous, voir des œuvres qui ne sont normalement pas présentées au public.

Francis Dolarhyde sortit du métro peu après deux heures de l'après-midi ; il tenait sous le bras un carnet de notes, un catalogue de la Tate Gallery et une biographie de William Blake.

Il avait également un automatique extra-plat de calibre 9 mm, une matraque et un couteau dissimulé sous sa chemise. Un bandage élastique plaquait les armes contre son ventre plat. Cela ne le gênait pas pour boutonner sa veste de sport. Dans la poche, il transportait un sac en plastique renfermant un tampon imbibé de chloroforme.

Il tenait à la main un étui à guitare neuf.

Trois cabines téléphoniques se dressaient non loin de la bouche de métro, au milieu d'Eastern Parkway. Un des appareils avait été arraché, mais il y en avait tout de même un qui fonctionnait.

Il introduisit des pièces jusqu'à ce qu'il entende Reba dire « allô ».

Derrière elle, il percevait les bruits familiers de la chambre noire.

« Bonjour, Reba, dit-il.

— Salut, D. Comment vous sentez-vous ? »

Il avait du mal à entendre à cause des voitures qui passaient de part et d'autre.

« Bien.

— On dirait que vous êtes dans une cabine publique. Je croyais que vous ne vouliez pas sortir de chez vous.

— Il faut que je vous parle, un peu plus tard.

— D'accord, appelez-moi en fin d'après-midi.

— J'ai besoin de... de vous voir.

— J'en serais heureuse, mais ce soir, c'est impossible. J'ai du travail. Vous me rappellerez ?

— Oui. Si rien...

— Comment ?

— Je vous rappellerai.

— J'espère que vous reviendrez très vite, D.

— Oui. Au revoir... Reba. »

Parfait. La peur lui coulait du plexus au nombril. Il l'épongea et traversa la rue.

Le mardi, on pénètre dans le Brooklyn Museum par une petite porte située à l'extrême droite. Dolarhyde entra derrière quatre étudiants en histoire de l'art. Les étudiants déposèrent leurs sacs et leurs cartables contre le mur avant de présenter leurs laissez-passer. Un gardien assis derrière un bureau les contrôla.

Il s'adressa à Dolarhyde.

« Vous avez rendez-vous ? »

Dolarhyde hocha la tête. « Mlle Harper, aux Réserves.

— Veuillez signer le registre, je vous prie. » Le gardien lui tendit un stylo.

Dolarhyde avait déjà le sien. Il signa « Paul Crane ».

Le gardien appela un numéro intérieur. Dolarhyde tourna le dos au bureau et étudia la *Fête des vendanges*, le tableau de Robert Blum accroché au-dessus de l'entrée, pendant que le garde confirmait le rendez-vous. Du coin de l'œil, il vit un responsable de la sécurité en poste dans le promenoir. C'était bien celui qui était armé.

« Au fond du promenoir, vers la boutique, il y a un banc juste à côté des ascenseurs, dit le gardien. Attendez là-bas. Mademoiselle Harper va venir vous chercher. » Il tendit à Dolarhyde un badge en plastique rose et blanc.

« Je peux laisser ma guitare ici?

— Je ne la quitterai pas des yeux. »

Le musée était différent avec les lumières éteintes. Les grandes vitrines baignaient dans une sorte de crépuscule.

Dolarhyde attendit trois minutes sur le banc, et Mlle Harper sortit de l'ascenseur public.

« Monsieur Crane? Je suis Paula Harper. »

Elle était plus jeune qu'il ne l'avait imaginé au téléphone quand il l'avait appelée de Saint Louis; une femme distinguée, d'une beauté sévère. Elle portait sa jupe et son chemisier comme un uniforme.

« Vous avez appelé pour l'aquarelle de Blake, dit-elle. Montons, je vais vous la montrer. Nous allons prendre l'ascenseur du personnel — par ici. »

Ils traversèrent la boutique du musée, puis une petite salle encombrée d'armes primitives. Il jeta un rapide coup d'œil circulaire pour se repérer. Dans un angle de la salle des Amériques, un couloir menait au petit ascenseur.

Paula Harper appuya sur un bouton. Elle croisa les bras et attendit. Ses yeux bleu clair se posèrent sur le badge rose et blanc épinglé à la veste de Dolarhyde.

« Il vous a donné un laissez-passer pour le cinquième étage, dit-elle. Ça ne fait rien, il n'y a pas de gardien au cinquième aujourd'hui. Quel type de recherches effectuez-vous? »

Jusqu'à maintenant, Dolarhyde ne s'était adressé à elle que par sourires et hochements de tête. « C'est pour un article sur Butts, dit-il.

— Thomas Butts? »

Il hocha la tête.

« On ne sait pas grand-chose sur son compte. Son nom n'apparaît dans les biographies que comme celui d'un client de Blake. C'est intéressant ?

— Je commence tout juste. Il va falloir que j'aille en Angleterre.

— Je crois que la National Gallery possède deux aquarelles qu'il a exécutées pour Butts. Vous les avez vues ?

— Pas encore.

— Vous feriez mieux de leur écrire avant d'y aller. »

Il hocha la tête. L'ascenseur arriva.

Quatrième étage. Il éprouvait quelques fourmillements, mais le sang continuait de circuler dans ses bras et dans ses jambes. Bientôt, il ne pourrait plus dire que oui ou non. Si les choses tournaient mal, ses jambes ne réussiraient même pas à le porter.

Elle lui fit traverser une galerie consacrée aux portraitistes américains. Il n'était pas passé par là la première fois, pourtant il savait où il se trouvait. Tout allait bien.

Mais quelque chose l'attendait dans la galerie, qui le paralysa littéralement quand il le découvrit.

Paula Harper se rendit compte qu'il ne la suivait plus et elle fit demi-tour.

Il était immobile devant l'un des portraits.

Elle vit ce qu'il contemplait et dit : « C'est un portrait de George Washington par Gilbert Stuart. »

Non, ce n'était pas cela.

« Vous le voyez reproduit sur le billet d'un dollar. On l'appelle le portrait de Lansdowne parce que Stuart l'a exécuté pour le marquis de Lansdowne afin de le remercier de son soutien à la cause de la révolution américaine. Ça ne va pas, monsieur Crane ? »

Dolarhyde était livide. Cette peinture était pire que tous les billets d'un dollar qu'il avait pu voir jusqu'ici. Avec ses yeux tombants et ses fausses dents, Washington semblait sortir du portrait. Mon Dieu, il ressemblait à Grand-mère. Dolarhyde se sentit soudain comme un petit enfant désemparé.

« Monsieur Crane, ça va ? »

Réponds ou laisse tomber. Vite. *Mon Dieu, c'est si bon.* TU ES L'ENFANT LE PLUS DEGOUTANT...
Non.
Dis quelque chose.
« Je prends du cobalt, fit-il.
— Vous voulez vous asseoir un instant ? » Il dégageait *effectivement* une odeur de médicament.
« Non, allez-y, je vous suis. »
Tu ne vas pas m'avoir, Grand-mère. Je te tuerais si tu n'étais déjà morte. Déjà morte. Déjà morte. Grand-mère était morte ! Depuis des années, et à jamais. Mon Dieu c'est si bon...
Mais l'autre n'était pas mort, et Dolarhyde le savait.
Assailli par la peur, il suivit pourtant Mlle Harper.
Ils franchirent une double porte et pénétrèrent dans les réserves du musée. Dolarhyde observa les lieux. C'était une longue pièce paisible, bien éclairée, pleine de présentoirs chargés de tableaux recouverts de draps. De petits bureaux étaient alignés tout le long du mur. La dernière porte était entrouverte, quelqu'un tapait à la machine.
Il ne vit personne en dehors de Paula Harper.
Elle le conduisit à une table de travail et lui apporta un tabouret.
« Attendez-moi là, je vais vous apporter ce tableau. »
Elle disparut derrière les présentoirs.
Dolarhyde défit un bouton de sa veste.
Mlle Harper revint vers lui. Elle portait un coffret noir et plat pas plus grand qu'un carton à dessin. Il était là-dedans. Comment avait-elle la force de le porter ? Il n'aurait jamais imaginé qu'il fût si plat. Il avait relevé les dimensions dans le catalogue — 42 × 34,3 cm — mais n'y avait prêté aucune attention. Il s'attendait à ce que le tableau soit immense, mais il était assez petit. Petit et *ici*, dans cette pièce paisible. Il n'avait jamais vraiment évalué la force que le Dragon pouvait tirer de la vieille maison perdue au milieu des vergers.

Mlle Harper lui parlait. « ... le conserver dans ce coffret parce que la lumière risque de l'affecter. C'est pour cela qu'il n'est que rarement exposé. »

Elle posa le coffret sur la table et commença de le déballer. Un bruit en provenance de la double porte. « Excusez-moi, il faut que j'ouvre à Julio. » Elle referma le coffret et l'emporta avec elle. Un homme attendait à l'extérieur avec un chariot. Elle ouvrit les portes vitrées et l'homme entra.

« Tout va bien ici ?
— Oui, merci Julio. »
Il repartit.
Et Mlle Harper revint avec le coffret.

« Je suis désolée, monsieur Crane. C'est le jour où Julio vient épousseter les cadres. » Elle ouvrit le coffret et en tira une chemise de carton blanc. « Vous comprendrez que vous n'avez pas le droit d'y toucher. Je vous le montre, c'est tout. D'accord ? »

Dolarhyde hocha la tête. Il ne pouvait plus parler.

Elle ouvrit la chemise et ôta le feuillet de protection.

Il était là, sous ses yeux. *Le Grand Dragon Rouge et la Femme vêtue de soleil* — l'Homme-Dragon rampant sur la femme prostrée et suppliante, prisonnière des replis de sa queue.

Le tableau était petit, mais d'une telle puissance. Fascinant. Les meilleures reproductions ne pouvaient rendre justice aux détails, aux coloris.

En un instant, Dolarhyde le découvrit dans son intégralité — l'écriture de Blake sur le bord de l'œuvre, deux taches brunes en bas, à droite. Il était saisi. C'était trop... Les couleurs étaient si puissantes...

Regarde la femme prisonnière de la queue du Dragon. Regarde-la.

Il vit que ses cheveux avaient exactement la même couleur que ceux de Reba McClane. Il vit qu'il était à un peu plus de six mètres de la porte. Il réprima certaines voix.

J'espère que je ne vous ai pas choqué, dit Reba McClane.

« Il semble qu'il ait utilisé de la craie en plus de

l'aquarelle », lui disait Paula Harper. Elle se tenait de telle sorte qu'elle pouvait toujours voir ce qu'il faisait. Ses yeux ne quittaient jamais le tableau.

Dolarhyde glissa sa main sous sa chemise.

Un téléphone se mit à sonner. Le bruit de machine à écrire cessa. Une femme passa la tête hors du bureau du fond.

« Paula, c'est pour toi. C'est ta mère. »

Mlle Harper ne tourna pas la tête. Ses yeux ne quittaient jamais Dolarhyde et le tableau. « Tu peux prendre un message ? dit-elle. Non, dis-lui que je rappellerai. »

La femme disparut dans le bureau. A nouveau, le crépitement de la machine à écrire.

Dolarhyde n'y tenait plus. Il fallait attaquer, tout de suite.

Mais le Dragon fut plus rapide que lui. « JE N'AI JAMAIS VU...

— Quoi ? s'écria Mlle Harper, affolée.

— Un rat aussi gros ! dit Dolarhyde, le doigt tendu. Là, sur ce tableau !

— Où cela ? » fit-elle en se retournant.

La matraque glissa de sa chemise. D'un mouvement du poignet il lui en assena un coup à l'arrière de la tête. Elle commença à s'affaisser, mais Dolarhyde la rattrapa par le pan de son chemisier et lui plaqua sur le visage le tampon de chloroforme. Elle poussa un petit cri puis s'affaissa.

Il l'allongea à terre, entre la table et les présentoirs, tira à lui la chemise contenant l'aquarelle et s'accroupit au-dessus d'elle. Un bruissement de papier, un bruit de déchirure, une respiration haletante, et à nouveau la sonnerie du téléphone.

La femme sortit du bureau du fond.

« Paula ? » Elle chercha du regard dans la pièce. « C'est ta mère, dit-elle. Il faut absolument qu'elle te parle *tout de suite*. »

Elle s'approcha de la table. « Je m'occuperai de ton visiteur si tu... » C'est alors qu'elle les vit. Paula Harper allongée à terre, les cheveux dans la figure, et accroupi au-dessus d'elle, un revolver à la main, Dolarhyde, qui enfonçait dans sa bouche le tout dernier morceau de l'aquarelle. Sans cesser de mâcher, il se leva et fonça vers elle.

Elle courut vers le bureau, referma la porte, s'empara du téléphone qu'elle fit tomber à terre, rampa vers lui et chercha à composer un numéro sur la ligne occupée, quand la porte fut enfoncée. Le voyant rouge explosa devant ses yeux quand la matraque s'abattit sur son crâne. Le combiné retomba à terre avec un bruit sec.

Dans l'ascenseur du personnel, Dolarhyde regardait défiler les chiffres des étages ; le revolver était plaqué sur son ventre et dissimulé par les livres.

Rez-de-chaussée..

Ses chaussures semblaient voler sur le dallage des galeries désertes. Une erreur de parcours, et il se retrouva devant les masques de baleines, les grands masques des Sisuits ; il perdit plusieurs secondes, se retrouva devant les mâts totémiques des Haidas, aperçut à gauche les armes primitives et sut où il se trouvait.

Il jeta un coup d'œil discret dans le promenoir.

Le gardien se tenait près du panneau d'affichage, à une dizaine de mètres de son bureau.

Celui qui portait une arme se trouvait plus près de la porte. Son étui craqua quand il se baissa pour frotter une tache sur la pointe de sa chaussure.

Si ça barde, descends-le en premier. Dolarhyde coinça le revolver sous sa ceinture et boutonna sa veste. Il traversa le promenoir et défit le badge.

Le gardien se retourna en entendant des pas.

« Merci », fit Dolarhyde. Il déposa le laissez-passer sur le bureau.

Le garde hocha la tête. « Voudriez-vous le mettre dans cette fente, s'il vous plaît ? »

Le téléphone du bureau sonna.

Il eut du mal à ramasser le badge.

Le téléphone sonna à nouveau. Vite.

Dolarhyde récupéra le laissez-passer et le glissa dans la fente. Il prit son étui à guitare au milieu des cartables.

Le gardien se dirigeait vers le téléphone.

Il franchit la porte et tourna en direction du jardin botanique, prêt à faire feu si quelqu'un le poursuivait.

Il pénétra dans le jardin, tourna à gauche et se dissimula entre un abri et une haie. Il ouvrit l'étui à guitare et en sortit une raquette de tennis, une balle, une serviette-éponge, un sac en papier et une grande branche de céleri.

Les boutons volèrent sous ses doigts et il se débarrassa prestement de sa veste et de sa chemise, avant d'ôter son pantalon. Dessous, il portait un tee-shirt du Brooklyn College et un pantalon de survêtement. Il enfourna les livres et les vêtements dans le sac en papier, puis il y rangea les armes avant de disposer la branche de céleri. Il essuya la poignée et la fermeture de l'étui à guitare, puis le dissimula sous la haie.

La serviette autour du cou, il coupa par les jardins en direction de Prospect Park, et déboucha sur Empire Boulevard. Des joggers couraient devant lui. Il les suivit à l'intérieur du parc quand les premières sirènes de police retentirent. Les joggers n'y prêtèrent aucune attention, et Dolarhyde ne leur en prêta pas plus qu'eux.

Il faisait alterner la marche et le petit trot ; avec son sac à provisions et sa raquette de tennis, il paraissait s'être arrêté pour faire des courses en revenant de l'entraînement.

Il s'obligea à ralentir ; il valait mieux ne pas courir l'estomac plein. Il pouvait choisir son rythme, à présent.

Il pouvait tout choisir.

42

ASSIS au dernier rang du box des jurés, Crawford mangeait des cacahuètes pendant que Graham tirait les stores du prétoire.

« Il faut absolument que tu me communiques le profil en fin d'après-midi, dit Crawford. Tu avais dit mardi, et on est mardi.

— J'ai presque terminé, mais je veux d'abord voir ça. »

Graham ouvrit l'enveloppe que Byron Metcalf lui avait adressée par exprès et en vida le contenu — deux bobines poussiéreuses de film super-8, enveloppées chacune dans un sac en plastique.

« Est-ce que Metcalf va chercher à faire inculper Niles Jacobi ?

— Pas pour vol, en tout cas. Il va probablement hériter, lui et le frère de Jacobi, dit Graham. Quant au hasch, je n'en sais rien. Je crois que le juge de Birmingham a envie de le faire plonger.

— Tant mieux », dit Crawford.

L'écran descendit du plafond du prétoire et fit face au box des jurés ; ce dispositif avait été installé pour permettre la projection de pièces à conviction filmées au jury.

Graham brancha le projecteur.

« A propos des kiosques où La Mâchoire aurait pu se procurer le *Tattler* si rapidement, j'ai déjà des rapports en provenance de Cincinnati, Detroit et quelques quartiers de Chicago, dit Crawford. Il y a des pistes à suivre. »

Graham lança le film. Une partie de pêche.

Les enfants Jacobi étaient installés au bord d'un étang avec des gaules et des épuisettes.

Graham s'efforça de ne pas les imaginer dans leurs petites boîtes, dans la terre. Il voulait les voir pêcher, c'est tout.

Le bouchon de la fille s'agita puis disparut. Un poisson avait mordu.

Crawford froissa le sac de cacahuètes. « C'est fou ce qu'ils mettent comme mauvaise volonté à Indianapolis pour interroger les marchands de journaux et les employés des stations Servco Supreme, dit-il.

— Tu veux voir ça ou quoi ? » lui lança Graham.

Crawford réussit à ne pas dire un mot pendant les deux minutes que durait le film. « Formidable, elle a attrapé une perche, dit-il. Bon, pour le profil...

— Jack, tu t'es rendu à Birmingham juste après la tuerie, et moi, j'y suis allé un mois plus tard. Tu as vu la maison comme elle était du temps de leur vivant. Pas moi. Elle avait été complètement transformée entretemps. Maintenant, pour l'amour de Dieu, laisse-moi regarder et je le ferai ensuite, ton profil. »

Il lança la seconde bobine.

Une réception d'anniversaire apparut sur l'écran du prétoire. Les Jacobi étaient assis autour d'une table. Ils chantaient.

Graham put lire sur leurs lèvres : « Happy birthday to you. »

Donald Jacobi, onze ans, était face à la caméra. Il avait pris place au bout de la table, et le gâteau était posé devant lui. Les bougies se reflétaient dans ses lunettes.

A côté de lui, son frère et sa sœur le regardèrent souffler les bougies.

Graham remua sur sa chaise.

Mme Jacobi se pencha en avant — ses longs cheveux

noirs lui caressèrent les épaules — et chassa le chat qui avait sauté sur la table.

A présent, Mme Jacobi tendait à son fils une grande enveloppe d'où pendait un long morceau de ruban. Donald Jacobi ouvrit l'enveloppe et en tira une carte de vœux. Il se tourna vers la caméra et montra la carte. « Bon anniversaire — suis le ruban. »

Une image tressautante tandis que la caméra suit la procession en direction de la cuisine. Une porte fermée au crochet. L'escalier de la cave, Donald en tête, puis les autres, et le ruban qui court toujours le long des marches. L'extrémité du ruban était attachée au guidon d'une bicyclette à dix vitesses.

Graham se demanda pourquoi on ne lui avait pas offert la bicyclette dans la cour.

La séquence suivante apporta une réponse à sa question. Elle avait été tournée en extérieur. Visiblement, il avait beaucoup plu. De l'eau stagnait dans la cour. La maison paraissait différente. Geehan, l'agent immobilier, l'avait fait repeindre d'une autre couleur après la tuerie.

La porte du sous-sol s'ouvrit et M. Jacobi apparut avec la bicyclette. C'était la première fois qu'on le voyait dans le film. Un coup de vent lui ébouriffa les cheveux. Il déposa la bicyclette avec force cérémonie.

Le film s'acheva sur les débuts de coureur cycliste de Donald Jacobi.

« C'est bien triste, tout ça, dit Crawford, mais on le savait déjà. »

Graham rembobina le film de l'anniversaire.

Crawford secoua la tête et lut des papiers à l'aide d'une lampe de poche.

Sur l'écran, M. Jacobi sortit la bicyclette du sous-sol. La porte se referma derrière lui. Un cadenas y était accroché.

Graham arrêta sur l'image.

« Là. C'est pour cela qu'il avait besoin d'un coupe-boulons. Pour couper le cadenas et entrer par le sous-sol. Pourquoi a-t-il changé d'avis ? »

Crawford éteignit la lampe de poche et jeta un coup d'œil à l'écran. « A propos de quoi ?

— On sait qu'il possédait un coupe-boulons : il s'en est servi pour tailler la branche qui le gênait pour observer la maison. Mais pourquoi ne s'en est-il pas servi pour pénétrer par la porte du sous-sol ?

— Il n'aurait pas pu. » Crawford attendit, un sourire énigmatique aux lèvres. Il adorait donner la pichenette qui fait s'écouler le château de cartes.

« Est-ce qu'il a essayé et a été contraint d'abandonner ? Je n'ai même pas pu voir cette porte — Geehan l'a fait remplacer par une porte blindée avec une serrure à pompe. »

Crawford ouvrit enfin la bouche. « *Tu supposes* que Geehan a fait poser cette porte. Eh bien, non. Geehan ne l'a pas fait poser. La porte blindée était déjà là quand ils ont été tués. C'est certainement Jacobi qui l'a installée — les gens de Detroit raffolent des serrures à pompe.

— *Quand* Jacobi l'a-t-il fait poser ?

— Je n'en sais rien. Certainement après l'anniversaire du gosse. Quelle date était-ce, au juste ? Ce doit être marqué dans le rapport d'autopsie, il faudra qu'on vérifie.

— C'était le 14 avril, un lundi », dit Graham. Il contemplait fixement l'écran, le menton dans la main. « Je veux savoir quand Jacobi a changé cette porte. »

Le front de Crawford se plissa, puis redevint lisse lorsqu'il vit où Graham voulait en venir. « Tu crois que La Mâchoire a repéré la maison des Jacobi quand il y avait encore la vieille porte, dit-il.

— Il avait bien un coupe-boulons, n'est-ce pas ? Comment fais-tu pour entrer quelque part avec un coupe-boulons ? demanda Graham. Tu coupes les cadenas, les barres ou les chaînes. Il n'y avait ni barre ni chaîne à la porte, exact ?

— Exact.

— Il pensait trouver un cadenas. Un coupe-boulons est un objet assez lourd et assez encombrant. Il s'est déplacé en plein jour, et il avait pas mal de chemin à parcourir entre sa voiture et la maison. Il aurait été obligé de revenir en courant au cas où les choses auraient mal tourné. S'il a emporté un coupe-boulons, c'est qu'il pensait en avoir besoin. Il croyait trouver un cadenas.

— Tu crois qu'il a repéré la maison avant que Jacobi ne change la porte ? Ensuite, il est revenu pour les tuer, il a attendu dans les bois.

— On ne peut voir cette façade de la maison depuis la forêt. »

Crawford hocha la tête. « Il attend dans les bois. Ils vont se coucher et lui arrive avec son coupe-boulons, c'est alors qu'il trouve la nouvelle porte avec la serrure à pompe.

— D'accord, il trouve la nouvelle porte. Tout avait bien marché jusque-là, dit Graham. Il est terriblement déçu, mais il faut absolument qu'il rentre dans la place. Il s'excite contre la porte du patio et fait tellement de bruit qu'il réveille Jacobi — c'est pour cela qu'il l'a tué dans l'escalier. C'est trop brouillon, cela ne ressemble pas au Dragon. Il prend beaucoup de précautions et ne laisse pas de traces derrière lui. Il a fait du beau boulot quand il est entré chez les Leeds.

— D'accord, dit Crawford. Si nous pouvons savoir quand Jacobi a fait changer la porte, nous connaîtrons le laps de temps qui s'est écoulé entre le jour où il a repéré les lieux et celui où il a tué, à quelque chose près. Cela peut être assez utile. Peut-être que l'intervalle correspondra avec l'intervalle entre deux conventions ou deux manifestations à Birmingham. Il faudra revoir les loueurs de voitures. Nous demanderons aussi pour les camionnettes. Je vais en toucher un mot au bureau de Birmingham. »

Crawford dut faire plus que « toucher un mot » : au bout de quarante minutes très exactement, un agent du F.B.I. de Birmingham, accompagné de l'agent immobilier Geehan, parlait à un charpentier travaillant dans le chevronnage d'une maison en construction. L'information donnée par le charpentier fut aussitôt transmise à Chicago.

« Pendant la dernière semaine d'avril, dit Crawford en reposant le combiné. C'est à ce moment-là qu'ils ont fait installer la nouvelle porte. Bon sang, c'est deux mois avant la mort des Jacobi. Pourquoi a-t-il repéré la maison deux mois plus tôt ?

— Je n'en sais rien, mais il y a une chose dont je suis sûr : il a vu Mme Jacobi ou toute la famille avant de repérer leur maison. A moins qu'il ne les ait suivis depuis Detroit, il a vu Mme Jacobi entre le 10 avril, date de leur déménagement à Birmingham, et la fin avril, époque où la porte a été changée. Il se trouvait à Birmingham. Le bureau va s'en occuper ?

— Oui, les flics aussi, dit Crawford. Mais il y a autre chose : comment pouvait-il savoir qu'une porte permettait d'accéder directement du sous-sol dans la maison proprement dite ? Ce n'est pas du tout évident — dans cette région, je veux dire.

— Il n'y a pas de doute possible, il a vu l'intérieur de la maison.

— Ton copain Metcalf, il a les relevés de banque de Jacobi ?

— Certainement.

— Je voudrais voir s'ils ont eu des travaux ou des livraisons à domicile entre le 10 avril et la fin du même mois. Je sais bien qu'on a déjà vérifié pour les semaines précédant la tuerie, mais nous ne sommes peut-être pas remontés assez loin. Idem pour les Leeds.

— Nous avons toujours pensé qu'il avait vu l'intérieur de la maison des *Leeds,* dit Graham. De l'extérieur, on ne peut pas voir la porte vitrée de la cuisine. Il y a une véranda en bois. Pourtant, il avait un diamant. Et personne n'est venu chez eux au cours du trimestre précédant leur mort.

— Dans ce cas, c'est peut-être nous qui ne sommes pas remontés assez loin. Enfin, on verra bien. Mais attends... quand il relevait les compteurs derrière la maison des Leeds deux jours avant de les tuer, il les a peut-être vus entrer dans la maison. Il a peut-être aperçu l'intérieur quand la porte de la véranda était ouverte.

— Ce n'est pas possible, les portes ne sont pas en enfilade. Tu te souviens ? Tiens, regarde. »

Graham chargea la bobine des Leeds sur le projecteur.

Le scottish des Leeds pointa les oreilles et courut vers la porte de la cuisine. Valérie Leeds et les enfants arrivèrent, les bras chargés de commissions. On n'apercevait que la paroi de la véranda par la porte de cuisine.

« Bon, tu veux que Byron Metcalf reprenne les relevés de banque d'avril, pour voir s'ils n'ont pas eu la visite d'un réparateur ou d'un démarcheur à domicile ? Non, je vais m'en occuper pendant que tu travailles au profil. Tu as le numéro de Metcalf ? »

Graham était absorbé par le film des Leeds. D'un air distrait, il dicta à Crawford trois numéros de téléphone où il pourrait joindre Byron Metcalf.

Il se repassa les films pendant que Crawford téléphona de la salle des délibérations.

Il commença par le film des Leeds.

Le chien des Leeds. Il ne portait pas de collier et les chiens étaient nombreux dans les environs ; malgré tout, le Dragon savait exactement lequel était leur chien.

Valérie Leeds. Graham se sentit troublé en la voyant. Derrière elle, il y avait cette porte, si fragile avec sa vitre. Les enfants jouaient sur l'écran du prétoire.

Graham ne s'était jamais senti aussi proche des Jacobi que des Leeds. Pourtant, leur film le préoccupait. Et il se rendit compte qu'il n'avait jamais pensé aux Jacobi que sous forme de tracés à la craie effectués sur un sol ensanglanté.

Les enfants des Jacobi étaient assis à table, les bougies d'anniversaire éclairaient leurs visages.

Pendant une fraction de seconde, Graham entrevit la marque de cire sur la table de nuit des Jacobi, les taches de sang sur le mur de la chambre des Leeds. Quelque chose...

Crawford revint dans le prétoire. « Metcalf m'a dit de te demander...

— *Ne dis rien !* »

Crawford ne s'en offusqua pas. Il se figea et posa sur Graham un regard devenu intense, brûlant.

Le film se poursuivit, les lumières et les ombres dansaient sur le visage de Graham.

Le chat des Jacobi. Le Dragon savait pertinemment que c'était *leur* chat.

La porte intérieure.

Puis la porte du sous-sol avec son cadenas. Le Dragon avait apporté un coupe-boulons.

Le film était terminé. La bande claqua contre la bobine.

Tout ce que le Dragon avait besoin de connaître se trouvait sur ces films.

Ils n'avaient pas été montrés en public ni présentés dans un club ou dans un festi...

Graham regarda à nouveau la boîte dans laquelle était rangé le film des Leeds. Il y lut leur nom et leur adresse. Et aussi : Laboratoires Gateway, Saint Louis, Missouri, 63102.

Son esprit s'arrêta sur « Saint Louis » comme sur un numéro de téléphone qu'il aurait déjà rencontré. Qu'y avait-il donc à Saint Louis ? C'était l'une des villes où le *Tattler* était disponible dès le lundi soir, jour où il était imprimé — la veille du jour où Lounds avait été enlevé.

« Bon sang, murmura Graham. Oh ! nom de Dieu ! »

Il se boucha les oreilles comme pour empêcher les idées de s'enfuir.

« Tu as toujours Metcalf au téléphone ? »

Crawford lui tendit le combiné.

« Byron, c'est Graham. Ecoutez, les bobines que vous m'avez envoyées, est-ce qu'elles étaient dans des boîtes ? Oui, je sais bien que vous me les auriez expédiées en même temps. J'ai besoin d'un renseignement très précis. Vous avez les relevés de banque de Jacobi sous les yeux ? Bon, je veux savoir où ils ont fait développer ce film. Une boutique a dû s'en charger à leur place. S'il y a un chèque rédigé à l'ordre d'un drugstore ou d'un magasin de photos, nous saurons où ils se sont adressés. Byron, c'est vraiment urgent, je vous assure. Le F.B.I. de Birmingham va contrôler toutes ces boutiques. Dès que vous avez quelque chose, vous le leur communiquez et ensuite, vous m'appelez. Ça ira ? D'accord. Quoi ? Non, il n'est *pas question* que je vous présente à " ma toute belle " ! »

Les agents du F.B.I. de Birmingham rendirent visite à quatre magasins de photos avant de trouver celui où étaient venus les Jacobi. Le vendeur dit que tous les films des clients étaient envoyés dans un seul et même laboratoire de développement.

Crawford aurait eu le temps de visionner douze fois les films avant que Birmingham rappelle. C'est lui qui prit le message.

Avec beaucoup de solennité, il tendit la main à Graham. « C'est Gateway », lui dit-il.

43

CRAWFORD faisait fondre un Alka-Seltzer dans un gobelet en plastique quand la voix de l'hôtesse retentit dans les haut-parleurs.

« M. Crawford est prié de se faire connaître des membres de l'équipage. Je répète, M. Crawford... »

Il leva la main, et l'hôtesse s'approcha de lui.

« Monsieur Crawford, voudriez-vous vous rendre dans la cabine de pilotage ? »

Crawford ne s'absenta que quatre minutes. Puis il se rassit à côté de Graham.

« La Mâchoire était à New York aujourd'hui même. »

Graham fit la grimace et fit claquer ses dents.

« Pas du tout. Il s'est contenté d'assommer deux femmes au Brooklyn Museum et aussi, tiens-toi bien, il *a mangé* un tableau.

— Il l'a mangé ?

— Oui. La brigade chargée de la protection des œuvres d'art a foncé sur place en apprenant ce qu'il avait mangé. Ils ont relevé deux empreintes partielles sur un laissez-passer en plastique et ils les ont aussitôt communiquées à Price. Il a ameuté tout le monde dès qu'il les a projetées : elles ne correspondent pas à une carte d'identité, mais c'est le même pouce que sur l'œil du gosse des Leeds.

— New York..., dit Graham l'air pensif.

— Cela ne prouve rien, il était à New York aujourd'hui, c'est tout. Ce qui ne l'empêche pas de travailler à Gateway. Il a dû prendre sa journée. Ça nous facilitera la tâche.

— Et qu'est-ce qu'il a mangé ?

— Une peinture intitulée *Le Grand Dragon Rouge et la Femme vêtue de soleil*. Ils disent que c'est de William Blake.

— Et les femmes ?

— Un petit coup de matraque, c'est tout. La plus jeune est en observation à l'hôpital. L'autre a eu quatre points de suture. Elle est un peu secouée.

— Elles ont pu fournir une description ?

— La plus jeune, oui. Calme, baraqué, une moustache et des cheveux noirs — certainement une perruque. Le gardien a confirmé sa déclaration. Quant à l'autre, elle ne sait même pas ce qui s'est passé.

— Et il n'a tué personne.

— Non, fit Crawford. C'est étrange. Il aurait mieux valu qu'il les supprime toutes les deux — cela lui aurait donné le temps de prendre la fuite et surtout évité d'être repéré. Le département des Sciences du Comportement a appelé Bloom à l'hôpital. Tu sais ce qu'il a dit ? Selon Bloom, il essaye peut-être de s'arrêter. »

44

Dolarhyde entendit le gémissement des volets qui se baissent. Les lumières de Saint Louis tournoyèrent lentement sous l'aile noire. Sous ses pieds, le train d'atterrissage sortit et se bloqua avec un bruit sec.

Il fit rouler sa tête sur ses épaules pour dégourdir les muscles puissants de sa nuque.

Retour au bercail.

Il avait pris de grands risques, mais la récompense en était le pouvoir de choisir. Il pouvait choisir de laisser en vie Reba McClane. Il pouvait l'avoir auprès de lui pour lui parler, il pouvait l'avoir dans son propre lit, avec son étonnante et pourtant inoffensive mobilité.

Il n'avait plus à redouter sa maison. Le Dragon était dans son ventre, à présent. Il pouvait rentrer chez lui, s'approcher d'une reproduction du Dragon épinglée au mur et la déchiqueter si bon lui semblait.

Il n'avait pas à s'inquiéter de ressentir de l'Amour pour Reba. S'il éprouvait de l'Amour pour elle, il pourrait livrer les Sherman au Dragon afin de l'apaiser, revenir auprès de Reba, calme et serein, et bien s'occuper d'elle.

Dolarhyde l'appela à son appartement dès qu'il fut dans l'aérogare. Elle n'était pas encore rentrée. Il composa le numéro de la Baeder Chemical. La ligne de nuit était occupée. Il pensa à Reba et la vit se diriger vers l'arrêt d'autobus, son travail terminé ; l'imperméable sur les épaules, elle heurtait le trottoir du bout de sa canne.

La circulation était assez fluide et il ne lui fallut que quinze minutes pour se rendre au laboratoire.

Elle n'était pas à l'arrêt du bus. Il se gara derrière la Baeder Chemical, près de l'entrée la plus proche des chambres noires. Il lui dirait qu'il était venu la chercher, attendrait qu'elle ait fini de travailler et la raccompagnerait. Il était fier de son nouveau pouvoir. Il voulait en faire usage.

Il y avait un certain nombre de choses qu'il pourrait prendre dans son bureau pendant ce temps-là.

Seules quelques pièces de la Baeder Chemical étaient encore éclairées.

La chambre noire de Reba était fermée à clef. Au-dessus de la porte, la lumière n'était ni rouge ni verte, mais éteinte, tout simplement. Il sonna. Pas de réponse.

Peut-être lui avait-elle laissé un message dans son bureau.

Il entendit des pas dans le couloir.

Dandridge, le responsable de Baeder, passa devant les chambres noires sans daigner tourner la tête. Il marchait à vive allure et tenait sous le bras une pile de dossiers provenant du service du personnel.

Une ride imperceptible se creusa sur le front de Dolarhyde.

Dandridge avait franchi la moitié du parking et prenait la direction des bâtiments de Gateway quand Dolarhyde quitta à son tour la Baeder.

Deux camionnettes de livraison et une douzaine de voitures se trouvaient sur le parking. La Buick appartenait à Fisk, le chef du personnel de Gateway. Que pouvaient-ils bien faire à cette heure ?

Il n'y avait pas d'équipe de nuit chez Gateway. La majeure partie du bâtiment était plongée dans l'obscurité. Dans les couloirs, les panneaux lumineux rouges indiquant les sorties étaient allumés. Il y avait également de la lumière de l'autre côté de la porte vitrée du service du personnel. Dolarhyde perçut le bruit de plusieurs voix, celle de Dandridge, celle de Fisk.

Des pas de femme. La secrétaire de Fisk déboucha dans le couloir devant Dolarhyde. Elle avait dissimulé ses bigoudis sous un foulard et transportait des registres comptables. Elle paraissait pressée. Les registres étaient lourds et encombrants. Elle frappa du bout du pied à la porte du bureau de Fisk.

Will Graham lui ouvrit.

Dolarhyde se figea dans l'obscurité. Il avait laissé son automatique dans le van.

La porte du bureau se referma.

Les chaussures de Dolarhyde ne faisaient pas de bruit. Il courut jusqu'à la porte vitrée de la sortie et jeta un coup d'œil au-dehors. Il régnait une certaine agitation sur le parking. Un homme s'approcha d'une des camionnettes de livraison, une lampe-torche à la main. Il épousseta le rétroviseur extérieur afin d'y trouver des empreintes.

Des pas retentirent dans le couloir, derrière Dolarhyde. Quitter cette porte, vite. Il s'engouffra dans l'escalier menant au sous-sol et aux chaudières installées de l'autre côté du bâtiment.

En grimpant sur un établi, il put atteindre les vasistas qui ouvraient au niveau du sol, derrière des broussailles. Il fit un rétablissement et s'avança à quatre pattes devant les buissons, prêt à se battre ou à courir.

Tout était calme de ce côté-ci du bâtiment. Il se releva, mit sa main dans sa poche et traversa la rue. D'un pas rapide quand il faisait très sombre, plus lent lorsque des voitures passaient, il fit un large crochet pour contourner le laboratoire de Gateway et la Baeder Chemical.

Son van était garé derrière la Baeder. Il lui était désormais impossible de se cacher. Tant pis. Il fonça vers le véhicule, ouvrit la portière, sauta sur le siège et agrippa sa valise.

Il mit un chargeur plein dans l'automatique et engagea une balle dans le canon avant de le poser sur le tableau de bord et de le dissimuler sous un tee-shirt.

Il démarra et roula lentement, pour ne pas devoir s'arrêter au feu rouge, puis tourna au coin de la rue et se mêla à la circulation clairsemée.

Il fallait qu'il réfléchisse, tout de suite, mais ce n'était pas aussi facile que ça.

Ce devait être les films. D'une manière ou d'une autre, Graham avait compris pour les films. Il savait *où* aller, mais il ne savait pas encore *qui* arrêter. S'il le savait, il n'aurait pas eu besoin des archives du personnel. Mais qu'allait-il faire des registres comptables ? Pour les absences, bien entendu. Comparer les absences aux dates où le Dragon avait frappé. C'était le samedi, sauf dans le cas de Lounds. Les absences des jours précédents, voilà ce qu'il voulait vérifier. Mais il se casserait le nez : la direction ne conservait pas les fiches de pointage des employés.

Dolarhyde remonta lentement le boulevard Lindbergh tout en comptant sur les doigts de sa main droite les points à analyser.

Ils cherchaient des empreintes. Il ne leur avait jamais donné l'occasion d'en trouver — sauf, peut-être, sur le laissez-passer en plastique du Brooklyn Museum. Dans sa hâte, il l'avait attrapé par les bords.

Ils possédaient déjà une empreinte de lui. Sinon, à quoi compareraient-ils celles qu'ils relevaient sur les véhicules ? Ils contrôlaient les fourgonnettes ; il n'avait pas eu le temps de voir s'ils s'intéressaient aussi aux voitures.

Le van. Il y avait transporté Lounds et le fauteuil roulant. C'était cela. A moins qu'un habitant de Chicago ne l'ait aperçu. Il y avait beaucoup de fourgonnettes de toutes sortes à Gateway, des camionnettes de livraison, des vans privés.

Non, Graham savait qu'il possédait un van, tout simplement. Graham le savait parce qu'il le savait. Graham savait. Graham savait. Ce fils de pute était un monstre.

Ils allaient relever les empreintes de tous les employés de Baeder et de Gateway. S'ils ne tombaient pas sur lui ce soir, ce serait pour demain. Il lui faudrait s'enfuir à tout jamais et voir *son visage* reproduit sur tous les avis de recherche affichés dans les bureaux de poste ou les commissariats. Tout se désagrégeait. Il était totalement impuissant contre eux.

« Reba », dit-il à haute voix. Reba ne pouvait plus le sauver. Le piège se refermait sur lui, et il n'était rien de plus qu'un chétif bec-de-li...

« REGRETTES-TU ENFIN DE M'AVOIR TRAHI ? »

La voix du Dragon résonnait en lui, elle s'élevait des fragments du tableau épars dans ses entrailles.

« Je ne vous ai pas... Je voulais choisir, c'est tout. Vous m'aviez appelé...

— DONNE-MOI CE QUE JE DESIRE ET JE TE SAUVERAI.

— Non, je vais m'enfuir.

— DONNE-MOI CE QUE JE DESIRE ET TU ENTENDRAS SE BRISER LES REINS DE GRAHAM.

— Non.

— J'AI ADMIRE TON GESTE. NOUS SOMMES TRES PROCHES A PRESENT. NOUS POURRIONS NE PLUS FAIRE QU'UN. SENS-TU MA PRESENCE EN TOI ? TU LA SENS, N'EST-CE PAS ?

— Oui.

— ET TU SAIS QUE JE PEUX TE SAUVER. TU SAIS QU'ILS T'ENVERRONT DANS UN ENDROIT PIRE QUE LE PENSIONNAT DU FRERE BUDDY. DONNE-MOI CE QUE JE DESIRE ET TU SERAS LIBRE.

— Non.

— ILS TE TUERONT. TU TE TORDRAS A TERRE.

— Non.

— QUAND TU NE SERAS PLUS LA, ELLE SE TAPERA TOUS LES AUTRES TYPES, ELLE...

— Non ! Taisez-vous !

— ELLE SE TAPERA TOUS LES AUTRES, TOUS CEUX QUI SONT BEAUX, ELLE SE METTRA LEUR...

— Assez ! Silence !

— RALENTIS ET JE NE TE DIRAI PAS CE QU'ELLE FERA. »

Dolarhyde souleva le pied de l'accélérateur.

« C'EST BIEN. DONNE-MOI CE QUE JE DESIRE ET CELA NE SE PRODUIRA PAS. DONNE-LE-MOI ET JE TE LAISSERAI TOUJOURS CHOISIR. TU POURRAS TOUJOURS CHOISIR ET TU PARLERAS CORRECTEMENT. JE VEUX QUE TU PARLES CORRECTEMENT. RALENTIS. C'EST BIEN. TU VOIS CETTE STATION-SERVICE ? ARRETE-TOI LA, IL VA FALLOIR QUE JE TE PARLE... »

45

GRAHAM sortit des bureaux et se reposa un instant la vue dans le couloir plongé dans la pénombre. Il se sentait mal à l'aise, tout cela prenait trop de temps.

Crawford passait en revue les 380 employés de Gateway et de la Baeder Chemical, il effectuait son travail avec le maximum d'efficacité — et Dieu sait s'il était spécialiste de ce genre de boulot — mais les heures s'écoulaient et le secret ne pourrait plus être gardé très longtemps.

Crawford avait réduit au minimum le groupe de travail. (« Nous ne voulons pas le surveiller mais le trouver, leur avait-il expliqué. Si nous le découvrons ce soir, nous pourrons l'arrêter hors de l'usine, chez lui ou sur le parking. »)

La police de Saint Louis coopérait avec eux. Le Lt Fogel, de la criminelle de Saint Louis, et un sergent arrivèrent dans une voiture banalisée avec un Datafax.

Branché sur un téléphone de Gateway, le Datafax ne mit que quelques minutes pour transmettre la liste du personnel au service d'identification du F.B.I. à Washington, et au service des immatriculations du Missouri.

A Washington, les noms seraient confrontés aux listes d'empreintes civiles ou criminelles. Les noms des employés affectés aux postes de sécurité furent écartés pour accélérer la procédure.

Le service des immatriculations étudierait la liste des

propriétaires de van.

Quatre employés seulement furent convoqués au laboratoire : Fisk, le chef du personnel ; la secrétaire de Fisk ; Dandridge, de la Baeder Chemical ; et le chef comptable de Gateway.

Ils n'utilisèrent pas le téléphone pour les faire venir ; des agents allèrent les chercher à domicile et leur expliquèrent ce qu'on attendait d'eux. (« Embarquez-les avant de leur dire ce que vous leur voulez, avait dit Crawford. Et ne les laissez pas se servir du téléphone. Ce genre de nouvelles circule très vite. »)

Ils avaient espéré que les dents permettraient une identification rapide, mais aucun des employés ne les reconnut.

Graham regarda les longs couloirs et les lumières rouges des panneaux de sortie. Attendre... Que pouvaient-ils faire d'autre ?

Crawford avait demandé que la femme du Brooklyn Museum — Mlle Harper — les rejoigne dès qu'elle serait en état de voyager. Elle arriverait certainement dans la matinée. La police de Saint Louis disposait d'une camionnette de surveillance très pratique d'où elle pourrait voir passer tous les employés.

S'ils n'aboutissaient pas à un résultat dès ce soir, toutes les traces de l'opération seraient effacées avant que le travail reprenne à Gateway. Mais Graham ne se faisait pas d'illusions — ils disposeraient à peine d'une journée avant que tout le monde ne soit au courant à Gateway. Et le Dragon s'enfuirait à la moindre alerte.

46

Un souper avec Ralph Mandy lui convenait parfaitement. Reba McClane savait qu'elle devait le mettre au courant, et elle n'aimait pas laisser traîner les choses en longueur.

En fait, Mandy devait déjà se douter de quelque chose.

Elle lui parla en voiture, quand il la raccompagna ; elle lui dit qu'il ne devait pas s'en faire, qu'elle s'était bien amusée avec lui et qu'elle désirait rester son amie, mais qu'elle avait fait la connaissance d'un autre homme.

Peut-être cela lui fit-il un peu mal, mais elle savait aussi qu'il se sentait soulagé.

Devant sa porte, il ne chercha pas à entrer. Mais il lui demanda la permission de l'embrasser, et elle accepta. Il ouvrit la porte et lui tendit les clefs. Puis il attendit qu'elle se fût enfermée dans son appartement.

Au moment où il se retourna, Dolarhyde lui tira une balle dans la gorge et deux autres dans la poitrine. Trois détonations étouffées par le silencieux du revolver. Un scooter fait plus de bruit.

Dolarhyde souleva sans peine le cadavre de Mandy pour le déposer entre la maison et le massif d'arbustes, où il l'abandonna.

Dolarhyde avait reçu un coup de poignard en plein cœur en voyant Reba embrasser Mandy, mais sa douleur avait vite disparu.

Il avait toujours l'allure et les intonations de Francis Dolarhyde — le Dragon était vraiment un acteur de tout premier plan, il jouait à merveille le rôle de Dolarhyde.

Reba était dans la salle de bains quand elle entendit le carillon de la porte. Il sonna à quatre reprises avant qu'elle touche la chaîne, sans l'enlever toutefois.

« Qui est là ?

— Francis Dolarhyde. »

Elle entrouvrit la porte, toujours avec la chaîne.
« Vous voulez répéter ?

— Dolarhyde. C'est moi. »

Elle savait que c'était bien lui. Elle ôta la chaîne.

Reba n'aimait pas les surprises. « Il me semblait que vous deviez m'appeler avant.

— Oui, mais c'est vraiment urgent », dit-il, en lui pressant sur le visage le tampon de chloroforme et en la repoussant à l'intérieur de l'appartement.

La rue était vide, la lumière éteinte dans la plupart des appartements. Il la porta jusqu'au van. Les pieds de Ralph Mandy dépassaient du massif, mais Dolarhyde n'y prêta pas attention.

Elle revint à elle pendant le trajet. Elle était couchée sur le flanc, la joue posée sur le tapis poussiéreux ; la transmission résonnait dans ses oreilles.

Elle tenta de porter la main à son visage, et cela lui fit mal à la poitrine. Ses avant-bras étaient arrachés l'un à l'autre.

Elle parvint à les palper du bout du nez. Ils étaient entourés du coude au poignet par ce qui semblait être des bandes de tissus. Les jambes étaient attachées de la même manière, du genou à la cheville. Quelque chose lui barrait la bouche.

Que... que... D. à la porte et ensuite... Elle se souvint d'avoir détourné la tête, de la force terrible qui l'avait assaillie. Mon Dieu... Qu'est-ce que... D. était à la porte et puis, elle avait respiré quelque chose de froid, elle avait voulu se tourner et il y avait eu cette poigne formidable sur sa tête.

Elle se trouvait dans le van de Dolarhyde, elle en reconnaissait les résonances. Le van roulait. La peur montait en elle. Son instinct lui disait de rester calme, mais sa gorge était pleine de vapeurs d'essence et de chloroforme. Elle voulut se débarrasser du bâillon.

La voix de Dolarhyde. « Il n'y en a plus pour très longtemps. »

Il y eut un virage, puis du gravier, de petits cailloux qui heurtent la caisse et les pare-chocs.

Il est fou. C'est tout simple : il est fou.

Et la folie est une chose effrayante.

Pourquoi tout cela ? Ralph Mandy. Il avait dû les voir ensemble. Et cela avait suffi.

Seigneur Jésus, il fallait être prête. Un homme avait essayé de la frapper, à l'institut Reiker. Elle n'avait pas bougé, et il n'avait pas réussi à la trouver — lui non plus ne pouvait pas voir. Mais celui-ci voyait parfaitement. Etre prête. Prête à parler. Mon Dieu, il pourrait me tuer sans même m'ôter mon bâillon. Sans comprendre ce que j'ai à lui dire.

Prête, oui. Réagir tout de suite sans faire « hein ? ». Lui dire qu'il peut faire marche arrière sans problème. Je ne dirai rien à personne. Reste passive le plus longtemps possible. Et si tu ne peux pas l'être, tâche de trouver ses yeux.

Le van s'arrêta. Une oscillation quand il en descendit. Les portes qui coulissent. Une odeur d'herbe et de pneus chauds. Des criquets. Il monta dans le van.

Malgré elle, elle poussa des cris étouffés et tourna la figure quand il essaya de la toucher.

Une caresse sur l'épaule ne parvint pas à la calmer. Une paire de gifles y réussit bien mieux.

Elle essaya de parler malgré le bâillon. On la soulevait, on la portait. Les pas qui résonnent sur le plan incliné. Elle savait parfaitement où elle se trouvait. Sa maison. Mais où, dans sa maison ? Le tic-tac de l'horloge sur la droite. Du tapis puis du parquet. La chambre où ils avaient dormi. Elle sentit le lit sous elle.

A nouveau, elle voulut parler. Il s'en allait. Du bruit à

l'extérieur. La porte du van qui claque. Il revient. Il pose quelque chose à terre — des bidons en métal.

Elle sentit l'odeur de l'essence.

« Reba. » C'est bien la voix de D., mais elle est si calme. Si terriblement et étrangement calme. « Reba, je ne sais pas quoi... quoi vous dire. Vous aviez l'air si bonne, et vous ne saviez pas ce que j'avais fait pour vous. Mais j'ai eu tort, Reba. Vous m'avez diminué et vous m'avez fait souffrir. »

Elle tenta de parler malgré le bâillon.

« Si je vous détache et vous permets de vous asseoir, vous vous montrerez gentille ? N'essayez pas de vous enfuir. Je peux vous rattraper. Vous serez gentille ? »

Elle tourna la tête et fit signe que oui.

Un contact métallique, glacial, contre sa peau ; le souffle d'un couteau qui tranche l'étoffe, et ses bras furent libérés. Puis ce fut le tour des jambes. Ses joues étaient humides quand il ôta le bâillon.

Lentement, sans mouvement brusque, elle s'assit sur le lit. Montre-toi convaincante.

« D., dit-elle, je ne savais pas que vous vous intéressiez tant à moi. J'en suis heureuse mais vous savez, vous m'avez fait peur avec tout ça. »

Pas de réponse. Elle savait qu'il était là.

« C'est parce que j'étais avec ce vieil idiot de Ralph Mandy que vous êtes en colère ? Vous l'avez vu devant chez moi, c'est ça ? J'étais en train de lui dire que je ne voulais plus le revoir. C'est vous que je veux voir. Je ne reverrai plus jamais Ralph.

— Ralph est mort, dit Dolarhyde. Je ne crois pas qu'il ait beaucoup apprécié. »

Il plaisante. C'est cela, il plaisante. « Je n'ai jamais voulu vous faire de mal, D. Soyons amis, envoyons-nous en l'air et oublions toute cette histoire.

— La ferme, dit-il calmement. Je vais vous raconter quelque chose. Ce sera la chose la plus importante que vous ayez jamais entendue. Aussi importante que le sermon sur la montagne ou les Dix Commandements. C'est compris ?

— Oui, D. Mais je...
— La ferme. Reba, des événements tout à fait remarquables se sont déroulés à Birmingham et à Atlanta. Vous voyez de quoi je parle ? »

Elle secoua la tête.

« Les actualités en ont beaucoup parlé. Deux groupes de gens ont été transformés. Les Leeds. Et les Jacobi. La police croit qu'ils ont été assassinés. Vous voyez de quoi je parle, maintenant ? »

Elle commença de secouer la tête, puis la mémoire lui revint et elle fit signe que oui.

« Savez-vous comment ils appellent l'Etre qui a rendu visite à ces gens ? Vous pouvez le dire.

— La Mâch... »

Une main se plaqua sur sa bouche.

« Réfléchissez et donnez-moi une réponse correcte.

— C'est le Dragon... Attendez, le Dragon Rouge. »

Il était tout près d'elle. Elle pouvait sentir son souffle sur son visage.

« JE SUIS LE DRAGON. »

Le volume et le timbre de sa voix la firent sursauter, au point qu'elle se heurta au chevet du lit.

« Le Dragon te désire, Reba. Il t'a toujours désirée. Je ne voulais pas t'offrir à Lui. Aujourd'hui, j'ai fait en sorte qu'Il ne puisse t'avoir. Et j'ai mal agi. »

C'était bien Dolarhyde, elle pouvait lui parler. « Je vous en prie. Je vous en prie, ne le laissez pas me prendre. Vous ne le laisserez pas, dites, vous ne le... Je suis à *vous*. Gardez-moi avec vous. Vous m'aimez, je sais.

— Je n'ai pas encore pris de décision. Je ne pourrai peut-être pas m'empêcher de te livrer à Lui. Je n'en sais rien. Je vais voir si tu fais bien ce que je te dis ? Tu m'obéiras ? Je peux compter sur toi ?

— Je vais essayer. Oui, je vais essayer. Mais arrêtez de me faire peur, sinon je ne pourrai plus rien faire.

— Lève-toi, Reba. Tiens-toi au lit. Tu sais où tu te trouves dans la pièce ? »

Elle hocha la tête.

« Tu sais où tu te trouves dans la maison, n'est-ce pas ? Tu t'es promenée dans la maison pendant que je dormais ?

— Pendant que vous dormiez ?

— Ne fais pas l'idiote. Quand nous avons passé la nuit ici. Tu as visité la maison, hein ? Est-ce que tu as trouvé quelque chose d'étrange ? Est-ce que tu l'as emporté pour le montrer à quelqu'un ? Dis, Reba, tu as fait cela ?

— Je suis sortie, c'est tout. Vous dormiez et je suis allée faire un tour dehors, je vous le jure.

— Dans ce cas, tu sais où se trouve la porte d'entrée. »

Elle hocha la tête.

« Reba, pose tes mains sur ma poitrine. Remonte-les, lentement. »

Les yeux !

Les doigts de Dolarhyde effleuraient sa gorge. « Ne fais pas ce à quoi tu penses ou je t'étrangle. Mets tes mains sur ma poitrine. Sur ma gorge, maintenant. Tu sens la clef au bout de la chaîne ? Fais-la passer au-dessus de ma tête. Doucement... là, c'est bien. Maintenant, je vais voir si je peux te faire confiance. Tu vas aller jusqu'à la porte d'entrée, tu vas la fermer à clef et tu me rapporteras la clef. Vas-y. Je t'attendrai ici. N'essaye pas de t'enfuir. Je peux te rattraper sans problèmes. »

Elle tenait la clef à la main, la chaîne se balançait sur sa cuisse. Il était bien plus difficile de se diriger avec des chaussures, mais elle les garda. Le tic-tac de l'horloge était là pour l'aider.

Le tapis, le parquet, du tapis à nouveau. Le bord d'un canapé. A droite.

Qu'est-ce que j'ai de mieux à faire ? Faire semblant d'entrer dans son jeu et foncer à la première occasion ? Est-ce que les autres avaient fait semblant ? La tête lui tournait, elle avait respiré trop profondément pour se calmer. Ne t'évanouis pas. Ne meurs pas.

Cela dépendra de la porte. Si elle est ouverte ou non. D'abord, savoir où il se trouve.

« Je suis dans la bonne direction ? » Elle savait fort bien que oui.

« Encore cinq pas. » La voix venait de la chambre.

Elle sentait de l'air frais. La porte était entrouverte. Elle demeura un instant entre la porte et la voix. Elle introduisit la clef dans la serrure. A l'extérieur.

Maintenant. Elle passe la porte, la tire vers elle et tourne la clef. Le plan incliné, pas de canne pour s'aider. Il faut se rappeler où le van est garé, courir. Courir. Elle rentre dans... dans un buisson. Elle crie. « Au secours ! au secours ! au secours ! au secours ! » Elle court sur le gravier. Un klaxon dans le lointain. La nationale est de ce côté-ci, elle court de son mieux, fait des zigzags, change de direction quand elle sent l'herbe sous ses pieds, retrouve le gravier.

Derrière elle, des pas qui se font plus rapides, plus sonores sur le gravier. Elle se baisse et ramasse une poignée de cailloux, elle attend qu'il soit tout près et les lui jette au visage, entend le bruit net qu'ils font au contact de son corps.

Une main sur son épaule la fait tourner sur elle-même, un bras se place sous son menton, il la serre, le sang bourdonne à ses tempes. Elle se débat, donne des coups de pied, le frappe au tibia, et puis... progressivement... elle se calme...

47

Il ne fallut que deux heures pour dresser la liste des employés de sexe masculin âgés de vingt à cinquante ans et possédant des vans. Elle se composait de vingt-six noms.

Le service des véhicules à moteur indiqua la couleur des cheveux à partir des renseignements portés sur les permis de conduire, mais cet élément ne fut pas retenu en priorité. Le Dragon avait très bien pu porter une perruque.

Mlle Trillman, la secrétaire de Fisk, tapa plusieurs exemplaires de la liste et la fit distribuer.

Le Lt Fogel était en train d'examiner la liste quand son beeper se mit à sonner.

Il appela le quartier général de la police, puis posa la main sur le combiné. « Monsieur Crawford — Jack, un certain Ralph Mandy, trente-huit ans, de race blanche, a été retrouvé assassiné il y a quelques minutes aux environs de la cité universitaire — oui, c'est juste au centre-ville —, il se trouvait devant la maison d'une certaine Reba McClane. Les voisins ont dit qu'elle travaillait chez Baeder. Sa porte est ouverte et elle n'est pas chez elle.

— Dandridge! appela Crawford. Reba McClane, vous la connaissez?

— Elle travaille à la chambre noire. Elle est aveugle. Elle vient du Colorado et...

— Et Ralph Mandy, ça vous dit quelque chose?

— Mandy ? fit Dandridge. Randy Mandy ?
— *Ralph* Mandy, il travaille ici ? »

Un coup d'œil jeté à la liste du personnel lui apprit que non.

« C'est peut-être une coïncidence, dit Fogel.
— Peut-être, fit Crawford.
— J'espère qu'il n'est rien arrivé à Reba, dit Melle Trillman.
— Vous la connaissez ? demanda Graham.
— J'ai déjà bavardé avec elle.
— Et Mandy ?
— Je ne le connais pas. Je ne l'ai vue qu'avec un seul homme, elle était montée dans le van de M. Dolarhyde.
— Le van de M. Dolarhyde ? Mlle Trillman, quelle est la couleur de ce van ?
— Attendez... Marron foncé. Peut-être noir.
— Où travaille M. Dolarhyde ? demanda Crawford.
— Il est chef de fabrication, dit Fisk.
— Où se trouve son bureau ?
— Tout de suite à droite, dans le couloir. »

Crawford se tourna pour s'adresser à Graham, mais celui-ci était déjà parti.

Le bureau de Dolarhyde était fermé à clef. Un passe-partout du service de l'entretien fit l'affaire.

Graham alluma la lumière. Il resta un instant sur le pas de la porte pour s'habituer à l'éclairage. Tout était en ordre. Il n'y avait visiblement aucun objet personnel, et la bibliothèque n'abritait que des ouvrages techniques.

La lampe de bureau était sur la gauche du fauteuil, donc il était droitier. Comment trouver l'empreinte d'un pouce gauche avec un droitier ?

« Voyons s'il a un carnet », dit-il à Crawford qui attendait dans le couloir. « Il y aura certainement l'empreinte de son pouce gauche dessus. »

Ils commençaient de fouiller dans les tiroirs quand le calendrier de bureau attira l'attention de Graham. Il tourna les pages pour remonter au 28 juin, date de la mort des Jacobi.

Il n'y avait rien de marqué pour le jeudi et le vendredi précédant ce week-end.

Il tourna à nouveau les pages. La dernière semaine de juillet. Les pages du jeudi et du vendredi étaient encore vierges. Il y avait une note au mercredi : « Am 552.3.45 — 6.15. »

Graham recopia l'inscription. « Je veux savoir de quel vol il s'agit.

— Je vais m'en occuper. Continue à chercher », dit Crawford. Il décrocha un téléphone de l'autre côté du couloir.

Graham venait de trouver dans le tiroir du bas un tube de pâte adhésive pour dentier quand Crawford lui cria :

« C'est l'avion d'Atlanta, Will. Coinçons-le. »

48

De l'eau froide sur le visage de Reba, de l'eau qui coule dans ses cheveux. Elle se sent mal. Sous son dos, quelque chose de dur. Elle tourne la tête. Du bois. Une serviette humide essuie son visage.

« Ça va, Reba ? » La voix de Dolarhyde.

Elle sursauta. « Oui. »

« Respirez à fond. »

Une minute s'écoula.

« Vous croyez que vous pourrez vous relever ? Essayez de vous relever. »

Elle parvint à se relever quand il lui passa le bras autour de la taille. Son cœur se souleva. Il attendit que le spasme fût passé.

« Montez le plan incliné. Vous savez où vous êtes ? »

Elle hocha la tête.

« Tirez la clef, Reba. Entrez. Maintenant, refermez la porte et mettez la clef autour de mon cou. Autour de mon cou, là. Je vais m'assurer que la porte est bien fermée à clef. »

Elle l'entendit tourner le bouton.

« Bien. Allez dans la salle de bains, à présent. Vous connaissez le chemin. »

Elle tituba et tomba sur les genoux, la tête pendante. Il la souleva sous les bras et l'aida à regagner la chambre.

« Prenez place dans ce fauteuil. »

Elle s'assit.

« DONNE-LA-MOI. »

Elle voulut se lever, mais des mains puissantes la plaquèrent aux épaules.

« Restez tranquille, sinon je ne pourrai L'empêcher de vous avoir », dit Dolarhyde.

Elle reprenait ses esprits, malgré elle.

« Essayez, je vous en prie, dit-elle.

— Reba, tout est fini pour moi. »

Il était debout, il s'affairait. L'odeur d'essence était plus forte que tout à l'heure.

« Tendez la main. Touchez cela. Ne le serrez pas, touchez-le simplement. »

Elle sentit quelque chose qui ressemblait à des narines de métal ; l'intérieur était lisse. Le canon d'une arme.

« C'est un fusil de chasse, Reba. Un magnum calibre 12. Vous savez à quoi il va servir ?

Elle hocha la tête.

« Baissez la main. » Le canon froid se nicha dans le creux de sa gorge.

« Reba, j'aurais voulu pouvoir vous faire confiance. Je voulais vous faire confiance. »

On aurait dit qu'il pleurait.

« Vous aviez l'air si bonne. »

Oui, *il pleurait*.

« Vous aussi, D. J'étais bien avec vous. Ne me faites pas de mal.

— Tout est fini pour moi. Je ne peux vous laisser à Lui. Vous savez ce qu'Il fera ? »

Il se mit à hurler.

« Vous savez ce qu'Il fera ? Il vous mordra jusqu'à ce que vous en mouriez. Il vaut mieux que vous veniez avec moi. »

Elle entendit le craquement d'une allumette, sentit une odeur de soufre. Un souffle soudain. De la chaleur. De la fumée. Le feu. La chose qu'elle redoutait le plus au monde. Le feu. Tout valait mieux que cela. Elle espérait que la première balle serait pour elle. Elle se prépara à s'enfuir.

Des mots presque incompréhensibles.

« Oh, Reba, je ne supporterai jamais de vous voir brûler. »

Le canon abandonna sa gorge.

Les deux gueules du fusil crachèrent en même temps, à l'instant précis où elle se relevait.

Assourdie, elle crut un instant qu'il lui avait tiré dessus et qu'elle était morte ; elle sentit plus qu'elle n'entendit le bruit d'un corps qui tombe à terre.

La fumée, le crépitement des flammes. Le feu. Le feu la ramena à elle. Elle sentit la chaleur sur son visage, sur ses bras. Dehors. Elle se cogna au pied du lit.

Accroupis-toi pour passer sous la fumée, c'est ce qu'on lui avait toujours appris. Ne cours pas, si tu t'assommes dans quelque chose, tu es morte.

Mais elle était enfermée dans la pièce. Enfermée. Elle marcha lentement, se baissa, laissa traîner ses doigts à terre. Elle trouva des jambes. De l'autre côté. Elle trouva des cheveux, posa la main sur quelque chose de mou. Rien que de la chair déchiquetée, des éclats d'os et un œil arraché.

La clef autour du cou, vite. Les deux mains sur la chaîne. Elle tira de toutes ses forces et tomba en arrière quand la chaîne se brisa. Elle se releva, tourna sur elle-même. Il faut sentir, percevoir les bruits malgré le craquement des flammes. Le bas-côté du lit, mais lequel ? Elle buta sur le corps, chercha à percevoir des bruits.

BONG, BONG, l'horloge sonne, BONG, BONG, dans la salle de séjour, BONG, BONG, prends à droite.

La gorge pleine de fumée. BONG, BONG. La porte. La serrure, là, sous le bouton. Ne fais pas tomber la clef. Un déclic. Elle est ouverte. De l'air. Le plan incliné. De l'air. Elle s'effondrera dans l'herbe, se mit à quatre pattes.

Elle frappa dans ses mains et perçut l'écho que renvoyait la maison, puis elle s'éloigna à quatre pattes, respirant bien à fond, jusqu'à ce qu'elle puisse se relever, marcher, courir, rentrer dans quelque chose, courir à nouveau.

49

IL ne fut pas facile de retrouver la maison de Francis Dolarhyde. L'adresse qu'il avait laissée à Gateway était celle d'une boîte postale de Saint Charles.

Même le bureau du shérif de Saint Charles dut consulter une carte des branchements électriques pour en être sûr.

L'équipe du shérif attendit l'arrivée de la brigade d'intervention de Saint Louis et les voitures s'engagèrent en silence sur la Nationale 94. Graham se trouvait dans la voiture de tête ; à ses côtés, un shérif adjoint lui indiquait la route. Assis sur la banquette arrière, Crawford se penchait entre eux sans cesser de se curer les dents. Ils ne rencontrèrent que fort peu de véhicules au nord de Saint Charles : un camion bâché plein d'enfants, un car Greyhound, une dépanneuse.

Ils virent les lueurs de l'incendie à l'instant même où ils franchirent les limites nord de la ville.

— C'est là ! s'écria l'adjoint. C'est là ! »

Graham écrasa l'accélérateur. Les lueurs se faisaient plus vives au fur et à mesure qu'ils approchaient.

Crawford claqua des doigts pour qu'on lui passe le micro.

« Appel à toutes les unités, c'est sa maison qui est en train de brûler. Attention, il va peut-être sortir. Shérif, il faudra établir un barrage routier ici même. »

Une épaisse colonne d'étincelles et de fumée s'étirait

vers le sud-est, au-dessus des champs, puis au-dessus des voitures de police.

« Là, dit l'adjoint, prenez l'allée de gravier. »

C'est alors qu'ils virent la femme, silhouette noire sur fond d'incendie, ils la virent à l'instant où elle les attendit, et elle leva les bras.

Le feu prit alors des proportions extraordinaires, il se propagea vers le haut et vers l'extérieur quand les poutres et les fenêtres s'embrasèrent. Les flammes décrivaient de grands arcs dans le ciel. Renversé sur le côté, le van brûlait également. Soudain, les contours orange des arbres en feu devinrent tout noirs. Le sol trembla et le souffle de l'explosion secoua les voitures de police.

La femme était allongée sur la route, le visage dans le gravier. Crawford, Graham et les adjoints descendirent de voiture et coururent vers elle. Une pluie de feu s'abattait sur le chemin. Des hommes les dépassèrent, courant vers la maison, revolver au poing.

Crawford enleva Reba à un adjoint qui ôtait les flammèches de ses cheveux.

Il la tint dans ses bras, le visage tout près du sien.

« Francis Dolarhyde », dit-il. Il la secoua doucement. « Francis Dolarhyde, où est-il ?

— Là-dedans. » Elle tendit une main salie vers le brasier, puis la laissa retomber.

« Il est mort.

« Vous en êtes *sûre ?* » Crawford chercha à scruter ses yeux d'aveugle.

« Vous en êtes sûre ? » Crawford chercha à scruter ses yeux d'aveugle.

— Il s'est tiré une décharge en plein visage. J'ai posé ma main dessus. Il a mis le feu à la maison. Il s'est tué. J'ai posé ma main sur son visage. Il était allongé par terre. J'ai posé ma main... Est-ce que je peux m'asseoir quelque part ?

— Oui », dit Crawford. Il monta avec elle à l'arrière

d'une voiture de police. Il la prit par les épaules et la laissa pleurer sur lui.

Debout au milieu de la route, Graham contempla les flammes jusqu'à ce qu'il ne puisse plus supporter la chaleur.

La fumée chassée par le vent obscurcissait la lune.

50

LE vent matinal était chaud et humide. Des nuages s'amoncelaient au-dessus des cheminées noircies qui se dressaient à l'endroit où s'était élevée la maison de Dolarhyde. Une fine couche de fumée planait sur les champs alentour.

Quelques gouttes de pluie tombaient sur les vestiges encore fumants et se changeaient en minuscules jets de vapeur et de cendres.

Une voiture de pompiers stationnait non loin de là, le gyrophare allumé.

S. F. Aynesworth, chef de la brigade des explosifs au F.B.I., se tenait près des ruines en compagnie de Graham et versait du café d'un thermos.

Aynesworth fit la grimace en voyant le capitaine des pompiers fouiller les cendres à l'aide d'un râteau.

« Dieu merci, c'est encore trop chaud pour qu'il s'y risque », dit-il du coin de la bouche. Il avait bien pris soin de se montrer aimable envers les autorités locales, mais il n'avait rien à cacher à Graham : « Il va falloir que je m'y mette. Cet endroit va ressembler à une basse-cour dès que les flics du coin et leurs hommes y auront jeté leurs emballages et coulé leurs bronzes. »

Le véhicule spécial d'Aynesworth n'était pas encore arrivé de Washington, et il dut se débrouiller avec ce qu'il avait pu emporter dans l'avion. Il tira un vieux sac de l'armée du coffre d'une voiture de police et en sortit des sous-vêtements Nomex ainsi qu'une combinaison et des bottes en amiante.

« A quoi cela ressemblait quand ça a pété ?
— Il y a eu un éclair très intense qui n'a pas duré. Puis la base a paru plus sombre. Tout un tas de trucs ont été projetés en l'air, des fenêtres, des morceaux de toiture, des éclats de bois ont volé dans les champs. Il y a eu une onde de choc puis un grand souffle, ça a presque failli éteindre l'incendie.
— Le feu était violent quand il y a eu l'explosion ?
— Oui, les flammes sortaient par le toit et par les fenêtres, au premier comme au rez-de-chaussée. Les arbres avaient pris feu. »

Aynesworth demanda à deux pompiers de l'assister avec leur lance ; un troisième homme portant un costume en amiante devait rester près de lui avec une hache au cas où quelque chose lui tomberait dessus.

Il dégagea l'escalier de la cave, maintenant à ciel ouvert, et descendit dans un amas de poutres noircies. Il ne pouvait rester que quelques minutes à chaque fois, et il dut faire huit voyages.

Il ne rapporta de ses expéditions qu'un morceau de métal déchiqueté mais cela parut le satisfaire.

Le visage rouge et couvert de transpiration, il se débarrassa de ses vêtements en amiante et s'assit sur le marchepied de la voiture de pompiers, un imperméable sur les épaules.

Il posa à terre le morceau de métal et souffla dessus pour en ôter une fine couche de cendres.

« C'est de la dynamite, dit-il à Graham. Tenez, là, vous voyez les dessins sur le métal ? C'est une serrure de malle ou de coffre. Oui, c'est cela. La dynamite était dans un petit coffre. Mais elle n'a pas dû exploser au sous-sol. Je pencherais plutôt pour le rez-de-chaussée. Regardez l'arbre qui a été coupé par le dessus de table en marbre — elle a été projetée horizontalement. La dynamite était rangée dans quelque chose qui l'a protégée momentanément du feu.
— Vous croyez qu'il y aura des restes ?

— Pas beaucoup, mais on trouve toujours quelque chose. Il va falloir tout déblayer. Mais nous le trouverons. Je vous le rapporterai dans une pochette en plastique. »

Reba McClane s'était endormie un peu avant l'aube grâce au somnifère qu'on lui avait administré à l'hôpital DePaul. Elle avait insisté pour qu'une femme de la police reste auprès d'elle. Elle s'éveilla plusieurs fois dans la matinée et tendit la main pour serrer celle de l'inspecteur.

Quand elle demanda le petit déjeuner, ce fut Graham qui le lui apporta.

Comment faire? Bien souvent, les témoins préfèrent que leur interlocuteur demeure anonyme. Mais il ne pensait pas que Reba McClane aimerait cela.

Il lui dit qui il était.

« Vous le connaissez? » demanda-t-elle à la femme de la police.

Graham lui tendit ses papiers, mais elle n'y jeta pas le moindre coup d'œil.

« Je sais que c'est un enquêteur fédéral, mademoiselle McClane. »

Finalement, elle lui raconta tout. Tout ce qu'elle avait fait avec Francis Dolarhyde. Elle avait mal à la gorge et devait s'arrêter fréquemment pour sucer un peu de glace.

Il lui posa les inévitables questions indiscrètes et elle répondit à toutes; mais elle dut lui faire signe de sortir quand la femme lui tendit la cuvette pour vomir son petit déjeuner.

Elle était pâle et son visage brillait quand il revint dans la chambre.

Il lui posa encore quelques questions et referma son carnet.

— Je ne vous importunerai plus avec cette histoire, lui dit-il, mais j'aimerais bien revenir un de ces jours. Pour dire bonjour, pour voir comment vous allez.

— Ne vous en privez pas... Je suis tellement irrésistible. »

Pour la première fois, il la vit pleurer, et il comprit ce qu'elle pouvait endurer.

« Vous pouvez nous laisser un instant ? » dit-il à l'inspecteur de police. Puis il prit la main de Reba.

« Ecoutez, il y avait beaucoup de choses à reprocher à Dolarhyde mais pas à vous, vous comprenez ? Vous m'avez dit qu'il se montrait prévenant et aimable avec vous. Je veux bien le croire. C'est vous qui avez suscité ces sentiments en lui. Et en fin de compte, il n'a pas pu vous tuer, il n'a pas pu vous voir mourir. Les gens qui étudient son comportement disent qu'il essayait de s'arrêter. Pourquoi ? Parce que vous l'avez aidé. Vous avez probablement sauvé la vie de plusieurs personnes. Vous n'avez pas aidé un monstre, Reba, mais un homme doublé d'un monstre. Vous n'avez rien à vous reprocher, mais si vous vous persuadez du contraire, vous n'arriverez plus jamais à rien. Je reviendrai dans un jour ou deux. J'ai encore pas mal de choses à faire avec les flics et j'ai besoin de repos. Et puis, essayez de faire quelque chose pour vos cheveux. »

Elle hocha la tête et tendit la main vers la porte. Peut-être souriait-elle — mais il n'en était pas certain.

Graham appela Molly depuis le bureau du F.B.I. de Saint Louis. Le grand-père de Willy décrocha le téléphone.

« Maman, c'est Will Graham, dit-il. — Bonjour, monsieur Graham. »

Les grands-parents de Willy l'appelaient toujours « monsieur Graham ».

« Maman dit qu'il s'est suicidé. Ils ont interrompu le programme pour l'annoncer. C'est une drôle d'histoire. Ça vous a évité la peine de lui courir après, et ça a évité pas mal de frais aux contribuables. Dites, est-ce qu'il était vraiment blanc ?

— Oui, il était blond, avec un air scandinave. »

Les grands-parents de Willy étaient scandinaves.

« Est-ce que je pourrais parler à Molly ?

— Vous allez retourner en Floride ?
— Bientôt, oui. Est-ce que Molly est là ?
— Maman, il veut parler à Molly. Elle est dans la salle de bains, monsieur Graham. Mon petit-fils est en train de prendre son deuxième petit déjeuner. Il est allé faire du cheval, ça lui a donné faim. Vous devriez le voir à table. Il a bien pris cinq kilos depuis qu'il est ici. Tenez, la voilà.
— Bonjour.
— Salut, toi.
— Alors, les nouvelles sont bonnes ?
— Plutôt, oui.
— J'étais au jardin. Mamaman est venue me raconter ce qu'elle avait vu à la télé. Quand as-tu trouvé qui c'était ?
— Hier soir, assez tard.
— Tu aurais pu m'appeler.
— Je n'aurais pas voulu réveiller Mamaman.
— Elle regardait l'émission de Johnny Carson. Tu sais, je suis heureuse que tu n'aies pas eu à l'arrêter.
— Il va falloir que je reste encore quelque temps.
— Combien ? Quatre ou cinq jours ?
— Je ne sais pas au juste. Peut-être moins. Tu sais, je voudrais bien te voir.
— Moi aussi, je voudrais bien te voir quand tu auras réglé tous tes problèmes.
— On est mercredi aujourd'hui. Vendredi, je devrais avoir...
— Will, Mamaman a invité les oncles et les tantes de Willy. Ils arriveront de Seattle la semaine prochaine et...
— Elle nous barbe, Mamaman. Et puis, qu'est-ce que c'est que cette expression idiote, " Mamaman " ?
— C'est Willy quand il était petit, il n'arrivait pas à dire...
— Reviens à la maison avec moi.
— Will, c'est *moi* qui t'ai attendu. Ils ne voient jamais Willy et quelques jours de plus...
— Tu n'as qu'à venir toute seule. Laisse Willy, ton

ex-belle-mère pourra le mettre dans l'avion la semaine prochaine. Voilà ce qu'on va faire, on va aller à New Orleans. Je connais un petit endroit qui...

— Ce n'est pas possible. J'ai travaillé — à mi-temps, bien sûr — dans une boutique et je ne peux pas partir comme ça.

— Molly, qu'est-ce qui ne va pas?

— Rien. Ça va... Will, j'étais si triste. Tu sais que je suis venue ici après la mort du père de Willy. » Elle disait toujours « le père de Willy », comme s'il s'agissait d'une personne morale. Elle ne l'appelait jamais par son nom. « Nous étions tous réunis... J'ai réussi à me ressaisir, à me calmer. Cette fois-ci aussi, je me suis ressaisie et...

— Il y a une petite nuance, tout de même : je ne suis pas mort.

— Ne sois pas comme ça.

— Comme ça quoi ?

— Tu m'en veux. »

Graham ferma les yeux un instant.

« Allô ?

— Je ne t'en veux pas, Molly. Tu fais ce que tu veux. Je te rappellerai quand les choses seront arrangées ici.

— Tu pourrais venir nous retrouver.

— Je ne le pense pas.

— Pourquoi ? Il y a de la place, tu sais. Et Mamaman voudrait...

— Molly, ils ne m'aiment pas, et tu sais très bien pourquoi. Quand ils me voient, je leur fais penser à leur fils.

— Ce n'est pas juste de dire ça, Will. »

Graham était épuisé.

« Bon. Tu préfères que je te dise que ce sont des vieux cons et qu'ils m'emmerdent ?

— Ne dis pas cela.

— Ce qu'ils veulent, c'est le gosse. Probablement qu'ils t'aiment bien aussi s'ils y réfléchissent. Mais c'est le gosse qu'ils veulent, et ils te prendront dans le lot. Ils ne veulent pas de moi et je m'en fous complètement.

Mais moi, *je te veux*. En Floride. Et Willy aussi, quand il en aura marre de son poney.

— Tu te sentiras mieux quand tu auras dormi un peu.

— Cela m'étonnerait. Ecoute, je te rappellerai quand je saurai ce qui se passe ici.

— D'accord. » Elle raccrocha.

« Fait chier, dit Graham. Fait chier. »

Crawford passa la tête à la porte. « Je ne t'aurais pas entendu dire " fait chier " ?

— Exact.

— Eh bien, j'ai de bonnes nouvelles. Aynesworth a appelé. Il a quelque chose pour toi. Il dit que nous devrions venir, les flics locaux ont trouvé quelque chose. »

51

Aynesworth était occupé à déposer des cendres dans une boîte en métal quand Crawford et Graham arrivèrent près des ruines carbonisées de la maison de Dolarhyde.

Il était couvert de suie et une grosse cloque s'était formée sous son oreille. L'agent spécial Janowitz, de la brigade des explosifs, travaillait à la cave.

Une sorte de grand flandrin traînait autour d'une Oldsmobile poussiéreuse garée dans l'allée. Il interpella Crawford et Graham au moment où ils traversèrent la cour.

« C'est vous, Crawford ?
— Oui, c'est moi.
— Je m'appelle Robert L. Dulaney. Je suis le coroner (1) de cette juridiction. » Il leur montra une carte marquée : « Votez pour Robert L. Dulaney. »

Crawford attendit.

« Votre collègue détient des preuves qu'il aurait dû me transmettre. Cela fait une heure que j'attends.
— Je suis désolé, monsieur Dulaney, mais il n'a fait que suivre mes instructions. Asseyez-vous dans votre voiture, nous allons régler cela. »

Dulaney les suivit.

---

(1) Officier civil chargé d'enquêter en cas de mort suspecte ou violente. (N.d.T.)

Crawford se retourna. « Excusez-moi, monsieur Dulaney, mais j'aimerais mieux que vous restiez dans votre voiture. »

Aynesworth leur adressa un large sourire ; ses dents blanches tranchaient avec la noirceur de son visage. Il avait remué des cendres pendant toute la matinée.

« En tant que chef de brigade, j'ai le plaisir...

— De tirer au cul, on le sait », dit Janowitz. Il venait de ressortir de la cave.

« Silence dans les rangs, soldat Janowitz. Allez plutôt chercher les preuves. » Il lui jeta un trousseau de clefs.

Janowitz sortit une grande boîte en carton du coffre d'une des voitures du F.B.I. Un fusil était attaché au fond de la boîte ; la crosse était carbonisée et les canons tordus par la chaleur. Une boîte de plus petite taille renfermait un automatique noirci.

« Le revolver est en meilleur état, dit Aynesworth. La balistique pourra peut-être en tirer quelque chose. Allez, Janowitz, la suite. »

Janowitz lui tendit trois sacs en plastique.

« Les oreilles et la queue, Graham. » Un instant, Aynesworth perdit sa bonne humeur. Cela faisait partie du rituel des chasseurs, comme marquer de sang le front de Graham.

« On ne peut pas dire qu'il en reste grand-chose. » Aynesworth déposa les sacs dans les mains de Graham.

Le premier contenait une douzaine de centimètres de fémur calciné. Le deuxième, une montre-bracelet. Le troisième, le dentier.

Le palais était brisé, carbonisé, et il n'en restait plus que la moitié, mais sur cette moitié apparaissait l'incisive latérale entaillée reconnaissable entre mille.

Graham pensa qu'il devrait dire quelque chose. « Merci. Merci beaucoup. »

Soudain, la tête lui tourna, mais cela ne dura qu'un instant.

« ... mettre au musée », disait Aynesworth. « Il faudra le rendre aux poulets, pas vrai, Jack ?

— Oui, mais il y a quelques types sérieux chez le

coroner de Saint Louis. Ils en prendront des empreintes de qualité. Nous pourrons en avoir une. »

Crawford et les autres allèrent rejoindre le coroner.

Graham resta seul près de la maison. Il écouta le vent souffler dans les cheminées. Il espérait que Bloom pourrait venir, une fois rétabli. Oui, il viendrait certainement.

Graham désirait connaître la vérité sur Dolarhyde. Il voulait savoir ce qui s'était déroulé en ces lieux, ce qui avait donné naissance au Dragon. Mais il en savait assez pour aujourd'hui.

Un merle se percha sur le faîte de la cheminée et se mit à siffler.

Graham lui répondit.

Il allait pouvoir rentrer chez lui.

52

Graham sourit en sentant le jet le propulser loin de Saint Louis et prendre la direction du sud-est pour le ramener chez lui.

Molly et Willy seraient là.

« Ecoute, on ne va pas s'occuper de savoir qui a eu tort ou raison. Je te prendrai à Marathon, c'est tout », lui avait-elle dit au téléphone.

Il espérait qu'il ne se souviendrait que des bons moments de cette affaire — le plaisir de voir à l'œuvre des gens qui croient vraiment à ce qu'ils font. Même si cela peut se trouver partout, il suffit de se donner la peine de chercher.

Il aurait été assez présomptueux de remercier Lloyd Bowman et Beverly Katz ; il se contenta de leur dire au téléphone qu'il avait été heureux de retravailler avec eux.

Il y avait toutefois un détail qui le préoccupait : ce qu'il avait éprouvé quand Crawford avait posé la main sur le combiné du téléphone et lui avait dit : « C'est Gateway. »

La joie qu'il avait éprouvée à cet instant était certainement la plus sauvage, la plus intense qu'il eût jamais connue. C'était assez troublant de savoir qu'il avait vécu là, dans une salle de délibérations de Chicago, le moment le plus heureux de toute son existence. *Parce que, avant même de savoir, il savait.*

Il n'avait pas dit à Lloyd Bowman ce qu'il ressentait ; c'était inutile.

« Vous savez, quand Pythagore a vu que son théorème avait fait tilt, il a offert cent bœufs à la muse qui l'avait inspiré, avait dit Bowman. Il n'y a pas mieux comme sensation, hein ? Ne dites rien, ça vous gâcherait une partie du plaisir. »

Graham faisait preuve de plus d'impatience au fur et à mesure qu'il se rapprochait de Molly. A Miami, il dut descendre sur la piste avant de monter à bord de « Tante Lula », le vieux DC-3 qui assurait le service de Marathon.

Il aimait les DC-3. D'ailleurs, aujourd'hui, il aimait tout.

Tante Lula avait été construite quand Graham avait cinq ans ; ses ailes étaient toujours recouvertes d'une pellicule d'huile noirâtre recrachée par les moteurs.

Il avait entièrement confiance en elle, et il courut pour monter à son bord comme si elle s'était posée en pleine jungle pour venir à sa rescousse.

Les lumières d'Islamorada furent visibles quand l'île passa sous l'aile de l'avion. Graham pouvait déjà apercevoir des moutons sur l'océan. Puis ce fut la descente sur Marathon.

C'était exactement comme la première fois où il était venu à Marathon. Il avait voyagé sur Tante Lula ; et bien souvent, par la suite, il s'était rendu à l'aérodrome à la tombée du jour pour la voir arriver, avec ses ailerons baissés, ses pots d'échappement qui crachaient des flammes et ses passagers derrière les hublots éclairés.

Le décollage constituait également un merveilleux spectacle, mais le vieil avion qui décrivait un vaste arc de cercle pour prendre la direction du nord le laissait toujours triste, frustré, et dans l'air flottaient des au revoir amers. Très vite, il avait appris à ne regarder que les atterrissages, à n'entendre que des bonjours.

Mais c'était avant Molly.

L'avion s'arrêta avec un ultime hoquet. Graham vit Molly et Willy debout derrière la barrière, sous les projecteurs.

Willy se tenait bien droit devant elle, et il n'en bougerait pas tant que Graham ne les aurait pas rejoints. Alors seulement, il se promènerait en bord de piste et examinerait tout ce qui l'intéressait. Graham l'aimait bien pour cette façon d'être.

Molly était aussi grande que Graham. Quand deux personnes ont la même taille, le baiser qu'ils échangent en public fait immanquablement penser à ces autres baisers qu'on échange au lit...

Willy lui proposa de porter sa valise. Graham ne lui confia que le sac de voyage.

La route de Sugarloaf Key, Molly au volant ; Graham se souvint des détails du paysage révélés par les phares, et il se contenta d'imaginer les autres.

Quand il ouvrit la portière de la voiture dans la cour, il put entendre le bruit de la mer.

Willy rentra dans la maison, le sac de voyage posé sur la tête.

Graham demeura dans la cour, l'air absent ; il chassait d'un geste les moustiques qui lui tournaient autour du visage.

Molly posa la main sur sa joue. « Tu ne crois pas que tu ferais mieux de rentrer avant de te faire dévorer ? »

Il hocha la tête. Ses yeux étaient humides.

Elle attendit encore un peu, pencha la tête de côté et le regarda en battant des paupières. « Martini Tanqueray, steack et gros câlin. Ça te va ? Sans oublier la note d'électricité, la note du gaz et les interminables conversations avec mon fils », ajouta-t-elle du bout des lèvres.

53

GRAHAM et Molly désiraient sincèrement que tout redevienne comme avant, qu'il n'y ait rien de changé dans leur existence.

Quand ils découvrirent que ce n'était plus possible, cette révélation s'installa entre eux comme une présence importune. Les assurances mutuelles qu'ils tentaient d'échanger dans le noir ou en plein soleil passaient au travers d'un prisme qui les déviait de leur cible.

Molly ne lui avait jamais semblé plus belle. Et, de loin, il admirait sa grâce inconsciente.

Elle faisait tout pour lui être agréable, mais elle était allée en Oregon et les souvenirs enfouis étaient remontés à la surface.

Willy le sentait bien, et il faisait preuve envers Graham d'une politesse glaciale.

Une lettre de Crawford arriva un jour. Molly l'apporta avec le reste du courrier et n'y fit pas allusion.

Elle contenait une photographie de la famille Sherman tirée d'un film super-8. Tout n'avait pas brûlé, lui écrivait Crawford. Une fouille effectuée dans les champs alentour avait permis de retrouver cette photo ainsi que d'autres objets projetés loin du brasier par l'explosion.

« Ces gens étaient probablement sur son itinéraire, écrivait Crawford. Ils sont en sécurité à présent. Je me suis dit que tu aimerais le savoir. »

Graham montra la photo à Molly.

« Tu vois ? C'est pour cela, dit-il, c'est pour cela que ça valait la peine.

— Je sais, fit-elle, je te comprends. Parfaitement. »

Les poissons volants bondissaient sous la lune. Molly prépara le dîner, ils allèrent à la pêche et firent du feu sur la plage ; mais rien de tout cela ne fut agréable.

Grand-père et Mamaman envoyèrent à Willy une photo de son poney, et il l'épingla au mur de sa chambre.

Le cinquième jour était la veille du jour où Graham et Molly iraient retravailler à Marathon. Ils pêchèrent dans les vagues à quelque cinq cents mètres de la maison, sur un emplacement qui leur avait porté bonheur auparavant.

Graham avait décidé qu'il leur parlerait à tous les deux, ensemble.

La partie de pêche ne commença pas très bien. Willy repoussa ostensiblement la gaule que Graham lui avait montée et préféra emporter la canne pour la pêche au lancer que son grand-père lui avait offerte.

Ils pêchèrent en silence pendant trois heures. A plusieurs reprises, Graham ouvrit la bouche pour dire quelque chose mais il n'en fit rien.

Il en avait assez de ne pas être aimé.

Graham attrapa quatre poissons ; il avait appâté à la crevettine. Willy ne prit rien. Il pêchait avec la grosse Rapala équipée de trois triples hameçons que son grand-père lui avait donnée. Il pêchait bien trop vite, lançait ou tournait le moulinet sans réfléchir, au point d'être en nage et d'avoir le visage tout rouge.

Graham s'avança dans la vague et gratta le sable d'où il tira deux crevettines toutes frétillantes.

« Tu en veux une, camarade ? » Il tendit une crevettine à Willy.

« Je préfère la Rapala. C'était celle de mon père — tu le savais ?

— Non », dit Graham. Il se tourna vers Molly.

Elle se tenait les genoux et regardait une frégate prendre son essor.

Elle se leva et épousseta le sable. « Je vais faire des sandwiches », dit-elle.

Quand Molly fut partie, Graham eut la tentation de parler au garçon seul à seul. Non. Willy éprouverait les mêmes choses que sa mère. Il attendrait son retour pour leur parler à tous les deux en même temps. Cette fois-ci, il n'hésiterait pas.

Elle ne fut pas longtemps absente, et elle revint sans les sandwiches. Elle marchait d'un pas rapide sur le sable humide.

« Il y a Jack Crawford au téléphone. Je lui ai dit que tu le rappellerais mais il paraît que c'est urgent », fit-elle. Elle examina l'un de ses ongles. « Tu ferais mieux de te dépêcher. »

Graham rougit. Il enfonça dans le sable l'extrémité de la gaule et coupa par les dunes. C'était bien plus court que par la plage si l'on ne craignait pas de se piquer aux broussailles.

Il entendit une sorte de sifflement prolongé et, craignant un serpent à sonnettes, regarda où il mettait les pieds.

Il vit des bottes dissimulées sous les broussailles, le reflet d'une lentille, une veste kaki. Son regard rencontra les yeux jaunes de Francis Dolarhyde et la peur explosa dans sa poitrine.

Il y eut le déclic d'un pistolet automatique, mais Graham lança son pied en avant ; il heurta le canon au moment où celui-ci tirait une langue jaune pâle dans le soleil couchant et le pistolet vola dans les broussailles. Graham sur le dos, une brûlure terrible dans la poitrine — puis il dévala la dune la tête la première vers la plage.

Dolarhyde prit son élan et arriva sur Graham les deux pieds en avant, le couteau à la main, sans s'occuper des cris qui montaient du bord de l'eau. Il lui enfonça les genoux dans la poitrine, brandit son arme et poussa un grognement sauvage au moment de frapper. La lame manqua de peu l'œil de Graham et s'enfonça profondément dans sa joue.

Dolarhyde bascula en avant et pesa de tout son poids sur le manche du poignard pour qu'il traverse complètement la tête de Graham.

La gaule siffla dans l'air quand Molly l'abattit sur Dolarhyde. Les triples hameçons de la Rapala pénétrèrent dans sa joue, puis le moulinet vrombit quand elle tira un coup brusque avant de frapper à nouveau.

Il poussa un cri et porta la main à sa joue, de sorte que les hameçons s'y enfoncèrent également. De sa main libre, il arracha le couteau et se lança à la poursuite de Molly, une main fixée à sa joue par les hameçons.

Graham roula sur le sol, il parvint à se mettre à genoux puis debout, et il s'enfuit en courant loin de Dolarhyde, les yeux fous, la bouche pleine de sang, avant de s'effondrer.

Molly arrivait derrière eux, la gaule à la main. Mais elle s'accrocha dans les broussailles et lui arracha un hurlement, le forçant à s'arrêter avant qu'il ne pense à trancher la ligne.

« Cours, je t'en prie ! Ne te retourne surtout pas ! » cria-t-elle. Elle avait de longues jambes et le garçon courait aussi vite qu'elle mais, derrière eux, Dolarhyde gagnait du terrain.

Ils avaient cent mètres d'avance dans les dunes, plus que soixante-dix en arrivant à la maison. Elle se précipita dans l'escalier, ouvrit le placard de Will.

A Willy : « Reste là. »

Dans l'escalier, à nouveau, pour l'affronter. La cuisine. Elle se débattait avec la barrette de chargement rapide.

Elle oublia la position correcte et pratiquement tout ce qu'elle avait appris à l'entraînement, mais elle tint tout de même le pistolet à deux mains et, quand la porte éclata littéralement, elle tira et lui fit un trou énorme dans la cuisse — « Manmon ! » — puis elle tira en pleine figure quand il glissa le long de la porte et encore en pleine figure quand il tomba assis par terre, puis elle courut vers lui et tira de nouveau en pleine figure à deux reprises, et il s'effondra enfin, la calotte crânienne sur le menton, les cheveux en feu.

Willy déchira un drap et se rendit auprès de Will. Ses jambes tremblaient et il tomba à plusieurs reprises en traversant la cour.

Les adjoints du shérif et les ambulances arrivèrent avant même que Molly les appelle. Elle prenait une douche quand ils arrivèrent, l'arme au poing. Elle tentait de se débarrasser des fragments de chair et d'os qui collaient à ses cheveux, et ne put pas répondre quand un adjoint lui adressa la parole au travers du rideau de la douche.

Un des adjoints finit par prendre le combiné du téléphone et parla à Crawford qui, à Washington, avait entendu les coups de feu et avait alerté les hommes du shérif.

« Je ne sais pas, ils sont en train de l'emmener », dit l'adjoint. Il regarda par la fenêtre et vit passer la civière. « Mais il ne m'a pas l'air en très bon état », ajouta-t-il.

54

Sur le mur, en face du lit, les chiffres de la pendule étaient si gros qu'on pouvait les lire malgré les médicaments et la douleur.

Quand Will Graham parvint à ouvrir l'œil droit, il vit la pendule et comprit où il était — une unité de soins intensifs. Cette pendule avait quelque chose de rassurant, elle lui prouvait que le temps passait.

C'était d'ailleurs à cela qu'elle servait.

La pendule indiquait quatre heures. Quelles quatre heures ? Il n'en savait rien, et il s'en moquait éperdument, du moment que les aiguilles continuaient de tourner. Il perdit conscience.

Il était huit heures quand il rouvrit l'œil.

Il y avait quelqu'un près de lui. Méfiant, il tourna l'œil. C'était Molly, elle regardait par la fenêtre. Elle était si mince. Il voulut parler, mais une grande douleur lui déchira le côté gauche de la tête quand il remua la mâchoire. Sa tête et sa poitrine ne palpitaient pas au même rythme. Il émit un bruit au moment où elle quitta la chambre.

Il faisait grand jour quand on le manipula en tous sens et le traita de telle sorte que les muscles de son cou se raidirent.

Puis il vit le visage de Crawford penché au-dessus du sien.

Graham réussit à cligner de l'œil. Quand Crawford lui

sourit, Graham aperçut un fragment d'épinard coincé entre ses dents.

Etrange. Crawford détestait pratiquement tous les légumes.

Graham fit semblant d'écrire sur le drap où reposait sa main.

Crawford glissa un bloc sous sa main et lui coinça un stylo entre les doigts.

« Willy ? » écrivit-il.

« Il va bien, dit Crawford. Molly aussi. Elle est restée tout le temps avec toi. Dolarhyde est mort, Will. Je te le jure. J'ai relevé moi-même les empreintes et Price les a comparées. Il n'y a plus de doute possible. Il est mort. »

Graham dessina un point d'interrogation.

« Ne t'en fais pas, je te raconterai tous les détails quand tu te sentiras mieux. Ils ne nous donnent que cinq minutes, tu sais. »

« Maintenant », écrivit Graham.

« Le docteur t'a parlé ? Non ? A propos de... Tout ira bien, tu verras. Tu as l'œil enflé à cause du coup de couteau que tu as reçu en pleine figure. Ils t'ont rafistolé mais ça prendra du temps. Tiens, on t'a aussi enlevé la rate. Pour ce que ça sert. Price a bien laissé la sienne en Birmanie en 41. »

Une infirmière tapa au carreau.

« Il faut que j'y aille. Ils ne respectent rien ni personne, pas même les laissez-passer officiels. Tu verras, ils te flanqueront à la porte dès que tu seras sur pied. A bientôt. »

Molly se trouvait dans la salle d'attente de l'U.S.I. A ses côtés, beaucoup de gens fatigués.

Crawford alla la trouver. « Molly...

— Bonjour, Jack, lui dit-elle. Vous avez vraiment bonne mine. Vous ne voulez pas faire l'échange avec lui ?

— Ne dites pas cela, Molly.

— Vous l'avez regardé ?

— Oui.

— Je ne pensais pas y arriver, mais j'ai tout de même réussi.

— Ils vont le remettre en état, c'est le docteur qui me l'a dit. Ils sont très capables, vous savez. Molly, vous voulez que quelqu'un reste avec vous ? Phyllis est descendue avec moi, elle...

— Non. Ne vous occupez plus de moi. »

Elle se détourna et chercha un kleenex dans son sac. C'est alors qu'il vit la lettre : une enveloppe mauve, luxueuse.

Crawford n'aimait pas cela, mais il dut se résoudre à parler.

« Molly ?

— Qu'est-ce qu'il y a ?

— Will a du courrier ?

— Oui.

— C'est l'infirmière qui vous l'a donné ?

— Oui, elle me l'a *donné*. Et ils ont reçu des fleurs de tous ses *amis* de Washington.

— Je peux voir cette lettre ?

— Je la lui donnerai quand il en aura envie.

— Je vous en prie, montrez-la-moi.

— Pourquoi ?

— Parce qu'elle vient d'une certaine personne dont il ne souhaite peut-être pas entendre parler. »

Son visage avait l'air grave, et elle sortit la lettre du sac, mais celui-ci tomba à terre, son contenu se vida, un tube de rouge à lèvres roula sur le sol.

Crawford se pencha pour ramasser les affaires de Molly, mais elle quitta la salle d'attente sans prendre la peine d'emporter son sac.

Il le confia à l'infirmière de service.

Crawford savait que Lecter n'avait pratiquement aucune possibilité d'obtenir ce dont il avait besoin, mais il ne pouvait pas prendre le moindre risque.

Il demanda à un interne de passer la lettre aux rayons X.

Crawford ouvrit l'enveloppe sur les quatre côtés

et en examina l'intérieur pour voir s'il n'y avait pas de taches ou de poussière suspectes.

Rassuré, il put lire le texte de la lettre.

« Mon cher Will,

« Nous voici, vous et moi, languissant dans nos hôpitaux respectifs. Vous souffrez et moi, je suis privé de mes livres — le bon Dr Chilton y a veillé.

« Nous vivons dans une époque primitive — vous n'êtes pas d'accord, Will ? — ni sage ni sauvage. Il n'y a rien de pire que les demi-mesures. Toute société raisonnable me mettrait à mort ou me rendrait mes livres.

« Je vous souhaite une convalescence rapide et espère que vous ne serez pas trop défiguré.

« Je pense souvent à vous.

« Hannibal Lecter »

L'interne consulta sa montre. « Vous avez encore besoin de moi ?

— Non, dit Crawford. Où se trouve l'incinérateur ? »

Crawford revint quatre heures plus tard pour la visite ; Molly ne se trouvait ni dans la salle d'attente ni dans la chambre de l'U.S.I.

Graham était réveillé. Il dessina un point d'interrogation sur le bloc et ajouta : « D. mort comment ? »

Crawford le lui dit. Graham resta immobile pendant une bonne minute. Puis il écrivit : « Echappé comment ? »

« Bon, fit Crawford. A Saint Louis, Dolarhyde a dû chercher Reba McClane. Il est venu au labo pendant que nous y étions et il nous a vus. On a retrouvé ses empreintes sur une des fenêtres de la chaufferie — on ne l'a su qu'hier. »

Graham écrivit sur le bloc : « Corps ? »

« Nous croyons que c'est celui d'un dénommé Arnold Lang — il est porté disparu. On a retrouvé sa voiture à Memphis. Bon, on va me jeter dans une minute, il vaut mieux que je te raconte tout dans l'ordre.

« Dolarhyde savait que nous étions là. Il nous a filé

entre les doigts à Gateway et s'est rendu dans une station-service Servco Supreme proche du boulevard Lindbergh. C'est là que travaillait Arnold Lang.

« Reba McClane a déclaré que Dolarhyde s'était accroché avec un pompiste de cette station. Nous pensons qu'il s'agissait de ce Lang.

« Il a descendu Lang et a emporté le corps chez lui. Il s'est ensuite rendu chez Reba McClane. Elle embrassait Ralph Mandy sur le pas de la porte. Il a tué Mandy et a caché le corps dans un massif. »

L'infirmière entra.

« Je vous en prie, c'est une affaire officielle », dit Crawford. Il se hâta de parler pendant qu'elle le tirait par la manche. « Il a chloroformé Reba McClane et il l'a emmenée dans la maison. Le cadavre de Lang s'y trouvait déjà », dit Crawford depuis le couloir.

Graham dut attendre quatre heures pour connaître la suite.

« Il lui a fait tout un numéro, tu sais, dans le genre " je ne sais pas encore si je vais vous tuer " », dit Crawford dès qu'il eut franchi la porte de la chambre. « Tu connais l'histoire de la clef autour du cou — il voulait être sûr qu'elle toucherait bien un corps et, surtout, qu'elle nous le raconterait. Bon, il la fait marcher, il lui dit : " Je ne supporterai jamais de vous voir brûler ", et là-dessus, il fait sauter la tête de Lang avec le calibre .12.

« Lang était parfait, il n'avait plus de dents. Dolarhyde savait peut-être que l'arcade maxillaire résiste souvent au feu — nous ne saurons jamais quelle était la portée de ses connaissances. Quoi qu'il en soit, Lang n'avait plus d'arcade maxillaire après que Dolarhyde lui eut fait sauter la tête. Ensuite, il a dû faire tomber une chaise pour que Reba croie à la chute d'un corps, et il a mis la clef autour du cou de Lang.

« Reba cherche la clef à tâtons. Dolarhyde la regarde faire mais elle ne l'entend pas, elle a été assourdie par la détonation.

« Il y a bien eu un début d'incendie, mais il n'a pas

encore mis le feu à l'essence. Bien. Elle est sortie de la maison sans problèmes. Je crois bien qu'il l'aurait assommée et qu'il l'aurait traînée dehors si elle s'était perdue. De toute façon, elle n'aurait pas su ce qui lui était arrivé. Merde, revoilà l'infirmière. »

Graham se hâta d'écrire : « Véhicule comment ? »

« Tu vas admirer la manœuvre, dit Crawford. Il savait qu'il lui faudrait laisser le van devant la maison. D'un autre côté, il ne pouvait pas conduire deux véhicules à la fois, et il lui fallait bien un moyen de transport pour s'enfuir.

« Voilà ce qu'il a fait : il a obligé *Lang* à accrocher le van à la dépanneuse de la station-service, puis il l'a descendu, il a fermé la station et il a conduit la dépanneuse jusqu'à chez lui. Il a alors abandonné la dépanneuse dans les champs, non loin de la maison, et repris le van pour aller chez Reba McClane. Quand elle est sortie saine et sauve de la maison, il est allé chercher la dynamite à la cave et a mis le feu à l'essence avant de sortir par-derrière. Il a *ramené* la dépanneuse à la station-service et pris la voiture de Lang. Tout était prévu.

« Cette histoire m'a rendu dingue tant que je n'ai pas trouvé la solution. Et j'ai su que j'avais raison quand on a retrouvé ses empreintes sur le cabestan de la dépanneuse.

« Nous l'avons probablement croisé sur la route en nous rendant chez lui... Oui, madame, j'arrive. Oui, oui. »

Graham voulut lui poser une question, mais il était trop tard.

Molly entra dans la chambre.

Graham lui écrivit : « Je t'aime » sur le bloc de Crawford.

Elle hocha la tête et lui prit la main.

Une minute plus tard, il écrivit à nouveau.

« Willy en forme ? »

Elle hocha la tête.

« Ici ? »

Elle détourna la tête un peu trop rapidement. Elle lui envoya un baiser et lui désigna l'infirmière qui venait la chercher.

Il la retint par le pouce.

« Où ? » insista-t-il, en soulignant deux fois ce mot.

« Dans l'Oregon », dit-elle.

Crawford lui rendit une ultime visite.

Graham avait déjà préparé sa question. « Dentier ? »

« C'était celui de sa grand-mère, dit Crawford. La police de Saint Louis a retrouvé un certain Ned Vogt — la mère de Dolarhyde était la belle-mère de Vogt. Vogt avait vu Mme Dolarhyde quand il était gosse et il n'avait jamais oublié ses dents.

« C'est pour cela que je t'appelais quand tu es tombé sur Dolarhyde. Le Smithsonian venait de m'appeler. Les autorités du Missouri leur avaient enfin transmis les dents. Ils ont remarqué que la partie supérieure était faite de vulcanite au lieu d'acrylique. On ne fait plus de dentiers en vulcanite depuis trente-cinq ans.

« Dolarhyde avait un dentier neuf en acrylique, c'était la copie exacte de l'autre mais il pouvait le porter. On l'a retrouvé sur son cadavre. Le Smithsonian l'a étudié de près, ils disent qu'il est de fabrication chinoise. L'autre dentier était suisse.

« Il avait également sur lui la clef d'un coffre-fort de Miami. On y a découvert une sorte de gros registre — un drôle de truc. Il est à ta disposition.

« Ecoute, mon vieux, il faut que je rentre à Washington. Je redescendrai te voir pendant le week-end si je peux. Ça va aller ? »

Graham dessina un point d'interrogation, puis le raya et écrivit : « Parfait. »

L'infirmière arriva après le départ de Crawford. Elle lui fit une intraveineuse de Demerol et la pendule se brouilla.

Il se demanda si le Demerol agissait sur les sentiments. Il pourrait retenir Molly quelque temps, jusqu'à ce qu'on lui refasse le visage. Mais la retenir pour quoi ? Il se sentait partir à la dérive et espérait qu'il ne rêverait pas.

Il flotta tout de même, entre le rêve et le souvenir. Mais ce n'était pas si désagréable que ça. Il ne rêva ni au départ de Molly ni à Dolarhyde. Ce fut une sorte de souvenir onirique de Shiloh interrompu par des lumières braquées sur son visage ou le sifflement du tensiomètre...

C'était au printemps, peu de temps après la mort de Garett Jacob Hoobs, qu'il avait visité le site de Shiloh.

Par un beau matin d'avril, il avait traversé la route bitumée qui mène au Bloody Pond — l'Etang Sanglant. Les jeunes pousses d'herbe d'un beau vert clair formaient un tapis qui descendait jusqu'à la pièce d'eau. Il y avait eu une crue et la pelouse était encore visible sous l'eau, elle semblait tapisser le fond de l'étang.

Graham savait ce qui s'était passé ici en avril 1862 (1).

Il s'assit sur l'herbe en dépit de l'humidité.

Une voiture de touristes passa ; quand elle eut disparu, Graham aperçut quelque chose qui bougeait sur la route. La voiture avait brisé la colonne vertébrale d'une petite couleuvre. Elle se tordait en tous sens au milieu de la route, dévoilant parfois son dos sombre et parfois son ventre pâle.

La terrible présence de Shiloh lui glaçait les sangs, alors même que le soleil printanier le faisait transpirer.

Graham se leva, le pantalon mouillé. Il avait la tête vide.

La couleuvre continuait de se tordre. Graham la saisit par l'extrémité de la queue et la fit claquer comme un fouet.

La cervelle éclata pour retomber dans l'étang. Une brème la happa.

Il avait cru Shiloh hanté, avec sa beauté sinistre comme un étendard.

---

(1) La bataille de Shiloh fut l'une des plus meurtrières de la guerre de Sécession. La soudaineté de l'attaque sudiste faillit submerger les troupes nordistes acculées au fleuve en crue. L'armée de l'Union perdit treize mille hommes sur soixante-trois mille. (N.d.T.)

Et maintenant, à mi-chemin entre le rêve et le sommeil dû aux narcotiques, il découvrait que Shiloh n'avait rien de sinistre ; il était indifférent, c'est tout. Shiloh l'admirable pouvait tout voir. Son inoubliable beauté soulignait tout simplement l'indifférence de la nature, ce Vert Engrenage. Le charme de Shiloh se moque bien de notre désarroi.

Il s'éveilla et découvrit la pendule insouciante, mais il ne put s'empêcher de penser.

Le Vert Engrenage ne connaît pas la pitié ; c'est *nous* qui créons la pitié et l'élaborons dans les excroissances de notre cerveau reptilien.

Le meurtre n'existe pas. C'est nous qui l'inventons, et c'est à nous seuls qu'il importe.

Graham ne savait que trop bien qu'il réunissait en lui tous les éléments pouvant donner naissance au meurtre ; et aussi, peut-être, à la pitié.

Et sa compréhension du meurtre avait quelque chose de dérangeant.

Il se demanda si, dans ce corps immense qu'est l'humanité, dans l'esprit des hommes civilisés, les forces malignes que nous retenons en nous et la redoutable connaissance instinctive de ces mêmes forces n'ont pas la fonction de ces virus affaiblis contre lesquels s'arme le corps humain.

Il se demanda si ces forces anciennes, terribles, ne sont pas les virus d'où naissent les vaccins.

Oui, il s'était trompé à propos de Shiloh. Shiloh n'est pas un lieu hanté — ce sont les hommes qui sont hantés.

Shiloh s'en moque bien.

J'ai pris à cœur d'acquérir la connaissance de la sagesse, de discerner la sottise et la folie ; mais j'ai reconnu que cela aussi, c'est vaine poursuite du vent.

Ecclésiaste 1 : 17

Imprimé en France par **CPI**
en octobre 2017

POCKET - 12, avenue d'Italie - 75627 Paris Cedex 13

N° d'impression : 2032653
Dépôt légal : février 2002
Suite du premier tirage : octobre 2017
S20891/06